不义侯

许洪焱 著

中国文史出版社

图书在版编目（CIP）数据

不义侯 / 许洪焱著 . —北京：中国文史出版社，
2022.1

ISBN 978–7–5205–3174–0

Ⅰ . ①不… Ⅱ . ①许… Ⅲ . ①长篇历史小说—中国—
当代 Ⅳ . ① I247.5

中国版本图书馆 CIP 数据核字（2021）第 181185 号

责任编辑：牛梦岳

出版发行：中国文史出版社
社　　址：北京市海淀区西八里庄路 69 号院　邮编：100142
电　　话：010–81136606　81136602　81136603（发行部）
传　　真：010–81136655
印　　装：北京新华印刷有限公司
经　　销：全国新华书店
开　　本：910mm×1230mm　1/32
印　　张：10.5
字　　数：263 千字
版　　次：2022 年 2 月第 1 版
印　　次：2022 年 2 月第 1 次印刷
定　　价：56.80 元

目录

前 言

王侯将相的另一面

　　新莽末年，天下大乱，群雄并起。赤眉、绿林、更始、王郎……每一股势力都有其成功的方法和败亡的原因，他们旋起旋灭，各擅胜场，但最终都败于光武帝刘秀之手，而帮助刘秀平定天下的云台二十八将自然也就被比作了天上星宿，宛如天神一般的存在，受到当时和后世人的无比崇敬。但是在这些功臣宿将中，有一位"不义侯"却仿佛一个异类，倔强地在史书一角发出幽暗的光。

　　观察有关于他的寥寥几笔记录，可知他在刘秀平定燕王彭宠之乱时，发挥过绝大的作用，而燕王彭宠掌管的北方渔阳郡，对于刘秀平定河北，进而争夺天下，又关系巨大。可以说，若没有这位当时的"苍头子密"、后来的"不义侯"适时一击，刘秀的大业很可能半途而废。但是，彭宠的这位贴身奴仆，到底是受了什么强烈的刺激，才会弑主求荣？刘秀为什么独独对待这个人，赏其功的同时又污其名？当时的朝野上下、民间舆论又对这位特殊的侯爷是什么态度？这都是史书没有明言的。

　　也许，不义侯身上体现出来的，正是那些王侯将相的另一面。

　　也许，不义侯的经历，才是那段历史的真相。

前 言　王侯将相的另一面　01

也许，……

就让我们跟着不义侯重温那段历史吧。

❀   ❀   ❀

五年春，宠斋，独在便室。苍头子密等三人因宠卧寐，共缚著床，告外吏云："大王斋禁，皆使吏休。"伪称宠命教，收缚奴婢，各置一处。又以宠命呼其妻，妻入，大惊。宠急呼曰："趣为诸将军办装。"于是两奴将妻入取宝物，留一奴守宠。宠谓守奴曰："若小儿，我素爱也，今为子密所迫劫耳。解我缚，当以女珠妻汝，家中财物皆与若。"小奴意欲解之，视户外，见子密听其语，遂不敢解。于是收金玉衣物，至宠所装之，被马六匹，使妻缝两缣囊。昏夜后，解宠手，令作记告城门将军云："今遣子密等至子后兰卿所，速开门出，勿稽留之。"书成，即斩宠及妻头，置囊中，便持记驰出城，因以诣阙。封为不义侯。

——摘自《后汉书》卷四十二　列传第二　彭宠

阴晦府邸

大汉，建武十二年 ① 末，蜀郡 ② 传来露布 ③ ，盘踞益州十余年，刺杀过两员征蜀大将 ④ 的公孙述终于被大将军吴汉斩杀，益州三十二郡悉数收归洛阳。而在此之前，久在北地骚扰的伪汉帝卢芳，也因为最重要的属下随昱聚众倒旗，向洛阳投降，只能带着随身几名亲兵向匈奴腹地逃去。与此同时，长期在凉州五郡 ⑤ 自立为主的窦融，也终于接受了刘秀的诏书，不日就要启程，携带他的所有家眷和亲信部属前来洛阳定居。

短短几个月里，好消息接二连三，洛阳南宫之中，几乎隔不了几天就要发布一道嘉奖功臣贵戚的诏书，由此带来的欢快气氛如同建武十三年提前到来的春风一般，一阵阵地鼓荡在黄河两岸和函谷关内外。

各地的百姓在接到这些好消息的同时，又得知当今圣上正在

---

① 公元 36 年。
② 今四川成都。
③ 指不封口的驿报。
④ 指来歙和岑彭。
⑤ 指金城、武威、张掖、酒泉、敦煌。

全国所有郡县督查十五税一的落实情况，而且他们还听说，一旦全国安定不动刀兵后，圣上还有意要推行一百多年前，文景之治时的三十税一，于是那些上了岁数、饱经战乱的老人们不免纷纷感慨道："天下太平了！真的天下太平了！"

而最感幸运的还是那些正好在洛阳运送贡赋的农夫。他们正赶上朝廷每年春天的郊祭大典，作为全国所有郡县的象征性代表，他们也每人收到了一百枚货真价实的五铢钱赏赐——那可是王莽篡汉以前实实在在铸造的五铢钱，绝非动乱年代以次充好的各种劣币、伪币。大受感动的各地农夫不仅欢呼流涕山呼万岁，还自发组织起来在洛阳城中搞起来了火烛游行，他们说，他们一定要按乡下的规矩，给当今圣上和各位将军大臣祈福。这虽然有违洛阳城一贯严厉的宵禁措施，不过，一经有司进宫禀报后，宫中即传下旨意，特许城中百姓欢庆三日。

既有如此好事，洛阳城的百姓也闻讯主动加入到了这些欢庆的农夫之中。他们先是在圣上居住的南宫前载歌载舞、山呼万岁，接受了宫中的酒肉赏赐后，于傍晚时分又分成几队沿着朱雀大街向城中的大街小巷散去。这些欢庆的人群每到一个将军或者大臣的府邸都要欢呼、祝福一番，府中之人也往往会端出酒食，回谢人群，而在那些战功卓著、民间呼声最高的几家侯爷府前，聚集欢庆的人群也会更多。于是在这夜以继日的欢庆之中，在洛阳百姓的指点之下，那些前来运送贡赋的各地农夫也渐渐搞清了洛阳城中数十百处王公大臣、侯爷将军宅邸的位置，看懂了宅门大院所蕴含的本朝规制。

在这三天中，凡是走得动的农夫无不希望把所有权贵的宅门全都走一遍。因为他们也知道，机会难得啊！若在平时，他们可不敢在这样的宅邸前大声喧哗，更不敢奢望还有酒食招待，他们完全知道，这几天走得越多，看得越多，回乡后就越有谈资在左邻右舍面前显摆。

　　不过，游荡到第三天晚上，在西城玄武街背后的一条小巷子里，一些农夫发现，这里有一所宅子很奇怪。看规制，这明明应该是一家侯爷的府邸，可是偏偏大门、院墙都小了一号，颜色也十分暗淡，更诡异的是，大门上方的匾额竟空无一字，门口也没有其他府邸门前不可或缺的门房、杂役等人。问过同行的洛阳百姓，他们也对这所宅邸说不出什么，只知道这确实是一位侯爷的宅邸，却甚少看见这里有人进出，平时因官民有别，也没什么人在这里走动。农夫们在这处宅邸前喧哗了一阵，高喊着请里面的老爷出来接受小民感谢，喊了半天，也不见里面有任何动静。

　　但是，毕竟朝廷的规制镇在眼前，一般百姓到底还是不敢上前拍门问个究竟，于是一阵喧哗过后，众百姓只好悻悻然离开这条背街小巷，回到大街之上，找了一处酒馆，散坐其中，相互猜测刚才看到的一幕是怎么回事？

　　这时，众人的谈话声无意间却惊醒了这酒馆角落中一个正在打瞌睡的老者。这个老者独具一案，相貌龌龊，衣着邋遢，被众人吵醒后，只嘀咕了一句："那阴晦之地是不义侯的府邸，谁靠近谁倒霉。"说完就吧嗒着嘴又扭头睡过去了。

　　众人一听，不禁哗然。他们这些天见识了高密侯邓禹、广平侯吴汉、好畤侯耿弇、雍奴侯寇恂、舞阳侯岑彭等等大功臣、大豪杰的府邸，却还从没听说过"不义侯"是个什么爵禄？于是人群中自有那晓事之人赶紧倒上一碗浊酒敬上，恭恭敬敬地请老者给大家讲讲"不义侯"的故事。老者眯缝着眼睛盯了一眼面前的酒碗，二话不说，端起碗来就一饮而尽，然后打了一个响嗝，长满乱须的面孔似乎笑了一下，接着就从垫在背后的包袱里掏出一面小小的手鼓来，边拍边唱道："天道轮回，日月更替，人生苦短，富贵难寻。"

　　众人一看，这老者竟是个说唱艺人，一时都来了兴趣，围上前来，听老者又说又唱。老者拍着手鼓，唱一段，说一段，竟是直接说到了二十年前，王莽篡汉的时候。

"天兴大汉百多年，何来悲？何来喜？大悲都从喜中来，喜中自有悲无限。想那高祖赤膊开国之初，武帝大展宏图之时，多少英雄好汉纵横天下，青史留名。谁曾想，到了元成哀平四帝之时，满朝混沌，已经没有可用之人。那时候既然比的是因循苟且，表面功夫，自然就让王莽这样的人冒出了头。此人虽说是外戚，偏偏没有父兄提携，只能学习儒生仁孝节义那套表面文章，慢慢积攒声望。靠着声望，王莽竟能一步步窃夺了汉家的江山；靠着声望，王莽把天下人都耍得团团乱转。

"王莽当权的那几年，真是连咱们这些编故事的说唱艺人都要自愧不如。大家一定听说过，穷乡僻壤的一个困顿腐儒只要敢伪造一篇天书献上，天大的富贵就会从天而降；升迁无望的地方小吏只要敢凭空伪造祥瑞上报，高官厚禄也会不期而至。那些年，年景虽然不好，好戏却也看了不少，百姓和百官也算是闹哄哄喜洋洋地看着王莽登上了帝位。

"不过，大善人、大儒生、救世主登上帝位后，就算是登上了山顶，从此就要走下坡路了。老百姓自然是听不懂王莽那些满天下宣读的古意盎然的诏书，可是老百姓也看得到，大善人答应给百姓分的土地，一亩也没见着；答应释放的奴婢，都还在财主家关着。反倒是云山雾罩搞的什么'五均^①''六筦^②''新钱^③''新贡^④'之类的东西把天下百姓的家底都掏空了。

---

① 指在长安、洛阳、邯郸、临淄、宛、成都设五均司干预市场物价和贷款。
② 指朝廷直接管理卖酒、卖盐、卖铁器、铸钱、向工商业征新税，及贷款于贫民等六事。
③ 指发行的错刀、契刀等各种新币。
④ 凡矿产、水产、畜产、丝织品等一切经营活动，皆征税十分之一，名之曰贡。

"搞乱了国内，救世主自然也不会忘了北边的匈奴和南边的西南夷。大儒生说话架势十足，哪管别人是否接受得了，三言两语就惹恼了北边的单于和南边的南越王，五经六艺既然不能降服蛮夷，那就只有征调大军讨伐了。于是数十万大军又陆陆续续奉诏向南北边境集结，不一定真的敢打，但是救世主的面子却是丢不得的。如此一来，天下骚动，从巴郡到越巂郡，从西域到高句丽，千千万万的农夫都别想安生过日子了。"

说唱艺人唱到这里，略略停顿了一下，手指众人说道："各位可曾知道，据方士所言，那王莽本是鸷鸟所变，口舌就是他的利器。更始二年六月，他的首级被传到洛阳时，城中万千百姓亲眼所见，他的头发、耳朵、眼睛、脸颊上的肉皆已臭烂，唯有口中的舌头还油滑如初。围观百姓乱刀齐下，才把那条祸乱天下的舌头斩成数段。有人恨而食之，直言这舌头韧劲十足，很有嚼头。"

说完了王莽的舌头，老艺人又回头絮絮说道："单说北边，十几万大军涌进云中、右北平、渔阳诸郡后，当地百姓一开始是眼睁睁看着他们随意圈占好地，广建营房。百姓们哪敢多言，也不过是能躲则躲而已，可要不了多久，那些整天无所事事的大小军汉，自然就会生出强买强卖、偷鸡摸狗、调戏妇女的种种事端，百姓们诉苦无门，只有自己想法子了。这就引出了渔阳郡的一位好汉出来。"

第一章 乱世农夫

　　渔阳郡的这位好汉，姓唐名牛字子密，爵封大汉不义侯。世代居住在渔阳，可惜祖上无能，种地的没出过地主，学艺的离不开师傅，从军的没出过将军，经商的也全都折了本钱。到了唐牛老爹这一辈，劳苦了一辈子也没有攒下田地和房舍，甚至连头属于自己的耕牛都没有，只能寄希望于下一代。给儿子取名叫"牛"，就是希望儿子将来能像牛一样宝贵和有用。不过唐老爹自己也养不活这个独苗儿子，只好早早地把儿子送出门去学手艺，希望儿子长大了能有一技防身，免得饿肚子。

　　那时唐牛才区区五岁，没有表字，也看不出有爵爷的贵相，小小年纪就在十里八乡的各个作坊、店铺和农庄里学艺。先后学过点豆腐、做黄酱、养马、种地、烹饪、打鱼、捕猎等等行当。因为兼差太多，还挂一漏万地学会了一些简单的字句，正经文章肯定是写不了的，看看一些简单的账目也还凑合。那些年，说是学艺，其实也就是给别人当个不拿工钱什么都干的仆役，管碗饭而已，可以说是受尽了白眼，尝够了苦头。

　　天可怜见的小唐牛没被人欺负死，反倒在这样的境遇里学会了与人相处之道。无论是面对一起干活的伙计，还是各有不同的东家，甚至是形形色色的顾客，唐牛都历练出了一套对付这些人物的办法，兼之十五岁后，唐牛的身形审了起来，长成一个身高七尺的大汉子，渔阳郡各处的民间大小组织也渐渐都听说了有这么一个人物，知道唐牛这个人，路子野，肯帮忙，只要不以帮佣视之，什么事都可以找他。所以唐牛的各项手艺虽说都比较生疏，却也慢慢地找到了自己的活法。况且唐老爹此时早已不在人世，天不收地不管的唐牛更是由着性子在天地间折腾。

王莽地皇一年夏天的一个早上，唐牛尚在一间豆腐坊高卧——此间主人也曾是唐牛的东家，因唐牛曾出力帮他要回大户人家拖欠的豆腐钱，所以默许唐牛把这里当个临时落脚点——两个短衣褐衫的年轻人就踢踢打打地闯了进来，见唐牛这副模样，不由分说，上去就掀开被子嚷道："唐大哥，唐大哥，快起来呀，四大幡旗都出动了，大师傅说，这场大架谁要是敢不去，就要在祖师爷牌位前把他除名！"

没了被子的唐牛，纹丝不动，眼皮子都没抬一下，只是嘟囔着说道："王果、李煌，你们两个臭小子给我滚远点。为了几只破羊大师傅就想去和外边来的那帮驻军打架，简直是不要命了。你们谁爱去谁去，我只想睡觉。"说完，唐牛翻了个身，只用光溜溜的脊背对着两个年轻人。

王果和李煌也不敢对唐牛用强，搓着手来回绕圈，好话说尽也不能让唐牛起床。最后，他们只好瞎编道："唐大哥，和军汉们打架其实也不是什么大事，大枪、铜马、铁胫、青犊四大幡旗，那么多师兄师弟镇着，也不差你一个人，不过你知道吗？罗青姐姐今天也要去呢？"

听到罗青这个名字，唐牛立即睁开了眼睛，坐起来问道："她一个妇道人家跑去干什么？也想打军汉吗？"

王果一看有门，抢着答道："罗青姐姐养的鸡也让那帮军汉祸害了，罗青姐姐的爹不讲道理，不敢去找偷鸡贼，反把罗青姐姐狠狠收拾了一顿，说她没有看好鸡。罗青姐姐怒了，说是谁帮她讨回这个公道，她就愿意嫁给他，这会儿，应该正在给大伙儿烧水做饭呢。"

唐牛一听，马上怒眼圆睁，捶腿大吼道："谁不知道罗青将来是要嫁给我的，这帮外地军汉居然欺负到我头上来了，你们等着，我拿了家伙就去收拾他们。"

看着下地穿鞋，拢衣上身，同时又满屋找家伙的唐牛，王果和李煌相视一笑，然后就吵吵闹闹地跟着唐牛出了门。

郡城三十里外的野地里此时早已聚满了人群。一方人数较少，顶多几十个人，却有不少人披着半副盔甲，手拿朝廷制式兵器；另一方人数众多，足有上百人，却衣着斑杂，混乱不堪，虽架着几杆大幡旗，但并不敢逼得太近。

大幡旗下，几个长须老者，好不容易约束住身边的年轻人，然后这才走上前来，冲着另一方拱手喊道："高队长从南阳郡到我们渔阳郡来，应该是准备打匈奴的吧？大家知道你们日子不好过，朝廷的粮饷也不按时发放，所以，你们从营中拿出来的几副盔甲和弓弩，我们都高价收了，怎么你们还要顺手牵些鸡羊，祸害地方？"

被唤作高队长的人，头戴铁盔却没披甲。他显然并不把眼前的这一群人放在眼里，极其无礼地用手中佩刀的刀尖指着大幡旗下的老者说道："大皇帝把我们弟兄放在这里半年了，既不出塞，也不放我们回家，粮饷也是时断时续，我们弟兄要不卖点手边的东西，早饿死了。至于那些鸡羊，就算我们代大皇帝向各位收的税好了，你们也知道，反正一旦和匈奴开打，你们这些东西也是保不住的。"

如此无赖的腔调，把大幡旗下的年轻人气得够呛，纷纷鼓噪着要打这些贼兵。长须老者制止住这些年轻人，再次以尊尊长者的仪态告诫道："高队长私卖器械，盗抢民间，就不怕官府查问吗？我们这些人在本郡卒正①那里，也还是有三分薄面的。"

高队长一听这话反倒笑了，倒持刀柄，对老者拱手说道："托各位的福，若是就此能把在下遣送回南阳郡，那在下可是感激不尽。"看那几个老者面面相觑，高队长又高声补充道："你们以为我一个小小的队哨能吃下去那么多鸡羊啊，若无大营的将军们默许，只是擅离军营一条就足够我掉脑袋了。"

听了这话，大幡旗下的老少爷们也知道高队长所言不虚，只是事情已经到了这个份儿上，谁也不好意思说出收场的话。

对面的高队长却不管那些，扬一扬手中的佩刀，懒洋洋地说道："老爷我赌了一晚上的骰子，早就困乏了，你们没话说我可就走了。"说完，把佩刀横在肩上，吹着口哨就要转身离去。

正在这时，大幡旗下忽然飞出一块石头，正中高队长的后脑，还没等高队长喊出声来，一个健壮汉子已经从人群后面挤上前来，同时大喊道："偷鸡贼，看打！"

这自然是唐牛等三人赶到了。有了这一块石头和这一声喊，两方人群顿时对冲上去，厮打起来，饶是几个长须老者拼了命地喊叫，也弹压不住这些人。

当天晚上，渔阳郡的一众少年就簇拥着唐牛去罗青姑娘家开的酒肆喝酒吃肉去了。他们还当着罗青姑娘的面，把唐牛的勇猛事迹好好夸耀了一番。唐牛开始还说，那块石头不是他扔的，他赶到后，以为大家已经动手了，自然就跳了上去。不过，众少年都说唐牛虚伪，高队长那种人，打就打了，难道还怕了他不成，再说，有罗青姐姐在，何必抵赖，难道你不是为了罗青姐姐才去的吗？

听众人这么说，再看看罗青的身姿，唐牛就笑了，兼之两碗酒下肚，唐牛也改口说道，要不是几个大师傅拦着，那帮南阳郡的小

———

① 卒正，王莽时太守的称谓。

子一个也别想跑。

当晚，唐牛大醉，一众少年也喝得东倒西歪，各自回家。但谁都不想带唐牛回家，只好又把他安置在了罗青家的鸡圈里。

第二天酒醒后，唐牛自然又要对着满地鸡崽子痛骂把他扔在鸡圈的那帮小子不地道，不过，在看见鸡圈上搭了一件干净裈子后，他还是昏昏沉沉地换上了，随后他又看见地上还有一瓦罐温热的粟米粥，捧起喝下后，唐牛才想到，这该不是罗青为他准备的吧？

心情大好的唐牛马上四下去找罗青，罗青没找到，却看见罗青的父亲在修补谷仓。唐牛二话不说，马上上前帮忙。

忙到晚饭时分，唐牛正想着怎么找机会和罗青单独聊聊，却看见王果、李煌两个小子又找上门来。这两个小子一见唐牛，就死死拽住，满脸愁苦地说道："唐大哥呀，让小弟好找啊，大师傅们命你马上去见他们。"

唐牛一把推开二人，直说："滚，滚，滚，架也打了，酒也喝了，你们倒把我扔在鸡圈里，你们也别拿大师傅吓唬我，以后有什么事都别来找我。"

李煌摊手说道："不是啊，唐大哥，我们是来帮你的。"

"你帮我？"唐牛刚要动手，又被王果拦住说道，"昨天那个偷鸡的高队长听说已经咽气了，官府正在四处捉拿凶手，大师傅们说，正在给你想办法。"

一听这话，唐牛泄气了，忍不住骂道："这小子带着盔甲还这么不禁打。大师傅在哪儿？快带我去见他老人家。"

到了大师傅家中，唐牛一看，不光是大枪和铜马的大师傅在，铁胫和青篾的掌拳师傅也在。于是，他扑通一声跪倒在地，高声叫道："各位大师傅在上，受弟子一拜，昨天那第一块石头真不是弟子扔的，望各位大师傅明鉴。"

大枪的大师傅跺脚喝道："瞎嚷嚷什么，还不起来说话。我们这儿的几个师傅今天都要靠你帮忙呢。"

唐牛不明所以，一边起身一边问道："还要打架吗？不是说已经打死一个官军了吗？再打只怕官府不答应啊。"

铜马的大师傅这时插口说道："官府已经认定打死官军的是我们这几大幡旗的人，我们几个师傅商议后决定，就跟官府说，人是你唐牛打死的。"

才站起来的唐牛腿一软，又跪下了，同时哀嚎道："大师傅们，你们可不能这么说啊，昨天打架去了好几百号人，怎么能把账算在我一个人头上？"

青犊的大师傅一抬脚踢了一下唐牛的屁股，笑骂道："没用的东西，打架的时候你怎么就敢下狠手。"

这时铁胫的大师傅拉起唐牛，安慰道："慌什么，当初你一人分投我们四门，虽说不合规矩，不也就是指望四门的师傅、师兄都能帮衬你。现在官府要我们四门交人，你一人正好可以帮到我们四门。"

唐牛只是哀嚎："四位大师傅可不能把弟子交出去啊，到了官府，弟子肯定会被斩首示众的。"

大枪的大师傅拍着唐牛说道："谁说要砍你的头了？一进门你就嚷嚷，怎么不让我们把话说完。"

唐牛止住哭声，怔怔地看着四位大师傅不知所措。四位大师傅拉唐牛坐下，然后才由青犊大师傅好言好语说道："外来的驻军祸害地方，郡县是早就知道的，他们也很头痛，只不过现在出了人命，他们也不得不做做样子。你既同时是我们四门的弟子，又正好是孤身一人，没有家累，正好可以替我们四门和官府挡挡此事。"

青犊大师傅挡住又想说话的唐牛，继续说道："你不要担心，你的姓名虽说我们已经报给官府，但你绝不会有事，你只要出去躲上个一年半载，等这帮驻军撤了，没人追问了，你自然就可以回来了。"

铁胫大师傅这时又插口道:"只要你背了这件事,我们四门终究是不会亏待你的,你要非不愿意,我们也不会勉强你,你自己想想吧。"

唐牛看看四位大师傅,又看看屋外,抽泣了一会儿,只好说道:"那我什么时候走啊?"

一听这话四位大师傅都露出了笑脸,都说没看错唐牛这小子。转眼之间,他们就拿出一个包袱,告诉唐牛,里面有充足的盘缠和换洗的衣物,门外还有一匹健骡,你只要如此这般,到了某地,见了某人,你自然就安全了。事不宜迟,你现在就可以上路了,想来官府的捕快,只怕也快要进庄了。

唐牛趁黑出了门,见王果、李煌二人还在门外等他,于是牵了骡子,哭丧着脸,把大师傅们的话告诉了他俩。王果、李煌二人一听是这么个结果,都觉得特对不起唐牛,都抢着说,早知道是这样,昨天就不该去找唐大哥了。然后,他们也抱怨,南阳郡来的那个军头真是废物,怎么这么几下就把他打死了。两人鸡一句鸭一句反倒把唐牛说烦了。唐牛一拳一脚制止住二人,说道:"废话少说,我现在就想见见罗青,我不管你俩用什么法子,赶紧把罗青给我找来,我跟她说几句话才好上路。"

王果、李煌二人一听还有将功折罪的机会,赶紧没口子地答应下来,转头就向罗青家跑去。

唐牛背上包袱,牵着骡子,拣僻静小路慢慢向庄外走去。一边感伤自己替人背了黑锅,一边怀疑王果、李煌这两个东西会不会半路跑了。还好,走到庄子外等了一会儿,他就看见月色下,罗青跟着王果、李煌匆匆赶来。

不料,罗青上来就给了唐牛一巴掌,劈头骂道:"你是猪啊,大师傅们让你背黑锅你就背?那一两百人是你能召集起来的?那第一块石头是你打的？谁又看见你打死那个偷鸡贼了？"

本来满心欢喜的唐牛一句话也答不上来，只能吭哧着说道："大师傅们都这么说了。"

发完脾气的罗青看唐牛这个样子，又有些于心不忍，只好扯着唐牛的褂子，说道："事已至此，说什么都没用了。你就出去躲一阵吧，记住，出门在外别那么傻，下次，有什么事让别人冲在前头。"

这么贴心的话让唐牛早忘了刚才那一巴掌，他赶紧说道："我还要回来的。你要等着我啊。"说完他还想去抱一下罗青。罗青抬手就把他的手挡开了，只是悲悲切切地说道："你没根基，人又傻，我爹是不会把我许配给你的，你还是好自为之吧。"

唐牛一听这话又急了，说道："现在四大幡旗都欠了我的人情，等我回来，他们就得还我。你等着瞧吧。"

正说着，在后面望风的王果、李煌上前说道："两位祖宗怎么还没说完，庄子里面火把乱晃，只怕是官府的人来了，唐大哥你还是快走吧。"

唐牛向后一看，庄子里果然有些不同寻常，只好一边往骡子身上爬，一边对罗青说道："你等着我，你一定要等着我。"而罗青一言不发，只是看着在骡子背上颠成一团的唐牛越走越远。

第二章 吕母复仇

连夜逃出渔阳郡的唐牛，一路未敢停留，接连穿过右北平郡和广阳郡，跨过了白河和潞池河，直到过了黄河[①]，进入渤海郡，才松了一口气。要说大师傅们对唐牛还是不错的，包袱里准备的盘缠绰绰有余。唐牛可以说是从未这么有钱过。于是从渤海郡开始，唐牛就放慢了脚步，一路溜溜达达，且吃且玩。等到进了天下名城临淄，唐牛更是眼花缭乱，满心欢喜，整天里不是在花街柳巷乱窜，就是在酒楼、赌场盘桓，再加上出手大方，口音又不是本地的，自然很快就被人盯上了。

这一天，才在赌场里熬了一夜的唐牛还没回到住处，就被两个小子堵在了一条小巷子里意欲抢劫。唐牛虽说是一夜未眠，精神不济，可是对付两个穷酸少年还是绰绰有余，三拳两脚后，这两个年轻人就跪在墙角直呼饶命了。唐牛看他俩可怜，不忍再下手，就让他俩起来，还带他们去吃了一顿好的，从此后这两个少年就跟着唐牛，不离左右了。

言谈中，唐牛得知，此二人一个叫刘林，一个叫王郎，都是识

---

① 秦汉时，黄河由渤海湾西岸入海。

得几个字，手艺全无，却又坚决不肯做工的城中浪荡子。问他二人从前的经历，则一会儿说是败落高官的子弟，一会儿说是世居本地的土人，总之是含糊其辞，不得要领。唐牛自然知道这种人是什么货色，每日里只管带着他们吃喝，带着他们玩耍，但对此二人热心提供的种种发财良方却总是一笑置之。

如此过了十余日后，唐牛算算盘缠将尽，于一个清晨，连招呼都没打，就独自一人径直出城而去。他当然知道，和刘林、王郎这样的人一起玩耍尚可，一起做事则非吃亏不可。

吹着初夏的凉风，唐牛穿过琅琊郡，来到了海边的海曲县①。唐牛多方打听，才找到了铜马大师傅所说的去处，见到了大师傅的师弟，客客气气地说明了自己的来历。不过此处的大幡旗堂口明显比不上渔阳郡的大幡旗气派，执掌大幡的师傅反复查验了唐牛随身带来的信物，问明白了唐牛的来历，面容也还是踌躇不已。勉强住了一夜后，此地大师傅就告诉唐牛，琅琊郡地僻人稀，你一个外乡人到此甚是打眼，若官府问起你的来历多有不便，现有一绝佳去处离此地不远，你不妨前去投奔。

唐牛眼看人家为难，没奈何，只好答应下来。于是此地的大师傅派了个人把唐牛带到海边，塞进一条小小渔船，就任由渔夫带着唐牛，向茫茫大海驶去。

小渔船驶离岸边没多久，唐牛就感受到了大海和河流的不同。看着无边无际的浪头，吐得有气无力的唐牛忍不住把渔阳郡的各位大师傅翻来覆去骂了个稀烂，对帮他们背黑锅一事悔得肠子都青了。他心想，与其流落海外，还不如就在渔阳郡投官，郡里的老爷只要听他陈述冤情，就算打烂他的屁股，未必就真会要他性命。他当时指着满船腥臭的鱼虾发誓，只要能回渔阳郡，让他干什么

---

① 今山东日照以西。

都行。

这艘小渔船看来也不是专门送唐牛的，一路走走停停，一会儿下钩，一会儿撒网，直走了一天一夜，到第二天午后才在一个小岛上靠岸。渔夫把唐牛交给一个在岸边瞭望的壮汉，交代几句后，就驾船离开了。而稳住了心神的唐牛，也只好跟着壮汉又向岛内走去。

谁曾想，岛内竟是别有一番天地。在海上望不到的岛内深处，一片空地上居然搭建有几十座棚屋，每个棚屋前还有几口大缸——稍后唐牛才知道，那些大缸里装的居然全是酒。更妙的是，在棚屋围绕的空地上，几堆篝火上显然正在炙烤着几只全羊。早就厌倦了小渔船上臭鱼烂虾味道的唐牛，此时闻到肉香，情不自禁就靠上去。而那些正在大汗淋漓炙烤美味的汉子也没多问，顺手就切了一大块香喷喷的烤肉递给唐牛。

唐牛哪管烤肉烫不烫手，两手颠倒着肉块儿就往嘴里送。肉没吃上几口，又有人传过来一只大木碗，唐牛一尝，好酒，肉也就吃得更顺畅了。如此胡吃海塞了一阵后，唐牛才注意到，这片空地简直就是一座乐园，足足百十个各种面目的汉子都在这里自得其乐，篝火旁还有人在唱着不成调的野歌，几个显然是吃饱喝足了的汉子犹自玩着角抵的游戏，周围的人也都是兴高采烈，哄声一片。

称心快意后的唐牛很快就趴在火堆旁沉沉睡去，离开临淄后的种种不如意也似乎都烟消云散了。等到他被人踢醒时，才发现天已经黑了。踢醒他的人，乱须横生，一脸冷漠，仰望上去，好似野鬼。这个野鬼倒是没为难唐牛，只在一片嘈杂声中，冲唐牛努努嘴，意思是要唐牛跟他来。昏头涨脑的唐牛这才猛醒过来，他上岛了这大半天，还没有拜见岛主，一定是岛主派人找他来了。

唐牛翻身起来，跟上前面带路的野鬼，很快就走到了空地边缘，那一排棚屋中的一座。掀开布帘，脱鞋进屋后，借着一盏摇摇曳曳的油灯，唐牛看见屋中也没什么陈设，只有两个人在当中跪坐。这两人中，一个浓眉大眼的汉子颇有气势，一个身宽体胖的女子颇不起眼。唐牛当时不由自主地想到，这个岛主的夫人可实在是够胖够丑的。

谁知，引唐牛进屋的人却手指胖女子恭敬介绍道："这是此间岛主吕大娘。"然后才指着胖女人身边的汉子说道："这是吕大娘的管家张步张大哥。"正要行礼的唐牛一个趔趄，顺势就把给座中男子行的礼，赶紧转向那个胖女子，同时口中大声说道："不才渔阳郡四大幡旗首座弟子唐牛，拜见岛主吕大娘，谢吕大娘、张大哥收留之恩。"

唐牛还记得一天前，自己因为谦虚、卑微，而在海曲县大幡旗师傅那里遭到的轻视，于是决定给自己抬抬身价。

胖女子满脸肥肉挤在了一起，应该是在笑脸相迎，她倒没说什么，只招手让唐牛坐下。唐牛刚坐下，吕大娘身边的张步却劈头问道："听说你打死过边境上的军爷？"

唐牛挺胸昂首，慨然答道："小子曾在四大幡旗大师傅的指导下，习艺多年，四大幡旗有事，从来都是小子我打头阵。边境上的军爷，小子我高估他了，下手重了些，才不得不流落宝地。"

张步点点头，微笑道："你既然有如此手段，看看外面角抵的兄弟可还像样？"

唐牛随他手指，又看了一眼正在外面摔跤、打闹的人群，呵呵笑道："这帮小子力气是有一些，本事却还差得远呢。"

张步又点点头，欣慰说道："将来有时间，必要和渔阳郡来的唐兄弟切磋一下。此间正有一件大事，唐兄弟来得正好，我们吕大娘正可借助唐兄弟的手段。"

一听这话，唐牛不由警惕起来，可还没等他问出口，张步已经站起身来，走到棚屋门口，把布帘完全掀开，然后右手食指放到嘴边，打了一个悠长、响亮的呼哨。

制止住空地上吃喝玩闹的众汉子后，张步大喊道："众位兄弟来自五湖四海，无论什么原因，凡投到吕大娘门下的，皆受到吕大娘的供养，吕大娘家的酒坊、布坊和油坊可没有对不起各位。你们长的已经在这里一年有余，短的也不下数十日，你们说，我们该怎么报答吕大娘？"他说一句，空地上的众汉子就响应一句，几句话后，众汉子已经都围拢上来，齐声大喊："吕大娘。吕大娘。吕大娘。"

这时吕大娘也走到了门口，望着众人，面露笑容，一开口，就把钟磬一样低沉、洪亮的声音传到大家耳中："奴家虽是女流之辈，却最爱结交英雄好汉，和顶天立地的英雄相比，万贯家财算什么？原来你们都跟着我在海西县玩耍，后来人渐渐多了，左邻右舍问起来多有不便，这才寻了这么一处没人的海岛，这几个月来，你们这一百多人在这里还满不满意？有没有烦闷？"

众人都乱哄哄地向吕大娘道谢，有的说很满意，不烦闷，也有的说，很烦闷，整天除了吃喝，没有事做。

吕大娘这时又说道："我的酒肉可不供养酒囊饭袋，你们成天在这岛上打来打去，也不知道你们是不是真英雄？"

众人哄笑道，我们当然是真英雄，吕大娘若不信，可以试试。

吕大娘马上接口道："原来我们在大陆上住着何等自在，要不是海西县令总说要严查各地来路不明之人，我们也不用躲到这荒僻的海岛上来。你们若真是英雄好汉，就去海西县找那县令问问，我们不偷不抢，就喜欢舞刀弄枪、摔摔打打，怎么就容不下我们？"

众人中那些已经半醉的人首先就被煽动起来了，齐声大喊："破海西，找县令。破海西，找县令。"而其他人看着有趣，也都跟着大叫起来。

于是，张步马上对这些人进行了编组，按五十人一伙、强弱搭配的原则，把在场所有人编成了三伙，实在体弱不堪用的，就命其在岛上留守。编组后，吕大娘和张步各带一伙，而第三伙竟交给了唐牛。然后众人又鼓噪着拉出岛上暗藏的小船，连夜就向海西县驶去。

唐牛何曾料到，才到这岛上一天，竟又陷入了这样一场闹剧不像闹剧，造反不像造反的境地。他当然也知道，吕大娘和张步是看上他有和官府作对的经验，才让他当了这第三伙的头，但是他暗暗告诫自己，大话讲了收不回来没关系，可千万不能再搞出人命了。在漆黑一片的大海上，他很快就想清楚了，海西县这里可没什么人认识他，一旦事情不对劲，他就立刻脚底抹油，溜之大吉。

等靠岸以后，早已是天色大亮，吕大娘又把大家围拢在一起大吃大喝。张步此时宽慰一些有疑问的人说，海西县的城门一向只在开关之时有人查验，平常时候根本无人值守。今天又正好是县衙十天一次的休息之日，大家只要藏好兵刃，悄悄进城，到了县衙，把前后大门一关，不放跑一个人，不惊动左邻右舍，此事就成了。众人一听，钦佩不已，都说张大哥思虑周全，这个海西县令肯定是跑不了了。只有唐牛心里有话没有说出口，他想，若是吕大娘和张步只是找海西县令说说理，用得着考虑得如此周全吗？

不过，此时众人围坐一堆，也容不得唐牛有什么异动。还好，海西县的城门果如张步所说形同虚设，三伙浪荡汉子，百十余个暗怀兵刃之人，晃晃悠悠也就进去了，而六月午后酷热的大街上，也没什么人来往，这些心怀鬼胎的浪荡汉子三三两两聚集到县衙周围后，相互使了个眼色，随后就一拥而入。

涌进县衙的这些人起初也没有引起旁人的注意，正在打扫庭院的几个衙役还冲这些人喊道："今天县老爷休息，不办公，都回去吧，有什么冤屈，明天再来。"不过眼看着这些人一言不发，抢上前来，先把大门、后门关上，然后就亮出兵刃，吵吵嚷嚷着要找县令老爷时，满院的衙役、使女、老妈子才开始惊叫起来。在连续推倒几个年老的衙役，又摔了几个盆盆罐罐以后，才有一个吓得要死的年轻书吏告诉这些凶神，县令老爷正在后堂休息呢。

而当吕大娘在张步的陪同下，随着第二波人闯到后堂时，一身便服、满头乱发、不知所以的县令大人，已经被众多不知轻重的浪荡子胡乱绑在了县衙后堂的柱子上。那县令大人显然还不知道是怎么回事，犹自喊着："你们都是谁家的子弟？还有没有王法了？你们就不怕掉脑袋吗？"

可是县令大人一看见吕大娘立刻就不喊了，"啊""啊"两声后，瞬间换了一副通情达理的面孔柔声说道："吕大娘，你老人家来了，下官未曾远迎，还望见谅。"然后，他又转头呵斥屋中几个尚在筛糠的书吏："还不快请吕大娘上座，把老夫的积蓄都给吕大娘拿来。"

进到后堂，压根儿就没脱鞋的吕大娘当然不会在意县令大人的这些说辞。她径直走到县令大人身前，还是满脸堆笑地说道："王大人，想不到我们还能如此再见吧。"

深感威胁的县令王大人，长出了一口气，又换了一副哀婉动人的面孔说道："吕大娘，令郎之事，下官也甚为遗憾，郡上、朝廷上的长官苦苦相逼，我若不处理令郎，则全县官佐都有性命之忧。"

一听王县令提起自己的儿子，吕大娘立即浑身颤抖起来，出手成爪就在王县令的脸上乱抓，边抓还边嘶喊道："我儿不过是记错了几个账目，你就要把他处死，你还敢跟我说遗憾？你想去常安^①做大官，没人拦你，可你怎么能拿我儿的脑袋做垫脚石，可怜我儿才十六岁啊！"

听到这里，满屋的人这才知道了今天这场闹剧的缘由。几个知道内情的书吏也都跪倒在地，边向吕大娘磕头边说道："王大人是

---

① 王莽登基后，改长安为常安。

好人呐，你可不能害他呀。"

吕大娘抬腿就踢倒一人，疯了一样狂吼道："我儿就是坏人吗？你们先是哄骗我出钱，让我儿来县衙谋个前程。众人收粮出了错，又让我儿一个小破孩顶缸。我儿行刑前，我拿着我全副家当，磕破了头求你们，那时你们谁理过我？"

后堂内一时鸦雀无声，片刻之后，还是王县令冷静说道："吕大娘，事已至此，说什么都晚了。今天你打也打了，抓也抓了，气该出了吧，下官再把这些年的宦囊积蓄全部奉上，今日之事就当没发生过。"说到这里，他停了一下，又说道："今日没有闹出人命，还有的挽回，若闹出人命，只怕下官也无法在上峰那里交代。"

这番明软暗硬的话根本就不能打动吕大娘，吕大娘抖着两颊的肥肉喊道："老娘早就把祖上三辈积攒下的酒坊、布坊和油坊变卖了，我儿死后我就只为了这一天活着。你个狗贼死到临头还敢用朝廷压我。你倒猜猜看，我怕不怕？"

"张步，动手。"这后一句话，吕大娘已经是对着身后的张步发令。

"慢着，下官还有话讲——"王县令一句话尚未说完，张步已经一刀戳进了他的心口。满屋的书吏、仆役同时惊叫不已。

完事后，张步又指挥一众浪荡子，把海西县衙内的所有人绑在一起，口塞布团，然后就关门闭户，招呼众人悄无声息地溜出县城，重回海岛。好多在县衙外望风的浪荡子，还是在回程的船上，才听说吕大娘做下的这桩大案。胆大的都说，做得好，敬佩吕大娘是有仇必报的好汉。胆小的嘴上不说，却觉得长久以来，白吃白喝的那些酒肉有些不好消化了。

吕大娘可没功夫细察每个人的脸色。回岛以后，她就把她的剩余财产全部分给了众人，还带着大家狂吃滥饮。她说，她绝非有意欺骗众人，只是担心走漏了风声，让那狗官有所防备。现在心事已了，她愿和众人永远这样快乐下去！

第三章

赤眉崛起

　　不过，吕大娘所说的永远快乐，也仅仅维持了半个月而已。七月后的一个早晨，浪荡子们发现，吕大娘竟然在自己的屋中咽气了。有人怀疑是刺客所为，杀了吕大娘好去官府请赏；有人说是饮食原因，以吕大娘前些日子的那种吃法和喝法，足够让三个胖子撑死，五个酒鬼醉死。最后还是张步叹道，吕大娘早有暗疾在身，如今心事已了，只怕是自己求死。为今之计，还是想一想大家的出路吧。

　　但是，在这个岛上，除了吕大娘哪里还有第二个人能镇住这些浪荡子。当晚，就有十几个胆小怕事之人偷偷拉出小船，带着吕大娘赏给的财物，向大陆逃去。其余多数人可走可不走，走也无处可去，于是就想着，先把岛上的美食、美酒吃喝干净，再做下一步打算也不迟。唐牛混在这些人中，心想，渔阳郡的案子怕没这么快就消停了，不如先在这里混些时日。他没想到，他这一懒，反倒救了他一命。

　　几天后，偷偷出岛的人就有几个惊魂未定地逃回来了。据他们讲，海西县令被杀的案子已经惊动了整个琅琊郡和朝廷，邻近几个县的官府都在调集人马、征调海船，并悬赏征集一切有关吕大娘和吕大娘手下匪帮的消息。先前那些偷偷出岛的人很多都撞在了沿岸官差的手上，可以推测，一定会有人熬不住刑讯，把吕大娘这个海岛的位置和岛内详情一一招供。

这些日子里一直醉生梦死的浪荡子们这时才有些慌了。有人痛骂"吕大娘害我"，恨不得把吕大娘从地里刨出来挫骨扬灰；也有人舞刀弄枪地喊道："怕什么怕，官差来了，杀一个够本，杀两个赚一个。"

最后，还是张步制止住众人，说道："我们这些人大多是在本乡本土犯了案子，才不得不投靠到吕大娘的门下，吃了吕大娘的酒肉，穿了吕大娘的新衣，替吕大娘报个杀子之仇，有什么了不起。那些以为被吕大娘坑了的人现在就赶紧滚蛋。吕大娘虽死，我张步可还活着。"镇住众人后，张步又说道："如今官府无道，哪里都有活不下去的百姓。几个月前，上岛之初，同是琅琊郡，却在莒县活动的一伙好汉曾对吕大娘发出过邀约，吕大娘当时大仇未报，不愿远离海西县，所以才带了大家暂来此处安身。既然现在官军就要杀上门来，我看大家不妨都去莒县投靠这伙好汉。只要人多势众不落单，咱们未必就怕了官军。"

此言一出，众人全都叫好，除了少数人坚持要另投他处以外，其余的数十百人，全都愿意跟随张步去莒县。唐牛夹在这些人中，心知张步说得在理。虽然搞不清楚莒县会是个什么样子，但现在若是单身逃亡，多半会撞到官府手上，权衡之下，也只能先到莒县去看一看了。

事不宜迟，当晚，岛上的这帮浪荡子饱餐一顿后，把方便带走的都带上船，带不走的全都一把火烧掉，然后祭拜过吕大娘的坟冢，就直向莒县而去。这期间，少不得一边躲避官府的哨卡和耳目，一边向沿路的各类大幡旗组织打听莒县的那伙好汉藏身何处。如此走走停停、晓宿夜行了十余日，才终于在太山脚下和这伙好汉接上了头。

说明来意之后，太山上的大首领樊崇很是高兴，不过为防有诈，樊崇大首领还是要新来之人全都在神明面前过过关。于是在一番祭祀、祷告之后，一身法衣的樊崇请来太山山神附在自己身上，把张步、唐牛等人一一辨别了一番。唐牛开始对樊崇这一套做法倒不在意，只是后来，当太山山神摇头晃脑、疯疯癫癫地说唐牛命数有奇、颠而不破、多灾多难时，才有点不高兴了。

他心说，老爷我的命运岂是你这个神棍能知道的。不过，唐牛原来在渔阳郡时也见过不少这类装神弄鬼的勾当，知道这类把戏万万不可当面揭穿，所以也就只能故作惊讶，高喊佩服了。

验明正身后，樊崇为表歉意，执意要给新上山的兄弟大摆筵席，犒劳一下。在宴席上，唐牛又认识了同为琅琊郡人的逄安和前不久才从东海郡投奔来的徐宣、谢禄和杨音。经过一番旁敲侧击的打探后，这才慢慢搞清楚，原来太山上原先也只有樊崇这一伙人，因人少力薄，所以常常被官府追得东躲西藏。后来因为青州、徐州一带闹了饥荒，官府又逼得太狠，这才由近及远，又先后接纳了逄安、徐宣、谢禄、杨音等几伙人马。本来樊崇也曾托人带信，希望吕大娘一伙也能上山抱团取暖，不过因为吕大娘另有目的，所以就耽搁下来了。如今山不转水转，吕大娘一伙也上山来了，樊崇作为大首领，自然会有如他所料的快意感受。

酒宴之上，吕大娘带领众人破县城、杀县令的故事不免又被人添油加醋地拿出来讲述。此时吕大娘不在，作案当日同为头领的张步和唐牛自然就备受大家推崇。张步讲了海西县令临死前的窝囊样子，唐牛不甘示弱，也讲了自己在渔阳郡打死官军的壮举，众人听得兴起，一碗碗酒都如水一般倒进嘴里。

当天，众人尽欢。第二天酒醒后，张步和唐牛才又和樊崇、逄安等众首领坐在了一起，商讨正事。樊崇瞪着他的大眼睛，环视众人说道："众位兄弟有所不知，原来咱家只有几百人的时候，咱尚且能够在琅琊郡横行自如，后来有了数千弟兄后，反倒被连率①田况弄得在莒县立不住脚，还好王莽帮忙，把这个一心安民，不急着剿匪的田大人弄走了。听道上的兄弟说，如今来的这个太师羲仲②景尚景大人，把田大人以前搞的乡兵都遣散了，只留下了朝廷制兵，说是剿匪，还是要靠朝廷制兵，可依咱家看，若是没有乡兵给他们通风报信，咱们完全可以和他干一下。"

逢安也笑着说道："去年大旱，本来有不少交不起租税的百姓都来投奔我们了，可是让那个田况大人又赈灾又免税，三弄两弄，不少人又跑回家去了。若不是后来的景尚大人的兵卒宁杀错不放过，我们现在哪有这许多人马。"

小个子的徐宣则说道："景尚自恃他的手下都是朝廷制兵，没把我们放在眼里，他还不知道，我们几家合股后，兵马也有上万，打他一下也没什么不可以。"

从未真正做过首领的唐牛哪里插得上嘴。最后还是张步问道："我们几家合股，兵马如何安排？号令由谁发出？"

樊崇大手一挥说道："朝廷制兵的那一套旌旗、号令什么的咱家就不要弄了。弄了，你们手下的那些乡巴佬也看不懂。还按老规矩，乡里乡亲跟谁来的，就听谁指挥，咱家给你们指定好出发阵地，到时还是咱的鬼卒打头阵，只要听到喊杀声起来了，你们就一起给咱往前杀。缴获的财物，一半归大营，一半归自己，你们说好不好？"一众首领齐声说好。

首领们说好了，就该和山上的乡民们说说了。樊崇和往常一样，杀鸡喷血、又唱又跳，当着上万乡民的面，又把太山山神请了

① 王莽新朝太守的称谓。
② 王莽新朝的官职，指太师府秘书长。

出来，太山山神依附在樊崇身上，含含糊糊、比比画画了好久也没人知道是什么意思，直到首领们反复献上祭品，又把自己额头都磕出了血，太山山神才清晰地喊出了"杀！必胜！"的声音。于是乡民们全都沸腾了，分到了祭肉的青壮年也全都争抢着要去当"鬼卒"。因为太山山神都说了，吃了祭肉，刀枪不入，当了鬼卒，长生不老。

说干就干，根据周围各郡县大幡旗组织秘密传来的线报，这个景尚景大人集结了青州、徐州一带的州郡兵后，灭了几股没来得及转移的兄弟，甚是骄横。此时正在东海郡备冬，听说不日就要向琅琊郡转进。樊崇决定，就在东海郡和琅琊郡之间的山间密林里伏击景尚。

于是在地皇三年①二月早春时节，刚刚向王莽上奏，关东盗匪不足为虑的景丹，就在琅琊郡内遭到了突如其来的打击。一支完全超出他预料的强大队伍，在一个大雾弥漫的早上，忽然就闯入了他的营地。他手下的那些朝廷制兵眼看着一群青面獠牙的恶鬼从雾中钻出，见人就杀，抱住就咬，稍加抵抗后，就一哄而散。

而从樊崇这边讲，当亲眼见到他的那些头戴面具、装神弄鬼的"鬼卒"在大雾掩护下，闯进景尚大营后，他就知道今天大事成矣。唯一顽强一点的，也只有景尚所在的亲兵营了。不过在紧随而来的逢安、谢禄、杨音和张步各营的合击下，景尚的亲兵营也不过是多坚持了一炷香的时间而已。乱军之中，当一名鬼卒高举景尚的首级，放声嚎叫时，剩余的朝廷制兵不是落荒而逃，就是缴械投降。这时才匆匆赶到战场的唐牛一营，也匆忙加入了哄抢官军财物的行列，带头的唐牛还不满地喊道："我们不过是早饭吃晚了一点，怎么就打完了呢？"

但是当晚的庆功宴上，张步和逢安、谢禄却险些火并起来。起

---

① 公元 22 年。

因也很简单，张步控诉逢安和谢禄二营兵卒无故杀伤他的手下，按军制和江湖道义，他们二营都应该重金赔偿并惩治凶手。不过，逢安和谢禄并不认可，他们说张布的手下都拿着朝廷制兵所使用的长戟和钩戈，很多人还穿戴着和景尚手下一样的甲胄，战场之上，谁分得清，当然是先杀了再说。张步则吼道，好兵器、好甲胄不给手下用，难道让他们一直用竹枪、木棍不成？

他还推心置腹地跟樊崇探讨，樊大哥的鬼卒之计固然高妙，可也不能一再使用，只要对方下次有了提防，鬼卒也好，天兵也罢，恐怕就不能再讨巧了。樊崇虽心里不悦，却也明白表示，张老弟想把手下练成精兵，这个咱家是佩服的。可是眼下投奔咱家的，男女老少都有，也由不得咱们挑肥拣瘦，再说咱们也没有那么多好兵器、好甲胄配给他们，所以装神弄鬼这套把戏还是不能丢。就算咱们不信，咱们手下那些乡民信也不错啊！

最后，还是唐牛出来打了圆场。他怕深究下去，总会有人问道，大家厮杀了一整天，你唐牛把你的人带到什么地方去了？于是他给众首领提议：给各营都配上好兵器、好甲胄自然是不可能，人人都披头散发戴面具也不成样子，不如折中一下，就令士卒把双眉或者面孔染红，这样既可吓唬官兵，又能让各营不自相残杀，岂不两全其美？张步和樊崇一时也想不出更好的办法，就暂时认可了唐牛的主意。

而在这之后，还有犒赏士卒、扩编队伍、感谢各方团体、探听各地消息种种杂事要忙。等到又一支朝廷大军从洛阳杀向这里时，樊崇及各营弟兄这才得知，在朝廷的文告中，他们已经正式被称为"赤眉匪军"啦。

"赤眉就赤眉，"樊崇不怒反喜道，"王莽老儿一贯喜欢装神弄鬼，欺骗天下，咱们赤眉军就是要告诉天下，这里就有一群野鬼、散仙绝不信他，绝不服他。"只不过逢安还是提醒众首领，这一次，王莽把他儿子王匡也派出来了，虽说领兵打仗的，主要还是那个什么更始将军廉丹，但是既然有皇帝的儿子出来坐镇，说明王莽也足够重视我们了。其他各营首领虽然都说不怕，但其实也想不出什么好办法，只能尽量扩大声势，广招人马，期望在下一场恶战中有足够的人手。

这廉丹和王匡也确实足够谨慎，按说他们应该早已接到景尚战败阵亡的消息，但是手握大军的二人自洛阳出兵以来，并没有直奔琅琊郡杀来，而是稳扎稳打，一步步碾压过来。很快，无盐县①传来消息，那里的一个大幡旗师傅索卢恢②，受樊崇激励，才在县城起事没两天，就遭到了廉丹、王匡大军的血洗。据侥幸逃脱的人讲，索卢师傅不过带了几百人起事，朝廷大军却杀了不下万人。

这一下，樊崇等众首领就更紧张了，疯了一样的囤积粮草、器械和兵卒，决心和廉丹、王匡大军拼死一战。

这时，一则消息忽然引起了众首领的注意。原来节节胜利的廉丹、王匡大军，竟然在此时分兵了，细一打听，竟是梁郡③又有一支人马忽然起事，威胁到了洛阳的安全，廉丹、王匡大军不得不分兵先去对付他们。探知这一消息后，众首领立刻陷入了要不要冒险出击的焦虑之中。事情明摆着，要是等廉丹、王匡扫平了各地小股的同伙，他们琅琊郡的这一帮人就会孤掌难鸣、死路一条，但若是贸然出击，又焉知不是正撞在朝廷大军的刀头上。这一犹豫，就足足犹豫了十余天，而梁郡的那座小城，在朝廷大军的攻击下，居然始终屹立不倒。同时，王匡和廉丹二军也已经足足拉开了二百里的距离。

这一下，各营首领总算下定决心了，七嘴八舌地制定了一个围

---

① 今山东东平。
② 复姓索卢。
③ 今河南商丘。

点打援的所谓"精妙"计划。

按照计划，逄安、谢禄先带他们的两营人马大张旗鼓地前去梁郡解救同伙，并攻击王匡军的侧后，一旦廉丹军前来会合，樊崇指挥的剩余各营全部人马就会在成昌①截住廉丹，与其决战，得手后，再和逄安、谢禄联手，解决王匡。这个计划看上去可行，实则凶险无比。开战后，若逄安、谢禄不能拖住王匡，则赤眉全军危矣；若樊崇不能尽快击垮廉丹，则赤眉全军也危矣；若王匡、廉丹反应迅速，一旦察觉有异就相互靠拢，则赤眉全军更无法可想。所以，当各营都按计划开始行动时，唐牛真是有些不知所措了。

上一次一哄而上的乱战总算让他躲过了，这一次，各营要按计划出击，比上一次的要求更高，出了差错可不是闹着玩的。可问题是，就算各营首领绞尽脑汁想出来的这个计划可行，那不是也要和廉丹、王匡手下那些甲胄齐全、器械精良的朝廷制兵一较高下吗？看看身边的这些乡民和他们手中的木棍、农具，唐牛真的是一点信心也没有。

可是真打起来，一切都让人意想不到。那个主动要出击梁郡的王匡，刚一察觉侧后方有兵马来救梁郡，就向洛阳方向逃跑了，而积极策应王匡的廉丹一军，则很快陷入樊崇和逄安前后两支赤眉军的夹击之中。那场混战足足打了三天三夜，廉丹的数万人马虽然被赤眉军重重包围，可是他们在重围中，犹自能建立营垒，力保不败。这期间，有几支官军小队还能钻空子杀出重围，显然是去求救去了。不过，西逃的王匡一军始终也没再杀回来。而被断绝了水源的廉丹一军，耐不住饥渴，最终只能冒险突围。脱离了营垒的保护，在赤眉军浪潮一般的冲击下，廉丹全军终于还是在撤退途中溃散，主将、副将悉数阵亡。

---

① 今山东东平以东。

第四章

绿林山中

———○

　　三个月内，连败朝廷两支大军，赤眉军的名头算是打出来了。如今在洛阳以东，直到大海的地界上，凡是在乡间野外把双眉涂红的人，官府都不敢过问了。虽然赤眉各营也没有攻下几个县城，但是，抢了大户人家的财物，然后就去投奔赤眉的人已经越来越多了。

　　当然，樊崇、逢安、张步等首领还是知道赤眉军的难处的。两场大战，官军固然杀死不少，各营好汉却死得更多。竹枪、木棍、镰刀、锄头对阵长戟、大刀、弓箭、铁甲，岂是容易的事？

　　而就在赤眉军大胜之后，返回太山的途中，樊崇本来还打算顺道把老家莒县打下来威风一下，可是早有准备的莒县县令带了些乡兵、团练，竟硬是拒赤眉数万人于城外。原因无他，只因为满载财物而又无性命之忧的赤眉各营，根本无心和一个小小的莒县斗气。打了几天，不见效果的樊崇没奈何，只好绕道而行。

　　不过，这倒也无损赤眉军的大名。在闻风投奔而来的男女老少之中，除了大批的贫农、仆役、浪荡子以外，一些方士、儒生也背着他们的一卷卷竹简摸上山来。这些人一到山上，就要求和最高首领会谈，还自称有夺取天下的最佳策略，只要赤眉首领依计而行即可。

只是这些人不知道，这些首领也许都不识字，也没读过各家学派的经典，但是他们也有自己的一套生存哲学。

樊崇就曾经拿着一个儒生献给他的策论对逢安讲："这些读书人以为天下是那么好拿的吗？建立官署，昭告天下，与王莽一争高下？他们是想把咱家架在火上烤啊！"逢安也说："王莽尚且掌握天下一百多个郡县，我们才搅乱了一两个而已。即便琅琊、东海二郡已经不能奈何我们，可若是王莽源源不断地从关中和其他各地派大军来，我们也是万万对付不了。"徐宣抢过樊崇手上的竹简，一把丢进火盆里说道："我们一座大城还没有打下来，现在就搞这些将军丞相之类的官号，各营的弟兄只怕搞不明白。现在号令众人的'三老''从事'什么的，虽然听上去土气，可是大家都认可。不信你让谢禄穿一身锦袍去指挥他手下的弟兄，他们不笑掉大牙才怪。"

众首领哄堂大笑之后也都想到，王莽连失两员大将、数万兵马，绝不会善罢甘休。各营相继苦战以后，能上阵厮杀的已经折损了不少，虽说现在入伙的人多，可是十个当中也难挑出一两个精兵，不想想办法可不行。

杨音这时说道："此次大战，若没有无盐和梁郡的两股弟兄帮忙，我们前途如何可难说得很。要想让王莽不死盯着我们这里，我看也简单，我们只要挑选一批胆大心细、能言善辩的兄弟，让他们带上一批这两次大战缴获的财物，分赴各地，挑动天下对王莽不满的好汉都躁动起来，王莽恐怕就顾不上我们这里啦。"这个主意深得众首领赞同，事不宜迟，他们立刻就要各营赶紧去备人、备物。

不过，话题一转，樊崇这时又对唐牛说道："唐兄弟，两次大战，你唐牛一营都比其他各营慢上一步，你倒说说看，你到底是不会带兵还是胆小怕事？"

唐牛眼看自己接连两次耍的小心眼并没有躲过众首领的眼睛，只好假装气愤地嚷道："首战景尚，是我营中的伙夫做饭晚了，误了我营出战的时机，兄弟我早已抽了伙夫五十鞭子，以示惩罚。再战廉丹，我营出战并不算慢，却是逢安、徐宣二位大哥的手下指错了方向，让我营弟兄绕了个大弯子，才赶到战场。"他还愤愤不平地补充道："两次大战，我营死伤的弟兄虽然少些，可是缴获的东西也最少，我手下弟兄本来就不满，现在你们又这样说我，那我就独自带兵去打下洛阳给你们看看好啦。"

除了张步，其他首领都鄙夷地看着唐牛，杨音更是打趣唐牛："唐首领知道洛阳怎么走吗？万一误入关中可怎么好？"在众首领的哄笑声中，唐牛脑袋一热，大怒道："我打死官军的时候，各位还在深山老林里躲着呐！你们无非是嫌我带兵带得不好，那现在我一个兵卒也不带，孤身一人回渔阳郡去拉出一支队伍可好？"话说到这个份儿上，谢禄、张步赶紧上前劝解，连说，大家都是生死兄弟，万万不可伤了和气。

但是，当天晚上，张步私下里又来找了一次唐牛。他也不绕弯子，直截了当告诉唐牛，早在吕大娘杀海西县令时，他就看出唐牛不适合带兵了。然后他又说道，赤眉军中的这些人脱不了乡野习气，也难有什么大作为，他的愿望是要练出一支天下精兵，纵横天下。看着目瞪口呆的唐牛，张步又转头指点道，你唐牛上山这么久，还看不出来吗？樊崇、逢安和徐宣、谢禄、杨音，比你我的关系深之又深，他们现在挤走你唐牛，下一步就会对付我张步。所以在他看来，唐牛现在先走一步也未必是坏事，换个地方，打下根基，万一将来这里实在容不下他张步，他还可以去找唐牛。

唐牛这时面露难色，有些扭捏地说道："白天我说的都是大话，我在渔阳郡的各大幡旗中，辈分甚低，只怕回去也拉不起一支队伍。"

张步笑道："我早知道你是吹牛。你若有你说的那么大本事，怎会被挤到琅琊郡来。"不过话头一转，张步又说道："我可不是为了难为你，才让你回渔阳郡的。其实，我是想让你反方向往南，去荆州。"看着唐牛迷糊的眼睛，张步进一步解释道："你没听说吗？荆州绿林山中有一伙好汉，前段时间也大败了王莽的官军，你若能去和他们搭上线，一来可保你自身的安全，二来可为我们这些吕大娘的手下多准备一个落脚的地方，三来也可堵住樊崇那帮人的嘴，我看这才是你最好的去处。"

唐牛此时早已听得云里雾里一般，虽不明白，却也知道张步是为他好，只好干巴巴地说道："唐牛别的本事没有，为朋友排忧解难却是从不推迟。张大哥放心，这绿林山就算是龙潭虎穴，我也要去走一遭。"

第二天，众首领再次聚在一起，商讨怎样资助各地的造反兄弟，并改善赤眉军的生存状况时，张步就替唐牛说了一番话。他说，唐牛毕竟是一营首领，让他回渔阳郡去煽动起事有些大材小用了，再说，你们让唐首领回了老家，就不怕他往人堆里一藏，谁也找不着了吗？你们也都知道，荆州绿林山有一伙好汉前些日子也曾大败官军，我们实在是应该派个够分量的人物和人家好好联络联络，这个人物我看非唐首领莫属！

本来各营首领此时已经精挑细选了一批人，准备分赴各地，听张步这样说，也没觉得有什么不妥，于是就由樊崇做主说道："荆州地远，官府盘查也严，本来无人愿意去，咱家也是好不容易才说服了一个南阳郡籍的儒生去给我们做说客，既然唐首领愿意勇挑重担，那咱就让这个儒生去渔阳郡好了。"

商议既定，又经过两天的准备，最后在五月里一个阳光明媚的早上，一群身负赤眉军重任的人终于要上路了。在送行宴上，樊崇大声对他们讲道："咱老樊不是小气的人，各位这次远行，咱和众首领给各位准备了最好的马匹和最充足的金子，以及最尊贵的头衔，你们只要能鼓动当地的好汉尽快起事，大打、狠打，解了咱赤眉军当前的困境，咱们赤眉军将来一定不会忘了各位的好处。"说完，他又起身挨个向要上路的人敬酒。

在一个老者面前，樊崇说道："关中是王莽的老巢，老人家到了常安，只要多多散布有关王莽丑事的谣言即可，起事之事可以暂不考虑。"喝完一碗酒，他又走到两个健壮汉子面前说道："你们兄弟二人剑术惊人，此去蜀郡，咱家是不担心你二人的安全的，记住，蜀郡的起事之人若是可以辅佐，你们就辅佐一下，若是不听你们的，你们可相机夺之。"然后，他又走到一个儒生面前，好言宽慰道："彭先生，渔阳、上谷、右北平各郡，咱们各大幡旗的师傅在那里势力很大，你不必担心，到了那里，就算你什么也不说，咱家估计他们也快起事了。"这一碗碗酒喝下去，喝到唐牛面前时，唐牛早已是急不可耐了。而在等着樊崇敬酒的时候，他别人都没记住，唯独记住了那个和他交换，要代替他去渔阳郡的儒生，虽然他看到这个儒生喝下小小一碗酒也十分勉强，却也听见这个儒生向樊崇表白道："彭宠此去，必不辜负大王所托。"

吃饱喝足后，这十余个人就要分头上路了。出发前，首领逢安又半是戏言半是认真地站出来说道："各位现在胯下有良驹，手上有千金，若是以为可以就此远遁他乡，做个富家翁，也不是不可以，不过世上没有不透风的墙，被咱赤眉军数十万弟兄惦记一辈子，恐怕也不是什么好事吧？"众人皆应道："绝不敢有负各位首领。"

离开了赤眉军，唐牛不是没想过凭着手上的良马、千金找个地方躲起来过安稳日子，他也确实避开了半路上官军势力强大的豫州和司隶，远远地绕道徐州，慢慢向荆州而去。可是比逢安的威胁更管用的是，此时天下各郡县的形势，已经比一年多以前他离开渔阳郡时，更加混乱不堪。没有官府发下的文书或当地大户的担保，他根本无法进入任何一座城池安身，而游荡在乡郊野外，随身的财宝又很可能随时变成夺命利器。好几次，若不是靠着赤眉军的威名镇住沿途欲行不轨的毛贼，然后又靠着大幡旗弟子的名头和自己的口才，与各地好汉广结善缘，唐牛几乎就要陷在路上的一些无名山川之下了。

在思来想去、犹犹豫豫之间，唐牛始终也没有找到一个安身之所。而进入荆州地界后，唐牛又碰上了连绵的阴雨天气，眼看自己孤身一人，吃穿住行都成问题，一旦生病也无人照看，唐牛被逼无奈，只好四处打听着绿林山的去处，想先去观望一下，养养身体。

不过真的进了绿林山，唐牛更是大呼上当。他哪里知道，此时的绿林山早已不是传闻中的绿林山了。据放他进山的几个病殃殃的汉子讲，绿林山原本不过是一些无力交租交税的贫苦百姓躲在这里，相互之间并没有很明确的隶属关系，为了彼此之间解决纷争，更为了和山外的官军对抗，才渐渐归属了几大首领。但是去年大败官军后，又有数万贫苦百姓慕名而来，绿林山上的原有营地容纳不下，只好由着这些人随意搭建。于是山上山下渐渐杂乱不堪，各营每天抛扔的废物、拉的屎尿把山上仅有的几处水源全部污染了，兼之此地又是闷热多雨的气候，所以今年开春以后，绿林山上就爆发了病疫。而山中本就无医无药，于是很快一传十，十传百，变得不可收拾。各营每天都能拉出几十上百具病死之人的尸首，这些尸首来不及掩埋，只有抛入山涧谷底，而山中野兽啃咬后，又被山中百姓捕食，一些比邻各营营地的山野村民竟也染上了病疫。现在，整个绿林山中，不生病的人十个里面找不出两三个。绿林山就要完了。病殃殃的汉子最后如此告诉唐牛。

唐牛此时进退两难，但也只能硬着头皮去见山上的首领。

绕过一座座恶臭环绕的营地，躲过一群群面黄肌瘦的义军，唐牛总算进入了绿林山中一块狭小但还算干净的营地。但这里的人不像山脚、山腰那些营地的人那样，只是歪坐着等死，反而是一派忙碌的样子，唐牛不得其解，呈上信物、礼物，表明身份后，就呆坐在一旁看这些人忙碌了。

过了良久，才有几个首领模样的人来召见唐牛。左右有人介绍说，这是绿林山上的首领王匡、王凤和王常、成丹，要唐牛快快行礼。唐牛一面行礼，一面止不住诧异地望着王匡。那王匡见怪不怪，马上说道："我非新朝的太师王匡，而是绿林山的义民王匡，我也不会改名的，将来杀到常安，活捉王莽父子我也叫王匡。"

还没等唐牛钦佩完毕，另一个首领王凤说道："唐牛兄弟的信物我们验过了，你的来意也听说了。感谢赤眉军樊崇大首领的厚爱，隔着那么老远还给我们绿林山的兄弟送东西来，我们兄弟真是感激不尽。"但是王凤接着又说道："绿林山的现状你唐牛兄弟也看到了，我们现在自身尚且难保，哪有力量再去进攻官军？实不相瞒，绿林山我们是待不下去了，这两日收拾好东西后，我们马上就要出山逃命去了，大打、狠打官军的事，我们实在是帮不上忙。"

唐牛立刻就哽住了，心中痛惜那些送出去的金子打了水漂。王匡看出他神色有异，马上说道："你唐牛是我们的贵客，放心好了，我们出山一定会把你带上的，至于出山以后，你是跟着我们绿林军四处转战，还是回琅琊郡找你们赤眉军，都随你好了。"

唐牛无法可想，也只好答应下来。

第二天，收拾好行装，健壮能走动的绿林军就在夜色掩护下，悄悄出山了。为防止官军追击，他们一路由王常、成丹带领，向西往江陵①而去；另一路由王匡、王凤带领，向北往南阳而去。而大批无力行走的病患，则全部被抛在了绿林山中。

---

① 今湖北江陵县及川东一带。

第五章

骑牛将军

身处下山队伍里的唐牛，偷眼看去，好像王匡、王凤的人马稍多，就跟着他们一起走了。脱离了险峻山林的掩护，绿林山的这一支残军几乎每天都要更改宿营地。偶尔打掉一个小小的田庄，也是把能吃能用的全部搬走。而且为了迷惑官军，他们还放弃了绿林军的旗号，自称是新市兵。总之为了能活命，他们什么都肯做。还好，根据十里八乡各处返回的消息综合判断，大股官军似乎盯上的是另一支逃出绿林山的残军，他们这一支新市兵暂时无人理会。

这段时间，唐牛也一直想找机会离开，只是一方面他知道官军就在不远处观望，此时离开大队人马，甚是危险；另一方面他也没有想好，他是应该回琅琊郡重投赤眉军，还是应该直接潜回渔阳郡。若重投赤眉军，他怕又赶上官军新一轮进剿，而且他在绿林军走这一遭，金子没了，任务也没完成，樊崇那里实在是不好交代；可若是潜回渔阳郡，距离遥远不说，他还怕赤手空拳撞在官府手上。如果说，当初打死高队长还能说是个误会，现在在吕大娘和赤眉、绿林手下都干过了，再被抓住，那真是砍一万次头也不冤枉了。

这期间，刚刚喘过一口气的王匡、王凤，还接纳了另一支平林人陈牧、廖湛带领的小股义军。本来人家是冲着绿林军的名头前来投奔的，但是为了扩大新市兵的声势，王匡、王凤说服他们，把两支义军合称为新市、平林兵，听上去似乎稍有重整旗鼓的样子，而且他们还趁势尝试进攻了一次随县①。不过在当地官兵的严密防护下，丝毫也没有占到便宜。离开随县后，新市、平林兵只好又在山野间打一些小田庄的主意，不过事情明摆着，个把小田庄可养不活新市、平林军的这一万多好汉，若是没有新的出路，只怕绿林山中的一幕又会重演。

形势严峻，朝夕难保。就在唐牛痛下决心，准备先脱离新市、平林兵，再谋出路时，忽然营中传言，说是捉到了一个不停喊冤的官军密探，非要见新市、平林军的大首领。王匡、王凤和陈牧、廖湛已经亲自审问去了。唐牛好热闹，也跟去看审问现场。他只见来人是个白净的年轻人，自称是春陵②柱天都部刘缤刘将军的部下，姓刘名嘉，同时奉上的还有一卷密封好的简牍信函。不过眼见王匡、王凤等人都不是能读信函的人，这个年轻人只好代替各位首领，拆开简牍，说明大意。

简牍的主人就是那个柱天都部刘缤刘将军，他自称乃大汉长沙定王之后，因不满王莽倒行逆施、祸乱百姓，已经在春陵举起了义旗，聚集了八千健儿。听说新市、平林军的各位好汉也在这一带活动，特邀各位首领相聚，以商大事。

本来一筹莫展的王匡、王凤一听如此好事，当即就重赏了这个年轻人，然后通报全营，说援军就在附近，大家不必惊慌。接着立即组织代表团，就要去春陵和这一伙人谈判。出发前，为了自重身份，说明自身在全国义军中的地位，王匡、王凤把唐牛也拉进了

① 今湖北随州市。
② 今湖北枣阳境内。

代表团。而为了表示本方地位不逊于对方，王匡、王凤还仿照春陵军的样子，给代表团的所有成员都赋予了将军的称号，严禁大家再叫什么"三老""从事"之类的乡野小民称谓。

原本另有心思的唐牛这时又成了新市、平林军的偏将军，要跟着几位首领去春陵见这个"柱天都部"了。到了春陵，又是别有一番景象。只见这里兵马虽然不多，旌旗号令很严整，进退行止皆有规范，和赤眉、绿林营中整天闹哄哄的样子别有不同。

两家首领见了面，先是互相恭维了一番，然后就开始各自盘道。那刘縯刘将军口口声声以大汉皇嗣自居，自称负有铲除王莽，匡定天下的重任，希望新市、平林军的各位首领鼎力相助，将来封王拜侯，不在话下。王匡听了，立刻讥笑道，刘縯的这点皇室血统恐怕和大汉皇室也过于疏远了，细论起来，只怕王莽和汉室的血脉比你刘縯还要近些，若以血缘论，难不成我们还要去保王莽不成？

血统不管用，再说实力。王凤说，我们新市、平林军其实就是绿林军，是当年首举义旗的好汉，就算是琅琊郡的赤眉军也是承认的，不信可以问问赤眉军的兄弟——这时他就指向了唐牛。不过没等唐牛插话，刘縯那边就有人直言，绿林军今时不同往日，不光丢了老巢，还要分头逃命，再提从前的威风有什么意思？此话一出，王匡、王凤这边的诸多汉子禁不住暴跳如雷，当场就要拔刀火拼。

正在这时，一头大水牛晃晃悠悠地闯进了会场，水牛背上还驮着一个全身甲胄、披着大红披风的将军。此人翻身下牛，先是喝止住了刘縯这边的将领，然后又对王匡、王凤的人好言相劝，待两边分开后，才向刘縯禀告道，为新市、平林来的义军兄弟准备的二百担粮食、二十头牛羊已经备好，如何发放，还请柱天大将军定夺。王匡、王凤的人一听人家还备下了礼物，也不好再闹了，只好坐下。这时，刘縯才介绍道，这是他的弟弟刘秀，因给各位准备礼物故来迟了。

这个刘秀也不谦让，向各方团团行礼后，朗声说道："大家舍命起事是要和王莽拼命的，王莽未死，我们倒杀成一团，岂不是令亲者痛仇者快。再说，现在王莽尚有天下十之八九，将来谁能杀他尚且难说，所以定名分的事又何必着急？将来谁的功劳大，力量强，我们自然都听他的。想我大汉高祖起事之时，头上不也还有一个义帝吗？"

这一番话深得双方赞同，都明白打败眼前的官军才是正经，争名分的事何必着急。两边首领坐下后，刘秀又拿出了一块绘了图的木板架在了众人面前，说这是附近新野县长聚一带的地形图，他前几日已经勘查明白，那里只有一个新野县的县尉守在那里，官军不多，辎重不少，正好可以作为两家合兵后首次用武之地。

有这样一幅地图指引，再加上刘秀的解说，王匡、王凤这些草莽中人也很快就明白了刘縯、刘秀的意图，他们也觉得这比当初盲目攻打随县好多了。于是不久前的恶劣气氛一扫而光，两家首领都同意先拿长聚开刀。

其实，小小的长聚连个乡都不是，只不过比亭大一点，那里也不过就存储了一些准备转运到新野县的少量辎重。新野的县尉带了三百官军守在这里，也只是准备把这些辎重运回县城后就撤，并没有打算在这里和义军较量。

但是初次联手的两家人马却非常重视这一仗，全都把自家的精兵强将顶在了最前方。于是在深秋十月的瑟瑟寒风中，毫无准备的新野县尉忽然看见长聚四周涌来大批喊打喊杀的义军，简直连逃跑的方向都找不到。也就一个上午，新野县尉和他的三百官军就被两家义军全部解决了。只不过，两家义军翻遍了长聚，也只找到些粮草辎重和木材、麻绳之类的粗货，原先预计的大批薪饷和贡物，完全不见踪影。刘縯的弟弟刘秀总算是把他的胯下水牛换成了新野县尉的战马，不过其余大多数人几乎都没有收获。但是两家首领说得好，大家也不必抱怨，只要照这样打下去，人人都会有好处的。

很快，下一个目标就选定了，据刘縯的线报讲，湖阳县唐子乡①囤积了不少东西，现在由湖阳县尉守着，兵马也不多，几乎就是另一个长聚。

有了长聚的经验，两家首领立即同意移兵唐子乡。好在两家的兵卒在长聚也没什么伤亡，一听说唐子乡有好东西，也都嗷嗷叫着要去。所以，十天以后，唐子乡的战斗也和长聚一样，在一个薄雾弥漫的早上，如期打响了。

只是唐子乡的官军却不像长聚那样大意，而且那里还有一道土围子限制了义军的进攻路线。四面杀来的义军喊得再响亮，也只能麇集在前后两道寨门处，隔着寨门和土墙与官军对峙。而数量有限的官军只要登上土围子，凭着百十把弓箭、弩机和长戟就能把上万义兵拒之门外。随着太阳渐渐升高，两家义军除了数十具尸首外，可以说是一无所获。而渐渐稳住阵脚的官军却在他们的县尉带领下，用一阵阵居高临下、无比凛冽的排箭把混乱的义军队伍逼到了百步以外。他们还别有用心地向义军大喊道："南阳郡的卒正就要带大军来增援了，你们这些痴心妄想的土王八还是快快逃命去吧，唐子乡可不是你们该来的地方。"

因为攻下长聚的轻松自在，也因为在赤眉军那里被质疑的经验，唐牛总算知道了，身为首领，打仗的时候不能逼得太紧，可也不能躲得太远。所以在唐子乡这里，一大早上，唐牛就咋咋呼呼地跟在一大群义军背后围攻唐子乡。不过已经把嗓子喊哑了的唐牛，早在土围子上乱箭横飞的时候，就躲在了一扇厚厚的门板背后。这时眼见弟兄们寸步难行，忍不住对身边的王凤发起了牢骚："咱们的人在这里挨箭，刘家兄弟的人都哪儿去了？这帮地主家的公子，

----

① 今湖北枣阳以北。

哪里是能拼命的人？"

王匡四下张望着，也说："刚才还看见刘縯带人冲了两次，这会儿怎么就不见他们的人了？"

可就在新市、平林众首领纷纷大骂的时候，忽然有人看见刘秀骑着他的新坐骑，押着几十辆大车向这边走来。这些大车没装任何财物，只装满了远处田野里废弃的稻草。看见这些大车的众首领纷纷骂道："穷疯了吧，稻草也要。"

刘秀似乎没有听见，还向这边招了招手，然后就继续带着他的人推着稻草向唐子乡的寨门冲去。因为高高的稻草堆挡住了土围子上一阵阵的乱箭，这些大车倒也安然到了寨门前和土围子的墙下。片刻之后，一片火苗蹿起，土围子上立刻响起了一片惊呼声。

这一下，新市、平林众首领也看明白了。"火攻！烧死他们！"不用人发令，就有不少义兵纷纷回身到四下旷野里去拾捡枯枝败草了。

众人拾柴火焰高，不到一个时辰，唐子乡的土围子就被一片烈焰包围，前后寨门处更是燃起了熊熊大火。不久之前还在土围子上耀武扬威的众官军眼见泼水、倒土都不能止住身下的大火，又扛不住烈焰和浓烟的炙烤，也只能纷纷跳下土围，逃命而去。

远处的义军虽然看不见逃命的官军，但也知道如此大火下，任谁也不能忍耐。等到前后寨门先后在大火中轰然倒塌后，唐子乡四周的义军不待号令就纷纷上前用长戟或耙子把烧着的大木、稻草挑到一边。

之后的一切就简单了，破围而入的义军对整个唐子乡进行了血洗，湖阳县尉和他的手下，以及唐子乡的百姓，只要稍微有些许抵抗的样子，均遭到了这两家义军之毒手。

这一次，两家义军没有失望。唐子乡里除了粮草、马匹、军械以外，大量封装的五铢钱、绸缎布匹和金银器也赫然在目，其中也许有一些是南阳郡官员的私产,但是义军们不会深究这些,只管兴奋地砸开箱子往自己怀里装。自然,两家义军很快就产生了矛盾。这其实也怪新市、平林军自己。他们看见县尉营房里的那点东西就忘乎所以了,所有人都涌进这里拼命争抢,而刘家兄弟的队伍眼见这里插不上手,既不声张也不吵闹,转头就去找官军的仓库,等到他们搬出一箱一箱的五铢钱、整匹整匹的绫罗绸缎和金银玉器时,新市、平林的那些土老帽真想把背上背的粟米、手上拎的漆盒扔到河里去。

怨声一起,当然就会成倍放大。新市、平林兵肯定不会说自己先下手却没抢到好东西,他们只会在自家的首领面前抱怨,说柱天都部的人不是东西,打仗的时候往后躲,抢东西的时候向前冲,兄弟们拼死拼活打下了唐子乡,倒是成全了他们。他们当中有特别凶狠的甚至扬言,若首领们不给他们做主,他们就要自行解决柱天都部,反正刘氏兄弟的手下不过八千人,他们新市、平林兵却不下万人。

王匡、王凤、唐牛等首领其实已经分得了不少东西,也知道自己的手下是在无理取闹,不过自家的恶犊子也只能护着,所以一面约束各营的弟兄不得乱来,一面也当着这些恶犊子的面,把刘氏兄弟好好数落了一遍。那些谁出力多、谁得钱少的话也照讲了一遍。但是新市、平林首领心里完全明白,这种关于财物的吵吵闹闹几乎每一次战斗之后都不可避免。以前在绿林山时,各营之间相互协调一下也就可以了,毕竟肉都烂在锅里,这一次,因为是两家联手,那些感觉吃亏的家伙,难免吵嚷的声音就大了许多,其实这种事一般到庆功宴之后就会不了了之。

不过再一次出乎众人的意料,刘縯的弟弟刘秀居然又推着几辆大车来到了新市、平林各首领的面前。这一次可不是推着稻草,而是亮晶晶的五铢钱和绸缎、金银器。而且刘秀还很客气,说新市、平林的弟兄伤亡更多,理当多拿,些许小物,望各位笑纳,只要不伤了两家的和气才好。

　　这就让新市、平林的那些恶犊子有些忘乎所以了。这些人挑挑拣拣、摔摔打打、骂骂咧咧、哼哼唧唧地收下了东西，还不好好说话，还要对友军首领的亲兄弟指手画脚，品头论足一番。以至于连唐牛都有些看不下去了，私下对刘秀讲："身为首领，不可太软，不然可镇不住人。"但是，只比唐牛年长三岁的刘秀却毫不在意，只是说："我们的大计是除王莽，打天下，只要对大计有利，一时荣辱算得什么。"唐牛也不知刘秀所说是真是假，哼哈几句也就算了。

　　两家矛盾平息后，刘縯马上又开始策划进攻棘阳。那可是宛城①南边，棘水河畔的一个大县。新市、平林众首领提醒刘縯，县城不比乡下，三个月前他们曾全力打过随县，最后还是无功而返。刘縯笑而不语，屏退左右后，才暗暗向新市、平林众首领透露，他在棘阳早安排了内线，只等城外动手，就会有人接应。话说到这个份上，那就干吧，谁不知道棘阳的财富是长聚和唐子乡加在一起也不能比的。不过吸取了唐子乡的经验，刘秀建议缓行五日，他说他召集了一批春陵的木匠正在赶造一批攻城车和云梯，待造好后，对于攻城会大有好处。此言一出，众首领纷纷表示赞同，都说读过书的人就是想得周到。

　　于是十五天后，棘阳又成了两家联军新的进取目标。而整个过程也正如刘縯所料，当义军和官军正在拼死争夺棘阳城头时，一伙内应适时在城中放起了大火，还四处大呼："贼兵进城了，贼兵进城了。"城内官军不知虚实，胆破之下，只好拥着县令大人破门而逃，把一个偌大的县城丢给了两家联军。

――――――――――――

①南阳郡治所所在。

第六章　胜败之间

十月起兵以来，两个月不到，已经三战三捷，柱天都部刘氏兄弟的威名可以说是红透了半边天。拿下棘阳后，四周十里八乡沾亲带故的亲友纷纷带着自己的亲属、佃农和宾客前来投军，而刘縯也异常兴奋，一再在酒宴之上宣扬他的大计划。他说，棘阳得手后，下一步就可拿下宛城，拿下宛城，就该进攻洛阳，拿下洛阳，就可直取函谷关，杀向常安，而常安一旦拿下，则天下定矣，四方州郡县乡都可传檄而定。那些渴望攀龙附凤的亲戚朋友对刘縯的这个计划无不表示钦佩万分，有些心急的人甚至已经开始劝进刘縯，要他早定大号，以防天下人心扰乱。到了这个时候，刘縯才似乎想起自己不过刚刚攻破一县，连一郡之地也还没有占住，天下宏大，路途尚远，他表示，此时妄称大号只怕徒惹人笑话。

何况，此时的三战三捷至少还有一半功劳属于新市、平林兵，若不算新募之兵，在两家联手之初，新市、平林的兵力尚在舂陵兵之上，单以出力多少而论，若说新市、平林兵出了一多半的力也未尝不可。只是因为新市、平林的首领们不善言辞，讲不出什么谋划天下的大计，才让刘氏兄弟独享大名。

但是不善言辞不代表没有想法。新市、平林的首领们对刘縯取宛城、攻洛阳、进常安的计划就颇有些不以为然。他们嘴上不说，但心里明白，别说常安、洛阳，单是宛城也不是那么好进的，真打起来，还不知要死多少人，就算最后真的进了宛城，那时自己还有没有命在都不好说。他们其实想说，现在就挺好，在一个县城里，吃得好睡得好还抢了不少好东西，算是把前半年的苦都补回来了，最好就像这样多过几天，别总谋划什么大计划。而另一层更加不好明说的意思是，两家合兵之初，明明是新市、平林兵多于舂陵兵，上阵作战，讲经验讲勇猛也是以新市、平林兵为主，可是三战之后，所有善战的名声几乎都归给了刘氏兄弟，虽然他们主动放弃了不少财物，可是名声这个东西却不是一个人想有就有，想放弃就能放弃的。而名声造成的结果之一，就是新近来投军的人，几乎全是冲着刘氏兄弟来的，照这样下去，也许还没进洛阳，新市、平林兵就会化在舂陵兵里面了。到了那时，新市、平林兵的首领们就不会再是刘縯口中曾经的大哥，而是刘氏兄弟的部属了。

所以，新市、平林众首领对刘縯攻打宛城的计划也就不太响应了。而正在兴头上的刘縯刚刚招募了大批新兵，还没等训练完成，就积极和新市、平林兵的首领们商议进攻宛城的方略。可是一来二去，他总算明白了，这些已经摆脱了生存危机，过上好日子的首领们，对主动进攻官军根本不感兴趣，相反，他们还劝刘氏兄弟手下的各营将军不必着急，说什么现在天寒地冻不宜作战，不如等来年春天再说。

"哪有这个样子造反的？"刘縯连日急火攻心，在大冬天里嘴角还长出了一串燎泡。眼看新市、平林的众首领左右推脱就是不想发兵。生怕宛城充分准备后，难以攻击。刘縯只好和他们约定，先由舂陵兵去打头阵，新市、平林兵在后接应，一旦破了宛城，所获财物仍由两家平分。无奈之下，刘縯也只有用让朋友少出力多分钱的办法来诱惑友军不离不弃了。

可是舂陵兵出发没两天，还没看见宛城的边就遭遇了大败。据侥幸逃回来的人讲，那一天早上，舂陵兵尚在小长安聚宿营，全军连早饭都没吃，无数官军就趁着清晨的薄雾杀过来了，营外警戒的义军完全没有准备，刚吹响告警的海螺就被官军尽数灭掉。大营中的几个小头目，听见动静，也没穿戴铠甲就带了几个随从亲兵想去看看是怎么回事，但一出营门就陷入苦战之中。也幸亏这些人把官军稍微阻挡了一下，大营中的众人终于明白，真的是官军杀来了，不是那些不懂规矩的新兵误吹了海螺，于是全营义军不穿铠甲也不讲阵型，随手操起一件兵刃就向营门外杀去。这个时候谁都明白，让官军杀进营门就全完了。

不过，营门前的激烈厮杀也仅持续了一顿早饭的时间，当官军的后续马队杀到时，顶在最前面的舂陵勇士立即大批阵亡。那些跟在后面的新兵哪里见过这种杀人如割草的场面，而且当时又没有阵型的约束和首领的指挥，于是这些新兵纷纷丢掉兵器，回身就跑。一旦有人开始逃跑，整个军心士气也就瓦解崩溃了，每个人都生怕自己跑在了同伴身后，替同伴挨刀。

这当中，最悲惨的就是那些随军家眷了。这些士卒或者首领的女人和孩子原本以为要去宛城吃好的、拿好的、住好的，几乎都是以跟着当家人去享福的心态走出的家门，从未想过打仗和自己有什么关系。可是转瞬之间，家里的男人一个也找不到了，四周营帐又燃起了大火，更可怕的是，前些日子还备受家中男人讥笑的官军竟然就在眼前。她们打不过，跑不了，只能哀号着承受这本不属于她们的命运。

幸好，官军追了十几里就不追了，舂陵人马还是有至少一半跑回了棘阳。而尚未动身的新市、平林兵这下可谓反应神速，一炷香时间就撤出棘阳，逃往城外荒野处。

等到刘氏兄弟和新市、平林众首领再次坐到一起时，王匡、王凤、唐牛等人已经知道，刘縯、刘秀的二哥、二姐以及数十个宗族子弟都没能跑回来。王匡、王凤为了表示自家的仗义，还给刘縯、刘秀送去了十匹绸缎和五个金饼，以示慰问和吊唁。不过出乎众首领的意料，刘氏兄弟此来仍执意要求新市、平林兵一起攻打官军，他们还大言不惭地表示，胜败乃兵家常事，此次官军欺我不备，下次定要官军好看。

这一下，王匡就反感到极点了，他没好气地回应道："你们看了朝廷的布告没有？此次打败你们柱天都部的是南阳郡守甄阜和郡尉梁丘赐，他们带的可不是唐子乡的乡兵，以前我们绿林山最强盛的时候也轻易不敢招惹他们。你们才吃败仗就想找回梁子，我看还是省省吧。"

王凤也在一旁劝解道："你们兄弟二人才起兵没多久，还不知道官军的厉害，我们这些人可都是不止一次死里逃生。歇歇脚、忍忍气，不丢人，一味地死磕到底可不是聪明人的做法。你看，当初我们要死守着绿林山，也熬不到拿下棘阳的那一天。"

苦口婆心说了那么多，刘氏兄弟却始终坚持要攻打官军，王匡、王凤等人的态度也由怜悯、诧异变成了厌恶和愤怒。最后，两家会谈终是不欢而散，王匡、王凤也发下了狠话：这个时候绝不是与官军交战的好时机，你们春陵兵脾气硬、本事大，尽管去攻宛城、下洛阳，我们新市、平林兵绝不奉陪。

刘氏兄弟也气鼓鼓地走了，新市、平林众首领看他们走后，都感叹只怕从此后再也见不到这两个人了。而唐牛独独可惜刘秀，这个才长他三岁的年轻人在唐牛看来，既不像带兵首领那样飞扬跋扈，也不像谋士那样阴险狡诈，言谈间总是透露出一股从容淡定的坦荡劲儿，虽然并不知道他到底在想什么，可是和这个人在一起，你总是可以安心的。

不管怎么说，春陵兵算是和新市、平林兵非正式分兵了。王匡、王凤虽不完全相信刘氏兄弟敢再打官军，但也怕刘氏兄弟犯起倔来，把官军引来祸及自身，所以很快通令全营，把坛坛罐罐都丢了，除了兵器、粮草和随身细软，其他的都照出绿林山时的老规矩行事。他们还特别强调，谁若是因为贪心，多带东西，行动不便被官军撵上，那就自求多福吧。在全营一片慌乱的时候，唐牛则又打起了脱离队伍的老主意，他以为，直接和王匡、王凤说自己要回渔阳郡老家似乎太不仗义，不如就说自己打算去琅琊郡赤眉军处给大家求点救兵，还好听点。主意拿定，就看找个什么合适的机会说出口了。

可还没等唐牛开口，又有新的消息传来，说是五千下江兵找上门来了。不过这可不是下江来的不知底细的新队伍，而是脱离绿林山后，由王常、成丹率领的另一支绿林军。他们四处转战，始终也没有完全摆脱官军，看来另立旗号迷惑官军这一招他们也想到了。

既然是曾经的生死兄弟来到了身边，新市、平林军的众首领当然就暂且停下了准备逃跑的脚步，要和下江兵的首领好好喝一顿酒再说。但是没想到，跟着王常、成丹一起来喝酒的，居然还有前几天才生气离开的刘氏兄弟。

这一次刘縯没有发火，还先向新市、平林众首领做了自我批评，说自己小看了官军，轻视了朋友，忘了在荆州这一带，最有抵抗官军经验的就是曾经的绿林山豪杰，所以，他打听到下江兵也转战到这一带后，就立刻亲自去请下江兵的首领过来，希望三家合力，想想怎么对付官军。

下江兵的首领王常也说，根据他们这一年的作战经验，对付官军，回避闪躲都不是好办法，这帮天杀的官军只要感觉到对手不如他们，就会异常胆大，像恶狗一样难以摆脱，要想耳根清净，只有把他们打痛、打怕，才是办法。

这当然不是附和刘縯的乱说，王匡、王凤也知道，当初他们在绿林山，日子最好过的一段时间，就是地皇二年①连续在云杜②、竟陵③、安陆④大败官军的时候。那段时间，绿林山方圆二百里内，绝看不见一个官军的影子，敢在绿林山周围结伴而行的，不是绿林军就是来投奔绿林军的。可惜，一场大疫把这大好局面全毁了。

王匡、王凤正觉得刘氏兄弟这次的话比较顺耳的时候，王常又说道："兄弟我这次从西边过来，还偶然探知了一个大消息。官军为了行动方便，把粮草辎重都存放在了黄淳水后面的蓝乡，官军大部则在黄淳水和沘水之间安营扎寨，看样子新年一过就要大举进攻。"

刘縯这时又补充道："甄阜、梁丘赐的注意力都在南边我们舂陵军和新市、平林军身上，他们现在还不知道下江兵已经到了他们的侧后，所以我们完全可以——"

王匡瞬间明白，于是大笑着抢着说道："干掉这两个贼王八，南阳郡可就没人能和我们为敌了！"

方向定了，具体的部署又由刘氏兄弟细心向各位首领一一解释，大家都觉得此战还是大有可为的。

地皇三年的最后一天，一再扬言要远走高飞的下江义军，趁着新年前夜的大雪，悄悄潜入了官军的侧后，在蓝乡放了一把冲天大火。一直以为有黄淳水、沘水两道河流保护蓝乡的官军，万万没想到西边会杀来这么一群亡命之徒。大火燃起后，正在吃年夜饭的大批官军慌忙渡河来救火，可是等到慌里慌张的官军差不多渡了一半的时候，多日不见踪影的舂陵兵和新市、平林兵又从对面掩杀了

---

① 公元 21 年。
② 今湖北京山。
③ 今湖北潜江。
④ 今湖北云梦。

过来。

前有强敌，后有大火，自身兵力又被河流分成了几截，本来兵员数比三家合兵的义军还要多的官军彻底陷入了混乱之中，不仅步卒如此，而且官军中最具力量的弩兵和骑兵也无法在这种情况下发挥出战力。更糟糕的是，开战没多久，在河边督战的甄阜、梁丘赐就在混战中丢了性命，没了指挥的官军乱上加乱，只能各自向自以为能逃命的方向跑去。于是，在火光映衬下，漫山遍野都是逃命的官军和追击的义军。

这一仗足足打了三天三夜，从地皇三年最后一天直打到地皇四年新年初三才渐渐平息下去。所有参战的义军都累坏了，有人甚至只能就地在战场上睡上一觉才有力气往回走。缴获物也堆积如山，根本收拾不完，只好便宜了周围县乡的百姓。而随着追击义军的渐渐回归，曾经无比紧张的三家义军首领也终于放下心来。

唐牛身为首领之一并没有去追敌杀敌，因为前面三战以后，他就向王匡、王凤抱怨，说自己来自赤眉，和各营士卒多不相识，带队厮杀多有不便，还是另外给他派个差事才好。于是，王匡、王凤就把他作为新市、平林兵的代表，派驻到春陵军刘氏兄弟身边，以便联络。而在这里，唐牛才头一次看明白军队应该怎样指挥。

所以当新市、平林、下江的各位首领从战场上厮杀回来，开始炫耀自己的缴获物时，唐牛看到，刘氏兄弟这边尚在紧张地计算自家伤亡多少？杀敌多少？俘敌几何？缴获物有多少种类？每类多少？更重要的是，无论全军怎么疲劳，都要派出斥候小队，查明败退官军在哪里止步集结，有无反攻迹象。

　　沘水大胜后没几天，春陵军的斥候小队就带来消息说，一直打压下江兵的纳言将军严尤和秩宗将军陈茂，本来跟丢了下江兵还在新野一带瞎转，听闻沘水大战的消息后，已经兼程向这边赶来。

　　刘氏兄弟立即请来新市、平林、下江军的各位首领，向他们通报了这个消息。王常、成丹建议避战，他们说，严尤、陈茂那可是朝廷派出来的大将，出绿林山后，一直咬着他们不放，他们可是吃够了这二人的苦头，如今各营士卒都很疲劳，再打大仗恐怕力不从心。王匡、王凤则颇有些舍不得才到手的那些缴获物，他们建议，可否在棘阳县凭借城墙守上几天，等缴获物搬得差不多了再相机撤退。

　　刘縯这时说道："若真让朝廷大军逼到棘阳城下，那时恐怕我们想走也走不了了。"然后他又具体分析道："朝廷大军新败，按常理，严尤、陈茂应该收缩兵力，整顿旗鼓后，再和我们大战。可是他们这个时候急急来攻，多半是因为跟丢了下江兵，又损失了甄阜、梁丘赐两个重要官员，他们怕王莽怪罪下来不可收拾才勉强来攻。"最后他总结道："严尤、陈茂想攻我们一个措手不及，一定是想挽回沘水一战的损失，不过他们远来急攻已经犯了兵家大忌，我们只要如此这般，应该就能让他知难而退。"

新市、平林、下江众首领一时也想不出更好的主意，只好答应按刘縯说的试试看。

按照刘縯的部署，三家士卒都被紧急命令放下缴获物，立即向南急进，在严尤、陈茂大军必经之路上广插军旗、乱布烟火，一旦看见朝廷大军，不要出战，只在山野密林处擂鼓呐喊，施放冷箭，让他们明白，我们义军早有准备即可。

果不其然，严尤、陈茂率领的朝廷大军发现在离棘阳这么远的地方就有义军骚扰，立刻就收缩队形不再前进，观望一天后，终是不敢孤军深入，反而向宛城方向退去。

本来疲惫又紧张的三家义军只等朝廷大军一进攻就要撤退，可没想到，数万官军竟然偃旗息鼓转身走了。三家义军奋起余力鼓噪追击，也足足斩杀了两三千来不及撤退的官军，而这一次，义军的斥候小队直追到看见宛城的城楼才算结束。

从去年十二月初的大败，到现在一月初的两次大胜，全体义军都仿佛由死到生走了一遍，欣喜之情不言自明。现在，人人都明白，方圆五百里内，除了宛城还有大量官军屯守，其他县乡已经没有什么像样的敌人了。连日来，三家义军的士卒不断接受犒赏，四方百姓踊跃从军的景象再一次上演，而最令人崇敬，获得称赞最多的，无疑正是两次大胜的实际指挥人刘縯。于是由舂陵兵发起，新市、平林、下江兵附议，再加上数万新来投奔的义军一致同意，这些淳朴的庄稼人全都要求给刘縯加上一个"柱天大将军"的称号，说是不如此就不足以表达他们对刘縯的爱戴。

这股风潮闹过以后，刘氏兄弟又开始积极准备围攻宛城，接收周边各县，编练新兵种种事宜。他们太忙了，以至于根本没有注意到，新市、平林、下江兵中，有很多怨恨的眼睛在整天盯着他们进进出出。

唐牛自然是知道这种情况的。作为联络官，他依然每天都在三家义军首领的营帐里进进出出传递消息。他此时再一次打消了离队逃命的念头,每天干得还挺高兴。可是他发现,自从刘縯接受"柱天大将军"的名号以后,新市、平林、下江各营的中层首领就常常在他们的大首领那里集会,商议些什么,无人知晓,也从没有任何结论要他这个联络官报告给刘氏兄弟,相反,一旦他无意中靠近这些集会的营帐,新市、平林、下江的首领们就会假装正在欢宴,还要拉住唐牛,让他喝两碗好酒再走。唐牛酒是喝了,心里却很别扭,觉得还是因为自己是从赤眉军那里来的,所以总被别人当作外人。

唐牛曾把这桩怪事讲给刘秀听,刘秀立刻就去找他的兄长刘縯去了,两兄弟在营帐里争吵些什么,唐牛并不知道,只知道刘縯从营帐里出来后还在说什么:"做大事,当以诚待人,不可胡思乱想。"

不过图穷匕见的那一天很快就到了。一月二十日,唐牛奉新市、平林和下江各位首领之命请刘氏兄弟及舂陵军众首领来会,说是要给柱天大将军看看两家训练的新兵怎么样,并顺便商讨攻打宛城的具体事宜。舂陵众将兴冲冲地来了,新市、平林、下江众首领则全体出营相迎。可以说,犒军大会以后,三家首领还没有这么整齐地相聚过,大家相互寒暄、行礼、拍拍打打,亲热了好半天才进入大营坐下。唐牛作为中级将校也忝列末席。

此次会议开始也很正常,各营义军首领先是汇报了自己营中新兵训练的情况,以及攻城器械的准备情况,粮草官则汇报了各类粮草的囤积数目。刘縯依次听过后,又追问了一些具体细节,最后表示全无大碍,还赏了几个特别突出的带兵官。然后刘縯又根据三家义军各营的实力,确定了向宛城进军的各军序列和出发时间,三家首领也均没有异议。本来,会议到此也就差不多该结束了,谁曾想,一个下江军中的营将张印却在此时突然发问道:"宛城指日可下,城破以后,却不知我军当以什么名义发布文告?"

刘縯迅速扫视了一眼王匡、王凤和王常、成丹,发现他们面色如常，也就坦然答道："我们三家前几天已经议定，所有文告暂时都以柱天大将军的名义签署，你不知道吗？"

张印却摆手说道："刘将军此言差矣，我们三家议定的是在棘阳这里可以用柱天大将军的名义发布文告，若是到了宛城还这样，别人会以为我们下江兵和新市、平林兵都从属于你们春陵兵，若是那样，只怕我们手下的各营弟兄不答应。"

此言一出，会场气氛立刻大变，新市、平林、下江的一众首领都鼓噪起来，说什么，我们奋勇杀敌，可不是为了让别人这么莫名其妙地给吞并了。

刘氏兄弟身边的首领也忿忿不平，顶着新市、平林、下江众首领的话也嚷嚷起来，说什么，现在的两次大胜加上前三次的小胜，都是我们柱天大将军指挥的，不签柱天大将军之名，岂能振奋军心，吓倒敌人，安抚百姓。

眼看三家的众多首领就要在议事现场当场火并起来，三家义军的大首领赶紧喝止住各自的手下。不过，拉住自己手下的同时，王匡却话里有话地喊道："以为自己本事大就自己去把宛城给我打下来，在这里占些口舌便宜岂是好汉所为？"

刘縯遭到讥讽脸上有些挂不住，抱拳对王匡、王凤和王常、成丹说道："四位大哥若对小弟不满尽可直说，这样闹起来，只怕不是大丈夫所为。"王常也在一边劝道："大家不可伤了和气，小长安聚怎么败的你们不会忘了吧？不管怎么样都不可让官军占了便宜。"

王凤则挑明说道："我们三家如今已成一体，没有名分只怕日后不好行事，若要名正言顺，却要大家推举一个人人信服之人才好。"

刘縯的部将李通马上说道："若讲人人信服，谁还比得上伯升①，三家合兵后，两战两胜就是明证，若推举主公，非伯升莫属。"

---

① 刘縯表字伯升。

刘縯却止住李通，诚心诚意对四位首领说道："建尊立号之事，早有好事者向兄弟提起，不过兄弟以为，现在宛城尚未拿下，我们力量还不够强大，还必须借助四方各地的义军一起反抗王莽才行，若是现在就早早建立大号，不要说别家义军不答应，单是王莽也一定会把我们视为眼中钉肉中刺，必欲除之而后快，那时，只怕我们应付不了。"

成丹此时接口说道："现在各地义军蜂起，都想要杀王莽，重建大汉，我们正可利用这一点，推举一个汉室宗亲做主公，也方便我们招兵买马。至于王莽，各地义军那么多，他哪里顾得过来，待打下宛城，他来了我们也不怕。"

但是成丹所说的推举汉室宗亲却被刘縯的众多部将听在了耳里，他们纷纷鼓噪说，我们柱天大将军就是汉室宗亲，又有统帅之才，不立我们将军又立何人？不过另两家的中层首领却口口声声说，大首领要立就要立对得起生死兄弟的，若不能把生死兄弟放在眼里，这样的大首领立之何用？

话说到这里，就算是一直冷眼旁观的唐牛也听明白了。原来新市、平林、下江的这些首领们眼见刘縯号令如山，一天严似一天，生怕将来的日子不好过了，他们也不是害怕刘縯做主公，也不是不知道刘縯的本事，他们就是想在刘縯成大事以前先逼刘縯做一个承诺，表一个态，承诺不管将来怎样，都要给这帮首领一个好日子过。

这层意思相信刘縯也听明白了，他止住手下部将，低头想了一会儿，然后缓缓说道："诸位首领的意思我也明白，不过我还是想说，若是为了方便指挥各军、发布文告，称王、称大将军一样可行。现在草草称帝，先不说王莽一定会全力对付我们，若是将来其他义军，比如赤眉等伙也立出一个皇帝，我们又该如何与他们周旋。想想秦末天下大乱的时候，先立尊号的陈胜、义帝等人可没有笑到最后。"

这一番话道理明白却也透露出绝不肯妥协让步的意思。尚有些大局观的王凤、王常等人暂时低头不语，而浧人张卬等中层首领却拔剑在手，不管不顾地大吵道："大丈夫纵横天下，怎么能让人三言两语就怀疑自己的所作所为，今天伯升既然不愿意牵这个头，我们下江军不是没有别的汉室宗亲，为了各位兄弟，我们另立一个大汉皇帝又何妨！"

春陵众首领这边显然想不到另两家义军还有这一手准备，又要站起来鼓噪，不过刘縯因为自己有言在先，连忙制止住手下众将，一再声言，立帝一事，只要大家同意，自己这一方绝无二话。

很快，这另外一个汉室宗亲就被找过来了。唐牛一看，这不是刘玄吗？下江军中的一个管粮草的小头目，比自己的地位尚且不如。以前也听人说过，他原是地方上的小乡绅，和刘縯兄弟一样，是个早已沦为平民的汉室宗亲，只因喝酒胡闹得罪了地方官，才孤身一人跑到下江军中避难，又因他识得几个字懂得记账，下江军的首领就让他做了管粮草的安集掾。

刘玄来到这里，虽说也知道自己是来干什么的，可是见了这满营满帐的首领还是禁不住手足无措，连连施礼，口中嘟嘟囔囔的也没人听得清他说的是什么。

张卬等一众首领也不管刘玄说些什么，一起上前把他拥到首位，就问他："如今我们想立你为大汉皇帝你可愿意？你若做了皇帝可会记得今日大家对你的好处？"

那刘玄"嗯""啊"一阵后，总算把他嘴里的话说明白了。原来他是在说，他和刘縯虽说都是大汉景皇帝①的后裔，可是自从先祖受封为春陵侯，在这一带落户以来，他们家就一直是大宗，世代

---

① 指汉景帝刘启。

执掌祭祀，伯升家则是小宗，与先皇血缘疏远，以礼法论，由他复兴大汉很合规矩。

听清楚刘玄唠唠叨叨想说的就是这些之后，众首领虽然很是稀奇这一不论军功论血缘的观点，不过众首领还是听得明白，刘玄的这一表态就是答应了。于是众人无不大喜，立刻倒头便拜，口中乱叫，皇帝陛下万岁。偌大的营帐内外一时混乱不堪，只有春陵军众首领怒目圆睁，不置一词。

也许，小长安聚的惨败还深深刻在刘縯兄弟的心里，春陵军随后几天既没有拔营而去，也没有突袭另两家义军，相反，他们还对新帝登基的礼仪给出了具体意见。十天以后的二月初一，新帝登基的大典就在淯水边新筑的高坛上如期举行了。刘玄在一系列祭奠天地神灵、祖先和阵亡将士的仪式后，由礼宾官款款引上高台，接着，刘玄亲口宣读了即位诏书，然后南面而立，台下众将则对刘玄三拜九叩，口呼万岁。之后，刘玄宣布恢复大汉国号，建元曰更始元年，并大赦天下，号召天下士民来归，唯独王莽除外。礼成后，刘玄坐下休息，礼宾官则继续宣读功臣受赏诏书。

不过这封诏书可就不像前面的建国文告那样冠冕堂皇了，而是夹杂了太多新市、平林和下江三家的私货。其中王匡、王凤固然一个封为定国上公，一个封为成国上公，刘縯也位列大司徒，但是除此以外，春陵众将可就大大的不如新市、平林和下江诸将了，因为就算这两家中的次等人物朱鲔和陈牧也都受封为大司马和大司空，而刘縯的弟弟刘秀，却仅仅受封为太常偏将军，与之相对，刘玄还把自己毫无军功的同族叔父刘良匆匆接来，尊为国三老。唐牛因不属于三家义军的任何一派，又不是带兵官，所以只得了一个安集掾的小职位，但唐牛自己倒也想得开，也不在乎将军的虚名，反倒说，能接任皇帝陛下曾经坐过的位置，何其荣幸。

　　建国大典搞完了，头上顶着各种漂亮官衔的各军首领难免要欢宴几天。不过酒醒以后，强敌犹在。别说常安、洛阳，连宛城也还是不降。新帝刘玄也没有别的办法，只能让刘縯按照既定计划，先去进攻宛城。还好这时义军的威名如日中天，宛城虽然已经被严尤、陈茂交给了由棘阳败退来的临时长官岑彭守着，一时尚无法夺取，但是宛城周围的郡县，却早已是人心浮动，不想和义军死拼到底了。

　　随着数万义军陆续集结到宛城周围，除了作战以外，吃饭的问题显得越来越突出了。此时天气转暖，万物复苏，秋粮吃尽，夏收还远，正是农人所谓春荒的时候。为了始终维持对宛城的强大压力，也为了扩展义军的控制范围，刘縯派王凤、王常、刘秀率领一支偏师向宛城东北方向扫荡而去，一来想为宛城作战的义军多收集些粮草，二来也想探探官军的新防线设在哪里。只是这样一个简单的军事行动，也因为三家义军相互掣肘，只好由三家各出一部，分别由王凤、王常和刘秀率领，以防某一家独得好处。

　　唐牛可不知道这中间的种种考量，他只知道身为安集掾，粮草在哪里，他就应该去哪里，何况，宛城周边战事还很猛烈，虽说现在是义军占有优势地位，可是想想这几个月来的种种峰回路转，他认为自己还是离战事远一点比较安全。

到了三月将尽的时候，唐牛所在的这一支偏师已经接连拿下了昆阳①、定陵②和郾城③，连洛阳南边的颍川郡也已经历历在目了，此时他们距宛城已有六七百里的距离，听说除了宛城南边的新野慕刘縯之名顺利归降以外，宛城之战尚不见分晓。不过，唐牛不管这些，他只知道经他之手，已经有成百上千头的牛羊和数万担粮草源源不断地运到宛城城下，而他身在昆阳，不仅无战阵之危，还顺手发了点小财，他认为，自己也算是为义军尽心尽责了，发点小财，理所当然。

可惜，此时的唐牛尚未参透自己的命数，还不知道自己注定要在跌宕起伏中走完一生，当他找到一批好食材，想在昆阳县衙内给各位将军熬汤做菜露一手时，并不知道城外发生了什么。

当时，莼菜鲜汤尚未熬好，一个探马飞奔到堂下，扯着嗓子狂喊，要找王凤、王常和刘秀三位首领。连日来，众首领都习惯了美食美酒的日子，只有刘秀带着少数人马去阳关聚一带巡查了。王凤不耐烦地应道："瞎嚷嚷什么，魂跑丢了吗？"

却见那个探马单膝跪地，紧张说道："禀报成国上公，洛阳方向有王莽大军杀到，遮天蔽日见首不见尾，据传有上将千员，兵员百万，还有虎豹犀象诸般猛兽不计其数，此时距昆阳城已不足百里，望各位将军早做准备。"

此话一出，等着吃饭的各位将军就全都炸了营，一个个抢着问话。

---

① 今河南叶县。
② 今河南舞阳北。
③ 今河南郾城。

“王莽不是快亡了吗？如何又来了这许多兵马？”

“上将、兵卒也就罢了，虎豹犀象是怎么回事儿？你看清楚了吗？”

“前几日巡查还说周围三百里内无敌军，这许多兵马是从哪里冒出来的？”

可怜探马区区一张嘴无法面对诸位将军，而且因急着回城报信，城外详情如何也未及详探，所以根本无法回答诸位将军。而受到怠慢心急如火的诸位将军，三两句话得不到回应，就已经有人嚷嚷着要把乱报信的探马推出去斩了。

正在一片混乱间，又有人报，刘秀刘将军已经从阳关聚赶回来了，还说有要事要和众首领讲。风尘仆仆的刘秀进了大堂，解下披风后，先要了一碗水喝，然后三言两语就把情况说清楚了。他说，战将千员指的是王莽征召的六十三家懂兵法的能人，有数百人之多，皆授以军吏之职；兵员百万指的是王莽从他还能控制的郡县征调的所有兵卒，百万只是虚指，实际也有四十二三万之众；至于虎豹犀象，则是王莽征召的能人中，有自称可以像上古猛将蚩尤那样，能够驱虎驯豹以制敌的人所带的宝贝。除了这些探马已经说过的情况以外，刘秀还补充道，他亲眼所见，官军的各种攻城器械、粮草辎重从洛阳到昆阳一眼望不到边，看来王莽一得知我们二月重建大汉的消息，就决定把他所有的力量都用到这边了。

众将听了刘秀的介绍都有些发憷，然后就立刻有人建议撤兵，说是我们昆阳城这几千人恐怕给王莽大军塞牙缝都不够，还是先退回宛城，和刘縯的主力会合再说吧。更有人讲，才发了点财就遇上煞星，不如单人匹马逃得远远的，王莽大军未必就能找到。

刘秀听了这些很是着急，他一一反驳道，现在宛城攻坚正在紧要时刻，若是让城内守军得知大军来救，岂不是功亏一篑。而且我们若是此时放弃昆阳，那我军的回旋余地就只剩下宛城到新野区区二百多里了，那时，王莽的四十余万大军和我们的十余万新军只怕除了硬碰硬以外，就再也没有其他办法了。至于那些只想带着这些天抢来的财物远走高飞的人，刘秀特别提醒他们想想，一旦脱离了自己的队伍，一个小小的亭长也能抓拿你们归案，你们辛辛苦苦搞的那些东西，恐怕只会便宜了旁人。

王凤、王常一会儿觉得手下人说得对，一会儿又觉得刘秀说得对，是守是战迟迟不能决定，何况城中积攒的宝物甚多，放弃哪些带上哪些也不好决定。可是时间不等人，当各位首领的大车开始拖拖拉拉地在昆阳南门集合时，城头上的小卒又扯着嗓子喊道："王莽大军先头游骑已经杀到北门，各门必须立即关闭城门。"

各位首领当然知道，满载财物的大车若是在野外和王莽的游骑相遇会是个什么下场，于是没奈何，只好又把刘秀请回来，问问他该怎么办？

刘秀倒是不计前嫌，马上离开自己的直属部队赶来说，昆阳城的城墙就是我们这支偏师的一线生机，当务之急必须全体上城守卫，然后在王莽大军合围昆阳以前派出快马去各处求援，好在昆阳城中粮草甚多，只要我们誓死周旋到底，必能坚持到局面改观的那一刻。

这一番话鼓励的成分多，实在的玩意儿少，可是大敌当前，除了刘秀的办法外也没别的办法了。王凤、王常也只好赶紧指挥各营登城据守了。不过，眼看着由远及近，犹如人浪一样慢慢涌来，就快要把昆阳城包裹住的王莽大军，王凤、王常转眼间又为谁该出城去求救发生了争执。本来，他们二人都是要抢着出城的，还信誓旦旦地说一定会带着援军来救各位弟兄，但是当有人提出出城求救的人一个随从、一包细软都不能带，只能骑匹快马、手拿兵刃时，王凤、王常又不约而同地认为守城更难、职责更大，自己愿意承担重责，让其他的生死兄弟有机会出城离开。

最后，二人争执的结果是，让刘秀带十三骑出城求援，不管成与不成，六月初必须回来，否则刘秀留在城中的亲随将全部斩首。

刘秀二话不说就答应了，而且除了宗佻、李轶等几个善于骑马的首领以外，他还特别邀请唐牛和他一起去，因为他知道唐牛是渔阳郡人，还曾一路骑马由北到南找到绿林山，以为唐牛一定善于骑马。可是唐牛早把众首领的争执看在眼里，他认为，此时出城，能否躲过王莽大军的骑兵很是问题，即便躲过，能否求来援军也很难说，即便援军来了，和王莽大军相比，只怕还是不值一提，所以，与其出城冒险，不如和王凤、王常等众首领守在昆阳城，静观其变好了。于是就婉拒了刘秀。

刘秀和他的十三骑在王莽大军合围昆阳城的最后时刻离开了，望着消失在远方的这一小队人马，唐牛真的不知道他们能走出多远。

第二天，在初夏清晨火辣辣的阳光下，四十余万王莽大军已经把昆阳城围了个结结实实，而层层叠叠的营盘还在不断向远处延伸，昆阳城四周的一些小集镇和小树林全都在一夜之间失去了踪影，无论东西南北哪个方向，各式各样的"新"字大旗都呈铺天盖地之势。

忙碌了三天以后，王莽大军的营盘总算扎好了。从空中望去，在一马平川的大平原上拔地而起的昆阳城，此时仿佛一个大簸箕里的小竹筐，虽然冒了一点头，却是装在别人的肚子里。

扎营完毕的王莽大军很快又在北城外的宽阔处摆出了一个盛大的仪仗，城头上的义军眼睁睁地看着城下大军锣鼓喧天、人喊马嘶地闹了一个上午，然后就看见一个一身精美甲胄、身高惊人、声如洪钟的大个军汉在城下喊道："大司空王邑、大司徒王寻奉大皇帝之命率天下劲卒扫平叛逆，尔等若想活命，当卸甲弃刃，自缚于城下，否则刀兵起时玉石俱焚，悔之晚矣。"

城上众义军虽早就被城下大军的声势所震惊，但不战而降毕竟还是心有不甘，于是王凤在城头上回道："王莽欺世害民，苦天下久矣，城下豪杰若有见识，当和我等一起杀入常安，夺回王莽骗取的天下财富，那时功高者自当为天下共主，岂不强过此时？"

话说完了，城下也不多劝，只见城下主帅大营里接连响过几阵鼓声，很快就有数名传令兵骑着快马向其他各城门下的营地疾驰而去。然后，东西南北四门外的王莽大军同时开始动作，全部缓缓向昆阳城靠来。

此时的昆阳城中满打满算也不过八九千义军，紧急征召城里城外的居民，也不过又凑出了四五千新兵，把这一万有余两万不到的新老义军撒在四面城头上，每面城墙还不到五千人，若再算上防守要地、搬运器械和必须留出的后备兵员，每面城墙随时能用的也不过两千余人。所以此时再谈什么方略、计谋全都没用，王凤、王常等众首领也要像一个小卒一样去战斗、去厮杀，反正，城破后会怎么样人人都清楚。

反观城下，王莽大军却是四面齐攻，没有一处是虚招。而且很明显，那传说中的六十三个兵家已然在昆阳首战中展开了竞赛。他们之中，那些会驯兽的，会画符念咒的固然暂时对昆阳城没什么影响，可是会造云梯、冲车的，会挖地道的，却给昆阳城防带来了巨大压力。好在昆阳城不大，南北不过两千五百余步，东西不过一千四百余步，城外东北方向又有两条大河交汇，所以足足有几十营兵马的王莽大军其实很有些放不开手脚，能够挤到城下仰攻的毕竟是少数。相比人人动手的城上，城下的兵力优势显然被限制住了不少。

即便如此，前五天的猛攻还是让昆阳城险象环生，摇摇欲坠。城中的义军每个人都累坏了，吃饭睡觉都成了奢望，每个人都如同石磨中的黄豆，精力正在一点点被挤出体外，下一步就是粉身碎骨了。

正在此时，城外的王邑、王寻却帮了守城义军的大忙。连日来混乱的攻城次序和巨大的伤亡让两位大统帅恼怒异常，他们可不想在小小的昆阳城下就伤筋动骨、损兵折将，要知道两位大统帅还惦记着宛城那边的义军主力呢。所以从第六天开始，王邑、王寻就严令立功心切的各营将军不得胡乱进攻，为此，甚至不惜当众斩了两个声称再攻一次就能破城的不听招呼的将军。然后在两位大统帅的指挥下，挖地道的专攻西城，架云梯的专攻东城，冲车全部集中到南城，北城则留给那些会奇门遁甲的高人一显神通，其余插不上手的各营则统统被撤到护城河后五里之外，让他们从那里开始挖一条长堑，以便断绝外援，困死昆阳城。为了保持对守城义军的强大压力，两位大统帅还把各营的弓箭手和弩手全部调了出来，配给四城的攻城队伍。按他们的原话讲，大皇帝把天下郡县库藏的利箭都拨给了我们，可不是让我们搬来搬去好玩的，你尽管放箭，务必要让城中的叛逆抬不起头来。

在王邑、王寻的指挥下，连日来焦头烂额，已然无法支撑的守城义军忽然松了一口气。因为地道也好，冲车也罢，毕竟套路摆在那里，城内守军也按套路回应就好了，比起前些天城上城下的乱斗，不知好过了多少。比较麻烦的还是城下那些弓箭手和弩手，他们完全按照他们大统帅的命令，分班分批昼夜不停地向城中放箭，可以肯定的是，他们确实不缺利箭，只是这种乱箭攻势下，弓箭手的臂膀也应该早就酸痛了吧？也许，此时的弓箭手早就放弃了准头，只管让利箭飞过城头就算数。这种情况下，城头垛口背后的守军倒是好过了，城内的百姓却遭殃了，因为漫天飞舞的箭雨会毫无征兆地出现在头上，无论行走还是说话，也总有乱箭插入其中。于是，这些天里昆阳城中出现了一道奇景，连偶尔上街打水的人都要顶一扇门板在头上，好像雨中打伞一样自然。

这时的唐牛早就懊悔死了。这些天里，他虽借着掌管义军物资之名甚少登城助战，可是每每从城头传来危机消息时，他也是吓得要死。每到这时，他就后悔当初没有跟着刘秀出城。现在，城下的纛旗上只挂出了几个私自出降的义军人头，说明自己先前的估计全错了，刘秀和他的十三骑人马明显已经跑出了王莽大军的包围圈，而以此时的阵势来看，刘秀就算带来几万援军又怎么能够救得了昆阳城？将来就算有人质问刘秀言而无信，他只要轻轻巧巧说一句："敌人势大，如之奈何？"就足以封住他人之口。何况，城破之后，只怕也不会剩下什么人去质问刘秀了。

　　带着这样的疑问，唐牛难免要在王凤、王常面前发发牢骚。喘息未定的众首领也有很多人相信刘秀不会再回来了。"是时候考虑各位弟兄的前途了！"王凤、王常无法回避这样的问题。但是环顾左右，派谁去和王莽大军交涉又成了一时难题。众人七嘴八舌议论一番后，这一光荣伟大的使命居然又落到了唐牛头上。

　　唐牛当然是坚决不干，说城下的王邑、王寻早就扬言，开战以后就不接受义军投降，私自缒城出降的也都斩了，此时派他出城岂不是害他。

　　王常却说，城中各部的首领皆是粗人，没有见识，城上厮杀也许可以，谈判受降却需要一个脑筋灵活、见多识广之人。满城环顾，只怕再没有谁比走南闯北，混过赤眉，上过绿林，又干过联络官的唐牛更合适了。

　　唐牛一声"啊呸"回敬了他们，说你们新市兵是一伙，下江兵是一伙，再往前论还是绿林兵一伙的，你们不过是欺负我孤身一人没同伙罢了。这种送命的差事你们就想诳我去，当初封官授爵的时候怎么就只给我一个安集掾的小官。

　　说到最后，王凤怒了，他表示，唐牛愿意去，赏金、官职都好说，不愿意去，现在就斩首。反正昆阳城破了谁也跑不了，先杀几个不听话的正好可以立威。

话说到这个份儿上，唐牛也就不敢说什么了，不过勉强答应下来后他还是强调，让他出城谈判可以，可怎么谈全由他说了算，旁人不可指手画脚。

王凤、王常都摆着手表示，只要能诓得城外大军缓一缓手，谁管你怎么谈！

第九章

缓兵制胜

接下了这个要命任务的唐牛把自己关在一个黑屋子里盘算良久，才想出了一个大概可行的办法。时间紧迫，城内的众首领又催得紧，不管成与不成，他都必须行动了。

当晚，唐牛先向众首领要来一大包金银财宝，等到夜深人静时，就背着这一大包金银珠宝悄悄缒下城去，然后四肢着地像老鼠一样慢慢向外爬去，没爬出多远就遇上了王莽大军的封锁线。唐牛战战兢兢地等了好久，看见可能把他杀人越货的小兵卒一概不敢出声，直到看见一个队长模样的小军官带着几个人巡哨到这一带，才一咬牙，冒头而出，跪到路边，口中大叫："将军饶命！将军救我！"

头也不敢抬的唐牛听见几声暴喝后，很快就感觉到几支长戟抵到了他的身上，只要稍一用力，就足以让他暴尸当场。这时，那个小军官发话了："什么人躲在这里？是城中的贼军吗？"

唐牛哆哆嗦嗦地回道："小人是被贼军裹挟的良民，只盼官军能救小人一命。"

旁边立刻有兵卒答道："昆阳城出来的哪有什么良民？大司空、大司徒有令，不得接受降卒，队长，还是宰了他吧？"

唐牛一听，赶紧解下背上的包袱，双手奉上说道："小人是给城内贼军首领做饭的，贼军首领抢来的金银财宝藏在何处，小人全都知晓，只要各位将军饶小人一命，小人愿在城破后带各位进城发财。"

唐牛话还没有说完，手上的包袱就被人一把扯去，唐牛不及撒手，包袱呲啦一下就扯破了，数十件闪烁光芒的宝物撒了一地，那个队长和他的兵卒们同时发出一片惊叹。

这么多好东西肯定不是一个普通逃兵能拥有的。那个队长制止住身边杀人平分的建议，满是惊喜地问唐牛："这样的东西还有多少？"

唐牛磕头如捣蒜，哆哆嗦嗦地答道："贼军首领从周围郡县抢来的财宝都在城中三处地窖里藏着，比这更好的还在十倍以上，只要将军饶命，小人一定告诉将军。"

唐牛的话显然惊到了这个队长。队长略一思索，就知道如此数量的财宝不是自己这个级别的人能够私吞的，于是他拉起唐牛，又严令身边的人不可把此事说出去，才转身向大营深处走去。

被蒙住双眼捆住双手的唐牛走走停停，听到那个队长报过三次口令，感觉自己还爬过一道深沟，又走了一段陡坡，才渐渐感到四周安静了许多，周围的风也停了。前面牵着他的人停下了脚步他也没注意，一头撞上后，他就被压住肩膀原地跪下，还被勒令好好跪着不许说话。

又过了良久，唐牛蒙眼的布条才被人扯下，但依然让他跪着。唐牛低着头，偷偷环顾左右，发现自己置身于一座大营帐内，四周几盏青铜高脚油灯发出昏暗的光芒，而正前方的阴影中，两个看不清面目的人已经安坐在那里。

带他来的那个队长已经不见了踪影，一个不穿兵卒制服，好像亲随的人低声问道："听说你知道昆阳城的内情，是这样吗？"

唐牛赶紧叩头说道："小人是昆阳城中给贼兵首领做饭的，知道贼兵首领藏宝的所在，特来禀告官军老爷，只求官军老爷饶小人一命。"

阴影里的人一动不动。片刻之后，那个亲随又上前问道："除了贼兵的财宝你还知道什么？据实报来可饶你不死。"

唐牛一听对面的人居然对财宝不感兴趣，知道碰上大官了，连忙说道："昆阳城的内情小人全都知道，小人斗胆想问问对面大老爷的官职，只要大老爷能保得小人性命，小人一定知无不言。"

那个亲随反手一巴掌打在唐牛脸上，呵斥道："这里岂是你讨价还价的地方。"唐牛急忙说道："小人在昆阳城中还有两个兄弟，若得大老爷亲口保命，小人还有一个可以一举打垮贼军的法子献给大老爷，那时不单是昆阳城，宛城、新野、棘阳等处的贼军也一个都跑不了。"

听了这话，阴影里的人止住了打人的亲随，他们小声商量几句后，其中一人命亲随把油灯挑亮，让自己暴露在灯光下，然后威严地说道："老夫是纳言大将军严尤，旁边是秩宗大将军陈茂，我们两人可保你和你的兄弟不死，你倒说说看，你有什么法子可以一举打垮贼军？"

唐牛一听对面坐着的竟是一直在这一带和义军作战的严尤和陈茂，知道自己找对人了，连忙苦着脸说道："小人家贫，交不起官府的租税，一年前只好弃家而逃，在外面躲了几个月，却又被贼军裹挟至此，如今眼看官军神威无敌，只盼大老爷解救我等小民，让我等小民回乡过太平日子……"

"拣要紧的说。"严尤毫不客气地打断了唐牛。

唐牛赶紧收住话头，认真说道："大将军有所不知，贼军看上去势大，其实主心骨不过刘玄、刘縯、刘秀三人而已。刘玄名义上是伪帝，行军打仗却主要靠刘縯，而刘縯又主要靠他的弟弟刘秀。现在的昆阳城中，一没有刘秀，二没有刘縯，刘玄更是躲在棘阳饮酒作乐，小人窃以为，官军如以雷霆万钧之势拿下昆阳城，伤了元气倒是小事，若是惊了建立伪汉的那些头头脑脑，让他们从此后一哄而散，逃入江湖，反倒不利于朝廷缉拿贼首。"

这番话听上去似乎也不无道理，严尤、陈茂小声交谈了几句，然后还是由严尤问道："依你之见该当如何？"

唐牛一听有门，赶紧煞有介事地说道："刘玄、刘縯、刘秀都是奸猾之人，朝廷大军围困昆阳之前，刘秀就以搬救兵的名义跑出城去了，刘縯更是独拥大军远在宛城。小人以为，若是朝廷大军先不急于拿下昆阳，则刘秀就不得不带兵来救，若是刘秀带的少量人马也能和朝廷大军对峙，则刘縯也肯定会带着全部贼军来冒犯天威，到了那时——"唐牛嘿嘿奸笑着说道，"大老爷的百万天兵岂不正好可以把这些贼军的头头脑脑一网打尽。"

这个计划听上去似乎可行，严尤、陈茂一时也没有说话，好像还在默默点头。忽然之间，陈茂却一拍身前的几案暴喝道："大胆刁民，竟敢到老夫面前来行这缓兵之计，贼兵首领给了你多少好处？你以为今夜之后你还有性命享用吗？"

唐牛一听，冷汗直流，扑倒在地苦苦哀求道："小人不敢行计，大将军神威盖世，早晚拿下昆阳，小人只求大将军饶命。"

哀求了半天，陈茂还是气呼呼地抚着胡须，最后还是严尤低声问道："你一个贼兵叛逆不好好上阵厮杀，反倒费尽心机陷害自家首领，你说你让我等怎能相信于你？"

唐牛听了这话羞愧说道："实不相瞒，小人一个厨子，哪想得出这些道理，只因昆阳城旦夕必破，跟着贼兵没有前途，我和我的两个兄弟商量了几天几夜才想出这么一点道理，小人此番出城也不敢邀功，只盼亲口得到大将军的一个保证，只有这样，我和我那两个还在城中困守的兄弟，才有机会回乡侍奉娘亲。"

这话纯朴自然也似乎可信，严尤、陈茂看看天色不早了，又小声商量了几句，才由陈茂对唐牛严厉说道："你既有改过之心，当洗心革面不负圣恩，现在你就回昆阳城去，以后每三日出城一次禀报城中动态，他日功成，必有重赏。"

唐牛喜极而泣，磕头无数。

赶在天亮前回到昆阳城的唐牛，随便吃点东西后倒头就睡。这一夜他是真的累坏了，虽然他知道应该立时就向众首领汇报情况，可他太累了。他心想，哪怕在王常、王凤传见他之前小眯一会儿也是好的。谁知这一睡就睡了大半天，等他醒来时，一看日头都偏西了，禁不住向屋外士卒骂道："怎么不喊醒我？首领们都在哪里？"

这时门外的士卒却喜笑颜开地答道："首领们有令，任何人不得扰了唐将军的美梦，唐将军重任在身，务必要让他休息好。"然后，这个士卒才告诉唐牛，今日城外官军的攻势已经明显减弱了，只有无目标的乱箭还在不停地袭扰守城义军。众首领都说这一定是唐将军的计策见效了，虽然不知道唐将军是怎么做到的，他们却都感念唐将军的大恩大德。这个时候，众首领和大部兵卒也都趁着敌军攻势稍缓，在各自休息，唐将军不妨再睡一会儿。

唐牛这才知道昨晚的胡说八道居然奏效了。

不过从此以后，唐牛也必须每隔两三天就出城一次，背着宝物、怀着小心，把他的谎言继续维持下去。出城的次数多了，唐牛也渐渐看出了官军的虚实。那麇集城下的几十万大军显然也不全是王莽的死党，这些天南地北各地郡县征集来的百姓同样也是王莽十几年乱政的受害者，他们在地方官的威逼下和从军重赏的利诱下，也是别别扭扭地踏上了征剿伪汉的南下之路。

而就在从洛阳到昆阳的短短路途上，已经有不少人逃亡了。仅仅因为王莽对这支征剿大军供应优厚，而且很多人觉得己方势大，一定可以从义军手上抢到不少东西，才维持了这支大军基本的形状，其实真正愿意出力的人也不多。所以，当王邑、王寻命令攻城插不上手的各营到远处驻扎时，多数人是乐于执行的；当严尤、陈茂命令攻城不必太认真时，不想拼命的人也立即就退下来了。至于征剿大军的士气是不是还在，也许只有问问猛兽营里的那些虎豹狮熊了。

只是眼看五月将尽，唐牛觉得自己越来越演不下去了。一包包送出去的金银财宝倒还好说，自己承诺的对贼军一网打尽之计却迟迟不见动静。唐牛最近每一次出城都觉得严尤、陈茂这一次会恼羞成怒斩了自己，可是面对城中众首领和义军期待的眼神，他又不得不一次次缒城而出。所以当五月最后两天，有零星义军在昆阳城以南百十里外，打着旗语试图和城内联系时，城内外的攻守双方竟一致感到了盼望已久的喜悦。当晚，唐牛就再次跑到严尤、陈茂那里道喜，说是刘秀中计了，城中残兵也所剩无几，他要预祝两位大将军即将立下不世之功勋。为了表明自己的计策无误，他还添油加醋地说道，据刘秀信报，围攻宛城的刘縯几天之内也将带着大部义军赶到昆阳城下，也许会在不同的方向冲击官军营盘，望朝廷大军早做准备。

严尤、陈茂倒是不像唐牛那样兴奋，只是吩咐唐牛，身为内应，不可自乱阵脚，一定要在官军击破城外援军之后才可袭击城中贼首，开门受降。

等到六月一日刘秀整顿自己带来的援军，尝试从西面接近昆阳时，昆阳城内的义军固然是不敢轻举妄动，围城的王莽大军也很有些掉以轻心的样子。因为在五月的这几十天里，城下各营也早已传开多种谣言，确信现在出现的义军不过是援军的先头部队，真正的厮杀还要等大队义军出现以后呢。

刘秀显然不知道这种情况，他只害怕王莽大军席卷过来，不等他摆开阵势，就把他好不容易拼凑起来的这支一万多人的小小援军吞掉。所以，虽然这天天一亮就酷热难耐，实在不是一个可以恣意厮杀的好日子，但刘秀仍然把大部步军留在了阵后，自己只带了三千余名骑兵拼命向前冲去。他的想法也很简单，那就是一定要在王莽大军有所动作以前就冲进城去，能多一个人进城驻守，就多一分希望，也许此刻他哥哥刘縯的大队义军已经在路上了也未可知。

所以，当刘秀的三千骑兵拼命向前的时候，王莽大军各营颇有些无动于衷。几十万人马毫无协同，只有与刘秀骑兵正面冲突的一两个兵营为了自保而战斗。更要命的是，因义军援军在几十天的攻城战里从未出现过，王莽大军各营的拒马、栅栏、壕沟等工事都是面向昆阳城而建，各营背后的防御工事都很简陋。于是，刘秀的骑兵击破当面的两个方阵后，顺势就冲进了方阵背后王莽大军的军营。眼看义军骑兵杀到眼前，莽军军营中的士卒哪里还有胆子厮杀，转身就向莽军重重联营的纵深跑去，而这些逃命的士卒显然就成了刘秀骑兵的开路先锋和引路人。

城西处的消息此时也接连不断地传到了北城下王邑和王寻的大营里。可以想象，那些变化莫测的混乱消息会怎样扰乱两位大帅的心神：怎么才发现小队义军就已经激烈厮杀了？怎么才开始厮杀就已经攻破军营了？他们不是只有一万多人马吗？他们怎么可能破营而入？探马、将校、士卒各色人等都声称自己的消息千真万确，都请两位大帅早作定夺，可是乱局面前，谁又能知道该怎么调动兵马。于是两位大帅很快商定，由王邑镇守大营，王寻则亲自去城西看看怎么回事。为了避免混乱，防止贼军乱中取利，王邑、王寻还专门传令各营，没有大营号令，各营兵马一律不得轻举妄动。

只是王寻没有料到，他才出大营没多远，就迎面碰上了大批刘秀骑兵驱赶下的本军士卒。这些士卒斗不过义军骑兵，又不被其他各营接纳，于是全都顺着各营间的大路跑向本军大营，他们以为大营那里一定有人可以接应他们。

王寻看着眼前的乱兵起初也很生气，可这毕竟是本军士卒，不好全部格杀，只好命令左右，把这些乱兵全部捆了，询问清楚各属何营？事后他要重责这些带兵官。正当王寻费力整顿军纪时，一支乱哄哄的马队也跑到了王寻面前，正当王寻的左右亲兵要他们下马听令的时候，这些人竟突然就挥刀乱砍，一边砍还一边大叫："老爷我是汉军好汉，岂能听你们的令。"

可怜王寻带了近万人的亲兵出营，却猝不及防陷入这样一场乱斗之中，他的左右亲兵平时威风惯了，从未想过厮杀会离自己如此之近，仓促之间也只会大叫："保护大帅！快快保护大帅！"这叫声自然又吸引来了大批义军骑兵。经过一阵莽军大营前的厮杀后，很快就有人高喊："你们带兵官已死，要活命的快快投降。"不过也有人大喊："大帅尚在营中，莫中了贼军奸计！"双方各喊各的，混乱依旧，厮杀依旧。

这个时候，最能看清乱局的也许就是昆阳城头的义军了。王凤、王常、唐牛这些人一大早就不顾暑热，守在城头上观战。他们眼看着刘秀带来的骑兵不管不顾地冲进敌阵，搅乱敌营，可是冲过敌营的这些骑兵没有直抵昆阳西城门，反倒又被莽军逃卒引到城北的莽军主将大营前面去了。莽军主将大营前面此时激战正酣，城外援军的步兵本来是紧跟骑兵向西门靠近的，因骑兵行动过快，此时已经被莽军割断了同骑兵的联系，步兵苦战不下，已经渐渐被逼远离城门了。更可怕的是，整个清晨静谧安详的其他数十个莽军军营，此时纷纷旗号乱动，鼓角声不绝于耳。看样子，这些军营已经收到命令，即将加入战斗了，而如果莽军全军行动起来会是个什么结果，不用说也人人知道。所以，城头上的义军几乎人人都在大喊，要城外的义军赶紧进城，否则大事完矣。可是城下激战正酣，人人身不由己，即便有个别人听见了，想进城，只怕也是心有余而力不足。

这时，城头上观战的王常、王凤也被激荡起了勇武之心，眼看城外援军就要陷入重围，他二人立即商定，一人带骑兵出西门，一人带步兵出北门，一定要在王莽大军合围援军以前把援军救出来，若坐视不理，那可以肯定，今天这些援军的命运就是明天昆阳守军的命运。

城中守军毕竟占了地利的优势，他们距离近，看得清，冲得准。西、北两面城门打开后，两支城中义军都径直冲向了城外莽军的要害处。本来已经渐渐困住援军手脚的莽军被突如其来的守军一冲，又陷入大乱之中。原本渐渐向西退去的援军步兵在城内骑兵的接引下，立刻又冲破两座莽军军营，而原本困在莽军主将大营前的援军骑兵，在城内步兵的支持下，一举冲进了莽军主将大营，给敌人带来了更大的混乱。

此时已经是正午时分，在烈日下厮杀了一个早上的双方士卒都紧盯着眼前的敌人，他们也许感到了几阵让人睁不开眼的大风，但没人注意到他们头上的天空已经渐渐乌云密布，仿佛无数天兵天将也即将杀入他们的战团。

随王常一军杀到莽军主将大营的唐牛此时正在阵前乱窜。他可不是到处找人厮杀，他是奉王常之令，要在乱军之中找到刘秀，第一时间问问到底来了多少援军，宛城那边的义军距离昆阳还有多远。如此，昆阳守军才能知道昆阳还该不该守，他唐牛也好知道自己是不是该趁乱逃命。

不过，唐牛没找到刘秀，却忽然看见一名义军骑兵的马颈下挂着一具似曾相识的首级。乱军之中，他费力挤到这名骑兵身边，问这名骑兵所杀何人，这名一身是血的骑兵根本没空搭理唐牛，扯下马颈下的首级抛给唐牛后，只匆匆说了句"此乃莽军带兵官"就又冲向敌阵了。唐牛细看之下才发现，这不就是几十天来时常在昆阳城下耀武扬威的莽军统帅之一王寻吗！大喜之下，唐牛举起首级就开始狂呼："莽军主将王寻已死！莽军主将王寻已死！"

双方正在厮杀的士卒听见有人大叫"主将已死",都免不了抬头张望一下。义军士卒也许还不觉得什么,莽军士卒却不免人人惊骇,转瞬间,"主将已死"的流言就迅速向四面八方传去。

与此同时,天空中几道霹雳闪过,轰隆隆的雷声紧随其后,一场盛夏的暴风雨很快铺天盖地而来。那些本已开始行动的外围各营莽军,忽然在疾风骤雨中看不到城下义军援军的踪影,而远处的电闪雷鸣中又好像有千军万马即将杀到,再加上"主将已死"的呼喊声到处流传,同时大营方向迟迟没有进一步的命令传来,于是,那些本来就不情不愿的莽军士卒立刻就犹豫了。在出战必胜的期许下,拿饷吃粮他们是可以的,可若是为了王莽拼上自己的性命,他们就不愿意了。

正在此时,外围辎重营中,一大群被雷声惊跑的骡马又在昆阳城下掀起了一片烟尘。很多信心不足的莽军官兵不免猜测,是不是义军的大队后续援兵到了? 更有一些胆小的士卒,直接把那些无人骑乘的骡马解读成莽军已败,领兵官已经弃马跑了。于是,各营莽军士卒都开始向自己认为安全的地方退去,而一旦逃跑的士卒形成风潮,则任凭各级将校声嘶力竭的狂喊也无济于事。

正在厮杀的各处义军本来也被这场突如其来的大风雨搞得混乱不堪,可是忽然之间他们发现,与他们正面对敌的强大莽军都如潮水一般退去了。在这股大潮的推动下,一切营帐、壕沟、栅栏,甚至河流都被推倒、掩盖和遮断,虽然不知道莽军为什么会这样,但是每一个打过仗的人都明白,这大好的时机绝不能放过。杀呀! 冲呀! 千万不能给莽军重整旗鼓的机会,能追多远就追多远。于是,狂风暴雨中,一小队义军追着一大队莽军狂砍滥杀的奇景就在昆阳城外几百里范围内不断上演。

第十章

自相残杀

　　等到雨过天晴，旭日重现的时候，昆阳城内外早已改天换地，变了颜色。关于莽军为什么会大败，每个人的看法都不尽相同。城外的援军当然认为自己的功劳最大，他们不惧生死来救昆阳，自然都是以一敌百的好汉；城内的守军也不遑多让，他们认为要不是自己在这几十天里拖着莽军，让他们懈怠，那么来多少援军都无济于事；而更多的人则宣称，是自己打垮了正面对敌的敌人才造成敌军的全面崩溃；至于暴风雨助阵、莽军无能等等原因，多数人都以为只是小节，无足挂齿，而唐牛的缓军之计，以及敌阵中的那一声暴喊，则根本无人提及。

　　大战后的唐牛也根本没有时间加入这场论战。四十几万莽军败退后，留下的物资堆积如山，他这个安集掾简直要累坏了，单是登记清楚已经是万分困难，很多时候他只能在竹简上刻上铠甲一堆，粟米十坑，金银器一帐这样似是而非的文字，同时还要借助一些只有他知道含义的黄豆、绿豆，甚至绳结来帮忙记账。几天后，当宛城城下的义军赶到时，昆阳城的惊喜和混乱还要翻上几倍都不止。

　　直到这个时候，刘秀、王凤、王常才知道，就在他们在昆阳大破王邑、王寻所率莽军的三天前，宛城的莽军已经坚持不住，开城投降了。为了稳住降军尽快来救昆阳，刘縯甚至奏请刘玄同意，加封几个月来坚守不出还杀伤大量义军的守将岑彭为归德侯。有了宛城来的义军做后盾，昆阳也不必害怕洛阳方向的莽军残部前来报复了。

其实此时的义军还不太清楚，经此一战，王莽的本钱已经彻底赔光了，他的政令在常安都不管用了。天下郡县再说到南方的这支义军时，已经不说义军而全都改称"汉军"了。唐牛听说刘秀还趁着众人纵情庆祝的时候抽空回春陵办了场喜事，把他垂涎已久的阴姑娘娶到了手，不过唐牛官卑人微，并不在受邀宾客之列。刘秀也是快去快回，成亲三天后就赶回了昆阳北面的父城地区，继续主持对颍川郡的军事行动。

就在一切都顺风顺水的时候，唐牛没想到，又出事了。

这一天，唐牛正在自己的营帐里和各种名目的账本较劲，刘秀忽然闯了进来。这位昆阳大战的英雄，一脚就踢翻了门口的一小碗黄豆，受惊抬腿时，又差点被一堆绳结绊得当场摔倒。正当刘秀高度怀疑自己闯进了什么神秘阵法的时候，却听见唐牛失声惨叫道："我的粮食！我的账目！这下全乱了！"

过了好一会儿，刘秀才明白自己破坏了这位安集掾几天来的劳动成果。唐牛以为，这个新郎官是来追查近期为什么账目如此混乱的，只好在叹息哀号之后，主动说道："禀告将军，自昆阳大捷以来，每天收到和支出的东西太多太杂，小人才疏学浅，应付不周，还望将军见谅。"谁知刘秀并不是来查看他的账本的，只低声对他说道："把我们进入昆阳以来给宛城供应军需的账本都带上，现在就跟我去宛城走一趟。"唐牛一愣，以为宛城方面终于对自己这个蹩脚的安集掾忍无可忍了。但他心想，大不了我就不干这个小官了，这些天来，你们吃香的喝辣的，发大财做新郎，我累得半死不活还不落好，怕什么，还能杀我的头不成。于是他也不再多问，把相关的竹简账册全部背上就跟着刘秀上路了。

一路上，刘秀心事重重一言不发，唐牛满心委屈，也不说话，两人就这样寂静无声地到了宛城。进了宛城，刘秀也不入住那些官衙和大宅子，只带着唐牛钻进城中的昆阳馆驿就不出来了。当晚，唐牛看到左右仆役诧异的眼神，还是觉得事有蹊跷，他想，为了那些烂账册何至于搞得如此神神秘秘。于是他饭后独自一人出屋去转了一圈。谁曾想，这一转又转出一个天大的消息。

原来，就在两天以前，大汉更始皇帝刘玄竟把大司徒刘縯给杀了。从淯水登基开始，义军中人人都知道刘縯才是那个最该称帝的人，只是因为新市、平林、下江诸将从中作梗，才让刘玄捡了便宜。不过刘玄虽然登了大位，义军的实际指挥人和声望最高者却依然是刘縯刘伯升，等到拿下宛城，昆阳又大胜以后，刘縯的声望只升不减，他手下的舂陵众将更是志得意满，到处公开为自己的主子称冤。说什么，要不是刘縯在宛城，刘秀在昆阳，王莽的城池、军队谁能攻得破、打得垮，将来进了常安，坐天下岂能是庸才而非英雄？这话传到刘玄的耳朵里，再是宽厚隐忍之人也坐不住了。既然刘縯一时碰不得，刘縯的手下众将却不能不惩治一下。于是刘玄借大胜之名大赏功臣拉拢人心之后，偏偏给刘縯的心腹爱将刘稷加封了一个不伦不类的"抗威将军"，也不知抗的是王莽之威，还是他刘玄之威。

那刘稷本是勇冠三军、暴烈如火之人，平日里替自己主子叫屈叫得最响，听闻刘玄给了自己如此一个名号，竟一抗到底不肯受命，而新市、平林、下江诸将也马上以抗命不遵为口实，抓捕刘稷，欲行问斩。刘縯当然坚决不让，在刘玄面前反复请命，要求改判。本来刘玄就是要杀一杀刘縯的威名，告诉众人自己才是皇帝，可眼见刘縯如此态度，当时就下不来台了，兼之左右重臣又反复劝谏刘縯已露不臣之心，于是，刘玄一不做二不休，顺便就把刘縯一起抓捕下狱，而且不再召集众大臣公议，第二天一早就把刘稷、刘縯一起秘密处斩了。杀了刘縯，刘玄当然知道后果，所以连日来不断调动兵马，会见众将，就怕春陵军不服起事。而最让他想不到的是，这个时候，刘秀居然不带兵马、不带亲随，近乎孤身一人来到宛城。

知道这些后，唐牛立刻就去见刘秀了，见面后，直言不讳地说道："将军害我！你们几家大臣、将军争权夺势，如何把我一个小人物牵扯其中。若是更始皇帝明天把我和将军一起斩了，我岂不是个冤死鬼？"刘秀看着气急败坏的唐牛，倒也没有动怒，只是平静地说道："你既然已知内情，应该想到，现在王莽未灭，天下仍乱，我若是带着亲随、兵马而来，更始皇帝才会大动猜忌之心，那时候会死多少人实难预料。现在我只带你一个小吏前来，如同赤手空拳，更始皇帝当放心和我一见。"

刘秀说得似乎也有道理，不过唐牛还是担心地说道："更始皇帝杀了你哥哥，下一步不杀你杀谁？你要么远走高飞，要么起兵伸冤，现在自投罗网，岂不是正中那些想害你之人的下怀？"

刘秀缓缓说道："家兄丧命，我岂不心痛？可是细想各种线报，我以为更始皇帝也未必是有意加害，一时冲动也是有可能的。"看着唐牛怀疑的表情，刘秀又说道："自去年十月我和家兄起兵以来，历尽坎坷，如今形势最好，若现在我们汉军内斗，最高兴的恐怕还是王莽，而让王莽高兴，只怕家兄死了也不愿意。明天见了更始皇帝，我自当把这些话向他说明。"唐牛还是不相信地说道："你要讲道理，别人却只要你的人头，只怕我二人今晚都过不去，还说什么明天。"刘秀淡淡一笑，说道："这样吧，今晚你去前面的仆役房中睡觉，若是今晚没事，你再和我去见更始皇帝如何？"同时他又特别强调："若是今晚有士卒前来抓捕我，我一定和他们说明你非我亲随，而是大汉的官吏，是为公事而来，如何？"

听了这话，唐牛的气消了不少，不过他还是想不明白刘秀说这番话的底气从何而来，想想自己从前在渔阳郡背黑锅的往事，他也毫不客气地说道："今晚若有事，恕唐牛不能与将军共进退了，还望将军见谅。"说完后，唐牛觉得不太好，又补充道："将军若有什么话或信物想交给家人，不妨交给小人，唐牛也是江湖上有名号的，必给带到。"刘秀听完大笑，只让唐牛出门时把门带好。

这一晚上，唐牛又怎能安睡，虽是躲在仆役房中，耳朵却时时听着刘秀门前的动静。按他的计算，当晚，至少有三拨人前来刘秀门前拍门。他们有的自称已故大司徒刘縯的属下，特来报告大司徒的死亡经过；有的自称是春陵刘氏宗族的长辈，特来安慰刘秀并吊唁刘縯；有的则自称是刘秀的春陵旧部，特来听取刘秀的命令，还说无论刘秀让他们干什么都行。对于这些形形色色的门外客，刘秀一律闭门不见，有欲硬闯的，则被刘秀厉声骂回。还好，这一晚上，唐牛始终担心的禁军卫士并没有出现，等到快天亮时，刘秀的门前也就渐渐平静了。

第二天一早，昏头昏脑的唐牛和神采奕奕的刘秀果然被更始皇帝刘玄召见了。这是唐牛在淯水登基之后首次见到刘玄，跟着刘秀行过觐见皇帝的大礼后，唐牛在刘秀的指引下，详细汇报了昆阳一军这几个月来对宛城大军的供应情况，并对王莽大军败退后的物资清理情况进行了详细说明，直言就算汉军现在扩大一倍，也有足够的粮草和军械可以供应。刘玄和他身边的众大臣面无表情地听唐牛说了半天，然后没有挑任何毛病，还嘉慰了唐牛几句就让唐牛下去了。唐牛走时，偷看了一眼神情自若的刘秀，心想，这个人完了，只怕今天走不出这个大殿，我还是早寻出路为好。

可是等到中午，宫中却传来消息说，更始皇帝要给刘秀赐宴，命众大臣一体作陪。唐牛没奈何，又只好等到晚上。等到深夜，宫中的马车把刘秀送回来时，听门口的仆役应答，唐牛才知道，此时的刘秀已经是破虏大将军、武信侯了。而且更始皇帝还特别传旨说，破虏大将军前来宛城过于匆忙，没有近侍随行，他现在身边人就不要走了，一定要把破虏大将军、武信侯伺候好。唐牛一听，心想完了，自己这下别想脱身了，这更始皇帝明面上给刘秀加官进爵，却又不许刘秀从前的部属前来跟随，只怕还是没安好心。唐牛左思右想不得安心，只好以道贺为名，想去刘秀的房中探探动静。谁知刘秀只是按常例赏了唐牛，就让唐牛去休息了。唐牛一头雾水不得要领，也不知道刘秀是伤心还是高兴。

随后几天，唐牛才渐渐有些明白了。显然，因为刘秀的极度配合，刘玄汉军的基本力量——新市、下江，平林和舂陵三军暂时不会内斗了，而且趁着昆阳之战后的大好形势，分别派出的攻打洛阳和常安的两支大军也都进展顺利。这也说明，没有刘氏兄弟，特别是没有刘縯的指挥，汉军也是能打仗的。甚至可以说，没了刘氏兄弟的汉军在前方打得越好，刘秀在宛城就越安全，更始皇帝和众大臣也会待刘秀更友善。但这只是事情的一面，唐牛认为刘秀也应该想到，照此发展下去，一旦那些舂陵旧将真的以为刘秀背叛了自己的哥哥，或者真的听信了刘秀的话，完全融入刘玄汉军，那现在的这个破虏大将军、武信侯，只怕也不能抵抗一小队禁军士卒的抓捕。

更始皇帝刘玄肯定能看到这个前景，所以就算给了刘秀高官显爵，却既不让刘秀接管他哥哥刘縯的旧部，也不让刘秀重回昆阳前线。每日里，只让宛城的那些勋贵大臣陪着刘秀吃喝游戏，同时这也是在告诉广大汉军将士，他刘玄可不是陷害部属的小人，刘縯和刘秀两兄弟不同的待遇，不正说明他是个赏罚分明的好皇帝吗？

可在唐牛眼里，更令人不可思议的还是刘秀。明明自己一个粗人都能想出来的事情，刘秀却好像浑然不觉的样子。每日里，依旧和那些勋贵大臣觥筹交错，游戏不断，绝口不提兄长的冤屈和自己的功劳，好像宛城现在的生活正是他想要的一样。唐牛以为，跟着这样的人只怕没有前途，有机会还是早点脱身才好。

此时宛城气氛微妙，前方的大军却是每天都有捷报传来。本来八月初，更始皇帝还在和众大臣调笑，拿下了洛阳的定国上公王匡会怎样处置同在洛阳城的新朝太师王匡——百姓看见汉军张布的文告上王匡署名处死王匡的时候，会不会哄堂大笑呢？

谁知道，九月初，就传来消息，王莽的常安已经被城内外的义军联合攻破了。常安又变成长安了。连王莽的人头也很快就传到了洛阳和宛城。

这一下，宛城内外的勋贵大臣可就坐不住了。形势很明显，既然洛阳、长安都拿下来了，更始皇帝刘玄再待在宛城也就不合适了。两个月前才死掉的刘縯早就说过，宛城只是一个小目标，洛阳、长安才是大目标，只有拿下了洛阳和长安，大汉才算是真正复兴了，只有住进了洛阳和长安宫殿里的大汉皇帝，才算是真正的皇帝。更始皇帝刘玄的态度也很明确，就算长安一时去不了，洛阳总该可以即刻接驾吧，否则天下百姓、各路豪杰会怎么看他这个大汉皇帝？而众大臣和大臣们的亲属、仆役同样也明白，相比宛城，洛阳和长安才是真正的财富之地和权贵之所，窝在宛城，那可既不能发财也无从显贵。

但是，前方作战的将军们显然也知道这个道理，于是，他们一面时时刻刻传来这里大胜、那里大捷的消息，一面又总是推脱洛阳和长安尚在混乱之中，皇帝圣驾贸然前往，若有乱兵惊了圣驾可是万万吃罪不起，所以迁都一事万万不可草率行事。

双方文书往来虽不明说，却都知道对方的意思。只是这个时候更始皇帝刘玄哪里还等得及。既然前方的将军们不配合，他只有急吼吼地要从宛城群臣中选派一个去帮他打前站了。到了这个时候，他身边那些想发财、想显贵的众大臣却又集体沉默了，因为谁都明白，现在的长安或者洛阳肯定是那些骄兵悍将的天下，跟着刘玄一起去，还可以借三分皇帝的薄面，不至于吃太大的亏，若是自己一人去打前站，碰上那些不听话不讲理的骄兵悍将，真出了什么意外，只怕刘玄事后说话也无济于事。不过，既然皇帝陛下有命，众大臣也不得不坐下来好好商议一番，排查一下哪些大臣熟悉前朝的典章制度，哪些大臣既能带兵又懂行政。更重要的是，这个烫手的栗子应该交给谁才能既不伤害了自家人，又能达成皇帝的愿望？

排查的结果很快就出来了，众大臣一致认为破虏大将军、武信侯刘秀最适合去洛阳打前站。得知这一结果的更始皇帝刘玄差点就要破口大骂了，他真想怒斥这些猪脑子的大臣：刘秀是能够放走的人吗？拴在身边尚且不放心，若他在洛阳借故跑了，你们谁能担得起这个责任？

不过大臣们也早有说辞等着他们的皇帝，他们说，刘秀曾在新朝的常安做过太学生，典章制度最是熟悉不过了，而洛阳的王匡、朱鲔，本是新市兵的首领，绝无听从刘秀的道理，只要不给刘秀配兵，再把原先的春陵兵将调走，刘秀断不敢在洛阳胡来。说到这里，几位贴身大臣又提醒刘玄，刘秀此去洛阳，若是办好了差事，固然可喜，若是办不好差事，又或是真有什么异动，不正好可以借机杀掉吗？只要有真凭实据在手，春陵兵将谁能说个不字？

这最后一个理由显然打动了刘玄。于是，整日里在宛城悠游度日的刘秀忽然又接到了新的诏书，任命他为洛阳行司隶校尉。整天跟着刘秀瞎晃的唐牛刚一得知这个消息时还很替刘秀高兴，因为司隶校尉在前朝可是掌管京师治安的大官，俸禄两千石，号称"卧虎"，不是皇帝亲信绝不会授予此职，虽然美中不足的是"行①"字有些不好听，可是那也比那个什么空泛的"破虏大将军"强多了。

---

① 代理的意思。

说不定更始皇帝从此不再提防刘秀了也未可知。况且唐牛在这道任命里也不吃亏，因为行司隶校尉该有的属兵虽然一个没有，但是二十名随员还是有的，而按照惯例，一直陪伴在刘秀身边的唐牛自然就成了这批随员的首领。一想到不用再回军中去做那劳什子的安集掾，还能威风地执掌行司隶校尉的官旗，到天下名城洛阳去公干，唐牛以为这也未尝不可。要知道，在宛城成天盯着刘秀的人实在太多了。不过刘秀还是一如既往地沉默，受领诏书离开宛城后，哪里也没去就直奔洛阳。

第十一章　逃出洛阳

在去洛阳的路上，刘秀还是因故耽误了一天。因为刘秀发现，洛阳南面颍川郡的父城竟然还在坚守，抗拒汉军。要知道，今时不同往日，现在连洛阳、长安这样的天下名城都在汉军手上了，小小的父城怎么还在坚守？何况，此城在刘秀去宛城以前不是已经在接洽投降事宜了吗？好奇之下，刘秀就没顾及和原部属避嫌，打马到父城下去问了一下情况。没想到刘秀一现身，当天父城就开门出降了，守城兵将口口声声说道："天下纷乱，只降明公一人。"刘秀怕此事传到宛城，不敢久留，嘱咐原部属处理父城事宜后，就又匆匆向洛阳赶去。而父城降将中，冯异、苗萌等人却死活要追随刘秀，声称即使在刘秀身边做个仆役都行。刘秀没奈何，只好把这几个人编在唐牛的随员队伍之中，就又向洛阳赶去。

到了洛阳，唐牛立刻就被这座洛水边的大城震撼住了，与之相比，他从前去过的那些郡城、县城就和穷乡僻壤一样不值一提。不过如此阔大、壮美的洛阳城此时却也被王匡、朱鲔手下的义军搞得乌烟瘴气，混乱不堪。这些山乡野地里杀出来的汉军进了洛阳城后很是狂欢了几天，如今这些人渐渐平静下来了，各军的驻扎地也基本固定了，每日里却还是狂歌纵酒，招摇过市，全然不理睬洛阳居民惊诧的眼神。

王匡、朱鲔其实也和他们的手下兵将相差无几，只是看在刘秀诏书、节仗在手，没有难为刘秀，但也没有提供任何帮助，只是任由这个所谓的行司隶校尉忙他自己的公事而已。刘秀刚刚接收了几座破烂的宫殿和几座前朝大员荒废的宅邸后，转头就让唐牛带人前去收拾。

可怜唐牛哪知道该怎么收拾宫殿、府邸和官衙？单是在里面走上一会儿就找不到出来的路了，勉强打扫了一天就直跟刘秀嚷嚷："干不了，干不了，活太多，太重。"好在从父城跟来的冯异那些人很是能干，不声不响地就把这项工作接过来了。他们本是地方上的小官吏，往年公干也曾来过洛阳，对洛阳的一切掌故都很熟悉，所以不用刘秀费心，他们自己就把司隶校尉该做的事张罗起来了。

对讲道理的，冯异他们就出示诏书；对蛮横不讲理的，则哄骗收买。在冯异等人的张罗下，本来在唐牛看来一筹莫展的事，渐渐也有了起色。曾经被那些骄兵悍将糟蹋得一塌糊涂的各处宫殿、官衙和府邸总算又陆陆续续收回来了几十处。此外，当初城破时那些躲起来的大宅院里的老管家、老佣仆又被冯异等人找出来不少，有了这些人帮忙，原来那些大宅院的华贵气象和应有的次序很快就恢复了起来。刘秀看着自己的差事在这些人手上干得如此干净利落，也不禁对这些人刮目相看。于是，白天忙着收拾，晚上秉烛夜谈就成了他们之间的常态，而唐牛白天忙了一天，晚上只想睡觉，对这种夜谈从不参与。

很快，更始皇帝刘玄和他的众大臣就全都迁到洛阳来了，盛大的入城式也被行司隶校尉刘秀搞得有声有色。面对像模像样的宫殿和各处官衙，七个月前才在淯水边上草草登基的刘玄很是满意，连声赞叹刘秀胸中有货，忠诚能干。而刘秀则一如既往地谦虚、退让，不争寸功。到了这个时候，唐牛才看出一点端倪。这更始皇帝所谓的办事能干，不就是把义军曾经打倒的一切重新又立起来吗？看看大街上的各种彩旗和各处官衙的招牌，不就是把"新"字又重新换成了"汉"字吗？连满城百姓欢呼的什么"解民倒悬之苦"，"重现汉官威仪"，唐牛都觉得有种似曾相识的感觉。不管怎么样，从那时看上去，天下好像也就是这么回事了，那些华盖下的座位他唐牛是没赶上，但他完全知道华盖下的这些人一两年前是个什么样子。那时的唐牛也还没有被刺激出什么狠气。高宅大院门房里的一壶酒、一块肉、一张榻就足以让他满足。

不过，刘秀那些新近的追随者冯异他们显然并不满足。在更始皇帝和他身边最显贵的一批大臣安顿好后，刘秀手上掌握的一批次一等的宅院就成了次一等大臣们追逐的目标。他们或标榜自己和第一等大臣的亲近关系，或出些不咸不淡的金银，或干脆假传更始皇帝的旨意，无不想把行司隶校尉手上仅剩的几座好宅子拿到手上。这可让唐牛看到了机会，他力劝刘秀：当然是价高者得之，此时不攒些本钱，你司隶校尉的家小如何安顿？你手下的随员如何吃喝？不要怕当今圣上怎么想，王匡、朱鲔他们也是这么干的。

但是，冯异他们却全都反对这么干，他们说，刘将军刚刚在当今圣上眼里添了这么点光彩，可千万别又给抹黑了。想想看，如今的洛阳也不过是暂时落脚之地，要不了多久，等关内局势稳定了，圣上一定还要去长安的。那时如果刘将军还能稳坐在司隶校尉的位子上，才真正算是朝中重臣，一旦把那个碍眼的"行"字去掉了，刘将军的家小和随员还有什么可担心的呢？

这话听上去确实更有眼光，唐牛不好争辩，只好由着他们谋划了。作为名义上的随员首领，又和汉军方方面面都比较熟悉，很多出面联系的事也只有唐牛出面比较合适。

可是这件事真做起来却又并不简单。因为如今的洛阳是一个远比宛城复杂的地方，很多宛城的厉害人物到了洛阳不是高升就是沦落，等于是被更始皇帝重新安排了一遍。而原来就在洛阳称王称霸的王匡、朱鲔等人，有挤在群臣中继续享福的，也有嫌洛阳拥挤气闷带兵出征的。尽管每次朝会看上去一大屋子人其乐融融，其实谁管哪摊儿还不一定，也许三五天后就换人也很平常。这当然也可以看作是没有基本队伍的更始皇帝平衡众臣，掌握大权的高明手段，可是落在唐牛身上问题可就严重了。因为行司隶校尉刘秀手上就那么一点儿资源，白送出去的宅子没起到作用，想要再收回来可就难了。而且还有不少人看到，接收洛阳并没有想象中的困难嘛，为皇帝打前站原来还有这么多好处，那将来接收长安的好差事怎么能一直让令更始皇帝侧目的刘秀占着，所以很多不得志的宛城中级官员，也早已在更始皇帝耳边打起了司隶校尉这一肥差的主意。

白送出去几座宅子又探听到刘秀可能官位不保的消息后，唐牛可就慌了神，赶紧回来和冯异等随员商议。冯异等人也没什么好主意，只好发动所有随员出去找门子，要知道这可不只是关系到刘秀一人的饭碗问题。

几天后，冯异回来说，有门路了。他说如今的左丞相是青州山阳郡人曹竟，曹竟的儿子曹诩此时正在尚书房里当差，时常可以觐见更始皇帝。他父子二人加入义军以前曾在颍川郡贩过骡马，那时正赶上王莽乱改税制，盘剥天下百姓，他父子二人别说赚钱，连各种说不清道不明的罚款都交不起，走投无路间，正好碰上那时的小官吏冯异。冯异看他父子二人实在可怜，就替他们在长官面前说了好话，父子二人才脱身出了颍川郡。冯异说，把刘秀积蓄的金银全部用上，再以当年的救命之恩相托，也许此事能成。

看到冯异诸人如此能干，唐牛就有些不高兴了。他倒不是怕离开了刘秀无处安身，只是前些日子收拾宫殿、官衙时，他已经输了一阵了，若是此时再输一阵，身为行司隶校尉的随员首领，可实在是有些无能。于是，他也说道，右丞相刘赐，那是当今更始皇帝亲叔叔的儿子，虽说没立过什么军功，前些日子又从独任的大司徒贬成了现在的右丞相，但要说起和当今更始皇帝的亲密程度，恐怕满朝文武无出其右。前些日子，刘赐娶新夫人，他就奉刘秀之命送上了一所大宅子，当时刘赐表面上感谢，话里话外却总说什么家中子侄众多，甚是拥挤，朝中有人看他不再独任大司徒了，很多人也不来看他了，难得司隶校尉还这么有心。其实就是还想要东西的意思。唐牛表示，如果我们加把劲，再给刘赐的儿子送一所宅子，他一定能在更始皇帝面前帮刘秀说说话。

刘秀还是一如既往的沉默，任由手下的随员去给他办事。

不知道冯异那边办得怎么样，唐牛在替刘秀送出宅子的那一刻反正感觉不太好。因为贵为右丞相的刘赐表现得过于开心和仗义了，虽说他和唐牛的地位悬殊，但在那一刻，右丞相刘赐竟然拉着唐牛的手说道："司隶校尉公忠体国，精明强干，实堪大用，老夫一定奏明圣上予以要职，只怕到那时，你们司隶校尉属下的人又要辛苦了。"

唐牛当然不敢和右丞相拉手，当即就跪下来替刘秀感谢老丞相的提携之恩。此时他却不由自主地想起，小时候在家乡经常看到的那些替人主持家族祭奠的老儒生。那些老儒生也是能讲得很，一场祭奠能天上地下、水里火里、神仙鬼怪讲上几个时辰，仿佛无所不通、无所不能的样子，其实谁都知道，这么能讲的老儒生，最在乎的也不过是祭奠后那顿丰盛的祭饭而已，如果饭后还能让他带两块祭肉回家，那老儒生肯定会夸主人家为"圣贤""大德"的。总之，唐牛知道，吃相贪婪的人，办事往往也有名无实。

几天后，冯异那边也有消息了。左丞相父子收了黄白之物，表示一定要替刘秀说几句公道话。一众随员和刘秀眼看左右丞相都答应帮忙，心想，此事多半有门。

可是等到圣旨下来，唐牛却傻眼了。因为圣旨上明明白白写着：以刘秀行大司马事，持节北渡河，镇慰州郡。如此说来，众官向往的长安肯定和刘秀无缘了，而且就连继续在洛阳过安稳日子也不成了。行大司马事？北渡河？还要镇慰州郡？可是圣旨又没说把哪支队伍配给刘秀，那这算什么大司马？怎么镇慰州郡？更始皇帝不会以为拿个牦牛尾装饰的节仗，河北诸郡就能乖乖听话吧？要知道，现在的天下也不过是对更始皇帝的大汉闻风响应而已，真正掌握在汉军手上的州郡，不过是从南阳到洛阳，再从洛阳到长安这一狭长的地块，天下拥兵自重的英雄好汉还多得很，闭门观望的前朝官员也大有人在。

当初，为了拿下一片混乱的长安，更始皇帝还派了两路大军呢，现在却要刘秀赤手空拳去镇慰黄河以北的几十个州郡，唐牛以为，刘玄绝对没安好心。但是当唐牛把他的这番心思都讲出来后，他却发现，刘秀和其他随员并没有太多的表示。冯异甚至说，既然圣旨如此，做臣子的再有想法也不能不去，多说无益，还是赶快收拾行李吧。

唐牛还是想不开。他提醒刘秀，他唐牛就是河北渔阳郡人，深知那块地方几年前就很乱了，不光有关外虎视眈眈的匈奴人，单是各郡县的豪强势力就让人头痛，若是将军带了十万人马威风八面地过河北去，这些人也许还不敢轻举妄动，若是只带了几个随员、一张圣旨、一杆节仗就想招抚众豪强，只怕是千难万难。为今之计，只有赶紧进宫向皇帝面陈，要么多给兵马，要么带我们去长安，如此去镇慰河北，实在是太儿戏了。

唐牛的仗义执言反倒惊到了众随员，他们纷纷劝诫唐牛不可轻举妄动。有的说，刘将军本受猜忌，若是抗命不遵惹恼了圣上，只怕连行大司马的官衔也保不住了。有的说，天下正在逐渐安定，哪像唐牛说的那般凶险。还有的说，你唐大哥是我们随员的首领，等刘将军把河北安抚好了，你唐牛至少可以得个郡守县令什么的干干，何乐而不为？总之，威逼利诱不一而足。但是唐牛却坚持说，我本来就不是刘秀将军的部属，只是机缘巧合侍奉了将军两个多月，衣锦还乡虽说也是我一直的夙愿，不过，现在形势明摆着，河北去不得，你们偏偏都不听，既然如此，我明天还是去找找王匡大人，当初是他把我带出绿林山的，我想他现在不至于就不管我了吧。

　　第二天，还没等唐牛去找王匡，就有消息说，赤眉军的樊崇大首领带着手下的几十个首领就要到洛阳来了，听说更始皇帝为了笼络几十万赤眉军，打算把赤眉军的所有首领都封为高官显贵。听到这个消息，唐牛却慌了神，因为别人不知道，他自己可知道，一年多以前，樊崇大首领交给他那么多金银让他去绿林山干的事，他可干得不怎么样。如今天下归到了姓刘的手里面，那他这个姓樊的会怎么对付自己可实在难说。所以，赤眉军的人唐牛真是一个也不敢见。于是，他又赶紧去告诉刘秀，河北他愿意去了，不管风险多大，他都不会丢下昆阳大战的生死弟兄不管。众随员听说唐牛改了主意，也都热情主动地帮唐牛收拾起了行李。

　　洛阳本来就距黄河不远，一旦决定要走，刘秀和他的随员很快就从孟津过了黄河。在黄河北岸，一向寡言少语的刘秀回望茫茫南岸、滔滔大河，难得慷慨陈词道："自我跟着兄长在舂陵起兵以来，历经磨难，有得有失，但是从前的一切今天我都留在南岸了，从今往后，我要和诸位一起开创一个新局面，有你们这些人在，我才知道疾风知劲草的道理。走吧。"说完就头也不回地向前走去。

　　一直跟在刘秀身后，本来就很奇怪渡河船只居然早有准备的唐牛听了刘秀这番话更是满腹生疑。当晚，当别人都睡下后，他悄悄去问冯异，刘将军此来河北可是早有打算？冯异一惊，要唐牛不可乱讲，然后带着唐牛到了屋后僻静之地，才坦然相告，更始皇帝刘玄对刘秀将军始终猜忌深刻，纵使一时不便出手，他日也必会另找理由加害，为长远计，刘秀将军只有远离刘玄才能保得性命。于是，他就明里设计他和唐牛二人千方百计要为刘秀谋个长安的好差事，不过在左右丞相阳奉阴违的操弄下，他知道，刘玄只会把刘秀扔到遍地狼烟的河北，而绝不会继续让他参与中枢，刘玄以为不配兵马刘秀一定难有作为，但我们却只求平安离开洛阳再做打算。

说完这番话后，冯异还向唐牛致歉，说事先没有告知唐首领实在甚是不安。但他又说，只要刘将军得利，他们这些刘秀的身边人总不会吃亏，想来唐首领应该也不至于怪罪于他。

事已至此，唐牛就算知道自己被算计了又能说什么，只好跟冯异说，那我们就在河北好好干吧。

第
十
二
章

初到河北

　　上了黄河北岸，刘秀率众人先向东走，再转而向北，目标遥指河北名城邯郸。半路上，刘秀不惜重金购入了十多辆双辕马车，并以重彩锦缎、五色翎毛装饰一新，还显眼地悬挂上自己的官衔标志，然后就让众随员威风地坐在上面。好车当前，众随员都想上前一显身手，但摆弄马车一事却只让唐牛一人露了脸。他以当初在渔阳郡学来的手艺在众人面前显示了自己的驾车技艺，并当场被刘秀指定为座车的参乘①。其他人也知道，既然没有大军相随，用这个方法充充门面也是迫不得已。饶是如此，大家宽松坐车，行李也宽松摆放，才勉强把这十多辆马车都坐满了。

　　如今的河北名义上虽已归属了更始皇帝刘玄，其实完全还是法外之地。在刘秀到来之前，仗着汉军拿下洛阳、长安，杀死王莽的威名，刘玄已经派出过几路使节巡游河北各郡县，不过都是以招抚为主，达不到真正控制的目的。那些使节每到一地，不管是县令还是连率②，只要声称效忠刘玄，归于大汉，并奉上自己的印信和令

————————

① 指陪乘之人。

② 即：郡守。

牌,那么宾主双方欢宴一场后,使节往往就会把印信和令牌发还原主,然后就以刘玄的名义任命原主继续担任此职,感激不尽的原主往往也会感恩戴德,馈赠使节大量金银,使节两三天内又会赶往下一处城池。

但若是原地方官已挂印而逃,又或是此地民怨沸腾,不服原地方官,更有甚者,有人看清了使节的手段,抢先一步厚赠了使节,那此时的使节也完全可能不把收到的印信发还原主,而是给了一个也许才认识不久的人,至于这个人有没有能力管理一县或一郡,本地会不会因为此事而大乱,那就不是这个使节考虑的事了。使节只要能活着把他的大包小包带出河北,就算大功告成。

刘秀现在就是那些使节声称的朝廷后援。虽然刘秀也知道自己缺少可靠的军队护身,但刘秀知道,自己可不是那些捞一把就可以跑掉的使节,他要在这里好好大干一番,直到把军队、官吏、财赋、粮食以及其他所有的一切都拿到手上为止。

所以,当刘秀走进第一个接纳他的河北县城后,他就表现出了强烈的治理意识。他往往会对本地官员准备的盛大宴席视而不见,在轻声问过了本地的人口、物产、官员、兵卒状况后,会直接要求去大牢看看。地方官若不予配合,刘秀就会毫不吝惜地把他的大司马官印和圣旨拿出来吓唬对方。这些地方官多是前朝遗老,多少时日来一直惴惴不安,看到刘秀的盛大随从车队后,也不知道后边还有多少人马,再加上本来就是要讨好这个新来的朝廷大员,所以虽知不妥也不再阻拦。

这一看,自然就看出问题来了。刘秀问,大牢之内形形色色的人物是根据什么律令抓进来的?本朝刚刚复兴,尚未颁布新令,若是根据前朝律令抓人,岂不是万分不妥?就算有一些人是因为盗窃、伤人等,放到任何时日、地点都该抓的原因抓进来的,假如该犯是为了反抗前朝暴政而被迫盗窃或者伤人,那该犯岂不是不独不该受罚，还应该大大的表彰才对？否则，汉军在宛城、昆阳、洛阳、长安等处杀那么多人将如何解释？

其实，只要不是真的愚笨无知，那些牢中之人只需稍稍听上几句刘秀等人的暗示就能明白了。他们只要趴在地上喊几句冤，说几句思念前汉的好话，再把自己的罪行和反抗王莽暴政挂上边，最好还能就此滴几滴眼泪，那巡牢的刘秀几乎当场就能把他们释放出狱。虽说陪侍在一旁的前朝官吏难免觉得"荒唐"，可此种情境之下，谁又敢出言反对呢？

那些出狱之人当然也就会把这场离奇的经历到处宣扬，于是，刘秀到邺城不久①，就已经有了广泛、美好的名声。黄河北岸的郡县到处都有人在传说，新来镇慰河北的这个刘将军，不征粮，不收税，不招兵，还到处放人，看来天下真要太平了。

刘秀的车队走走停停，每到一地，为平冤狱一事都要耽误几天，识文断字的冯异等人难免也要跟着一起忙碌。只有喜欢驾车的唐牛，看见桌上堆放的简牍卷宗就头痛，闻到牢房里那股怪味就要作呕，所以每到这个时刻，唐牛宁可独自一人出去躲清静，也不愿和刘秀与众随员一起做青天大老爷。

在大街上，唐牛可就自在多了，这里逛逛那里看看，即便不干什么，听听河北的乡音也是好的，何况现在正是十月好时节，果实都熟了，而天气却还没完全冷下来。这一天，正在逛街的唐牛忽然在一处客栈兼营酒楼的门前看到了从前自己混过的大幡旗的标志，再仔细看去，此处墙角画的标志还不止一家大幡旗，那些图案不同、含义类似的标志至少还有五六个之多。这下唐牛可就来兴趣了，他明白，此处一定是各大幡旗弟子聚会的地方，他也正想打听一下阔别已久的家乡和渔阳郡几位大师傅的消息，于是当即挺胸迈

---

① 今河北临漳。

步走了进去。

在这间客栈的最里面，一间不引人注意的小屋子里，唐牛看见几个高矮胖瘦各不相同，年龄差距也极大的人，正在屋中闲坐，间或有人交头接耳不让其他人听见他们谈话的内容。看见有旁人进来了，屋中人没有一人站起来打招呼的，而店内的伙计也不过是在唐牛跪坐的几案上，放了一盏味道浓烈的苦茶就出去了。

唐牛喝了一口茶，坐了一会儿，见没人搭理他感到有些无趣，又左顾右盼了一会儿，看看没什么意思就想起身走了。就在这时，他旁边的一个长须瘦高个忽然冲他伸出左手，两指伸出，另三指圈紧，默默摆出了一个手势。唐牛一看，这不就是铜马大幡旗同门弟子相认的手势吗，于是左手伸出三指，两指圈回，回敬给那个瘦高个一个手势。瘦高个一看是同门，又左拳右掌两手一合向唐牛行了个礼，唐牛也同样回了个礼。

瘦高个移步坐到了唐牛身边，小声问道："兄弟从哪里来？"唐牛也学着他的样子，小心翼翼地低声回道："小弟从洛阳来。"

瘦高个点点头，又问道："洛阳有什么消息吗？"唐牛不明所以，反问道："你想知道什么消息？"

这时瘦高个深看了唐牛一眼，又问了两句大幡旗门中的切口，唐牛也答上来了，还把自己在门中的辈分和地位说了出来，顺便还简单说了说自己曾经替门中的大师傅背黑锅而被迫远走他乡的壮举。瘦高个听完后，对唐牛的身份不再怀疑，却仍满是疑虑地问道："兄弟你是头一次来卖飞信吧？"唐牛奇道："什么叫卖飞信？"

那瘦高个此时微微一笑，说道："如今天下大乱，群雄并起，各处交通断绝，信息不通，那也是再平常不过了。能安全往来各地的，除了军中使节和少量商贾，就只有各大幡旗的弟子了，普通百姓可是不敢随意走动的。不过，想知道各处消息的人却太多了，大到行军打仗，小到贩卖货物、亲戚往来，没有消息那可是寸步难行，黑布蒙眼啊。所以，总有那么一个地方会汇聚一些人，让官府以外的人也能买到或交换到他想要的信息，这就是卖飞信。"

唐牛一听就懂了，恍然大悟道："好比兄弟要是出了趟远门，或是流落异乡没饭吃了，找到这么个卖飞信的地方，把沿途的所见所闻好好讲一讲，还能混顿饱饭吃？"

瘦高个捂嘴窃笑，说道："差不多就是这么个意思。"

明白了这套把戏的唐牛立刻就感到这个诡异的小屋子有了不同的气氛。他手指屋角一个满身华服的大胖子问道："那是个行商吧？他来干什么？"瘦高个看了一眼，说道："那人自称是大枪大幡旗的弟子，贩货去长安正碰上长安大乱，折了本钱以后流落在此，声称有关于长安的大消息要卖给有缘人。"唐牛又指着另一边一个农夫打扮的中年人问道："他可不像要出远门的，怎么也跑到这里来了？"瘦高个答道："那是本地的一个小地主，儿子去年跟邻居家的媳妇私奔到睢阳去了，至今生死不知，所以不管谁能跟他说点睢阳的消息，他都送人一口袋粟米，听说每隔十天半月他就要来一回。"

想到自己这一年多以来丰富的见闻，唐牛也有些跃跃欲试了，于是，他塞了一串五铢钱给瘦高个，谢过他之后，也不理会瘦高个惊诧的表情，就起身向屋中一个角落走去。

等到天色已晚，匆匆赶回馆驿时，唐牛不顾等他吃饭的随员的白眼，只是兴奋地跟刘秀显摆："将军，你还记得严尤、陈茂吗？就是先在淯阳被我们伏击，然后又在昆阳被我们大败的那两个前朝将军，他们居然前些时候在汝南 ① 拥立了一个什么前朝的钟武侯刘望做皇帝。你说他俩是怎么想的？两个败军之将，既不能效忠于现

———————

① 今河南汝南县。

在的主子，又害怕归降已称帝的更始皇帝，却敢于靠那点残兵败将另立汉帝以争天下，你说，他们到底是勇敢还是愚蠢？"

刘秀倒也没斥他失礼之罪，还是心平气和地回道："此事我已在官府驿报上得知。有人说，严尤、陈茂立刘望为尊是假，要把刘望当作一份大礼送给更始皇帝才是真。可惜不论真假，当今圣上都已经把他们剿灭了。"

唐牛愣了一下，脱口说道："这我倒不知道。"然后他又兴致勃勃地说道："蜀郡的公孙述和天水郡的隗嚣也反了，公孙述本是小官吏，见风使舵、乱中取利，可以不必说他。那隗嚣我却是听说过的，当初赤眉樊崇出钱支助的是他父亲隗崔和他叔叔隗义，怎么起事成功后倒让小一辈的隗嚣做了首领，难道隗崔也要利用自己的儿子留一条退路吗？"

这个猜测刘秀自然回答不了，不过看着唐牛如此兴奋，难免要问一句："你是从哪里听来这些消息的？"

这一问，正中唐牛下怀，饭也顾不上吃，就一五一十地把买卖飞信的事说给刘秀和众随员听。刘秀和众随员虽说也有务过农的，教过书的，做过小官吏的，却没人像唐牛那样从小孤苦，自己跌跌撞撞长大的。所以多数人听到这个故事，嘴上说佩服，心里却不以为然，以为这不过是下层百姓互通有无的粗糙手段。唯独刘秀朗声大笑，说，既然唐牛不愿和大家一起看卷宗、问案情，出去走走，探探消息也是好事。他还大度地表示，买卖飞信的费用不妨就从他那里支取好了，以后无论什么大小远近的消息，都可以报给他知晓。唐牛一听，自然大喜，连声说，这个差事好，简直比驾好车、喝美酒还好。

从这一天开始，唐牛每到一地都会上街去找各大幡旗买卖飞信的地方，然后就整天在那里玩耍。即便当地没有这个地方，他也会以此为借口，整日不归。更何况，刘秀又亲口答应他自由支取费用，所以唐牛这个参乘做得快乐无比。至于各种消息，反正刘秀也没说想知道什么，唐牛就总是把各大幡旗和各地的轶事掺杂在一起，趁着晚饭时，讲给刘秀和众随员听，以图大家一乐。

等到所有人都陆续换上冬装的时候，刘秀和众随员已经进入河北名城邯郸了。此地原来的郡守早就挂印而逃，维持局面的不过是一群中下级官吏，他们眼看刘秀顶着大司马那么大的官衔来接收此地，一个个都无比小心地伺候着，生怕新主子一个不高兴，砸了他们的饭碗。而刘秀也像一路经过的郡县一样，先从刑狱着手，期望邀买人心之后，再以强大的民声倒逼本地的实权人物向自己让步。而唐牛，则还是以买卖飞信为由，过他的逍遥日子。

也许是因为天寒地冻，人们都不爱出门了，偌大的邯郸城在这样的天气里也没什么好玩的地方，唐牛胡混了一天就早早回到他们暂住的赵王宫了。没曾想，在门口竟碰到刘秀亲自送客出门，双方礼数周全，华服款款，尽显官家威仪。这可是过了黄河以后从来没有的事。唐牛远远望着，甚是惊奇，忍不住对那位尊贵的客人多看了两眼。这一细看不要紧，唐牛竟觉得眼前这个身穿锦袍、仪态高贵和刘秀侃侃而谈的客人像在哪里见过？

等客人上车走后，唐牛急忙找了一个刘秀身边的随员问是何客到访。随员答道，此乃故赵谬王之子刘林，听说大司马奉昭命镇慰河北，特来献策。听到刘林这个名字，唐牛马上想起了两年前的逃命途中，在临淄过的那段逍遥日子，当年亏得自己机警，没被刘林、王郎两个小子算计了，没想到今天又在邯郸碰上了蓄起长须、一身华服、前呼后拥俨然是个人物的刘林。

唐牛当然知道刘林是个什么货色，马上面见刘秀，说了自己的看法。刘秀倒也没有太过惊讶，只是说，刘林出示了从前的皇家信物，说起赵谬王一脉的家世传承也是清楚有序。至于混迹临淄一事，刘秀表示，王莽篡汉以来，众多汉室宗亲、前朝显贵流落民间，生活艰苦，他本人也曾在长安贩过货，在南阳种过田，所以，年轻时荒唐一点也不是什么大不了的事。唐牛自然不服气，说，自己这双眼睛没见过王孙公子是什么样的，但是骗子、混子还是见过不少。这刘林肯定是不知从哪里发了点小财，又听说了故赵谬王的一些故事，现在一定在编一个大局等着刘秀往里钻。最后，唐牛把话撂这儿了，说，过几天多半还会有一个叫王郎的小子出来完局，总之不管他俩说什么，他都劝刘秀不要相信，否则一定会吃大亏。刘秀听后不置可否，只让唐牛早点去吃饭、休息了。

有了这事儿梗在心上，第二天唐牛也没有兴趣上街玩耍了，专在赵王宫守着，倒要看看刘林耍什么把戏。

等了三天，刘林果然又来了，还是驾着豪华马车，一身锦袍，带着随员像模像样地来了，唐牛则没有露面，只让刘秀身边作陪的随员事后将两位汉室宗亲的谈话大概跟他讲一讲。据刘秀身边的随员讲，刘林此次前来，不再讲亲情，而是满怀诚恳、设身处地的替刘秀分析，河北现在的新朝势力基本已经瓦解，留任的少量地方官唯恐官位不保，绝不敢胡来，而我大汉的势力又没有完全建立起来，所以各地郡县说话算数的，除了个别能力强悍的郡守或者县长以外，豪门大族和民间各路强人——也就是各大幡旗，就控制了绝大多数的百姓和地盘。这其中，豪门大族是不希望天下大乱的，他们建立的幡旗往往都是自保而已，收容的百姓也以同族同姓为主，只要不向他们胡乱征收钱粮兵卒，他们一般也不会主动生事。而其他一些大幡旗则不同，他们往往也以自保为名聚在一起，做大以后粮草不济，则四方游动求食，时间久了就混同于匪盗之间，而且相互之间也时有争斗，诚天下之乱源也。听到这里，连唐牛也不禁点头，说，这个刘林还是看出点名堂。

传话的随员却掩口讪笑，问道："你可知道刘林要我们大司马怎样镇慰河北？"

唐牛问道："他有何妙计？"

传话随员说，刘林讲，镇慰河北，最重要的就是铲平各大幡旗，而要铲平各大幡旗就要从势力最大的河北赤眉军下手。这个刘王孙的妙计就是让我们大司马向着东方掘开黄河大提，引水灌之，就算赤眉有百万之众也一体为鱼鳖了。唐牛听了大吃一惊，连说："这怎么使得？河堤决口，赤眉固然跑不了，那东方的百姓又怎么办？"

传话随员也说，我们大司马当时也是这么说，那刘王孙听后就沉默不语了，稍坐片刻即行告辞。唐牛则叹道："我就说刘林这小子是个妄人，谁要信了他的话准保头痛，幸亏我们大司马还是个明白人。"

不过没过几天，刘林又来了。此时的刘秀已经对这位同族颇不耐烦，只是因为刘林一再声称有要事相告，才放下手中的卷宗勉强相见。这一次，唐牛也按捺不住，混在刘秀的一众随员中，坐在下首相陪。

双方分宾主落座，相互问候之后，锦衣在身的刘林就声称有机密要事只能和刘秀一人密谈。刘秀显然也厌倦了刘林的这一套把戏，指着自己这边的随员说道："这些都是我的心腹之人，我的事情他们无不知晓，有什么话但讲无妨。"

刘林脸色尴尬，但也不想就此离开，只好干咳两声说道："大司马半年前在昆阳立有大功，无奈兄长却遭奸人陷害，在下每每思之，都替大司马不值。"见刘秀面无表情，刘林又继续说道："更始皇帝本非贤德，又和我高祖正脉血缘疏远，定鼎天下的使命恐怕他未必担负得起。"刘林看刘秀扭动身体，有些坐立不安，接着说道："兄弟我颇懂谶文命理之学，这些日子里再三计算，都看不出天命在刘玄身上。也是机缘巧合，兄弟我前些日子在邯郸街头访到了一个真正身系龙脉之人，此人托名王郎，其实是我大汉成皇帝的嫡亲子嗣刘子舆，更可喜的是此人命数高贵，贵不可言，大司马一见便知，若大司马和在下携手辅佐此人，则大司马宛城之仇不但可报，将来一生的富贵也必当长久……"

此时，不等刘秀出言斥责，唐牛已经从众随员中站起身来，双手合拢，前恭说道："王郎真大贵人也，当日临淄城中十日不食饿不死，百人围殴打不死，千名债主找不到，万名良民绕着走，真大贵人也。"话说完毕，唐牛直起身来，从遮住面孔的双臂大袖之上露出了自己的面容。

那刘林一见唐牛立刻脸色大变，结结巴巴地说道："皇室贵胄流落民间，吃些苦也是难免的，岂不知我大汉高皇帝也有芒砀山之困、白登山之围。"

刘秀此时也直起身对刘林说道："妄议皇亲，鼓动造反，今日就是杀你十次也不为过，只是天下纷乱日久，人心叵测也非止你一人，看在你我都姓刘的份上，今日我也不为难于你，你还是走吧。记住，更始皇帝和我的命数不是你这种人能算的，今后再让我在邯郸城中看见你，定斩不饶。"

刘林一听此话，连滚带爬就向门外跑，满身华服此时甚是碍事，还没到门口刘林已经大喊："备车！快快与我备车！"

见此情景，唐牛和众随员发出一阵哄堂大笑，笑过之后也有随员表示，放走了刘林实在可惜，就算不杀他，也该给他个劓刑、刖刑[1]、宫刑之类的惩罚让他长长记性。刘秀却摇头说道："现如今这样的人太多了，总想拼命一搏，谋个天大的富贵，全然不把别人的性命放在心上。我们此次镇慰河北，首要之事就是要让这里的百姓明白，今后好好过日子才是正路，坑蒙拐骗、杀人放火都是不行的。我不杀刘林，不是刘林罪不该诛，而是怕河北百姓以为我和前

---

① 劓刑割鼻，刖刑断足。

朝那些乱天下的酷吏是一类人，动不动就要杀人。所以，我宁可立德也不愿立威。"

闻听此言，唐牛和众随员一起向刘秀跪拜，赞颂刘秀宅心仁厚，思虑长远。

没有了刘林、王郎的干扰，刘秀总算又可以专心处理他的卷宗了。他还是坚持不征兵、不纳粮的一贯想法，这期间就算有豪门大族、江湖豪杰主动登门献兵、献粮，刘秀也一概婉言拒绝，只让他们回乡去做个守法的百姓。

第十三章 落难蓟城

　　邯郸狱讼之事处理完后，刘秀的车队也不耽搁，继续冒着日甚一日的严寒向北挺进。刘秀告诉众随员，他有心在春天到来前，把河北的主要郡县全部走一遍，等到开春农忙后，他就要公布几项惠民利农的法条，到时不信百姓不放下手中的刀剑。众随员虽然一路辛苦不得休息，可是看着刘秀这么大的干劲，也只有随声附和，紧紧跟上。

　　到了十二月初，刘秀一行人已经走到了蓟城①，正当众随员商议着要在哪里过新年的时候，忽然驿马来报，说是故大汉成皇帝之子刘子舆上应天命，下响民声，已于三日前在故赵谬王之子刘林的辅佐下，进入邯郸，重建大汉正统，现晓谕天下官民早来投顺。

　　一听到这条消息，刘秀当时就急了，一迭声地问道："这刘子舆莫非就是王郎？刘林、王郎真敢作乱乎？他们有多少兵马？邯郸是否已经失守？河北各处郡县都是什么态度？"可是仓促之间哪有人可以回答，连送信的驿马也只是说，他是在中山②看见王郎发布

---

① 今北京大兴。
② 今河北定县。

的文告就急忙赶来相告，并不知道邯郸城此刻的内情。

忙乱了半天，最后还是唐牛去街上紧急找了几个卖飞信的，才勉强把王郎、刘林之事了解了个大概。据此地卖飞信的几个大幡旗弟子讲，王郎、刘林早在年初就凭着自己伪造的汉室宗亲身份骗了几家豪门大族给他俩供吃供喝，他们声称自己和当时还在洛阳的刘玄很熟，帮人弄个郡守、县令什么的不在话下，若是肯出大价钱，封王拜侯也是可以的，诳得邯郸周围的不少大族豪门都信以为真。

但不知为什么，更始皇帝刘玄派的人到邯郸后并没有特别看重王郎和刘林，听说还让刘林碰了一个不大不小的钉子。更始皇帝的人离开邯郸后，原先那些给王郎、刘林供吃供喝的大户就开始找他俩的麻烦了，说既然拿不到原先承诺的官职，就要退赔这大半年吃穿住行的费用，否则就要打断他俩的狗腿。王郎、刘林无奈，只好拿出自己的全部财物，又耍了一套江湖上的把戏，骗了几百个各大幡旗和豪门大族的零散弟子跟着他俩一起杀进邯郸城去，想最后抢一笔就远走高飞。谁曾想，邯郸城在归属更始皇帝刘玄后，并没有整顿武备，原先的赵王宫也不过仅有一些仆役看守而已，王郎、刘林轻而易举就得手了。这二人一见得手容易，不跑了，也不躲了，干脆就在邯郸赵王宫内登基建制，做起了皇帝和丞相，还把邯郸官府收藏的财物，连着他二人写下的诏书迅速向周围郡县散发，那些不明所以的人一见有官做又有钱拿，也都半真半假地高呼王郎为真命天子，要誓死效忠王郎的大汉朝廷了。听说这两人因为敢给高官敢撒金银，邯郸周围已经有几股势力、数万人马响应了。

听了这话刘秀立时顿足大呼："吾失策矣。"

众随员也都明白，刘秀的意思是，自从几个月前渡过黄河后，他就一直想用在洛阳一度见效的汉官威仪来镇慰河北群雄，所以没有急着征粮、征税和征兵，而是忙着澄清冤狱，收买人心，原打算等到明年开春、人心大定后，再慢慢解决河北群雄。谁曾想，人算不如天算，河北还没走完，就被王郎、刘林两个小子搅了大局，如今要兵没兵，要钱没钱，就算王郎、刘林手下全是乌合之众，现在恐怕也不能凭着一函文书就让这二人俯首听命了。"我悔不当初没宰了刘林这小子！"刘秀几乎咬牙切齿地说道。

见刘秀如此焦躁，众随员纷纷上前出谋划策。有建议赶快向北走，征调渔阳、上谷两郡的精锐骑兵再回头南下邯郸的；也有建议赶紧报告洛阳，以求援兵的；更有人建议，不妨凭着刘秀渡河以来，澄清冤狱、与民做主的美好名声，就地招兵，只要稳住了阵脚，量王郎、刘林两个跳梁小丑能成什么气候？

听了这话，刘秀总算稳住了心神，他表示，渔阳、上谷两郡的百姓还没有受过他的恩泽，会不会接受他的命令还很难说。蓟城及其以南的百姓应该是了解他的，不妨就在此地谋划一番。然后，刘秀就要随员中的王霸撰写文告，驳斥王郎身份，阐明大义，并顺便招兵。王霸匆匆去了，其他随员也都忙着去查看、计算蓟城当地能够筹措多少粮草，拿出多少兵器，所招之兵又能以哪里为营房。这些事唐牛自然帮不上忙，所以他还是以打探消息为己任，又跑到街上去了。

黄昏时分，探得消息的唐牛回到蓟城馆驿后，正看见王霸在向刘秀谢罪。王霸满脸通红，边叩首边禀报：此地民风刁滑，不懂尊重上官，臣的文告张挂在街头后，一些无赖小儿竟把臣的文告和乱臣贼子王郎的文告相提并论，说什么邯郸的汉家皇帝已经派了十万大军来捉拿洛阳汉家皇帝的臣子，怎么不见洛阳汉家皇帝派兵来救，反而要臣子自己招兵。还说，邯郸的汉家皇帝出手大方，肯拿十万户的食邑外加封侯拜相来换刘秀的人头，怎么刘大司马却只肯以普通价格招人当兵卖命。总之，奔波一天的王霸除了一肚子调笑什么也没招来。

刘秀来不及骂王霸无能，而是再次顿足大呼道："糟糕，糟糕，我忘记了，这个时候去招兵，岂不是摆明了告诉人家我们没有过硬的实力，先前我们总说王郎、刘林是空手套白狼，其实我们也不比他俩强多少，而且现在他们可以用皇帝的名义封侯拜相，我却只能用大司马的名义封赏两千石以下的官。由此看来，我们还不如他们在百姓中有威信啊！"

唐牛有要事在身，此刻也顾不得安慰刘秀和众随员，只能硬挤上前说道："将军，先别管招兵的事啦，小人刚刚在街上探知，蓟城之中已经有人传言，说一个叫刘接的小子声称自己是故广阳王刘嘉的儿子，已经查明将军的汉室宗亲身份是假的，带的洛阳诏书节仗也是假的，王郎的皇族身份才是真的。此时，正四处鼓动乱民，要来捉拿将军，以领取王郎的赏金和爵禄呢！"

这分明是又一个王郎、刘林的故事即将在蓟城上演。刘秀此刻总算相信了，泼皮无赖也能成大事。于是他当机立断，立刻派出几个随员去查看四处城门的状况，同时命令其他人赶紧收拾行装，备好马车，一有状况，立刻出城。

这一次，刘秀的决断走在了前面。果不其然，虽然王郎的叛军未到，蓟城中的气氛却已经变了，前几天还对刘秀一行人毕恭毕敬的当地官吏，此时已经变了神色。当距离馆驿最近的南门随员回报，此地官吏正在关闭城门，似乎将有所行动时，刘秀马上命令，行装不收了，所有人立即上马乘车，手持佩剑，务必要在敌人有所行动前冲出南门。

这一刻，气氛真是紧张极了。几十个在几天前还被要求时刻注意汉家官仪的随员，此时只能把随身包袱随意往马车上一扔，跳进车里，或执弓或拔剑，紧紧跟随刘秀的马车，直向南门驶去，而刘秀的参乘，自然一如既往还是唐牛。

到了蓟城南门，这里的集市犹在，城门却真的关了，只有城门上的小侧门还开着过人。刘秀明白，监门人一定已经得到了关闭城门的命令，却又不想得罪这些每天抬头不见低头见的集市商户，所以就留了这么一个小侧门。如此想来，这个守门人一定不知道此时封闭城门的重要性。于是，刘秀在车上就大喊："监门人，监门人，我有紧急公务，快快打开城门。"

那监门人想不到刘秀此时会出现在这里，磨磨蹭蹭地走出来后，只是期期艾艾地说道："回大人话，小人受命关闭城门，此时实不敢开门。"

刘秀闻言大怒，摆足官威呵斥道："蓟城之中谁有我大，你倒说说看，是谁让你关的城门？"

监门人抓耳挠腮，期期无语，既不敢开城门，也不敢说是谁下的命令，只是一个劲地劝刘秀稍安毋躁，容他去把城里的老爷请来再做定夺。

此时，城门前渐渐围拢来许多看热闹的人，人群背后似乎还有别的响动。刘秀的众随员忍耐不住，直接下车就要去打开城门。守门的士卒自然不让，推推搡搡间，城头上忽然掉下一根木棍，众随员大哗，说蓟城士卒胆敢放箭，手中的佩剑也就毫不犹豫地砍了下去。围观人群和守城士卒想不到刘秀的随员会突然伤人，惊叫之下，秩序大乱。刘秀和他的车队只怕身后会有追兵，赶走监门人和守城士卒后，立刻夺门而出。

出了蓟城，一行人在乡间旷野处稍作喘息，清点人数，发现一些渡过黄河后新加入的随员已经不见了踪影，也不知是失陷在蓟城之中，还是趁乱脱离了队伍。刘秀长叹一声，没有像其他人那样大骂这些人见风使舵，反而问他的参乘："唐牛，唐牛，你不是渔阳郡人吗？怎不趁此机会回归家乡？"

唐牛何尝没有想过趁乱逃走，可是多年的江湖经验告诉他，若这个时候抽身而去，以后就别想和刘秀这些人见面了，再说王郎的叛军此时又没有出现，分明还没到需要不顾道义独自保命的时候，所以他豪气地回道："将军，将军，一来你当初把我带回河北的大恩小人尚未回报；二来你没有听信刘林的妄言掘开黄河祸害百姓，凭此两点小人也要把你安全送过黄河再回家乡。"刘秀点点头没有说话，只是拍了拍唐牛的肩膀。

短暂休息后，刘秀的残余车队避开原路，选择了一条靠东的道路向南狂奔。原先那些昭示身份、抬高身价的车上装饰已经全部拆下扔掉了，每个人都还提前给自己准备了一个假名字和冒雪赶路的由头，以备碰上王郎、刘林的人马好蒙混过关。

如此不歇气地跑了两夜一天，足足跑出四百里后，刘秀的这支小小车队虽然没有碰上追兵，却还是坚持不住了。首先，拉车的马匹大多已经不行了，尽管唐牛一再提醒众随员不可过度使用马力，发现马匹劳累过度时一定要停下来休息。马是一种忠直的牲口，你不让它休息，它就会一直跑到暴毙身亡。可是在如此焦灼的气氛中，每个人都想尽快离开河北，往往等到拉车的马匹一头栽倒在地，口吐白沫、四腿痉挛，才知道自己把马累死了。失去马车的随员只能挤到其他马车的车厢里，无疑又会加速其他马匹的死亡进度。

其次，刘秀的这支小小车队根本就没有准备任何粮草给养，而且为了安全，他们又总是往荒僻小路上绕行，不敢进入沿途的各种集市、田庄，于是在河北十二月的天气里跑上两天后，无论人还是马，都快垮掉了。

这一天上午，风雪初歇，是个难得的晴天，可刘秀和他的随员，人爬不进车厢，马套不进车辕，全都没了赶路的样子。眼见大家难以为继，冯异自愿冒死出去打探一番，说要给大家搞点吃的。接近晌午，灰头土脸的冯异回来说，此地叫芜蒌亭，属饶阳县管辖。在这大冬天里，四周十里八乡的集市都不开张了，有钱也买不到东西，他是费尽心机才讨了一碗热豆浆回来，不敢独自享用，特意带回来献给刘秀。

一向和众人同甘共苦的刘秀这时当着这些眼巴巴的随员一口就喝光了热豆浆，然后才对大家说道："各位一路辛苦了，是否想吃一顿大餐？"众人当然点头如打钉。

刘秀挺直腰背说道："你们打起精神，拿出汉官威仪，我们就到前面饶阳县去讨一顿大餐吃吃如何？"

众人以为刘秀冻傻了，赶紧提醒他："饶阳县可比蓟城更靠近邯郸，只怕此地官吏已投靠了王郎逆贼也未可知。"

刘秀继续镇定如常地说道："更始皇帝重建的是大汉，王郎重建的也是大汉，我们身为大汉官属到饶阳县去坐坐有何不可？"

随员中还是冯异先反应过来，说道："王郎不过崛起于旬月之间，并不为四方百姓所熟知，我们若以王郎使节的身份去诈饶阳县，未必就不可行。"众随员这才明白，刘秀说的这个大汉不是那个大汉，此刻要去吃的大餐也不是过黄河以来经常吃的那种大餐。

可是这么做又实在太像自投罗网了，那饶阳县中只要有一人认出了刘秀，那刘秀的全伙人马就一个也别想活命，可要不去，只怕再来一场风雪，这支小小车队的人和马就要全部倒毙在路边。思来想去，众随员也只好认可了刘秀的这个疯狂想法。在简单准备之后，大家都努力端出架势，藏好恐惧，慢慢向饶阳县城驶去。

还好，刘秀和众随员的官印、绶带和各种政府文书都是现成的，草草写就的奉当今圣上之命前来饶阳县核查粮草、兵员数目，并嘉奖当地官吏的文书，看上去也像那么回事。所以，公函投进去后，饶阳县真的就很快大开城门，把这一批特使迎进城去。站在城门旁迎接的小吏还不无钦佩地表示："如此天气，各位上官还如此辛劳，看来邯郸的那位圣人真是得到了天下豪杰的真心拥戴啊！"

坐在第一辆车中的刘秀则威严地点头回道："食君之禄，忠君之事，我辈努力向前，才能不辜负陛下早日解救天下苍生的夙愿。"

进了馆驿，刘秀一边吩咐当地官吏呈上各类政府文书，一边要他们把驿站拉车的驿马全部换给他们。他声称，河北已经基本平定，圣上不日就要渡河南征，为了不耽搁圣上的大事，他们还要尽快赶赴下一个郡县。

饶阳县的官吏也很乖巧，看到这些特使只查账本，不收税赋，还发下赏钱，又声称很快就走，知道这些特使只是路过看看，不是来找麻烦的，于是很配合地呈上各类文书，换好拉车马匹，并主动备下了一桌热气腾腾的酒食。

本来，刘秀和众随员是打算以查看账目为名，讹诈饶阳县官吏一些粮草给养，待出城后再自己生火做饭，没想到此地官吏为表诚意，竟备下了大鱼大肉。连日来饥寒交迫的刘秀和众随员哪里还端得住架势，早就不能正视手中的政府文书了。一旦有一人伸出手去，其余众人便不能自持，全都像没吃过饱饭的叫花子一样扑向那些鸡鸭鱼肉。

这种吃相惊呆了在一旁伺候的饶阳县人，几个小官吏很快就交头接耳地走了。不多时，馆驿门外传来一阵迎驾鼓声，一个小吏满脸喜色进来通报："又有邯郸将军进城来了，还请特使大人早做准备。"

听了这话，刘秀和众随员差点把刚刚吃下肚的鸡鸭鱼肉又全部吐出来，他们乱作一团，各自寻找佩剑准备拼死一搏。此时幸亏冯异提醒了刘秀一句："哪有用邯郸将军做名号的？再说我们身处县城之内，又能往哪里跑？"刘秀这才强压下心头的虚火，一边命令众随员都坐好，一边对饶阳县的小吏说道："既然有同僚到此，不妨请来一见。"

饶阳县官吏一看没有吓倒这帮人，而这帮人又很熟练地指出了政府公文中的一些虚假、瑕疵之处，到底还是没敢和他们翻脸。饶阳县不在乎那一满桌鸡鸭鱼肉，在乎的是本地的财赋、粮草、兵员不受损失；刘秀和众随员也不在乎被人戏弄，在乎的是自己的性命不要丢。

经此一事，刘秀和众随员都决定再不能如此冒险了，下次就是饿死，也不能去虎口里吃的了。

一行人人困马乏的困局依旧没有改变，天气好转了一天后，又很快恢复了风雪肆虐的本来面目。凭着几匹才换的好马和肚中残存的酒食，刘秀他们走过下曲阳①，挨过了滹沱河，等到进入南宫县②后，又陷入了举步维艰的地步。

这一天傍晚，众人挤在路边的一个小破屋里，围着一堆小小的篝火却没有一粒粟米下肚。有人浑身颤抖着说道："与其这样活活冻饿而死，不如再去讹诈一下南宫县好了。"大部分人都没有反对，只有刘秀还算清醒，他说道："奇计用两次就会变成笑话。此时讹诈南宫县和讹诈邯郸城有什么分别？"众人皆沉默不语。

刘秀过了一会儿长叹一声说道："若是天命只让我走到这里我也无话可说，诸位都是高贤，能陪我走到这一步足感盛情，前方路远，不如我们就此别吧？"

随员中有人忍不住"呜呜"哭出声来。

这时，同样瑟瑟发抖的唐牛忍耐不住，对着刘秀问道："将军何出此言？你是要我们大家散伙吗？"

刘秀苦笑着点了一下头。唐牛奇道："不就是找一口饭吃吗？哪里有那么困难？前些日子因为有将军和其他各位读书人做主，所以我也不好说话，若是将军不问我河北诸郡县怎么治理，王郎、刘林怎么剿灭，只问我哪里可以喝上一口热汤，小人还是可以想点办法的。"

---

① 今河北晋县。

② 今河北南宫县。

众人都不敢相信地看着唐牛，虽没说出口，可脸上的神情分明是在问唐牛：你知不知道你刚才说的是什么？

唐牛则继续说道："你们诸位先生一说起粮草给养，不是到集市上买卖，就是去郡县里征调，可我们老百姓若是在异地他乡陷入困顿，岂能用这些官府、财主的办法。我们能靠的只有自己。等着，我这就出去看看，看此地谁能给我们管上一顿饱饭。"说完，唐牛就裹紧衣服站起身来向屋外走去。

唐牛出去后，也有随员疑惑地问道："唐参乘此去不会是去找邯郸方面的人报告我们的行踪吧？"

刘秀想了想说道："此人从宛城跟我到此，虽好吃懒做、口多怨言，却不曾有什么劣迹，他若不堪忍受也许会一走了之，却不见得会出卖朋友。"

众人提心吊胆地等了个把时辰后，终于看见唐牛缩手缩脚地回来了。不等众人问起，唐牛就咋咋呼呼地说道："前面五里的庄上就有本地大幡旗的师傅城头子路在祭坛，我已经跟他们路边放哨的小兄弟说了，我们是渔阳郡大幡旗的弟子，路过宝地，特来拜会。"

有随员问道："城头子路是什么来路？"

唐牛回道："城头子路本名爰曾字子路，前几年王莽大乱时，不堪地方官压迫，一怒之下召集门下弟子在卢县①城头竖起大幡旗起事，故号城头子路。他为人仗义有办法，据说有二十余万人拜在他门下。"说完他又特别对刘秀说道："咱们准备些礼物这就动身吧，他们这一门是拜西王母的，到时我怎么说怎么做，你们就跟着怎么说怎么做。"

于是，众人跌跌撞撞地跟着唐牛出了破屋，牵上病马，推动破车，向唐牛指点的方向艰难走去。

---

① 今山东蒙阴以东。

走出几里地后，路旁果然有一个大庄子赫然在目，路旁几个头扎青布、手拿兵刃的健壮汉子显然在等他们。进入庄子后，刘秀一行人就被带到了一个空旷的打麦场上，也没人来迎接，只见黑压压一片同样头扎青布的各色男女正围着打麦场中间一个硕大的木雕人像顶礼膜拜。

只听他们振振有词地唱道：

> 浩浩昊天，不骏其德。
> 降丧饥馑，斩伐四国。
> 旻天疾威，弗虑弗图。
> 舍彼有罪，既伏其辜。
> 若此无罪，沦胥以铺。
> 王莽虽灭，靡所止戾。
> 大夫离居，莫知我郁。
> 邦君诸侯，莫肯朝夕。
> 百姓聚首，如何昊天？
> 胡不相畏，拜于王母。
> 王母临世，百姓重活。
> 西王母，佑万民，
> 斩邪除妖保太平。
> 西王母，佑万民，
> 斩邪除妖保太平。

唱罢，众人三拜九叩，然后由领头之人把摆在木雕人像前面的诸般供品一一投入大幡旗下的大火盆中。不知那供品中夹杂了什么东西，大火盆瞬间腾起一丈多高的火苗，惊得众人齐声高呼："西王母显灵了！西王母显灵了！"才站起身来的人又立刻跪倒一片。

如此闹腾许久以后，等到终于有人来传唐牛和刘秀觐见大师傅时，连唐牛都有些不耐烦了。在一间大屋子里，一个满脸乱须头扎青布却只穿了一件大褂的中年汉子倨傲地问唐牛："你就是渔阳郡四大幡旗的联名首座弟子？"

唐牛拱手说道："弟子唐牛，渔阳郡四大幡旗的联名大弟子，当年为我四大幡旗打过横行乡里的外来驻军——"

"你不要说了，"中年汉子毫不客气地打断唐牛，"你那点破事我早就知道了，你不就是想来混口饭吃吗？何必又打着四大幡旗的名号。"

唐牛被呛得一口气没换上来，连连咳嗽，但还是兀自嘴硬道："江湖上，各大幡旗弟子相互照应，本是道义，怎么就成混口饭吃了？"

那中年汉子冷笑一声，没理会唐牛的质问，又问道："你身后这些人都是跟你一起的吗？"

本来按照事先的约定，刘秀这时应该跟着唐牛说，他们也是四大幡旗的弟子。可不知为什么，刘秀却在此时挺身上前，行了一个官礼，并用正宗的洛阳官腔答道："下官乃洛阳更始皇帝手书任命的大司马刘秀，因避让邯郸叛匪王郎，流落至此，敢问高贤怎么称呼？"

刘秀一句话就把自己的底细和盘托出，不惟唐牛，其他所有随员都惊出了一身冷汗，生怕坐在上首的那个中年汉子大手一挥，就把他们全部拿下。

不料那个倨傲的中年汉子听后沉吟半晌，竟忽然哈哈大笑，他站起身，边走向刘秀边说道："我城头子路生平最佩服的就是直爽的汉子。我们南宫周围五县二十万弟子聚在西王母的大幡旗下，就是恨死了这世上那些欺世盗名的骗子。这些年来，城里的老爷是骗子，军中的将军是骗子，死掉的王莽是大骗子，现在邯郸城里的王郎又何尝不是骗子，只要是骗子，我城头子路就不屑和他们为伍。"

　　此时，他已经走到刘秀身前，一把挽住刘秀手臂继续说道："大司马在河北的作为老夫也早有耳闻，只不过以前你是官我是民，要见你也不容易，现在你到了老夫这里，尽管放心，没人可以动你。"说完，他拉着刘秀就往内堂走去。

　　刘秀就这样和城头子路消失在一道帷帐之后，唐牛和众随员目瞪口呆，不知所措。还好，这时城头子路的手下并没有表现出任何恶意，相反，他们还拉着众随员团团坐下，摆开了盛大的酒宴。

　　盛大的酒宴一摆就到了深夜。等到众随员酒足饭饱，行将就寝之时，刘秀也回来了。担心了大半日的众人立刻就把刘秀围住，问东问西。刘秀看上去也喝了不少酒，满脸通红地告诉众人，不必担心，城头子路不过是留他在内堂享用私宴，说些体己话，并无恶意。

　　有随员忍不住问道："城头子路既在此地有如此大的势力，又和将军相谈甚欢，何不请他派人送我们过黄河，也省得我们老是担心邯郸的王郎、刘林？"

　　刘秀回道："过黄河有什么出息？今日我费了好多口舌，还想请城头子路尽忠王室，为天下苍生做一点事呢。"

　　众人惊喜道："他怎么说？"

　　"唉。"刘秀叹口气说道，"你们不明白，城头子路说的他手下二十万人，是包括男女老幼杂七杂八一共二十万人，可不是单指二十万士卒，他们今天大祭西王母，也是为了明天率众去和抢了他们百十匹牲口的另一支大幡旗首领刁子都理论。所以他才说，他只想保境安民，不想参与天下大事。他说他若有贪心，邯郸那里早就有高官厚禄等着他了，只不过王郎也好，刘玄也罢，他都不看好，他还是愿意守住乡土，静待西王母降下太平。"

众人一听，又是一片哀声，都想到，这顿饱饭之后只怕还是要颠沛流离。

不过，刘秀此时又说道："城头子路虽不愿助我，却也不愿王郎得势。他告诉我，现如今虽然河北郡县多已依附邯郸，但距此地百十里外的信都郡①与和戎郡②却因郡守是河南那边来的人，此时尚未接纳邯郸的诏书。若我们去得及时，郡守又没有挂印而逃的话，也算有个可以落脚的地方。"

众人无可奈何，都说只有去看看再说了。

第二天一早，刘秀和众随员拜别城头子路，带着城头子路馈赠的一点粮食给养就向信都郡而去。路上，刘秀特别关照众人，到信都郡后先不要表明身份，只说他们是一群在河北经商的南阳郡人，只因王郎作乱，流落河北，听说新都郡郡守是南阳同乡，所以特来依附。若是当地郡守已逃，则什么也别说，直奔黄河。

岂料，到了信都郡后，刘秀一行人才漏口风，当地郡守即大开城门，摆开全副仪仗，欢迎刘秀进城。原来信都郡的郡守任光，早在宛城时就听说过刘秀的为人，此时听说朝廷有大员到此，一心要利用此事做一大套文章，所以还不曾与刘秀沟通，就身穿全套官服，带领所有属下，当着全城百姓的面恭恭敬敬跪倒在刘秀车前，声称：罪臣不克远迎，罪该万死，万祈天使赦罪。

众随员看到这个场面都面面相觑，不知是福是祸。只有刘秀面色如常安坐车中，任由郡守任光操办一切，只在需要他说话时，才缓缓吐露几句官腔。

刘秀一行人被迎进新都郡署衙后，任光才关门闭户，拜在刘秀脚下小声说道："此地出城八十里就是邯郸叛匪的地域，下官多日

---

① 今河北冀县。

② 今河北晋县。

来全靠洛阳援军已经不远的谎言，才维持住本地的局面。今日得知大司马到此，下官立即通知全城，说是朝廷剿匪大军已到。非下官敢于乱传旨令，其实就是想借大司马的威名稳定民心。"

刘秀安慰任光："非常之时必行非常之事，任大人确保一郡不失，已经是功莫大焉，可惜我没有真的带来援军，实在是有愧啊。"

没有时间客套，马上就坐在一起交换彼此的信息。刘秀这才知道，任光的心虚是有道理的，因为在他的信都郡中，此时只有两千兵卒，数百石粮草。他虽拒绝了王郎要求效忠的诏书，还坚持不跑，但也日夜担心王郎派兵来攻，他深知以现在信都郡的实力和民心、士气，实在是不堪一战。

刘秀问任光："可知邻近和戎郡的情况？"

任光答道："和戎郡郡守邳彤是本地大户，去年为了酬庸他稳定地方，接纳洛阳诏书的功劳，特将信都郡划出一半设立和戎郡，任命他为郡守。王郎作乱以来，河北人氏多投靠邯郸，邳彤还好，坚持与我信都郡同步。"

刘秀又问道："那和戎郡中应该也有些士卒吧？"

任光答道："顶多和我这里差不多，不会再多了。"

刘秀立即又说："既然缺兵，何不以和戎郡之兵冒充洛阳援军到信都郡城下耀武扬威一番，以安民心，再以新都郡之兵以同样手段安和戎郡之心，然后两郡联兵，不就兵力翻倍了吗？"

这真是一语点醒梦中人，任光两眼放光，击掌赞道："妙呀！大司马此计高妙！"不过他转头又说道："只是若我军此时盲动，而邯郸叛军趁机来攻的话，则无一兵一卒守城啊？"

刘秀不以为意地说道："区区两千士卒本来就守不住，困守孤城又有何用？为今之计只有先稳定军心、民心，再找出路。"

众人一想，似乎也没有别的办法了。于是任光立刻修书一封，派了一个可靠之人秘密去和戎郡找郡守邳彤，要他按大司马刘秀的办法立刻开始行动。

当晚，信都郡的百姓果然看见城下来了一支援军，那星星点点的火把，足有数万支之多，百姓们相信，白天来的大司马果然不是任大人随便找个骗子来诳他们的。任大人坚持不回河南果然是有底气的。

等到两天后，援军已来的大戏演完，两郡合兵一处的时候，刘秀自然而然就坐到了发号施令的主帅位置上，提供兵员的两郡郡守和属下官员坐到了刘秀左手边，一路追随刘秀的众随员则坐在了刘秀的右手边。

到底何去何从依然是这些人商讨的主题。两郡官员和刘秀的随员中都有人主张，既然现在已经有三四千的兵力在手，就应该依靠这些兵力迅速渡过黄河，离邯郸越远越好，等到更始皇帝调拨大军之后，才能回头解决王郎、刘林的问题。多数人也以为这个方案最稳妥。

唯独和戎郡郡守邳彤提出质疑，他说，危难时刻想逃离险境，回归家乡是人之常情，但各位可别忘了，我们手下的这些士卒却都是本地人，因为听信我们反复宣传的王郎是骗子是叛匪，才勉强聚集在我们手下。现在若我们带着他们往黄河边走，只怕没等到河边，他们就会明白我们这些人是在逃命，王郎才是赢家。一旦到了那个时候，谁能阻止这些兵卒溃散回乡？谁又能保证他们不会哗变，抓了我们去向邯郸贼人请赏？

刘秀随员中的邓禹也说，王郎这些日子里声势惊人，到处张贴布告说他有百万雄兵，河北郡县皆已归附于他，可他究竟实力如何我们大家谁也没见过，不说别的，大司马带着我们一二十个随员不也从蓟城一路南下来到了信都郡。这个时候我们若走了，可能就真的让这个招摇撞骗的小子得势了。

刘秀此时也点头表示，一兵一卒都没有的时候我们还穿行了河北诸多郡县，今天既然有三千兵卒在手，我们不妨也像王郎一样造造声势，就算最后我们败给了王郎，那时再过黄河也不迟。

当即，刘秀就任命任光为右大将军，信都郡都尉李忠为左大将军，邳彤为后大将军，随员中的宗广暂任信都郡郡守。为了提振士气，刘秀还越权把他们全部封为侯爵，然后命邳彤带着大部分兵卒向周围已经效忠邯郸的县城进攻。但是不能真打，而是要他按照刘秀的方略行事。

连日来的这一系列会议唐牛虽然也参加了，可是他只混了个头昏脑涨，没有听懂几句。其实他三番五次都想和刘秀说，既然将军你现在已经安全了，也不想过黄河了，不如就放我回渔阳郡吧，我这参乘之职让给谁干都可以。

可是刘秀太忙了，自进了信都郡后，他的房中就始终有人前来密谈，离开房间时也是为了参加各种大小不同的议事会。唐牛竟找不到一点时间可以私下觐见，再加上唐牛本是惫惫之人，眼看现在有吃有喝不再忍饥挨冻，一次两次找不到机会后，渐渐也就不再纠缠于此事了。

这一留下，可就又让唐牛看了一场大戏。

按照刘秀的部署，邳彤率领他那一支小小的郡县乡兵首先趁夜逼近了堂阳①县。还是像诓骗信都、和戎二郡的百姓一样，邳彤让他的手下广拿火烛，四处呐喊，造成大军压城的气势，惊得堂阳县的百姓一夜无眠。趁着堂阳县四周的百姓全都关门闭户，躲避兵灾的时候，邳彤又把刘秀手下那些随员紧急准备的文告在堂阳四周到处张挂、刷写，甚至还用木简绑缚在长箭上，射进堂阳县城不少。这些文告简单明了，开宗明义就说，大司马刘秀，奉洛阳皇命，率朝廷大军并城头子路、刁子都等多路义军，合百万之众，从东方而来，讨伐叛逆，凡我良民，早日归降，莫与叛匪玉石俱焚。

---

① 今河北新河县。

此文告不分析形势，不讲道理，极尽恫吓虚张声势之能事，还把不明就里的城头子路和刁子都顺便拉了进来，不知出于刘秀手下的哪一个随员之手。不过，把戏高不高明看受众的反应就知道了。小小堂阳县显然不想玉石俱焚，天亮后没多久就开门投降了，而邻近的貰县①甚至没等大兵压境，就主动派人联系刘秀，表示愿意归降。

如此结果可以说是大出刘秀等人的意料，因为他们知道，就算是一个小小县城，如果打算登城据守的话，他们也是毫无办法的。天知道，如果他们真的集中全部兵力去攻打一个小县城，一旦邯郸的援军出现在他们侧后，那形势会变成什么样子。

现在好了，信都、和戎二郡的百姓看见洛阳朝廷的大军确实开始收复失地了，堂阳、貰县二县的百姓也确实看见洛阳朝廷的大军来势汹汹了。四地百姓庆幸自己没有遭到兵灾的时候，刘秀则在继续发布文告，并开始在各地征兵。

此时的刘秀再不是刚到河北时一再表示不征兵、不收粮、不收税的刘秀了，相反，刘秀集中了四地数量微薄的兵员、粮草和赋税后，迅速在这片小小的地域内广发文告，号召四地的百姓速来从军。而在招兵的策略上，刘秀听从了手下随员的建议，既不强调尽忠王室的重要性，也不描绘战阵厮杀的残酷性，而是宛如大户招佣工一样，告诉四野乡民：近岁年成不好，匪盗甚多，要想吃饱饭，不如来从军，粮饷月月有，劫掠归个人，一朝入邯郸，十年吃喝足。仿佛进了刘秀的军营，人人都能发大财似的。

这段时间，刘秀和他的身边人真是太忙了。他们明白，声势造得越大，邯郸方面就越不敢轻易前来进攻，但从另一个角度说，邯郸方面的进攻来得越晚，就越可能是万分残酷的生死对决。所以为

---

① 今河北束鹿县。

了那最后的对决，现在无论干什么都比闲着强。

唐牛不再需要经常给刘秀驾车，加之又是河北人氏，熟悉各地的路径，于是就承担起了给各地送信的任务，而短时间内因为各地来往信件的剧增，唐牛一个人忙不过来，刘秀就又给他配备了几十个帮手。于是唐牛又顺势成了刘秀送信队的队长。唐队长每天驾车在刘秀的大营里进进出出，无人敢挡，也算是威风十足，还成了军中消息最灵通的人。

唐牛看到，招兵、练兵，一时缓不应急，收容豪强依然是刘秀此时的重中之重。很快，北边不远处的昌城①有信传来，当地有一个大户叫刘植的，因不满本地官吏投降王郎后以支持军前效用为名，向他讹诈大批的钱财和粮草，竟率领宗族子弟、门下庄客杀了官吏，占了昌城。本来刘植也正担心邯郸方面派大军前来报复，此时听说刘秀大军声势正旺，立刻派人前来接洽投效。刘秀当然大喜，封刘植为骁骑将军，还把他的两个一起带兵的弟弟也都封为偏将军，而且把兄弟三人皆封为列侯，只要他们快快带兵来会。

不过唐牛对另一个来投效的人物就有些不屑了。此人名叫耿纯，半年前就曾投到刘秀门下，刘秀当时委派他在邯郸做官，也算是寄予厚望。但是王郎、刘林偷袭邯郸时，没听说这个耿纯有什么作为，反倒一拍屁股溜回老家宋子县去了。等到刘秀再次造出声势之时，耿纯竟把他家里的宗族子弟男女老幼两千余人全部带来，要求再次为刘秀效命。其间，此人小动作不断，让人叹为观止。为了表示他当初逃出邯郸实属事出无奈，耿纯在拜见刘秀时，献上了据说是他爱逾性命的一根节仗，他说王郎偷袭邯郸之时，他不是不想战死报主，而是怕节仗受辱才不得已回避贼兵的。此次为了表示他的忠贞，他的那几十大车的行李中竟还有几具棺木。耿纯说，带着

---

① 今河北衡水。

棺木是表示他和他的亲族视死如归追随刘秀的决心。

这就有点过了。刘秀的随员当时就有人讥讽说，大司马的节仗当然是大司马带在身边，耿纯的这根节仗只怕是苏武传下来的吧？至于耿家的这两千多亲族，能上阵厮杀的也就二三百人吧？我们倒要给你们耿家准备两千多人的粮饷，这买卖还真是不错啊！当时包括唐牛在内，众人皆讪笑不已。

但是耿纯不理这些，几天后，宋子县又传来消息，说耿纯派人回乡把几十座老宅一把火全烧了，如今的耿氏亲族除了刘秀这里，哪里也去不了了。

刘秀闻讯大惊，连说不必如此，然后也就顺势封耿纯为前将军、耿乡侯，还把他的族中兄弟耿欣、耿宿、耿植都封为偏将军。

杂七杂八地忙了一个多月，更始二年初最冷的季节总算过去了。人人都知道，一旦到了春暖花开的时候，刘秀、王郎两军的大战必将无可回避。而此时的刘秀大军虽然已经有数万人马几县土地，但还是不敢向西南方向的邯郸进发，而是转头向北而去，打算继续在邯郸周围蚕食土地。

唐牛在三月初又继续送信去了。这一次他是要去真定①给当地的真定王刘杨送信。这个真定王可不是王郎那种说不清来路的王爷，而是当地人人皆知的正牌王爷。自从一百年前大汉景皇帝把刘杨的祖上封在此地后，刘杨一家世代都在此地有极大的影响力。就算王莽做皇帝时，废除了各地刘邦子孙的爵位，真定的地方官仍然是刘杨的远房子侄，而真定的大批良田、房舍、店铺，不消说也是控制在刘杨手中。为了对抗各地豪强，收拢当地年轻人，刘杨还不惜屈尊降贵，做了本地大幡旗的师傅。等到洛阳的更始皇帝传檄天下时，刘杨早已经把真定打造成自己的独立王国，还给自己恢复了真定王

① 今河北正定。

的称号，以至于刘秀巡视河北以来，刘杨都从没主动上门要过什么。

但是王郎袭占邯郸以后，有消息说，真定王刘杨竟接受了王郎的诏书，只是暂时还没有支援王郎兵员、粮草和赋税而已。刘秀和随员们商议后认为，刘杨既然不给王郎实质性的帮助，那就是还有的商量，送一封信去探探口风，总比直接刀兵相见强。又因为刘杨是真定地方大幡旗的总头目，所以，刘秀认为，让唐牛以大幡旗弟子的身份去送这封信不正是再合适不过了吗？

唐牛此时送信已经送到麻木了，听说又要让他去真定，接过信就走，也不理旁人解释什么同为大幡旗弟子，你去没有性命之忧的屁话。唐牛想的是：此封信件和以往给各地方官吏的信件也不会有什么不同，还不是晓之以理、动之以情，要刘杨抛弃王郎保刘秀而已。其实唐牛还想说，这信件往来有什么用？不真刀实枪的比画一下，王郎再弱也不会让出邯郸，看来刘秀也是虚多实少，不比王郎强多少。

到了真定，唐牛按规矩呈上信件，休息一晚后就要驾车回来。没曾想，临走前，真定王刘杨居然亲自召见了他。

见了面唐牛才知道已经称霸真定多年的刘杨竟如此和气，这个须发花白已近耄耋之年的真定王先是制止住唐牛以官礼参拜，和唐牛以大幡旗门下的礼仪相见后，就让唐牛不必拘礼。然后，真定王就像一个大户人家的族长一样开始抱怨，说真定周围的几百个庄子十几万人都靠他养活，他苦苦支撑了这么多年实在是累了，如今王郎、刘秀争位，他也看不明白情况，他希望唐牛本着同乡又是同门的情谊，替他好好盘算盘算，哪边的胜算更大。

这番话表面客气，实则压力十足，唐牛不由得收起平日的油滑嘴脸，老老实实地跟真定王讲了他眼中的王郎和刘秀，连在临淄怎样结识王郎、刘林和刘秀怎样从蓟城狼狈逃命的事，都一五一十地说了。何去何从只请刘杨自己拿主意。

刘杨听得很仔细，听到精彩处还忍不住抚须大笑。不过大笑之后，刘杨也无从决断，他甚至还问起了刘秀和王郎的身世，得知两人都有妻室后，禁不住长叹："天下纷乱，谁都不可靠，要是能成一家人，我就知道该帮谁了。"

唐牛唯唯诺诺并不敢随便插话。

回到刘秀大营后，唐牛禀报完此事，却看见刘秀身边的冯异和邓禹脸上变颜变色。他二人支开唐牛后，就和刘秀嘀嘀咕咕地不知说些什么。唐牛有些生气，心想：你二人又是要说我坏话吧？从蓟城到这里，才好过一点，你们就又开始搞你们读书人的那一套了，可你们还不知道吧，一旦这里垮了，真定王刘杨已经答应会给我一碗饭吃，只不知你二人到时又往哪里去？

怀着这样的愤恨心情，唐牛又往别处送信去了。几天后回来，却猛然听说，刘秀再次大婚了，娶的还是真定王刘杨的外甥女郭圣通。这一下，唐牛立刻就明白冯异和邓禹打的什么主意了。当时，他真是哑然失笑，心想：平日里你们总以正人君子读书人自居，想不到现在你们就给刘秀出了这么个停妻再娶的主意，刘秀和这些人搅在一起，恐怕终究是会吃亏的。

说笑归说笑，刘秀的新夫人郭圣通确确实实带来了数万兵卒和大量的钱粮做嫁妆，尤其这数万兵卒构成了刘秀大军中一股很大的力量。之后，分配人手带兵，使兵将相知又花了一些时日。本来刘秀考虑到唐牛这些日子以来功劳甚大，还有意让唐牛也带一营兵马，但架不住其他随员一致反对，唐牛自己也说，送信比带兵容易些，他更愿意送信。刘秀也就不再提及此事了。

兵卒多了，大军的粮草供应问题也就突出了，现在又正是冬天已过，夏收未到的又一个春荒时期。去年，唐牛还可以跟着刘秀在王莽的地盘上抢掠。今年，显然不行了。刘秀和众随员及众将军思来想去都没有什么更好的办法来供养这十几万大军。于是刘秀干脆命令各军都不要再搞虚张声势的那一套了，开始对周边一些不肯归降的小县做试探性进攻。这一来，邯郸正北方向两百多里外的元氏^①和防子^②两县就成了刘秀大军一试身手的地方。两县几无兵卒，大军压境后，城上官吏看见数万兵卒麇集城下也就降了。然后刘秀指挥各军顺势又向南推进，在鄗县^③正碰上邯郸赶来的援军先头部队，一场混战后，杀了带队的偏将李恽，各军顺势又推进到了柏人县^④，在这里碰上了王郎援军的大队人马李育所部。刘秀大军前部朱浮、邓禹两队人马吃了点小亏后，后续人马赶紧上前救援，两军混战一场，谁也奈何不得对方，于是李育退回柏人县凭城拒守，刘秀则屯兵城下。

　　屯兵城下的刘秀一军连续攻打了几天也不见效果，刘秀难免焦躁起来。他当然知道大军屯于坚城之下的危险，去年的昆阳大战至今还历历在目，只不过那时义军是在城里，而敌人在城外，和现在正好相反。现在的刘秀一军和去年的王莽大军实力相差甚远，却是人人都看得到的。连城中的李育也在城头放言，待南路邯郸援军和北路上谷、渔阳援军会合后，就是他李育生擒刘秀之时。

　　十天后，刘秀不再坚持攻打柏人县，而是留下少量人马挖壕筑垒堵住柏人县的各处城门，防止李育一部搞突袭之后，就带着大队人马继续南下，目标暂时定为距邯郸只有一百多里的巨鹿^⑤。刘秀告诉众将，离邯郸越近，王郎就越不会顾及远离邯郸的地方，我们腾挪的空间也就越大。为了逼近巨鹿，刘秀命令邓禹，首先要拿下靠近巨鹿的广阿^⑥。

————————————

① 今河北元氏县。
② 今河北高邑县。
③ 今河北柏乡县。
④ 今河北柏乡县。
⑤ 今河北巨鹿县。
⑥ 今河北隆尧县以东。

第十五章
进军巨鹿

唐牛这些日子还是和他的送信队一起四处奔波。在他的调教下，送信队中净是一些骑马、驾车的高手，这些人身穿大红袍服，腰挂漆封的信囊，背上还插着一种特殊的竹片，快速跑来时，会迎风发出一阵刺耳的尖啸声，隔着老远就能让人知道是送信队的人来了，而按照刘秀先前的规定，送信队里的人是不受军法约束的，即使在军营之内也可纵马驰骋。可以说，唐牛和他的送信队到哪儿都是这么拉风。但他却没想到，有人对这支拉风的送信队早已心生不满，意图杀一杀他的威风了。

这一天，远在元氏县的唐牛忽然听说，他手下一个最卖力气的送信人在广阿被杀了，杀人者是刘秀身边的随员祭遵，杀人的理由是送信人违反了军中禁令。唐牛一听大怒，跟身边人说，祭遵是在刘秀路过颍川郡时才投靠大司马的，自渡过黄河以来，不过是跟着大司马端茶倒水，处理文案而已，三个月前在饶阳县时，要不是他吃相难看，我们也不会落荒而逃，现在还没打进邯郸，他就敢用军中禁令来吓我，这次就算大司马好说话，我也不能善罢甘休。发了一通脾气后，唐牛就驾着马车连夜奔广阿而来。

进了广阿，唐牛就要直接去找祭遵算账，可哪里找得到人，不光找不到人，还有一众官吏和将军纷纷来找他说情。这些人的说辞不外乎祭遵秉公办理，送信人不遵法度而已。唐牛大怒道，若没有我们这些送信人几个月来穿针引线，你们这些人哪来的将军可当，现在你们带兵了，要讲军法了，大司马从前说送信人可以不守军中禁令时你们怎么不反对？今天不把祭遵交出来绝不能完。

事情闹到最后，也只能刘秀出面解决了。刘秀见了唐牛后，竟不问祭遵一事，反倒不着边际地问唐牛："你是渔阳郡人，上谷、渔阳二郡的突骑精兵你听说过吗？"

唐牛一愣，脱口道："突骑是天下精兵，我当然知道。"

刘秀又问道："如何精法你说说看？"

唐牛只好耐心回道："上谷、渔阳二郡的突骑选的都是匈奴良马和牧马户中的良家子，三年才选一次，选中了就要在军中服役十年，所享俸禄和养马钱足足有步卒八倍之多。在我们那里，谁要是能被选中做了突骑，那十里八乡的姑娘们都要争着嫁他。"

刘秀笑问道："那你如何不去做突骑？"

唐牛瞬间有些扭捏，"嗯啊"了一下才说道："做突骑要能骑在光马背①上只凭一根缰绳挥刀放箭，实在是太难了些，我家没马，练不出这等童子功，还是驾车容易些。"

刘秀说道："早在南阳时我就听说突骑是天下精兵，今天城上探哨说城下有突骑出没，你既知道究竟，就同我一起去看看吧。"

刘秀一边起身往外走，一边又说道："你送信队里被杀的那个人原本是我内宅的小厮，我看他会骑马才放他去送信队公干。祭遵杀他是因为他醉酒闹事还想以送信人的身份逃脱处罚，明明该杀。如今各营都在整饬军纪，祭遵已经被我任命为刺奸将军，专抓军纪，你不要去为难他。"刘秀说到这里，回头看了一下唐牛

———————

① 当时尚无马镫。

惊诧的表情，继续说道："你们送信队送信时固然可以不守军纪，但是不送信时干的那些勾当不要以为别人就不知道。以后你们送信队只管好好送信，不要以为能随意出入各营就高人一等，明白吗？"

听到这里，唐牛哪里还敢理论，低头回了一声"诺"就乖乖跟着刘秀走了。

二人上了广阿西城头，向北望去，果然有一支大军驻扎城下，人数虽不是很多，但是人人骑马，往来如飞，看上去矫健异常。城头守将看刘秀来了，赶紧上前禀报，说，城下之人自称是来自上谷和渔阳二郡的突骑，听说大司马刘秀在这一带，问我们是否知情。

守将禀报完后，还自作聪明地补充说道，末将只知我们军中有信都、和戎、真定等郡的人马，并不曾有上谷、渔阳二郡的人马，臣恐有诈，让他们退后三十里扎营，不得靠近城墙。

刘秀没有说话，默不作声地看了一会儿后，令人传令：要城下兵马的带兵官上前答话。

过不多时，几个顶盔挂甲、不拿兵刃的将军就直趋城下。没等他们靠近，城头上的刘秀就兴奋地指着他们当中的一个年轻将军大笑道："城下来人可是耿弇？"听到这个声音，那年轻将军立刻跳下马背，摘下头盔，跪在原地大叫："小人耿弇可算找到大司马了！蓟城一别，不知大司马一向可好？"

听了这话，城上城下的气氛马上松弛下来，大家都为对面是友不是敌而庆幸。

很快，城门大开，酒宴摆开，唐牛送信队的那点小事早就无人理睬了，大家只是好奇，怎么又有一支强大的队伍投奔到了刘秀旗下。

还是耿弇绷不住弦，也不等别人问起，他就抹着眼泪说道，自从蓟城失散后，他找不到大司马，只好回昌平^①去找自己的父亲上谷^②太守耿况，希望父亲出兵帮助刘秀攻打王郎。不过那个时候，王郎的诏书也传到了上谷，只要家父接受诏书，王郎即刻就要对全郡官吏发下重赏，所以上谷也和蓟城一样，多数官吏希望归属邯郸。家父犹疑不定，不敢妄下决断，只好又派人去向邻近的渔阳郡太守彭宠询问意见，希望两郡在帮刘秀还是帮王郎的问题上共同进退。渔阳郡面临的问题其实和上谷郡差不多，幸亏此时渔阳郡的吴汉兄搞到一份大司马发布的《讨王郎檄文》，说明了王郎的来历，渔阳太守彭宠才下决心和上谷郡联手，同助大司马刘秀。

没等刘秀发问，耿弇旁边一个面色黝黑、状如农夫的将军就向刘秀抱拳说道："在下吴汉，未得大司马允许，擅自以大司马名义撰写了一份《讨王郎檄文》，以促成两郡联兵，还望大司马恕罪。"

这时的刘秀哪里会怪罪这些贵人，只是夸赞道："你们上马能杀敌，下马能作文，都有古之名将的风采，好，好，好，我看王郎是不成了。"

在一团和气中，刘秀得知，上谷军由寇恂、景丹、耿弇率领，渔阳军由吴汉、盖延、王梁率领，两郡各派出了两千骑兵和一千步兵，自二月初由上谷、渔阳出征以来，一路南下，已经击斩了王郎所封大将、九卿校尉以下四百余人，缴得印绶一百二十五枚，节仗两支，击溃敌军三万余人，平定了涿郡、中山、巨鹿、清河、河间等二十二县。刘秀也猜得到，所谓斩杀的这些大将、九卿之流多半都是王郎去年滥封的一些亡命徒和顺风摇摆之人，不过既然他们能一路杀到广阿，可见这区区几千士卒的战斗力一定非同小可。

欣喜之下，刘秀讲了一个故事，说："自从和邯郸军接战以

① 今北京昌平。

② 今河北怀来。

来，邯郸军的将帅屡次在阵前威胁我说，王郎已经征发渔阳、上谷之兵，劝我早日归降，否则四方兵到，悔之不及。我那时为壮军中胆气，也跟他们说，我也征发了二郡兵马，想不到今日果然成了现实。"众人听了一齐大笑。酒宴之后，刘秀即正式将二郡领兵的六人全部拜为偏将军，还将留守北方二郡的郡守耿况、彭宠都加封大将军衔，同时封为列侯。

欢宴犒军之后，刘秀指挥各营按照既定战略向巨鹿进军。也真是应了"贵人相助，一顺百顺"那句话，刘秀大军尚未开到巨鹿城下，前方探马又来报，说是，巨鹿城下已经驻扎了一支攻城大军。刘秀这才知道，原来洛阳方面早已得知王郎作乱的消息，已经派出了尚书令谢恭率领六位将军、两万大军前来征讨，只是谢恭忌惮王郎的声势，自渡黄河以来，进军缓慢，同时也在四处打探大司马刘秀的下落，所以，洛阳援军进军到巨鹿城下后，并不敢十分逼迫邯郸军。

两支更始皇帝旗下的大军在巨鹿城下会师后，众将士欣喜之情自然难以言表。尚书令谢恭从洛阳来，自然知道刘秀过黄河时除了官印、节授，可没有一支兵马相随。而且刘玄在迁都去长安，并命谢恭出征河北的时候，曾明确告诉谢恭，刘秀若是已遭王郎毒手，不妨大肆表彰，以鼓舞民心士气。若是偏居一隅，苟延残喘，则剿灭王郎后，要将刘秀绑缚朝廷，治其失地辱命之罪。所以当谢恭看见刘秀竟在数万大军的簇拥下出现在眼前时，震惊之情也是难以言表。而在会面之后，又得知这数万大军还是刘秀在逃命途中一两月里仓促组建而成，谢恭就更加难以置信，并怀疑刘玄交给他的"使命"能否完成了。

基于这样的心理，谢恭、刘秀会面之后，在谈到两军合力攻打王郎时，谢恭立即明确表示，他身受皇命征讨王郎，和大司马受命镇慰河北一样，都是直接听命于圣上，所以，他们两家可以相互配合，却不能合兵一处。

此言一出，两家的将军都瞪大了眼睛。谁不知道合则力强分则力弱的道理。再说，同在巨鹿城下攻敌，若是没有统一指挥，只怕迟早会出岔子。但是不管别人怎么说，谢恭只咬准一条，刘秀可以把手下的数万大军交给他，来实现统一指挥，他绝不会把自己的两万人马交给刘秀。至于旁人所说的应该是人少的听人多的，或者能力弱的听能力强的，或者官衔小的听官衔大的之类的话，谢恭一概不听，问得急了，只把"身受皇命不得不如此"的话反复拿来应对众人。而且谢恭还在话里话外表示，刘秀的大军是在更始皇帝命令之外招募的，刘秀授予的官职、爵位，也未曾得到更始皇帝认可，将来怎么样，实在难说。这一表态，差点又让刘秀手下众将暴怒。

最后，还是刘秀大度地表示，既然尚书令也有皇命在身，两军不妨各自独立，只需在攻打邯郸军时相互配合也就可以了。更何况——刘秀乐观地表示——只要打下了巨鹿，邯郸就近在咫尺了，而一旦围了邯郸，量王郎也再难翻起什么风浪。两军的众将军眼看前景良好，这才不再争吵。

按照两军协商一致的策略，刘秀军攻北城和西城，谢恭军攻东城，南城则依照围城必阙的原则，给守巨鹿城的王郎军留一条退路，让他们不能死心塌地地守城。另外又安排上谷、渔阳的突骑在城外五十里处专等突围的守军。不过一旦开打后，众将才发现不是这么回事儿。

在约定好的时间，刘秀军开始攻城后，谢恭军往往没有动静，谢恭军出动时，刘秀军又已经撤下来了，于是双方的将军难免相互指责对方不守信，直闹到双方主帅出面后，几个带兵官才气鼓鼓地不敢说话了。

双方再约攻城，谢恭军因器械不够，又希望刘秀军支援一些弓箭和冲车，刘秀军自然不愿意，勉强给了几十根大木，就不愿再给别的了，而谢恭军一看刘秀军如此小气，原先答应补助对方的粮草也就没了踪影，同时，刘秀军各营听说是因为友军无信才让自己饿了肚子，自然又会怨声载道。

如此林林总总的大事小事交织在一起，削弱了攻城的效果，以至于两军围了巨鹿一月有余也没有真正痛快地攻过几次城，反倒是守城的邯郸军趁夜出城突袭过两次，把围城的两军搞得灰头土脸。

数万大军围攻一座小城还搞成这个样子，即便宽厚如刘秀也怒了。在亲眼看了一次各营拖沓、混乱的攻城之后，刘秀说，如此作战，焉能不败。他当场下令，斩了一个带兵的校尉，撤了一个将军，然后严令各营把谢恭军要的东西如数奉上，同时警告各营，给他们五天时间做准备，五天后不管谢恭军如何作为，如果他们不能一鼓作气攻下巨鹿，则全部军法从事。

事实证明，发起火来的刘秀也相当有官威，一时间，整个军营之内鸦雀无声，无人再敢找理由了。

只是这白白耗掉的一个月时间里还是足够发生一些事情的。在刘秀整顿全军士气的五天还没有过完的时候，东北后方的信都郡突然传来了噩耗。邯郸一支孤军趁洛阳军困在巨鹿城下时，竟然突袭了信都郡，并在城中内应的配合下拿下了信都郡，城内的留守官吏和出征士卒的家属尽皆被俘。

这一下，别说攻城，刘秀军的军心都不能稳定了。因为谁都知道，除了那些新募之兵，刘秀军主要由信都、和戎之兵，真定王之兵，及上谷、渔阳之兵构成，其中上谷、渔阳之兵最为精锐，真定王之兵人数最多，而信都、和戎之兵虽人数不多也不精锐，却是最先归附刘秀，号称班底，有如亲兵，如今这些人的家属落在了邯郸军手上，实难预料他们会怎么样。

还好，信都诸将在这个时候都向刘秀表示了自己的忠心，誓言就算敌方以家眷安危相威胁也绝不改变初衷。刘秀为了查明情况，也匆匆把唐牛的送信队全部派了出去，以期搞清楚信都到底是怎么丢的。

很快，各地的回信纷至沓来。综合送信队带回的各方信息，此时大家才知道，原来信都郡内有一个叫马宠的大户是刘林从前流落江湖时的债主，刘林得知刘秀在信都郡起兵后，就和马宠联系，说是打算以十倍的利息彻底偿还从前欠的赌债，但要马宠在恰当的时候开一下城门，马宠求财心切，真的就给刘林做了内应。刘林偷袭成功后，打赏了马宠，然后就立刻逼迫信都郡内留守家眷给刘秀军中的亲人写信，极言家中情况危急，要刘秀军中的家人尽早投降。

刘秀的营帐自信都出兵以来，再次彻夜灯火通明。为安军中将士之心，刘秀首先命送信队带了大笔金钱去信都，不求刘林放手，只求刘林的身边人不要为难这些家属；其次，刘秀还派出两名信都郡出来的将军各带了一支军队去回攻信都郡，只是由于顾忌城中的人质，这两支军队都不敢放手厮杀，一见亲人的影子就大败而回；最后，刘秀秘密请谢恭派了五千人马，穿上信都郡军人的衣衫，打着信都郡的旗号，不再顾及阵前人质的安危，一鼓作气把信都郡夺了回来。而按照事先约定，刘秀不仅给了谢恭军大笔金钱做酬劳，还答应将信都郡和和戎郡都交给谢恭军占据。

虽然代价如此之大，不过信都郡的问题总算在局面不可收拾之前解决了。刘秀在危机平定、熄灯大睡以前特意下了一条军令：各营与邯郸军交战时，务必不能放过刘林，此人不除，天下不安。

釜底抽薪的计谋被破掉后，一支庞大的邯郸援军很快又出现在巨鹿城背后。对待这支明枪，刘秀倒是毫不在意，端坐在帐中询问诸将：谁肯出战？

一直以来在攻城战中无法一显身手的上谷、渔阳诸将立即要求出战。刘秀显然也想看看天下闻名的北境突骑究竟如何，于是做出相应部署后，就笑着招呼各营将军和众多谋士一起出营观战。

第二天一早，在巨鹿北边的开阔地上，由邯郸而来的三万援军背城结阵。他们基本都是步卒，少量骑兵全部簇拥在主将周围以充护卫。整个大阵前有盾墙护体，后有长戟林立，左右强弓压住阵脚，看上去也是毫无破绽的样子。

三通鼓声过后，邯郸军率先发起了进攻，在铺天盖地的箭雨掩护下，邯郸步卒结成三个巨大的方阵一步步向前碾压而来。

刘秀军按照事前的约定，虽也敲响了进攻鼓，但整个大阵却在缓缓后退，始终让前军保持在对面邯郸军的强弓射程之外。而且为了让邯郸援军脱离巨鹿城的掩护，刘秀军只在邯郸军进攻时才后退，一旦邯郸军停下，刘秀军也会停下，继续摆出一副决战到底的样子。

如此三四次佯动之后，两军之间除了一片片斜插在地上的箭支以外，尚无一个士卒丧命倒地。此时，太阳已经高挂到了中天，顶盔挂甲、手举兵刃的两军步卒都已是全身热汗，辛苦异常。

刘秀军此时再次挂出了要求会战的红色飞鹰旗，但是邯郸军犹豫片刻后，却挂出了代表收兵的白色卧虎旗，同时，他们又挂出了一面黄色狐狸旗——这是讥讽刘秀军胆怯，不敢交战的意思。

就在邯郸军敲响金锣准备后退的时候，刘秀军中突然响起了一阵胡笳声，然后左右两翼的盾墙收拢，放出了几百匹战马。这些战马也就六百匹左右，载着六百名骑手旋风一般向邯郸军左右两翼包抄而来。邯郸军三个方阵立刻吹响了尖利的哨声，全军相互靠拢，长戟前指，大盾连成一体，谨防刘秀军的骑兵突袭。

但刘秀军的这些骑兵并没有硬闯敌阵，他们在跑到盾墙前五十步左右时，就拉马横跑，同时在马上用小弓向邯郸军盾墙防护不到的地方猛射——原来这是一批骑射手。

应该说，邯郸军的训练还是很不错的。除了几个行动迟缓的步卒，盾墙在骑射手冲到阵前时就护住了整个大阵前方，但是，盾墙毕竟不是城墙，再厉害的盾墙也绝不可能护住三万人的大军。虽然邯郸军的正面看上去好像无懈可击，但他们庞大方阵的两侧和背面还是漏洞百出。刘秀军的骑射手行动迅速，彼此配合紧密，几声胡笳吹过之后，各骑兵小队已纷纷向邯郸军大阵的侧后包抄而去，把貌似坚固的阵前盾墙完全晾在了那里。一时间，邯郸军大阵的侧后险象环生，密集排列又无大盾护体的步卒纷纷中箭倒地，刚才还雄浑有序的战鼓也有点乱了节奏。

不过，邯郸军的将军们显然也预想过这样的场景。他们临危不乱，甚至都没有派出自己的少量骑兵，只是迅速在阵中升起了几面黑色飞龙旗，只见几队弓弩手从阵前快速跑到大阵的两侧和后方，与刘秀军的骑射手展开了对射。双方弓箭手，一个静止不动一个往来如飞，一个无法退让一个进退自如，对射几轮后，邯郸军的弓弩手已大量伤亡，而刘秀的骑兵弓箭手只是被对方的排箭逼远了一点而已，偶尔有中箭落马的，也因为邯郸军的步卒不敢冲出大阵，得以从容跑回本阵。

战到此时，邯郸军与巨鹿城的联系已经快要被刘秀军的骑射手切断了。邯郸军无法忍受越来越严重的步卒损失，于是一面继续对抗骑射手，一面向巨鹿城打出了要求增援的旗号。就在此时，谢恭军也按照事前的约定适时逼近巨鹿城，摆出了一副即将攻城的架势。虽然谢恭军和以往一样看上去并不是那么强大，但在这个时候，巨鹿守军无论如何也不敢贸然开城出战。

城上城下几番联系后，刘秀军也看明白了，巨鹿守军不敢出城接应邯郸援军，而是要他们退回巨鹿城下后，再合力击败刘秀军。

此时，邯郸军中那些冒死和刘秀军骑射手对抗的弓弩手已经被射得七零八落了。再不变阵，一旦邯郸军大阵的侧后方动摇、溃散，那他们想退回巨鹿城下的想法就再不可能实现了。

在此情况下，邯郸军的主将再次在阵中升起了一系列指令旗，军中战鼓也敲响了相应的鼓点。在旗和鼓的指挥下，邯郸军中一直护在阵前的盾墙开始慢慢向左右两翼伸展开去，而一直在盾墙后面支撑盾墙的长戟兵甚至还越过盾墙，远远地向左右张开，只有大阵中间的骑兵，依然护卫着主帅没有动作。阵形变到此时，不用旁人解释，唐牛也看明白了，邯郸军的主将是想用阵前的精锐步卒遮断刘秀军骑射手的往来道路，以此来掩护阵中和阵后的大部分步卒向巨鹿城退去。

唐牛看到这里忍不住喊道："邯郸军把方阵变成了长阵，那岂不是乌龟伸头又露尾，这时不冲他一下更待何时？"

刘秀身旁众将翻着白眼没人理他，那意思是，要你说？

在邯郸军变阵之后，刘秀军的骑射手也确实被分割成了两部分，这些骑射手腾挪空间变小后，纷纷调整骑射路线，一时间顾不上乱箭射敌，导致邯郸军的压力立刻减小了很多，而邯郸军的后队马上趁此机会，开始向巨鹿城撤去。

就在此时，刘秀军正面的盾墙全部打开，两千多骑兵在战鼓和胡笳的引导下一起冲了出来。这些骑兵可不是刚才的那些骑射手，他们当中，领头冲锋的是一千名手持长矛、身穿重甲、头戴护面头盔的枪骑兵，这些枪骑兵身体前倾，一手提着缰绳，一臂夹着长矛，不管座下的战马如何颠簸，始终保持矛尖前指。一千支长矛犹如一千道闪电，伴随着马蹄声轰鸣而来。跟在这些枪骑兵背后的，则是手持弯刀、披挂锁子甲的轻骑兵。

看到这些骑兵呼啸而来，邯郸军的步卒也发出了一片嘘声。已经开始撤退的后队，有人竟扔了兵器和盾牌向后狂奔，来不及撤退的前队，则只能缩身盾墙之后，等待那致命的一击。

邯郸军变阵后，阵前的盾墙和长戟都只剩一层士卒维持，大阵的厚度空前薄弱，又因为在之前的战斗中，弓弩手损失过半，已无力以排箭阻挡对面的骑兵。所以刘秀军的骑兵一次冲锋就击破了邯郸军的盾墙。原来三个方阵构成的大阵瞬间变得支离破碎。在破阵骑兵的呼啸声中，刘秀军的步卒也跟着冲出本方阵形，想要彻底解决邯郸援军。

邯郸军的将帅和士卒全都明白，在本方阵形被踏破的那一刻，战斗其实就结束了。此时逞能纠缠的，最后都难逃一死，所以当务之急唯逃命要紧，如果不能及时逃进巨鹿城或者远遁邯郸城，那最后的命运不是被俘就是被杀。事实上，邯郸军的主帅在骑兵护卫下，也确实带头逃离了战场，剩下的数万步卒则只能自求多福了。

当晚，刘秀全军大摆宴席，以庆全功。按刘秀的话讲，今天这个宴席主要是为了两件事。第一件，当然是因为见识了上谷、渔阳突骑的风采，为他们举杯；第二件，他提醒在座各位，此次巨鹿城下的胜利，是大军自信都郡出兵以来第一次和邯郸军主力硬碰硬之后取得的胜利。所以他断言，在现在这个夏粮收获在即、后方稳定、各营配合良好的时候，邯郸军已经不足为患，只要照着今天这个样子再打几仗，平定河北指日可待。

此话一出，帐下众将举杯齐声欢呼。

刘秀身边，只有谢恭略显忧郁。他提醒刘秀，巨鹿的守将王饶是王莽时期就在边境带兵的老将，久历战阵深通兵法，非王郎身边那些浪荡子可比，若他整顿城防，坚守不降，也是一桩麻烦事。

当晚令众人瞩目的耿弇则趁着酒兴大声回道："巨鹿有什么要紧的，王饶愿意坚守就让他坚守好了，我们却要直接去打邯郸。只要邯郸被我们拿下了，巨鹿还能怎样？"

刘秀听了哈哈大笑，不仅不治耿弇失礼之罪，反倒表示甚合心意。

这一晚，将帅士卒俱欢，凡是和上谷、渔阳两郡沾边的人都受到了大家的追捧。连唐牛都一再被人追问：唐将军如何不回渔阳郡去，也招一批突骑来？若有一营如此士卒，早晚可当大将军！唐牛怎么好说自己在渔阳郡时最多是个喂马的而不是骑马的，只好满脸堆笑，含糊应对。

此后数日，正如谢恭所担心的那样，刘秀军攻打巨鹿的过程果然不太顺利，各营也纷纷表示，让士卒在巨鹿坚城之下伤亡实在是不合算。于是，刘秀再次确认后方各郡县没有邯郸军骚扰，郡守、县令也足够忠诚以后，留下将军邓满带两营士卒堵住巨鹿，其余各营皆由刘秀和谢恭率领，直向邯郸杀去。

第十六章

剿灭王郎

半年以后再临邯郸城下，刘秀和去年的众随员都感慨良多。此时的邯郸城并没有太多变化，不过是多了些壕沟、鹿寨、城垛等可以拒守顽抗的东西，但刘秀及其随员却已和半年前大不相同。

在众将簇拥下，踌躇满志的刘秀下令大军不必在意那些工事，可以直逼邯郸北门，当道扎下营寨，让城头上所有的守卒都清清楚楚地看见他火红色的"刘"字大纛旗。

邯郸城显然早有准备，在刘秀军到达当日，各营营盘尚未完全建立的时候，就大开北门，派出数百辆战车和数千步卒，妄图冲垮立足未稳的大军。

刘秀军各营自然也是有备而来。正面数千弓弩手数轮齐射遏制住战车的冲锋后，即在长戟手掩护下，缓缓退入阵中。两侧的上谷、渔阳突骑则再一次大展神威，包抄了邯郸军的侧后。等到数百辆战车和数千步卒攻势全消，陷入混乱时，刘秀军的正面步卒再次全面出击，扫荡战场，当着邯郸城头守卒的面干净彻底地消灭了这些刚才出城时还不可一世的精锐。

当晚，三更以后，刘秀大营除了梆子、刁斗声外已经万籁寂静，邯郸城头上也不再有人走动。夜影之下，两路只拿短刀的队伍弓着身子，分别从东西两方的城根下，向刘秀大营迅速摸去。在刘秀大营前，这些人讯速干掉哨兵，搬开大门，互相交换了几句大幡旗团伙的切口后，就一齐向刘秀的大帐杀去。

可以肯定，这些人是王郎、刘林在各大幡旗中招募的死士。他们在白天输了一阵后，尚不甘心，看到城下刘秀的大帐如此靠近邯郸城，就想夜袭一次，以建奇功。

就在这些人全部杀进刘秀的大营之后，一阵锣鼓声从大营后传来，大营四周的壕沟里突然闻声爬出了数万刀剑齐备的士卒。这些士卒发一声喊，瞬间就把自己主帅的中军帐团团围住。这些围住了中军帐的士卒也不往里冲，反而关上了大门，只在火把照耀下，不间断地往大营里放箭。

片刻以前，还在邯郸城头上为同伙成功冲进刘秀大营而欢呼的那些士卒，只能眼睁睁地看着刘秀大营里纷乱的人影渐渐归于平息，无可奈何地听着杂乱绝望的叫骂声渐渐悄没无声。

这之后，城里城外的两军各种形式的交手层出不穷。只是在刘秀大军的逼迫下，邯郸各处城门外的城防设施都渐次被摧毁，城外各营除了少量逃回城去的将帅，大部分士卒皆被歼灭。所有明眼人都看出来了，下一步必然是更加惨烈的攻城战。

在这种情况下，邯郸城内首先射出木简，要求停战谈判，为表诚意，他们还放了几名在以往战斗中抓获的刘秀军俘虏。同时，数十名城内的平民耄耋老人也代表民众出城，要求两支汉军不要再打了，以保邯郸全城百姓平安。

刘秀对城内的官方文书不置可否，对百姓代表倒十分客气，对他们说，不打就不打吧，让王郎派人出来谈吧。

到了约定的时刻，城外刘秀军摆开了盛大的仪仗，全副武装顶盔掼甲的士卒直逼到邯郸北门城下。邯郸城的守军紧张万分，却不敢射出一支利箭，只用一个小筐，把他们的谈判使节吊下城去，连城门也不敢开。

邯郸的使节倒也不是脓包，面对刘秀大军的虎狼之势，虽孤身一人走过刀丛枪林却也没有吓瘫，相反，手上那根牦牛尾做的节仗还始终被他高高举起，犹如他的头颅。

这个使节，刘秀和曾经的众随员倒也认得，是刘秀去年初次进邯郸时，曾在路边列队欢迎的当地官吏中的一员，姓杜名威，主管学政，乃是一名耿直刚硬的老学究。

此时的杜威，在刘秀的大帐之中只向刘秀躬身一揖并不下跪，口中不卑不亢地说道："大汉谏议大夫杜威奉我皇之命拜见大司马，恭祝大司马金安。"

刘秀尚未说话，身边的冯异已经忍不住喝道："杜威，你卖主求荣，还有何面目来见大司马？"

杜威双手抱拳，梗着脖子说道："我皇真乃先成帝遗骨，比之长安刘玄尊贵万分，我秉持圣人之道追随帝统，何错之有？反倒是在座诸君，听我一句劝，现在改错还来得及。"

此言一出，刘秀身边众将纷纷出言责骂杜威，老糊涂，丧心病狂，说什么的都有。杜威也毫无惧色，一张嘴对着一群人，慷慨陈词，手指翻飞，丝毫不落下风。

吵了一阵后，还是刘秀挥手止住了众人的吵闹。直截了当地问杜威："既然你是代表王郎而来，今日之事王郎有何话说？"

提到王郎，杜威才伸手擦掉了嘴边的吐沫星子，再次以使节见大臣之礼对刘秀行过礼后，扶住节仗说道："小臣此次带来了可以明证我皇是先帝之子的文书和信物，希望大司马和众将军可以仔细查验。我皇有旨，只要大司马和众将军迷途知返，重返正路，保我大汉正朔，我皇对两军交战之事一概既往不咎，还要比照高祖建国时的故事封大司马为王，其余众将皆为列侯。"

此话一出，满营帐的人都笑了，都说这个杜威胆子蛮大，脑袋却是空的，也不看看现在是什么形势。

受到讪笑的杜威满脸涨得通红，在一众不屑声中突然高声喊道："就算你方兵多势大又如何？长安也好，邯郸也罢，大家都是高祖的子孙，如此斗下去，伤的还不都是自家的基业？你们若不依不饶，我邯郸城内尚有十万士卒，五年的粮草，大家周旋下去也未知鹿死谁手！"

这话倒是说得有些情理，刘秀止住众将，对杜威说道："世易时移，现在就算是成皇帝刘骜本人从棺材里爬出来，也不可能再坐上皇座，何况是王郎这么一个冒牌货。他的那些什么信物你也不必拿出来了，那些东西很早以前我就看过了，不值一驳。为今之计只有一条，王郎若早日出降，看在百姓受苦有限的份儿上，我自然不会难为他。"

刚才还大义凛然、威武不屈的杜威听见刘秀竟然当着众人的面直呼大汉成皇帝刘骜的名讳，顿时泄气不少，这时他才真实感受到自己面对的是怎样一群人。不过为了曾经的承诺，他还是挣扎着说道："昔日周王室虽微，犹得天下尊崇；当年武王灭了商纣，还封微子在宋。同是高祖的子孙，若我皇以天下计，放弃争斗，可否请大司马奏请长安，赐我皇万户汤沐邑，以全同姓之谊。"

刘秀森森答道："一个走街串巷的骗子搞出这么大事情，我不杀他就已经是天大的恩情了，还想要什么汤沐邑？今日他王郎若不束手就擒，难道有第二条路走吗？"满营帐的文武官吏见刘秀如此态度，也全都跟着呵斥、奚落杜威。

杜威到底是读书人，面子看得比什么都重要。受到如此羞辱，终于忘了邯郸城现在的处境，盛怒之下，两手横过节仗，猛然在右膝盖上一磕，竟当着刘秀和众将的面把节仗一折两半，然后在众人惊诧的寂静中愤然说道："天命若在邯郸，量你们也进不了城。天命若不在邯郸，这东西我拿着也没用了。"说完，即转身离去，也不再行礼了。

　　谈成这样也就只能攻城了。可惜，邯郸城里那些花大价钱招募来的守城士卒和多数高官都没有杜威那样的骨气。在守城形势日益危急，城外又绝无援军的情况下，邯郸城中另打主意的人日趋增多。最后，还是王郎任命的太傅李立敢想敢干，在刘秀答应保全他满门性命和官职的条件下，暗自打开了他防守的东门，放刘秀军进城了。

　　更始二年五月初一的晚上，注定是个混乱而又漫长的夜晚。刘秀军进了邯郸东门后，立刻向其他各门蔓延而去，企图全歼守军，但是邯郸城虽不算太大也有几十条街巷，黑灯瞎火中进城的刘秀军没有几支队伍走对了方向，只能走到哪里混战到哪里。乱战之中，邯郸军重兵把守的北门在刘秀军的前后夹击下犹能奋战到底，因为他们的带兵官告诉他们，进城的刘秀军只是零星小股而已，不足为患。而防守薄弱的南门却始终无一支队伍前去攻打。至于王郎所在的赵王宫，进城的刘秀军也压根没找到，只不过是放火烧了几座街边高大的衙署和商铺、民宅而已。

　　眼看快天亮了，这些情况汇集到了城外后，心急如焚的刘秀生怕邯郸守军回过神来，奋力夺回东门，把进城的几营精锐关在邯郸城里。情急之下，刘秀接受身边随员的建议，紧急向全军传令，征召熟悉邯郸城路径的将领和士卒去城中带路。

　　唐牛刚开始听到这个命令时，还一口回绝，心想，这个时候进城去参与混战，只怕凶多吉少，谁会那么傻去应征。可是过了一会儿，他听说王霸等一些文官都去应征了，还四处收集口袋、大筐。他这才猛醒过来，现在哪怕只占据东门，邯郸城也算是破了，此时进城明明是发财的良机，他居然差点错过。于是，唐牛也赶紧跑去跟刘秀说，当初在邯郸时，他为打探飞信整日在市井出没，邯郸道路甚熟，此时愿为大司马再尽一番力。刘秀嘉勉了他几句，就让他去给攻打赵王宫的队伍带路去了。

果然，等到天亮以后，看清形势的邯郸守军哪里还能坚持奋战，不是束手就擒，就是一哄而散，再无人为那个摆摊算卦的"真命天子"卖命了。唐牛也差不多就是在这个时候进了城中心的赵王宫。此时的赵王宫已经是遍地狼藉，无人把守，前殿和后殿还有几处火苗正在腾起。

唐牛带的人少，光是扑灭那几处火苗就费了不少力气。火灭以后，还没休息多久，刘秀的亲兵营就跑来接收赵王宫了，惹得一众士卒大骂："还没看清赵王宫的样子，就被赶出来了，早知道救个什么火，先把赵王宫抢了再说。"

饶是如此，唐牛还是夹带了两个金盘、一把金酒壶才退出赵王宫。出宫之后，其余士卒都艳羡地看着唐牛显摆，也不得不听他教训："救火就不能拿东西吗？你们就是笨！金银玉器这些小东西随拿随走也不影响你们救火，怎么就不能先拿几件揣着？老想着灭火后发大财，结果连小财都错过了，傻了吧。"众士卒无话可说，只能唉声叹气地一齐点头。

可是，到了午后，唐牛就不是众人的焦点了，因为有个更大的消息传遍了全军。传言说，昨晚王郎已经趁乱跑出了邯郸城，却不知怎么被王霸在滏阳河边追上了。王霸可没放跑这场富贵，此时已经把王郎的人头献到了刘秀案前。刘秀大喜之下，立刻给王霸官升三级，赏金百斤。相比之下，唐牛这点小动作当然也就没什么好说的了。

之后的几天是肃清残敌、恢复秩序的几天，邯郸城可以趁乱发财的机会正在迅速减少。唐牛一想到王霸那堆沉甸甸的金子就不甘心，于是他也学起王霸的样子，开始四处搜寻刘林的下落。因为刘秀在王郎授首后，还下过一道补充令：刘林的赏格比同王郎，万不能让此人跑了。

可是唐牛城里城外跑了几天，拷问了众多王郎的官员和士卒，终不得要领。他只知道，作为王郎身边最重要的人，刘林在三个月前就已经不怎么出现在王郎的朝堂上了。至于原因，各种说辞都有。有人招供说，刘林当初为了策反信都郡的守将，早已经改名换姓出了邯郸城。但也有人反驳说，明明三天前的夜里还看见刘林带了几个人急匆匆从赵王宫出来，不知往哪里去了。更有人疑惑，刘林刘大人不是已经在北城战死了吗？难道你们那么多人都没找到他的尸首吗？总之一句话，刘林生不见人，死不见尸，就这么不明不白地消失了。唐牛这时只恨自己没抓住机会发财，要到很久以后，才会感叹这个刘林的手段了得。

不过另一个消息又让唐牛顾不上刘林了。送信队有人来告诉唐牛，亲兵营从赵王宫里搜出了一大堆书简，其中很多书简的外封皮分明是刘秀汉军的样式，亲兵营的人怀疑我方有人通敌，已经上报刘秀了。唐牛一听这话就急了，他想，若真是有人利用送信队往王郎这里送信，写信的人还可能抵赖，送信队的记号在那里标着，却是无法抵赖的。于是他立刻赶往刘秀那里，一心想看看那些书简，想搞清楚是哪些天杀的混蛋在利用他的送信队。

唐牛到了刘秀那里，左求见不得，右求见不得。耽误了两三天后，亲兵营又传出消息，说是大司马说了，这分明是王郎搞的离间计，他怎么会看不出来，他已吩咐把所有书简一把火都烧了，全军上下不必再议论此事。听到这个结果唐牛倒有些愕然，心想，刘秀自信都被偷袭以来，一直很强调部属的忠诚问题，怎么书信通敌这么大的事倒不查了？也不听人解释一下，这可不像那个事事谨慎的刘秀啊。

这时的邯郸已然大定，唐牛见不到刘秀，倒听说长安刘玄那里的诏书已经到了邯郸。刘玄在诏书里把刘秀狠狠夸奖了一通，说什么要不是刘秀在河北，王郎之乱必不会这么快就平定下去，刘秀劳苦功高，即刻晋封为萧王，然后话锋一转，又说河北已定，河北百姓不必再担心兵灾之苦，萧王手下各营可以尽数归乡了。

这道诏书一公布，自然令全军兴奋异常。大家借着恭贺刘秀进封萧王之际痛痛快快喝了几回酒，普通士卒高兴的是自己就要回家了。

此时的唐牛守着自己的那点小财，也天天跟送信队的手下喝酒。他在酒后曾发下豪言："跟了萧王这么久，回到渔阳郡后，怎么也能混个县令干干吧？将来你们到了我那里，一定要来看我，我唐牛别的不敢说，酒肉管够。"他没想到的是，要不了多久，他就又要远离渔阳郡了。

第十七章

计中有计

邯郸大胜之后，虽有这样那样的遗憾，刘秀毕竟还是进了赵王宫，传檄各地，柏人、巨鹿等城也不再替王郎坚守了。各营将领分赴各地，几乎都不再遇到什么抵抗。唯一令人讨厌的，也许就是谢恭了。

谢恭的人马不多，也在邯郸大胜前后占了不少地方，扩充了不少兵力，但是一旦邯郸平定后，谢恭就开始追着刘秀裁军了。说是按照刘玄的诏书，萧王不需要也不可以拥有这么多兵马，以后河北的治安，交给他谢恭就可以了。

刘秀开始并没有反对谢恭，也由着他扩军抢地盘，甚至还把自己的各营队伍陆续调出邯郸，摆出一副裁军在即的样子。但是谢恭显然还有别的想法。他肯定以为，一旦刘秀的大军被裁减掉之后，他的队伍就会是河北的最强力量，到了那时，刘秀可以在邯郸赵王宫里关起门来做萧王，赵王宫以外的事，就是他谢恭说了算了。为了这个想法，谢恭甚至开始提前敲打刘秀的手下众将，告诉他们，萧王刘秀当初在危难时刻为了自保做的各种许诺，并不能一一算数，从前封赏的官位和爵位，现在全部需要得到长安方面的重新认定，才能生效。

谢恭也许只是希望众将在惊骇之下全部依附于他，可以对刘秀起到釜底抽薪的作用，但他没想到，眼见自己拼死挣来的官位、爵禄就要不算数的那些将军们，却选择了另一种方式回应于他。

刘秀手下众将和刘秀说了些什么没人知道。只是等着回乡的唐牛发现，连日宴饮之后，各地发来邯郸的信报忽然多了起来。内容也基本类似，都是说，河北各地的大幡旗组织蠢蠢欲动，似有重大行动。刘秀自然要把这些情况全部通报给谢恭。但是当得知竟有铜马、大肜、高湖、重连、铁胫、大枪、尤来、上江、青犊、五校、檀乡、五幡、五楼、富平、获索等几十家大幡旗同时准备作乱，人数高达上百万时，谢恭口气也含糊了，为难地表示自己兵马不够，此时若要对这么多家大幡旗同时开战，还需从长计议。

刘秀还是一如既往的大度，他向谢恭表示，既然谢恭现在奉刘玄的指令负责河北治安，那他就在邯郸赵王宫中静待谢恭平定这些乌合之众好了，他原先指挥的各营兵马也不妨全部交由谢恭指挥。于是，一直以来谢恭叫嚣的裁军计划无声无息地停止了。刘秀的各营兵马再次被推到了平叛的第一线。

各营兵马同时向各地进剿。位于巨鹿青阳县的铜马大幡旗首当其冲。几经反复后，铜马大幡旗的各位大师傅纷纷就擒，数以万计的铜马弟子成了俘虏，为了甄别、安置这些俘虏，邯郸城里的官员纷纷被派去了青阳。

一心等着衣锦还乡的唐牛本来是很不情愿去青阳的，但是架不住刘秀亲自点了他的名，说是送信队队长唐牛熟知河北各地风俗，又曾是几家大幡旗组织的门下弟子，此次安抚铜马，正是合适人选。

唐牛无奈，只好驾车前往。到了青阳，在县城外的空地上，唐牛看见数百个栅栏围起来的营地，杂乱地平铺在旷野上。每个营地的外围驻守着百十名刘秀的士卒，营地内则密密麻麻挤坐着成百上千的铜马大幡旗弟子。

进了自己负责甄别的营地，唐牛先是提审了几个铜马的大师傅。这几个大师傅听到唐牛说出大幡旗弟子相认的切口，又报出渔阳等地大幡旗师傅的名头和各地大幡旗组织的来历，便对唐牛少了很多戒备，多了很多亲切感。他们纷纷委屈诉说道："官家打我们做什么？我们也是被王莽弄得没饭吃的穷苦人，只要天下太平了，我们还是愿意回去种地的。"

"住口！"唐牛像官老爷一样呵斥他们，"你们这些贼人，萧王平定王郎的时候你们怎么不来帮忙？王郎平定后，你们怎么还敢聚众生事？说你们是反贼倒冤枉了你们不成？你们也不想想，凭你们那几把破刀还想争天下吗？"

这话把唐牛面前跪着的几个大师傅吓了一跳。他们中的一个立刻胡乱摆着手说道："不是我们不想帮萧王，可是前段时间，两军交锋打的都是汉军旗号，我们闹不清楚真伪，如何帮忙？"另一个则摊着两手说道："王郎确实给过我们粮草和兵器，要我们攻打萧王，可是萧王——那会儿还是大司马，同样给过我们兵器和粮草，我们哪有那么傻！王郎活着的时候不帮他，反倒在他死了以后帮他。"第三个则扼腕痛惜说道："我们哪里想过要造反，明明是有人送信过来，要我们集中在一起去接受朝廷的官位和土地，可我们才离开驻地，官家的大军就杀来了，我们要不抵抗一下，只怕死得人更多。"

"胡说八道！"唐牛继续学着刘秀手下众随从的样子骂道，"明明是你们在此地聚众造反，妄图给王郎报仇。若是你们不造反，官家怎么会打你们？"

这时，铜马的几个大师傅纷纷从怀里掏出了一块木简或是一张帛书，以证自己没有乱说，也有拿不出证物的，则号称在乱军之中搞掉了，也全都发誓赌咒说，自己也收到到过类似的东西，绝不敢胡说。

　　唐牛把这些东西收上来一看，发现确实和刘秀军中的文书很像，其中两份木简还有他送信队队员留下的记号。唐牛有点糊涂了，但也不敢让这些铜马大师傅看出来，于是说道："你们是不是反贼我一验便知，你们不知道吧，萧王送往各地的文书都要由我经手，你们若想作假，可算是找对人了。"威胁了这些人以后，唐牛再不听他们解释，只让士卒把他们都带出去好生看管。

　　提审了这些大师傅，唐牛到底还是不放心，又让人带了七八个铜马大幡旗中的大弟子、二弟子之类的人物来见他。唐牛知道，交战也罢，转移驻地也好，大幡旗组织中的实际管理者其实是这些二类人物，问问他们发生了什么，也许比问大师傅们还可靠些。

　　很快，七八个大弟子、二弟子又被带到了唐牛面前。这些人都是各自大幡旗中的中坚力量，个个年轻力壮、一脸桀骜不驯的样子。唐牛对这些人也不再以大幡旗同门弟子套近乎，而是摆足了官威，喊打喊杀，要他们详细交代怎么带队出走，怎么与官军交战的全过程。

　　这些人几乎异口同声地痛骂官军卑鄙无耻，只会在别人没有准备的时候搞偷袭，却不敢堂堂正正地正面交锋。他们有些人还怪大师傅传错了命令。明明离开驻地是去打战，反倒稀里糊涂地说什么去接受官家的土地和耕牛，结果耕牛没看见，战马倒见了不少。还有人很不服气地表示，当年在王莽的进剿大军身上也没吃过这样的亏，若能再战一次，他们倒想看看现在的官军比以前的官军强在哪里。

　　听了这些人乱七八糟的陈述，唐牛心里有点底了。赶走这些人后，他想了想，既然已经审到了这个程度，不如再听听那些普通铜马弟子怎么说。于是，唐牛又让人挑了十来个有老有少的铜马弟子送到他面前。

这一次，唐牛先给这些人准备了热粥和炖肉，让他们吃饱喝足了，才慢慢上前问话。

这些铜马子弟一看有肉吃，都两眼放光，扑上来就抢。有人还眼泪汪汪地感慨："上一次吃肉还是抢了王莽进剿大军的辎重车队那一次。"不过，吃了几口后，又有人狐疑："这该不是送我们上路的断头酒、断头肉吧？"唐牛赶紧让他们放宽心，说："东西你们随便吃，千万别瞎想，只是要问你们几句话罢了。"

可是这些人杂七杂八地说完后，唐牛还是没听出造反的意思。原因很简单，在王莽乱政的时候，四野乡民要想不被官吏盘剥和抓去当兵，只能投到各大幡旗门下。但若这些大幡旗有当初刘縯、刘秀两兄弟那样的志向，应该由乡到县，由郡到州争夺天下才是，可这些人始终窝在乡下，饿了就抢两个庄子，饱了就逍遥自在，间或搞搞祭神拜鬼的仪式，并没有打算干点别的什么。说他们造反争天下真是抬举他们了。

把这些人送走后，唐牛也不搞什么甄别了，只告诉看守的士卒，每天把粟米饭、青菜汤备足，别分什么首领和弟子，老弱妇孺全部遣送回乡，年轻力壮的编送各个军营，也不用解释什么，只要在他们行动前先给一顿饱饭，发几枚五铢钱，保证这些人都乖乖听话。

本来看守这些俘虏的士卒都很心虚——因为铜马子弟人数实在是太多了，但是照唐牛的话施行后，果然一点乱子也没出。看守的士卒也没想到事情竟这么容易就解决了。

而在唐牛这边，连日忙碌后，他还是忍不住给刘秀上了一份文书——当然，以唐牛的水平，他肯定写不了这么正式的东西——他还是找其他营里的小吏帮忙，才把他想说的话都落实在了那几片木简之上。

连日来看守方和被看守方都交口称赞唐牛仁义、有办法，唐牛渐渐也觉得自己这件事干得漂亮。他甚至幻想着，一旦刘秀看了他呈上的文书，满意之下，也许给他一个郡守干干也说不定。要是那样的话，渔阳郡应该是最合适了，罗青姑娘和王果、李煌那些兄弟若是看见他唐牛做了郡守，一定会目瞪口呆的。不过若是让他去其他地方，他到底该不该去呢？正胡思乱想着，其他几个负责甄别的将军却又找上门来。

为首的正是刘秀身边的红人冯异。这个冯异本来最初投到刘秀门下时还要看唐牛的脸色行事，但是因为唐牛学识有限又不耐烦搞刘秀的身边事务，早在蓟城逃命以前就渐渐被冯异取代了。而自信都郡起兵以后，冯异因为参与机密大事，手上的权势日益扩大，虽也对送信队队长唐牛始终保持尊敬，但已经很少来往了。今天在大日头下亲自来找，想必一定有不寻常的事。

果然，冯异开口就不一样，"唐大人"，冯异亲亲热热地尊称道，"唐大人干练通达，几天就把甄别铜马子弟一事搞得清清楚楚明明白白，实不愧萧王亲点之名。"

唐牛也只能客气应对："冯大人过奖了，这些大幡旗子弟也不过是些求食的百姓，只要给他们活路，并不愿为匪为盗。"

冯异点头赞同道："确实如此，其他各营将军真是想多了，今天带他们来，就是要让他们学学唐大人是怎么办事的。"

唐牛谦虚回道："何必如此兴师动众？冯大人派个人来吩咐一声不就行了。"

冯异满脸堆笑又说道："除了向唐大人学本事，鄙人还有一件小事要劳烦唐大人。"见唐牛脸色略微有变，冯异又亲亲热热地探身说道："有一封公函其实并不一定非要唐大人去送，只是因为其中有些麻烦，下官怕其他人误事，所以思来想去还是希望唐大人能帮这个忙。"

唐牛一听就有些不高兴，因为以他现在送信队队长的身份，早已不用亲自跑腿了，冯异明知其中的规矩，还要他去送信，只怕还是有些小看自己。但是碍于情面，唐牛只好又问道："什么公函如此重要？冯大人你也应该知道，我手下的送信人个个干练，不管哪种公函都不会出差错。"

冯异点头应道："这个在下自然相信。但是这封公函却是送给谢恭谢大人的。唐大人你也知道，谢大人和我们萧王的关系总是有些微妙，谢大人官职虽比不上萧王，但他自诩有通天之能，并不十分尊崇我们萧王。我们这封请谢大人来参加平定铜马庆功大典的公函，却需要谢大人以全套礼仪出城恭迎，并保证参加，所以在下担心，普通一个送信人担不起这个重任。"

唐牛听到这里才明白过来，冯异这些人是担心谢恭不承认他们平定铜马大幡旗的功劳，所以才这么拐弯抹角、郑重其事地搞出这些名堂。他心想，谢恭作为萧王名义上的属下，搞不搞跪接公函这套把戏有什么要紧，只要他能把冯异这些人的战功，添油加醋地报给长安刘玄，冯异他们也就应该满意了。于是，心中有底的唐牛也就慨然说道："送信本来就是我们送信队的本分，既然冯大人有这个意思，在下跑一趟就是了。"但是没等冯异感谢的话说出口，唐牛又问道："这是萧王的意思吧？若没有萧王的命令，我擅离此地可是要杀头的。"

事后很久，唐牛都无法确定他那个时候是否真的看见冯异眼中闪过了一丝异样，因为冯异似点头非点头"哈哈"答应一声后，紧跟着就把整张脸都藏在了他的宽袍大袖之下深深作揖了。而且他还夸张地告诉唐牛，护送信使的队伍早已给唐队长准备好了，唐队长不必着急赶路，只需风光体面地走上一回就可以了。唐牛记得那时还感谢了冯异的思虑周全，却无法解释为什么当晚酒足饭饱后反而辗转难眠。

等到真的上路了，唐牛又安下心来，因为他看到冯异竟然调了整整一个百人队的突骑精兵来给他做护卫。谁不知道，自从攻克邯郸以后，上谷、渔阳二郡来的突骑精兵就成了全军的艳羡对象，如今能得他们护卫，那可真是大大的露脸了。

在突骑精兵的护卫下，唐牛按照冯异通报的情况，过邯郸而不入，直向邯郸南面的邺城而去，因为此时谢恭也正带领他的人马在邺城剿灭大幡旗组织，只不过冯异说谢恭干得并不顺利，仅仅铁胫、尤来两支几万人的大幡旗就把他纠缠得够呛。

唐牛没有兴趣多想谢恭的难处，一路上他都在纠结怎么才能完成冯异交给他的这个麻烦任务。他当然可以不理会冯异的要求，管他谢恭有没有大礼相迎，只要把公函送到，就算完事了。他相信冯异也无法为了自己的小心思就在刘秀面前告状，顶多就是记恨在心罢了。但是看着簇拥着自己的突骑精兵，他又觉得应该给包括自己在内的刘秀手下众将长长威风，否则一旦萧王奉调入京，谢恭留下来镇慰河北时，被人瞧不起可是不好过日子的。

思来想去，直到邺城城外，唐牛才想出了一个调虎离山的主意。

这一天正午，已经率队来到邺城北门外的唐牛并不进城，反倒命令随行的突骑精兵在城外显眼处搭起了一座四面通风的将军帐，周围遍插彩旗，同时，他又命人在帐前摆设了一张供桌，把一个精美的木匣子郑重其事地摆在桌上。然后，他就命令一百名突骑精兵全都围着供桌站好，摆出一副煞有介事的样子。

果不其然，邺城城头上很快就有人看到了这一幕。不多久，一个校尉策马而来，友好地招呼众人："各位是邯郸来的友军吧？既是友军，何不进城歇息？这大日头底下晒着，可不好受啊。"

唐牛自己没有出面，只是指使一个低级士卒上去告诉那个校尉："送信队唐队长奉萧王之命要去长安面圣，敬呈奏章。在此小歇片刻，不敢久留。邺城友军不必在意。"听了这话，那邺城来的校尉忍不住用眼角余光扫视了一眼供桌上的木匣子，然后更加客气地说道："既然各位重任在身，小可不敢多扰，我这就进城去叫人送些瓜果、清水，来给各位解解暑气。"

看到这个校尉要走，唐牛才神气十足地在五六个突骑精兵护卫下走上前来，喊住了校尉。身边人通报完唐牛的身份后，唐牛好像突然想起一般说道："下官时间有限，不敢久留，什么瓜果、清水那些东西就不要了。但我这里还有一封萧王要本队长交给谢恭谢大人的公函，你进城后，找个合适的人来把公函取走吧。"

望着身着华贵官服并有精兵护卫的唐牛，邺城来的校尉早已是躬身下拜，口中唯唯诺诺不敢说个"不"字。甚至在唐牛转身离开后，这个校尉也不敢立即上马就走，而是牵着马缰绳走出很远后才翻身上马。

看着那名校尉消失在邺城城门洞里的身影，唐牛暗想，我的戏是演足了，谢恭上不上当就看你小子说不说得清楚了。

初秋的邺城城外，天气依然燥热，唐牛的心里更是有一团无处宣泄的郁火炙烤着他，望着始终一片沉静的邺城北门，唐牛已经在想，若是谢恭自己不来，而是随便派个什么人来，自己手上的这个公函到底给还是不给呢？

终于，邺城北门传来了一阵喧嚣声，城门大开处，十几个骑马之人匆匆向唐牛的将军帐跑来。唐牛坐在帐前纹丝不动，他分明已经看清，为首之人正是他这几天朝思暮想的谢恭谢大人。看上去，谢恭是得知消息后就匆匆赶来了。只见他一身便装骑在马上，随行的十几个人也都没有披挂铠甲，腰间仅有佩剑而已。

驱马而来的谢恭可没有刚才那名校尉那般客气，而是直接以马鞭指着唐牛喊道："你是什么信使？懂不懂规矩？我早告诉过萧王，所有河北呈给圣上的奏章都必须经由我手，你们若敢私自上奏，都是死罪，知不知道？"

唐牛满脸堆笑站起身来，正想着该怎么应对眼前这个怒气冲冲的谢大人，却没料到，他身后左右那些披挂整齐的突骑精兵忽然挥动兵器杀上前去。

　　转眼之间，谢恭身边的两个随员就被刺落马下，见势不妙的谢恭再没有时间呵斥，慌忙和剩下的随员一起拔出佩剑，与突然变脸的突骑精兵混战成一团。一片混乱中，只有唐牛目瞪口呆，无人理睬。

　　不过因为谢恭随员本就人少，兼之突骑精兵个个都是精锐。交手片刻后，谢恭的随员就全部被斩落马下，谢恭本人也在受伤后，被突骑精兵牢牢擒住。

　　到了这个时候，谢恭当然明白是怎么回事了，他拼命挣扎着，瞪着一双大眼冲着依然目瞪口呆的唐牛大骂道："告诉刘秀，他使这种阴谋诡计绝不会有好下场，他敢背叛朝廷，不过是下一个王郎罢了，他——"话没说完，突骑精兵已经一刀砍下了谢恭的人头。

　　唐牛此时还是不太明白发生了什么，只听见有人在他耳边喊道："唐大人，我们快走吧，邺城兵马就要杀出来了，再不走就来不及了。"唐牛嗯嗯啊啊答应着，两脚却不听使唤，只是任由身边人拥着他，抛掉一切帷帐、供桌等等杂物，骑上马就向北方来路飞奔而去。

　　直到脱离了邺城的边境，眼见追兵再无法追上后，神魂稍定的唐牛才拉住自己身边的一个护卫问道："你们早就要图谋谢恭是吧？如何只瞒住我一个人？这到底是冯异的主意还是萧王的意思？"

　　这个突骑护卫哈哈大笑，也没正面回答唐牛，只是夸赞道："唐大人好计谋啊！若不是唐大人妙计骗出谢恭，我们也不能这么顺利就得手了。"

　　唐牛急道："就算谢恭死了，他手下还有两万多人马，还占着河北四五座城池，况且在长安那边看来，我们这么做就是公然反叛了，若再派大军北渡黄河该怎么办？"

那护卫却还是兴高采烈地答道："谢恭人头在此，他手下的兵马还能怎样？我们只管先走，要不了一天，自有吴汉吴将军来收拾他们。至于长安那边，唐大人也不必忧虑，将军们早有筹划。"

唐牛听这护卫如此回答，知道自己也问不出什么了，只有负气说道："好，我回去倒要听听冯异怎么说。"

　　回程之路就不是唐牛说的算了，在那一队突骑精兵的裹挟下，唐牛并没有再回青阳，而是直接去了邯郸。进了邯郸，一队突骑精兵自然回归本队，唐牛一时找不到冯异，只好找到自己手下送信队的驻地，暂且安身。

　　此后多日，唐牛接连求见刘秀不得，又寻不到冯异，只看见邯郸城内城外兵马不停调动，显然是有大事发生。唐牛装作不经意的样子，偷看了几份送信队的来往信函才发现，事情可不仅仅是刺杀谢恭那么简单。

　　根据各地往来信报，长安刘玄在前些日子任命的河北官员此时已经被擒杀干净了。同时，上谷、渔阳等北边诸郡新征调的突骑精兵也即将到达邯郸。散落在各地的大幡旗组织也正被依次摧毁重组。所有迹象都表明，这是王郎覆灭后，河北大地的又一次重大变化，只是这一次变化却是支离破碎、不显山露水的。

　　唐牛联想到此前刘秀一直隐忍，而冯异等人跋扈在外，无从推断这一系列重大变化是否由刘秀谋划。他只能推想，若这些事都是由刘秀推动的，那刘秀必然是在和谢恭联手剿灭王郎时就在布置这些事了，而他作为送信队队长竟毫无察觉。若这些事不是由刘秀推动的，则更加可怕，说明在刘秀和谢躬之外，还有几拨势力在争夺河北，也许是冯异和那些随员，也许是真定王刘杨，也许是上谷、渔阳那些突骑精兵的主人。总之，若真是如此，那就表明河北也许又要陷入王莽败亡后的混乱局面。

想到这里，唐牛禁不住为刘秀担心起来。在他看来，这个曾经的骑牛将军也甚是可怜，当初跟着哥哥起兵就不被重视，在昆阳立过大功，也没得过重赏；好不容易登陆河北，又差点被王郎这种小混混逼死。起起伏伏了这么多回，也不过做了一个多方势力揉捏而成的萧王，能走多远孰难预料。不过看在这么长时间以来刘秀还算是善待自己的份上，唐牛决定还是稍微提醒一下刘秀。

主意既定，唐牛偷偷找来两片木简想给刘秀写一个示警信。可是真的握笔在手，面对木简的时候，唐牛才发现自己虽做了几个月的送信队队长，看过了不少书信、公函，但肚中墨水还是十分有限。思绪再三，也不过写下了"小心身边人"五个字。写完后，也不敢有任何落款，就把这封木简混在呈递给萧王刘秀的公函中，由送信队送往赵王宫去了。

密函送走后，唐牛想尽快找到冯异，问问冯异要怎么对付各地的大幡旗弟子——相比于萧王刘秀，唐牛几乎可以肯定，他还是和那些胼手胝足的乡野子弟更亲近些。

出乎意料的是，冯异没有找到，刺奸将军祭遵却找上门来。这祭遵自从被刘秀任命为刺奸将军，主管全军法纪以来，就成了各营将士最不愿看到的人，因为他出现在哪里，往往就意味着哪里有人要倒霉了。

这一次，祭遵的手下首先在唐牛房中找到了唐牛，说明身份后，像主人一样请唐牛安坐，然后屋里屋外仔仔细细搜查一遍，确认安全后，才退出屋外，换了他们的头目刺奸将军祭遵进来。

一脸高冷的祭遵进屋后，不脱靴、不卸剑，甚至都没有给唐牛行礼，而是直接走到唐牛面前，直愣愣地盯着唐牛。半晌之后，忽然开口问道："唐大人请回答下官三个问题：一、送信队是否由唐大人掌管？二、送信队的往来信鉴是否能够伪造？三、送信队送信时是否能夹带私物？"

唐牛心里咯噔一下，心想，他给萧王的示警信出问题了。但马上唐牛又困惑了，因为事情明摆着，他给萧王的示警信可是透着一股好意，刘秀即便不相信他，也不至于派人来质问他，何况这种关乎心腹人忠诚的问题，似乎更应该由刘秀本人当面质询才对。而现在刺奸将军祭遵在这里咄咄逼人，没有一点好脸，看上去可不像是在回应唐牛的好意。

就在唐牛胡思乱想的时候，祭遵仍然没有停下来的意思。他继续问道："唐大人不是应该在青阳甄别铜马子弟吗？怎么突然跑回邯郸来了？唐大人是不是有什么话想对萧王殿下讲啊？"

"不是，冯——"唐牛话才说了一半，突然想到，这时把冯异说出来未必妥当，于是赶紧稳住心神，勉强答道："小人确实有些话想对萧王殿下面呈，可否劳烦祭将军代为安排一下？"

祭遵笑了，发出了几声犹如铜勺刮锅底的刺耳笑声，笑过以后，祭遵冷冷说道："萧王派我来，就是要听唐大人讲话，有什么话唐大人不妨都对我讲。"也不知是有意还是无意，祭遵又说道："本将军的名号是刺奸，刺不到奸人，怎好回复萧王殿下？"

唐牛只觉一股寒意从脚底升起，不由自主打了个寒颤，嘴唇张合了几下，到底没有说出话来。这一切自然都被祭遵看在眼里，祭遵手扶佩剑又说道："唐大人想想也好，什么时候想说了，下官随时洗耳恭听。"说完即转身而去，一身甲胄相互撞击的叮当声也渐渐远去。

唐牛等祭遵走远了才想到，自己还是应该送送才对，可是起身到门口一看，哪里还有祭遵的影子。祭遵没看到，却看见祭遵手下的一个士卒守在了门口。唐牛明白，自己算是被盯上了，不好好回答祭遵的那几个问题，只怕难以脱身。

退回屋中后，唐牛难免要把自己这一段时间的作为好好细思一遍。没了祭遵那样一张脸挡在眼前，唐牛的思绪顺畅多了。思来想去，从宛城想到邯郸，从蓟城想到青阳，唐牛还是认定自己没有做出什么对不起萧王刘秀的事情，相反，他还自认为帮了刘秀很多大忙。虽说不是值得封侯拜相的大功劳，可是唐牛相信，刘秀是记得这些事的，否则也不会长久把他这个渔阳郡的农夫留在萧王大营里。至于冯异骗他去诛杀谢恭一事，唐牛虽还没想明白其中的细节，但他以为，谢恭被杀也是符合刘秀利益的，只是可能冯异、刘秀、祭遵三人之间尚未充分沟通，刘秀还需要祭遵出面做做样子，所以自己就遭到了这番质询，一旦形势明朗或者风头过去，他相信，刘秀和冯异都不会弃他于不顾。

这样想着，唐牛又觉得门口看守的士卒没有那么碍眼了。自己在屋中，该吃饭吃饭，该睡觉睡觉，没太把祭遵留下的问题放在心上。

如此悠哉到第二天下午，正在假寐的唐牛忽然听到门口的士卒进来通报说，有访客到。唐牛斜靠在坐垫上，压根儿不想起身，心说，大不了是祭遵又来了，昨天让他吓了一跳，今天不妨先怠慢一下他。

可就在睡眼朦胧间，一个不一样的声音忽然传入他耳中。"唐大哥，还在休息吗？小弟来看你来了。"

唐牛慌忙睁眼，却看见满脸笑意的王霸站了面前。唐牛心中一惊：他怎么来了？这家伙不是和冯异那伙人走得很近吗？唐牛满脸堆笑，起身迎道："王大将军到访，小人有失远迎，恕罪恕罪。"

王霸倒是没摆将军的架子，拍了拍自己的一身便装，笑着说道："唐大哥折煞小人了，我这个将军哄哄别人还可以，唐大人你还不知道是怎么回事吗？"说完，也不等唐牛招呼，自己就亲亲热热地拉着唐牛，一起又坐回了地垫上面。

唐牛没想到一个货真价实的将军竟和自己这么随便，虽然心中受用，但还是忍不住问道："王将军今日怎么有空来看小人，可是有萧王的将令带给小人？"

"嗨，什么将不将令的，"王霸撇嘴说道，"如今邯郸城内外乱得很，各营兵马都不准乱动，我也是偶然听说唐大哥就在左近，想起去年冬天时受过唐大哥的恩惠还未报答，所以就擅自准备了些酒肉，来看看唐大哥。"一边说着，王霸又一边向屋外招了招手，立刻几个仆人端着几个巨大的食盒和两张几案走了进来，手脚麻利地在王霸和唐牛面前摆开了酒食，然后又躬身退下。

看着眼前热气腾腾、精美细致的酒食，唐牛真有些糊涂了，连忙问道："我一个骑马送信的能给王将军什么恩惠？将军莫不是记错了？"

"哎，"王霸嗔怪道，"大雪纷飞日，饶阳饿肚时。唐大哥该不是真的忘了吧？"

啊啊几声后，唐牛才想起来，大半年前，从蓟城南下的逃亡路上，唐牛确实给当时的一行众人找过好几次吃的。可要说起来，那时主要也是为了自保，所以事情过后，他自己也没把这事儿当作对谁的恩惠。不过，想想那时众人的窘态，自己也不算受之有愧。

于是唐牛也禁不住感慨道："那会儿大家都饿得像叫花子一样，大概想不到如今能做将军吧。"

王霸抢过话头说道："我王霸绝非忘恩负义之人，你看，今天不就来看大哥了吗？"

"好，好，好。"唐牛这才放下戒心，高高兴兴地和王霸一起坐到了几案前。

酒过三巡，菜过五味，唐牛和王霸越喝越开心，越聊越畅快，几乎把两人到河北以来遇到的人和事通通聊了一遍。说起王郎的狂佞，二人都不屑一顾；说起刘林的行踪，二人也不得其解；说起个人从前的境遇，二人感慨万千；说起祭遵的跋扈，二人则一致痛骂。说到最后，唐牛到底忍不住，还是对王霸讲了自己这几天来遇到的怪事，想请王霸帮他断一断，冯异、祭遵、谢恭、萧王和他自己在这件事里面到底都处于一个什么位置？他要怎么应对祭遵才能保住自己的功劳？

听到萧王和冯异的名字，刚才还侃侃而谈的王霸马上就有些含糊了。在问过唐牛和冯异交谈的细节，以及谢恭被杀的详情之后，王霸嘟嘟囔囔地摇头说着什么，唐牛却一句也听不清楚。连问几次后，王霸还是摇头说道："唐大哥，此事蹊跷，恐怕你我不知道的内情还有很多。"

唐牛心头一凛，嘴上却不服气地说道："萧王和我在舂陵起兵时就认识，早在来河北之前，我就随他在昆阳大破过王莽军，我是什么样的人，萧王是清楚的，只要见到了萧王，我自然能把这些日子发生的事说清楚。"

王霸听了却掩口偷笑，只拿斜眼扫视唐牛。唐牛则瞪着大眼问道："我说的不对吗？"

"对，对，都对，"王霸心不在焉地答道。转头却低声说道："唐大哥以为自己与萧王的关系，和当初柱天大将军刘縯与更始皇帝的关系，孰亲孰近？"

此言一出，唐牛就愣住了。是啊！他一个南北乱窜的小子，要论亲疏关系，恐怕自己无论如何也不能和当初刘縯与刘玄的关系相比，刘玄既然能在昆阳大胜后不顾众将反对，急慌慌地杀了刘縯，那凭什么刘秀就会对自己另眼相看？唐牛以前从没有把自己和刘縯相提并论的想法，总觉得自己一个小人物，和将军们争权夺利的圈子还相差很远，可现在经王霸这样一提醒，他忽然意识到，这个争权夺利的世界可不是他以为怎样就怎样的，这个世界根本就是一个怪兽、一团迷雾，巨嘴伸向哪里，咬向何人，根本无从估计。

看着唐牛目瞪口呆的样子，王霸倒有些不忍了。他连忙又说道："兄弟我也是胡说八道，唐大哥别往心里去。萧王什么意思，我们哪能知道，也许祭遵就是随便问问也说不定。来，喝酒，喝酒。"

话说到这个地步，唐牛哪里还喝得下去，酒碗一歪就洒了一半在几案上，但他全然没有看见，反而像溺水之人抓住木板一样，拉住王霸的衣袖哀求道："王兄弟可千万要救救我。你是领兵的将军，认识的都是显贵之人，你一定听说过我有哪些事犯过萧王的忌讳，你告诉我，不要让我死得不明不白。"

王霸一边费力地从唐牛手中抽出衣袖，一边胡乱应对唐牛："别慌，别慌，唐大哥，你是萧王身边的旧人，纵使有什么事，萧王也会原谅你的。"这本是句安慰的话，可唐牛听后却更加不安了。

被纠缠不过的王霸只好说道："倒还真有一件事，我听人说起过，当时我就以为不妥，不知唐大哥当时是怎么想的？"唐牛让王霸快说。王霸就低声说道："唐大哥，当日邯郸城破时，萧王曾当众烧过一大堆文书，都是从王郎宫中抄出来的，我军将领私自写给王郎的书信，其中不乏有暗通款曲的内容。当时，萧王为安一众将领的心，命亲兵把这些都烧了，可有此事？"唐牛眨巴着眼睛说道："确有此事。当日我们还奇怪，萧王铁证在手，却不按图索骥，真乃宽厚之主。"

王霸却笑道："宽厚什么？一代枭雄还差不多。"见唐牛不明白，王霸又说道："萧王收复河北并无自己的一兵一卒，全靠维系四方豪杰而已，只要各方豪杰能跟着萧王走，萧王并不敢对各处豪杰过于苛刻。你看祭遵虽然严厉，敢杀萧王的小厮，却也并不曾真的刺过哪个将军的奸？萧王这一手，很是高明啊。"王霸见唐牛也跟着胡乱点头，忍不住笑道："唐大哥点什么头？难道唐大哥不明白，萧王烧掉了这些文书，对各营将领来说是安了心，对你送信队队长而言却是大忌。"

唐牛赶忙说道："当日我也去求见过萧王，想要查查是哪些王八蛋利用我送信队送这种书简，可是萧王一把火都烧了，我也是无法可想。"

"不对，"王霸摇头说道，"此事不管别人是否利用你送信队，在权责上讲，你送信队的责任都是跑不掉的。若我是萧王，一定会问，为什么从来没听送信队说过，送了什么去向不明的信函？送信队和各营将军可有什么不可言说之事？"

这话对唐牛来说可就太可怕了，他赌咒发誓说道："我送信队怎么可能和各营将军有私交，萧王早给送信队立过规矩，为了保密和快捷，送信队收到各营密函后，只管立即送信，不可问东问西，往来收发记录也只能队长一人掌握，不可令他人知晓。"

"那你的往来记录呢？"王霸好像不经意地问起。

"自然在我房中，"唐牛毫无戒心地答道，"一旦萧王召见我，这份往来记录就是证明我无罪的铁证。"

"好，好，好，"王霸笑道，"既然唐大哥有此物防身，那就要把这东西收好，不然见了萧王，还真怕说不清楚。"

唐牛却还有些不依不饶，追着问王霸："说了这么多，王兄弟你也没告诉我，出现什么迹象，我就该小心性命了？"

王霸为难地摊手说道："这种事怎么说得清楚，我若知道，我就成萧王了。"不过看着唐牛如丧考妣的样子，王霸还是忍不住提醒道："唐大哥你也不要太在意，据我的经验，若是萧王和刺奸将军祭遵的一切询问、责骂都按办事程序来，你就大可不必担心，但若是严苛之后忽然客气，或者客气之后忽然严苛，你就要留神了，从来上峰态度忽然转变都不是什么好事。唐大哥也许没听说过吕太后擒韩信的故事，但萧王的哥哥刘縯，为属下说情却丢了自己的脑袋，你应该是清楚的。试想刘玄当日若是先说要惩办刘縯，那刘縯当时正在声望日隆之时，岂肯束手就擒？"

唐牛听得云里雾里，却又觉得句句在理，连连点头称是，十分感激王霸。只是酒喝到这个程度已经没有太多意思了，王霸看上去也不想和麻烦缠身的唐牛过于亲近。于是，又喝了两巡，王霸就借故离开了，唐牛则千恩万谢地直送出大门口。

第二天酒醒后，唐牛还在心里感谢知恩图报的王霸，认为河北诸将中，唯此人可交，将来若是有机会，必要好好报答他一下才好。

正胡思乱想着，守门士卒进来通报说："祭遵将军传话来了，说送信队的问题已经查清了，全系个别送信队队员私自所为，与唐队长无关。今日晚些时候，祭遵将军要亲自陪同唐队长面见萧王，说明一切，请唐队长做好准备。"

初听这话，唐牛还有些理直气壮、云开雾散的感觉，心说，你祭遵要足了威风，到底还是奈何不得我唐牛吧？等见了萧王，我倒要把你的嘴脸好好给萧王说一说。然后，唐牛就起身去找自己的送信队密函的往来记录。因为面见萧王，其他都还好说，这份记录却是非带不可。

但是进到里屋一看，唐牛立刻惊出了一身冷汗——那份往来记录居然不见了。唐牛先是强迫自己定下心神好好在屋里各处翻检了一遍，然后又扩大范围，把里屋外屋全都翻检一遍，可那份要命的往来记录还是不见踪影。浑身大汗的唐牛又细细回想了一下那份记录的存放位置。没错，就应该是里屋，床榻背后的小矮箱里。他知道这东西的重要性，所以走到哪里都带在身边，绝不可能把那份记录忘在邺城或者青阳。

来来回回屋里屋外翻了十多遍的唐牛一开始怎么也想不明白，

直到失手打碎了一个酒碗，才忽然想到，他昨天在和王霸喝酒时好像提到过这份记录，这应该是邯郸城破以来，他第一次和送信队以外的人提起这份往来记录的存在。

猛然间，唐牛脑中闪过一道电光。他忽然意识到，恐怕这王霸昨天根本就不是来报恩的，他就是为这份记录来的。他早该明白，什么冯异、祭遵、王霸这些读书人根本就是一伙的，他们攀附刘秀到了河北，原本就是想来做官的，压根儿就看不起自己这个做参乘的。那时的他还是明白的，也不愿和他们去抢那些案牍工作，驾驾马车、跑跑飞信、搞点吃食显然更适合自己。可是，经过冯异的哄骗和祭遵的恐吓之后，昨天王霸的那一张笑脸到底还是蒙骗了他，他竟然把自己保命的家伙说了出去。一时冲动之下，唐牛就想直接去找萧王刘秀，想把这一切都告诉萧王，提醒萧王这帮人绝非善辈。

但是还没到门口，唐牛又站住了，因为想到这些天来求见萧王的困难，唐牛对能否真的见到萧王刘秀并无把握，而且他还隐隐感到，无论怎样，恐怕他都不能绕过祭遵，直接见到萧王，而他在没有送信队绝密书简往来记录的情况下去见萧王，只怕正是偷书之人希望见到的。真到了那个时候，他凭什么让刘秀相信自己，去怀疑手下的各营将军？这个时候，唐牛唯一能确定的是——昨天王霸提醒他的，若是当权之人忽然态度转变，则有可能隐藏着巨大的危险——如此说来，祭遵今天忽然好言好语，主动要陪他去见萧王，只怕绝不是什么好事。

此时的唐牛已经有些头昏眼花了。这般翻来覆去地想一件事情本来就不是他擅长的，况且如此费劲得出的一些结论，他自己也未必全信。这时，门口留守的士卒又进来催促道："还请唐队长莫误了时辰，早点出门。"

唐牛心中一动，又耍起了自己擅长的小聪明。他指着满屋的狼藉，煞有介事地向那个士卒怒道："催什么催，我的官印找不到了，如何去见萧王？"

那士卒惊讶地看着唐牛屋中的乱象，不无同情地表示："唐队长也太大意了，怎么官印这种东西也能搞丢？"

唐牛一旦开始胡说八道，则连绵不绝、滔滔千里。"我估计是昨天王霸王将军拿错了，"唐牛还是一副恼怒的表情，"昨天喝酒时，说起本朝草创，一切将就，好多官员都是颁发的前朝官印。我说我的不是，王霸不服，就拿了我的官印看了半天，最后才承认他的是前朝遗物，我的不是。"唐牛说到这里，还狠狠拍了一下自己的大腿，仿佛万般懊悔一般说道："我就不该拿官印出来炫耀。后来我二人都喝多了，王将军一定把我的官印错收入他的囊中。"

那士卒陪着唐牛叹了口气，还是催促唐牛快做准备。

这时的唐牛却一转身，从屋里拿出了两个金盘。他把金盘塞到那士卒怀中，以不容置疑的口吻说道："你先把这两件宝物给我看着，今日祭将军陪我觐见萧王，就是要我进献这两件宝物，你一定要看好了。我现在去找王霸王将军，拿回我的官印后，我们就去和祭将军会合。"最后他还不忘问道："你的马在门口吧？借我一用，我去去就回。"

那士卒怀抱金盘，想拦住唐牛却伸不出手，只好跟在后面说道："唐队长想一个人去找王将军吗？那可使不得，祭将军有令，要小人伺候好唐队长，我看还是小人帮大人找个人去拿官印吧？"

唐牛回身恼怒地说道："等你找人去拿要什么时候去了？误了觐见萧王的时辰，你吃罪得起吗？若让祭将军知道是你从中作梗，你猜他是砍你的头还是砍我的头？"

追着唐牛的士卒立刻说不出话来了。

"我还能跑了不成？"唐牛又轻轻推了一下那士卒嗔怪道，还顺手从士卒的腰上抽出他的马鞭，然后再次厉声强调："把这两个金盘看好喽！若有闪失，我二人的头都保不住！”

　　说完，唐牛就整整衣襟，昂首出门而去．只留下目瞪口呆、怀抱金盘的看守士卒。

　　出了大门的唐牛果然看见那士卒的马就拴在门口，翻身上马后。就直奔最近的城门而去。到了城门口，唐牛亮了亮自己送信使者的腰牌，说了声“有紧急公函”就径直出域门而去。

第
十
九
章

重
回
赤
眉

出了邯郸的唐牛又抖了一次机灵，他想，祭遵一定以为他是渔阳郡人，逃命也会向北而去。可他偏偏要向东，因为萧王的势力再大，也就是在黄河以北，他只要尽快过了黄河，什么刘秀、祭遵、冯异、王霸这些人应该都拿他没办法了。

于是，唐牛扬鞭打马直向东平郡而去。到了黄河岸边，唐牛以胯下乘马为船价，顺利过河而去。过河之后，他就在渡口处的一个小客栈住了下来，想探听一下消息，再做打算。

可是几天过去了，唐牛却发现，黄河对岸竟然没有一点消息传过来。他暗暗计算行程，从祭遵发现他跑了，到报给萧王，再到祭遵派出手下四面八方缉拿自己，再到整个刘秀大军在他们控制的边境严密布防，七八天时间应该怎么都够了，怎么会没有一点动静呢？要知道，像缉拿要人这种事，任何追兵都不会放过像渡口、通都大邑这些地方的。只要这些地方张贴开了布告，自然就会有人把消息传遍四方，一旦知道了布告中给自己定下的罪名，唐牛才好判断到底是哪些人在算计自己。

可是关于自己的消息竟然一丝一毫也没有！

唐牛耐着性子又等了两天。黄河两岸还是平静如水。这一下，唐牛就有些糊涂了。起初他以为这一定是祭遵的计谋，祭遵也许故意不发布文告，只等自己放松警惕后，才一举拿下。不过据他的观察，这段时间，此地根本没有暗探出现，甚至在飞信圈里，都没人在打听他。

当然，也有可能是祭遵太笨，完全搞错了追捕方向，所以迟迟不见东平郡的黄河渡口有任何动静。但是唐牛也不敢完全相信这种想法，因为以祭遵的名声和才干，他可不是一个连如何追捕疑犯都不知怎样布置的蠢蛋。更何况，就算祭遵找错了方向，以时间计，这样一桩大案也早该在各地传得沸沸扬扬了。何以会一点消息都没有？

左思右想之下，唐牛内心深处忽然泛起了一些不一样的涟漪。他想，会不会是自己反应过度了，其实根本就没有什么萧王要责问自己的事情，自己完全是被冯异、祭遵、王霸这些人设计的故事给吓跑了，假如这些人中曾经写给王郎的信函有一部分是送信队送过去的，就算刘秀表示不予追究，但在忠心问题上留下这么大的一个漏洞，这些写信之人心里一定时刻不得安宁。而自己在邯郸城破之后，又多次嚷嚷过可以查出至少一部分信函的背后主人，那这些信函主人岂有不对付自己的道理？

只是这样想过后，唐牛自己都觉得太绕了。以那些领兵将军的手段，感觉到一个区区送信队长是个威胁，直接刺杀掉，岂不干脆？不过唐牛也不敢肯定，当初，他去青阳县甄别铜马大幡旗子弟和去邺城诓骗谢恭的时候，是不是还有人也等着乘机结果了自己？因为那两次事件都是他远离萧王刘秀的时候发生的，真若出了什么意外，前因后果还不是由着旁人瞎说。

连日来，唐牛除了吃饭、睡觉、到渡口探听消息，其他时间都用来想事情了。可是在这些各式各样的推断里，有一件事唐牛始终想不明白：那就是萧王刘秀到底是毫不知情，还是参与其中？

按理说，刘秀一旦知道属下私自联系敌方，纵使当众烧了信函，以安众将之心，也应该不妨碍他私下召见唐牛，询问详情。再宽厚的首领，碰上这种事，如此做法也是说得过去的。可是偏偏刘秀什么也没做，还由着唐牛东奔西走，不务正业。

　　另一种推断就更可怕了。那就是刘秀已经被身边的冯异、祭遵这些人完全蒙蔽了，犹如当初刘林控制下的王郎。如果真是这样的话，一旦更始皇帝发兵河北，以谢恭之事问罪的话，恐怕刘秀又会成为下一个王郎。只是此种推断无法解释，为什么能够控制刘秀的那些人，在面对唐牛的时候反而小心翼翼，只将其逼走了事。

　　唐牛就这样一面翘首企盼黄河对面的消息，一面苦苦分析自己的处境。既不敢渡河回去查明真相，也不甘心就此远走他乡，流落异地。他一直待到黄河秋汛到来，两岸暂时停渡也没想明白。这个时候，唐牛随身携带的那一点盘缠也基本耗尽了，眼看客栈掌柜的天天上门要账，唐牛没有办法，只好又使出金蝉脱壳的绝技，在一个月黑风高的晚上，悄悄溜出客栈，向野地里跑去。

　　时间已近初冬，逃掉了客栈几十天住宿钱和酒食钱的唐牛，不敢走大路，只能跌跌撞撞地在小路上跋涉。他一开始想的是，要沿当年从渔阳郡逃去琅琊郡的反方向，跑回家乡去。他认为，只要能回到家乡，当年强迫让他背黑锅的四大幡旗的大师傅总应该给他一口饭吃，况且王莽都死了一年多了，他当年的案子应该早没人理会了。

　　只是才走了三天，唐牛就叫苦不迭了。想当初，无论是从渔阳郡到琅琊郡，还是从太山到绿林山，就算是从蓟城一路南逃，车驾马匹总还是有的，最不济也能骑头健骡，从未落得像现在这样只凭两条腿赶路。这不由得又让他无比怀念自己亲手塞给别人的那两个金盘。唐牛觉得自己也真是没心机，稳住区区一个看守士卒，一个金盘也该够了，只要剩下一个金盘，自己何至于如此狼狈。在现在这个时令下，每天不住到屋檐下，喝口热汤，吃点暖食，只怕要不了几天，真会变成路边的饿殍。

唐牛勉强又向前走了两天，真的感到山穷水尽了。他一度也想拉下脸来，去路边人家乞讨些吃食，可是此时的天下已大乱多年，早就没有了敢在路边乡野散居的独门小户，而远远望着有乡兵驻守的大庄园，唐牛又哪里敢上前叨扰。

如此又走了一天，当天晚上，就在唐牛腿软心慌、两眼昏花的时候，忽然隐隐听见附近山谷中一阵号子声。那号子粗野、张扬、短促有力，歌颂的是天上的神仙，咒骂的是如今的世道，哀悼的是死去的娘亲，怀念的是远方的故土。

唐牛听了几句就明白了，这应该是某支大幡旗正在这里集会。齐唱歌谣的意思，既是表明身份，招引同类，也是警告异类，不得靠近。

此时的唐牛就快要饿死了，而且也知道大幡旗弟子聚会必会备下好吃好喝，哪里还管什么危不危险。勒勒肚子，整整衣冠，拼着最后一口气就向歌谣传来处走去。

转过一处小山，绕过两排榆树，唐牛就看见一处浅浅的山谷里，数百人正围着一堆小小的篝火载歌载舞。唐牛知道这个时候可不能故作神秘，让人怀疑，于是就大大方方地顺着大路直向篝火走去。

在山谷外围，自然也有巡哨之人上前盘问。唐牛哪里答得出人家新近约定的切口，只把各地大幡旗通用的切口、手势用了个遍，唬得巡哨之人以为他是远道而来的兄弟，不知近期的切口，也就放他进去了。

饥饿难忍的唐牛走近火堆后，根本就不在意那帮人唱些什么，说些什么，只两眼到处扫视，寻找这帮人的聚会伙食放在何处。

以他的经验和眼力，唐牛很快就在一个僻静处找到了伙食存放地点，那里的厨子正在宰杀牲畜，准备伙食。唐牛知道还没到用餐时间，但还是老着脸上前跟准备伙食的人套近乎，说自己为赶这场集会，连日来水米未进，马不停蹄从黄河北岸赶来，看在同是大幡旗兄弟的份上，先给他两个粟米团子压压饥吧。

准备伙食的是一个浑身油腻腻的黑胖子，虽不认识唐牛，但他看唐牛说得恳切，就顺手给了他一个粟米团子，让他滚一边去。

唐牛三口两口就把饭团子吃下肚去，感觉还是腹空如渊，但是看着那个一脸不耐烦的黑胖子，也不敢再上前叨扰了，只好默默在一边守着。

好不容易等到火堆那边唱跳结束，黑胖子带着手下开始往火堆边搬运吃食，这个时候需要加倍小心，特别是那些用于献祭的血碗，不容有半点洒漏。抓住这个机会，唐牛赶紧咋咋呼呼地上前帮忙。那些准备伙食的人也没觉得异样，只觉得这个兄弟不错，有眼力，还友好地拍了拍唐牛的肩膀。他们哪里知道，一来一去之间，一只烤好的羊腿已经进了唐牛的怀里。

得手后的唐牛再不愿多费力气，一弯腰就钻进了集会的人群里，盘腿坐定后，一边接过众人传喝的酒碗，一边撕咬那只被他暗算的羊腿。酒肉下肚，唐牛才再次感到生的喜悦，而周围的穷苦兄弟也都像他一样，不分彼此，只在乎当下的快乐。于是，当一只羊腿吃尽，数十碗劣酒喝下后，唐牛已然和身边人成了好朋友，也忘了自己应该悄然吃饱，然后悄然离去的初衷。唐牛的身边人惊叹于唐牛的好胃口，又接连递给唐牛一只猪肘和一只整鸡。唐牛来者不拒，全都吃下，而且还就着酒兴放言：来只大牛他也吃得下。

就在唐牛身心舒畅，众人也十分欢快的时候，火堆旁忽然有人传话来说："请河北来的弟兄，上前说话。"

唐牛这时还在全力对付一只半生不熟的猪肘，直到有人再次在他耳边重复这句话时，他才发现，周围的人都在看着他。唐牛心说，不妙，自己活跃大发了。可是，事已至此，他也只能硬着头皮上前了。

火堆旁的几个老者倒也不像要为难唐牛。为首一人只是说道："这位兄弟眼生得很，听说你是从河北来的？有何指教？"

唐牛慌忙行了个大幡旗弟子之礼，然后老实说道："弟子从河北逃难而来，饥渴难忍，擅闯宝地，还望大师傅们恕罪。"

那为首的老者点点头，表示知道了。接着又问道："你既从河北而来，是哪一门的弟子？可知现在河北各大幡旗近况如何？"

唐牛赶紧答道："弟子原是渔阳郡铜马幡下弟子，前几年受师傅委派去了琅琊郡办事，去年才回到河北，前些日子又因王郎作乱，才东向渡河以避乱。"唐牛以为说说王郎的坏话，应该没事。

"胡说！"唐牛话还没说完，为首老者的身旁就有一个大汉呵斥道，"明明是刘秀那奸贼正在河北剿杀我大幡旗弟子，你怎说是王郎作乱？我看你就是刘秀派来的探子，来探我这里的虚实。"

唐牛当然知道要是被人当作探子会是什么下场，于是慌忙摆手道："我可不是刘秀的探子，我的的确确是大幡旗下的弟子。"为了证明自己所言不虚，唐牛马上详细讲述了河北各大幡旗的特点和主要人员构成，以及他们和刘秀汉军的作战经过，以证明自己没有胡说。

只不过他的这番讲述更令火堆旁的几个大师傅怀疑了。因为任谁都会想到，这个饿鬼一般的乞丐怎么会知道这么多各大幡旗的内情，这种事情，只怕是某个大幡旗的大师傅也未必清楚，所以，眼前之人一定不像他说的那样简单。

就在唐牛还在积极证明自己的时候，为首的大师傅忽然冷冷问道："你叫什么名字？"

唐牛心中一惊，既不敢说出自己的名字，也不敢胡编乱造，只好企图蒙混过关："弟子只是大幡旗中的晚辈后生，不敢在各位大师傅面前通报姓名，待弟子回家后，一定请我家大师傅前来登门道谢。"

"你的姓名？"为首老者再一次的阴森语调已经不容回避了。

"弟子，弟子，弟子唐牛，在此拜见各位大师傅。"唐牛低沉含糊地回答后，只希望这些人里面不要有王郎的余党。

"唐牛？"为首老者咂摸着这个名字，嘿嘿笑了一下，接着又和身边其他人交换了一下眼神，蛮有兴趣地问道，"你可是在吕母手下当过队长，太山底下杀过官军，又去绿林山中送过金子的那个唐牛？"

唐牛心里咯噔一下，心想，坏事了。他一面含含糊糊地答道："弟子唐大牛，小名唐牛，只在河北待过，不曾去过他处……"，一面渐渐矮下身子，想向人群里钻。只是众人眼前哪容他耍花招，左右早有人将他一把搋住，推倒在地上。

突遭捆绑的唐牛，一肚子酒肉这时差点全涌出来，两只眼睛连眼泪都憋出来了。当他一面嚷嚷着"不要动手"，一面努力爬起身时，他听见，火堆旁的老者正呵呵笑着对身边人说道："没抓来老虎，倒等来了狐狸，看来樊大哥也只能将就笑纳了。"他还看见，这几个人已经在随手之间，用手指沾着献祭的血碗，将自己的双眉染红。

"你们是赤眉！"

唐牛到底还是把一肚子酒肉全吐出来了。

之后的几天，唐牛被单独关在一辆大车里，一路向南而去。唐牛起初非常恐慌，一再求见大师傅，说当年背离赤眉一事他是可以解释的。眼见无人理睬，他又改口说，他知道刘秀汉军的大秘密，只要放他出来，他就全说出来。可是看管大车的人只用长戟将他逼回。唐牛一度甚至恼怒地威胁身边人，说他怀揣河北百万大幡旗弟子的大使命，若误了时辰，就算是所有赤眉人马合在一处，也吃罪不起。可惜,受命看管之人一定接到过特别者令,就算唐牛说得天花乱坠,也不给他一点回应。

还好,这一路上,唐牛的饮食供应并不缺乏,甚至可以说还很不错。当唐牛哀求累了,骂烦了,各种计谋引诱也不见效果时,他也就只有坦然接受了。毕竟,有吃有喝又不用自己双脚劳累,不正是渡河以后唐牛多次向各大幡旗的守护神灵哀求赐予的吗?虽说被人囚禁是他没想到的,但天上神灵的意思本来就是不可捉摸的,不是吗?所以,唐牛虽然也奇怪这伙人不向东往琅琊郡而去,偏偏向南直插洛阳背后,但他已经不想再问了。

这一伙小小的人马一路上晓行夜宿,过州郡县城皆不入,只是弯弯绕绕地向南而行。七八天后,已进入颍川郡辖区。一年以前,唐牛就是从这一带跟着刘秀逆向进入洛阳的,所以对这一片路径还依稀记得。他以为,这伙赤眉怕是走错路了,赤眉军的老巢明明在东边琅琊郡一带,这一带两年前就尽数归降了刘玄,再走下去,只怕又会碰见平林、下江、新市那帮人。唐牛忍不住幻想,也许会有当初在绿林山结识的某个好汉,碰巧能把自己救出这破烂、肮脏的囚车。

就在唐牛努力回忆平林、下江、新市诸将哪些人跟自己还有点交情的时候,大车外面的小队人马发出了一阵欢呼声。唐牛凑到大车的裂缝处向外望去,发现他们正走进一处庞大的营地。

这片营地说是军营,却又没有军营的严整、肃杀之气;说是村社,却又有太多手持兵器之人;说是集市,却又不见像样的货品和商人。只见各种的窝棚和帐篷随意搭建,无数双眉染红的男男女女随意走动。载着唐牛的这一伙人一边询问,一边曲折前进,而前面的营地远远望去,还不知纵深有多少里呢!

直到深入这片巨大营地的核心,唐牛才渐渐明白过来,这分明就是赤眉军的大营驻地嘛。想不到两年多不见,曾经危机重重的赤眉军如今壮大成如此模样。

在一处聚集了众多精壮士卒的空地边缘，载着唐牛的这一伙人总算停下来了，唐牛也被捆了双手，拉下车来。

放眼望去，四周起伏不定的营帐和三三两两的人群看不到边际。眼前一块大空地上，则是数十名首领各带着亲兵、爱将，各自占据空地的一角席地而坐。隔着几堆大篝火，也能听见他们的吵闹声。

唐牛也算是见识过严整军威的人了，眼见赤眉如今议事还是一副草莽混乱的样子，也只能长叹一声，姑且听听他们在议些什么。只听到有人说："如今各营人满为患，粮草不济，颍川这一带已经待不下去了，还是要首领们早拿主意才好。"

这一问不要紧，会场秩序大乱。有人尖着嗓子嚷道："在外面打了几年了，抢来的新衣服都成破衣服了，还是早点回东方老家吧。"有人则喊道："刘玄把我们骗到洛阳，只给了几个空头官位，此仇未报怎么能走？"更有人大喊道："哪里都不能去，我的家眷都在此地，怎么能走？"而远处樊崇、逄安、谢禄、杨音等一些大首领的声音根本就听不清楚。

既没什么会场秩序，又没人通报、招呼，带着唐牛的一伙人在场边站了一会儿，也就吆吆喝喝地挤了进去。那些被打断了议事进程的首领们也没有丝毫怒气，反而在樊崇的招呼下，各自挪动屁股，给几位新来的首领让出一小块坐的地方。

重新通报、行礼、互通身份之后，唐牛这才知道，原来抓了他一路南下的是大彤和青犊两支大幡旗的残部，他们在河北逃过了刘秀汉军的打击后，正想往南投奔赤眉，而半年前他们就通过飞信听说了赤眉大首领在寻访唐牛，不想唐牛此时自己送上门来，于是就顺水推舟，把唐牛带来做了见面礼。

听说唐牛来了，樊崇忽的一下就站了起来，命左右赶紧把唐牛带来。此时的唐牛心如死灰，在这初冬的季节里，大汗珠子一颗一颗地掉在地上。在赤眉士卒拉扯下，趔趄前行的他此时已经打定主意，实在不行，就说自己在绿林军中的做法都是张步张大哥教的，要杀要剐，也该张步先顶着。

　　谁知樊崇见到唐牛后，竟一把就把唐牛抱在怀里，口中还大叫道："兄弟，可算把你盼回来了。"然后，樊崇三下两下就把唐牛手腕上的绳索扯掉，高举唐牛的右手向众人大声介绍道："这就是我常跟大家说起的唐牛唐兄弟，就是他把我们大家从太山重围里给救出来的。"四周赤眉兵卒立刻发出山呼海啸一般的欢呼声，而唐牛则彻底懵掉了。

第二十章
赤眉将军

经过了各种小心翼翼的试探和迂回曲折的对话之后，唐牛才知道，原来自己对赤眉的各种估计完全错了。他原先以为，新市、平林、下江这些原绿林军好汉拥立刘玄做了皇帝，一定会大大触怒先于绿林军和王莽军血战的各位赤眉首领，但他没有想到，赤眉军的这些首领们并无争夺天下的野心，能保命发财、快意人生，就已经很快乐了。而且根据这些首领的说法，当初派了那么多能说会道、怀揣重金的使节出去搞事，最后成功的，好像只有唐牛这一支。虽然他们也不知道唐牛是怎么干的，而且事后还听说当时绿林军也十分困难，连绿林山老巢都丢了。不过，他们更加知道的是，不过半年光景，南方义军就又在春陵崛起了，还连败新朝大军，逼得四十几万准备征剿赤眉的王匡、王凤大军只得临时改变方向，向昆阳杀去。

那时已经在太山顶上如坐针毡、惴惴不安的赤眉首领们，听到这个消息时就下定决心，无论唐牛战死与否，都要寻访到他的下落，以对全军将士有个交代。只是无论他们怎么努力，即便是在去洛阳受刘玄封赏的时候，也没有得到唐牛的一点消息。其实他们不知道，更始皇帝刘玄对他们赤眉军颇为忌惮，所以暗中下令，要求洛阳全城内外，严防赤眉众将刺探军情，却没想到，这一下，连唐牛的消息都被遮蔽了。

赤眉众首领一度以为唐牛一定是在某场战斗中阵亡了，为鼓舞士气，这一年多以来，赤眉军每次举行大祭，还都把唐牛列入阵亡的赤眉首领之中。

唐牛听到这里，一面感谢赤眉众首领的仗义，一面又在心里懊悔不已。早知如此，他当初何必跟着刘秀去河北遭罪呢，只要早一点遇到赤眉中人，那他岂不是早就被捧为这数十万士卒的救命恩人啦，什么雪夜逃命、受人利用、被逼出走种种不堪之事也就不会发生了。

不管怎样，赤眉各营的这一次议事大会因唐牛的出现完全转变了方向。唐牛在各营将军和士卒的感谢下，只有不断地喝酒，以示回礼，对众人奉上的礼物也全部笑纳，以至于当樊崇当众宣布，要恢复他在赤眉的首领地位，拨一营人马交给他带领时，唐牛完全没有明白那是个什么意思，只是傻乎乎地端着酒碗随口回应道："好。好。好。"

第二天午后，唐牛在一座陌生的营帐里醒来时，完全不知自己身在何方。推开自己身上盖着的层层缎被和种种兽皮，看着堆满大半个帐篷的各种礼物，唐牛好像想起了昨天的一些事情，但是稍一动脑，巨大的眩晕和刺痛就让他苦不堪言。

"赤眉军中无好酒，比吕大娘的佳酿差远了。"唐牛一边唠叨着，一边想找碗水喝，可是身旁几案上的什么金杯、铜爵、犀角杯全都是空的。唐牛想站起身来，却又不知道自己原来的那身破衣服哪儿去了。翻来覆去苦苦寻找时，又不慎碰翻了一架镶金嵌玉的屏风，发出一阵巨响。

正当唐牛手足无措的时候，一个美妇人风风火火就闯了进来。看到唐牛如此狼狈的样子，一边毫不掩饰地大笑，一边就麻利地给光溜溜的唐牛换上了全套将军锦袍，同时还毫不客气地教训唐牛："天爷啊！将军有事不会喊吗？奴婢又没有走远。将军昨晚喝成那个样子，奴婢只当将军想要清静呢，所以就没有守在将军身边。"然后，这个美妇人又拉拉杂杂、口不歇气地说了一大堆废话，直到羞愧的唐牛把腰间绸带扎紧了，头上的冠带也扶正了，才用尽全力在美妇人的唠叨中，插进去一个字："水。"

美妇人马上就明白了，又说道："天了个爷啊！将军想喝水咋不早说，奴婢一直在火上温着蜜水呢。"还好她要出营帐去拿蜜水，唐牛看着她出了营帐，立即感到双耳轻松了不少。

不过轻松也只是片刻之间，那美妇人很快又风风火火地端了一个托盘进来了。托盘上不仅有唐牛想要的蜜水，还有一大堆各式各样的早餐。美妇人一边伺候唐牛吃饭，一边神色夸张地说道："本营的三老、从事听说将军醒了，都候在帐外，等着觐见将军呢。"唐牛听完就放下了筷子，想要不吃早饭，赶紧让这些人进来。可那美妇人却瞬间翻脸，把凤眼一翻，气哼哼地说道："不吃完这些早饭，将军你哪儿也别想去。我王媪做的美食，天老爷也不能剩下一口。"唐牛听后，愣了一下，心想，这个王媪不是奴婢吧？哪有如此和主人说话的奴婢？该不会是樊崇派来监视我的吧？心中存疑，唐牛也就不好和眼前的这个王媪计较了，勉强把一托盘的吃食吃尽，才招呼那些三老、从事进来相见。

和那些三老、从事面对面地聊了半天以后，唐牛才算是有点明白自己现在的身份了。首先，如他所料，现在的赤眉军和太山里的那支赤眉军也没有多大不同，全军上下依然是自由组合、高度松散，有事则一哄而上，无事则大吃大喝，严整的军纪和上下级关系依然被认为是不必要的。其次，唐牛没有料到，他分到的这一营竟有一万人之多，要知道，当初他在太山当首领时，带了几百人就已经很威风了。看着他吃惊的样子，那些三老、从事也有点得意，他们说，赤眉军从琅琊郡一直征战到这里，全靠军中的兄弟姐妹齐心合力，上下一心。沿路的州郡百姓眼看我们赤眉军仁义又和睦，都想跟着我们过好日子，所以举家投军的不计其数。他们还说，赤眉军现在已经有二十七八个营了，散布在颍川郡周边几百里的范围内，若是粮食够吃，只怕想入伙的人会更多。唐牛这才明白，昨天看到的遍地的窝棚和走也走不完的帐篷，原来那真的都是赤眉军的人众。听到这里，唐牛来了兴趣，提出要和手下的这些三老、从事先去看看自己的营众。那些三老、从事当然也很高兴，簇拥着唐牛就向外走去。

等到天色渐晚，寒风渐起时，本想过一把大将军瘾的唐牛却有些不高兴地回来了。因为在外面转了一圈后，他算是看明白了，他的这一万营众，可不是渔阳、上谷突骑那样的一万精兵，而是男女老幼、各色人等加在一起的一万余人。虽然这些人一再对着他欢呼、跪拜，但他也能看出来，这些男男女女、老老幼幼只怕更在意他们自己抢来的那些财物，一旦形势不利，这些人恐怕是靠不住的。也只有看过手下这些营众以后，唐牛才明白樊崇为什么那么轻易地就让他做了一营将军，因为若是能把这些人管好，那可不是占了樊崇的便宜，而是帮了樊崇大首领的大忙。

还好，怀了一肚子怨气的唐牛，总算在自己的营帐里又吃到了一顿美食。那个说话啰唆的王媪熬好了鱼羹，烤好了牛肉一直在等着他呢。在王媪这里，唐牛又探得了自己手下的这几个三老、从事都是些什么人，需要怎样提防和使用。看着唐牛一脸郁闷的样子，王媪还直接开导道："哎哟天爷呀，将军有什么可愁的，既来之则安之，你这么大的人了，应该明白，人不为己，天诛地灭，谁还不能有几根花花肠子吗？再者说了，将军若为了眼前的难处就不做这个将军了，难不成又去流落江湖，任人捆绑不成？你看看眼前的美酒、美食和美人，怕是没哪样配不上将军吧？"唐牛当然明白这话的意思，嘿嘿笑过后，不喝酒了，也不吃肉了，吹熄了油灯，顺手就把王媪拉进了自己怀里。

第二天，神采奕奕的唐牛就再一次开始了自己赤眉将军的生涯。和其他营的赤眉将军一样，唐牛才懒得给全营造什么花名册，详细统计全营的男女老少、器械、财产等名目。就好像樊崇、逢安等大首领只是大概知道赤眉全军有多少个营一样。唐牛也只是大概知道他手下的三老、从事等人，这个有几千人马，那个有几百壮丁而已。

而作为一个负责任，又见过些世面的新进将军，唐牛还多走了一步，那就是，大致了解了一下他手下的各个小团体，哪个擅长营造，哪个擅长作战，哪个擅长运输，哪个什么也不擅长，就会吃饭。知道了这些以后，他又向全营宣布，原来赤眉军规定的抄略十成，五成归己，三成归本营将军，两成归大营的规矩在他这里改了。他只要两成，多分一成给手下营众。此令一出，唐牛全营人众自然感恩戴德，主动献给唐牛的贡物也堆成了小山。唐牛以为，自己的恩德应该足以服众了，可以过点逍遥日子了。

不过这逍遥日子也不过十余天就被打断了。一天晚上，当唐牛和他的王媪正吃着美食，喝着美酒，把玩各种宝物的时候，突然有人前来传令，说是樊崇、逢安等大首领说了，颍川郡西面的几个营又遭到了刘玄手下的进攻，损失颇大，明天各营都向西去，会一会刘玄的汉军。

既没有令箭，也没有书简，来传令的人不过是亮了亮手心上樊崇盖的印章就把命令传达完毕。唐牛虽说也知道樊崇等人大字不识一个，可也想不到时至今日赤眉军的规矩还是如此简陋。他把刘秀军中见过的那些规矩憋在肚中，也就简单回了一句："知道了。"

当晚传下命令后，全营骚动。王媪告诉唐牛，那是营中士卒又在赶着处理不好带走的东西啦。还好，第二天一早，在各位三老、从事的催促下，唐牛一营总算开拔了。不过，除了打头开路和两侧戒备的像点样子，中间的大车队和没车步行的全都乱得没一点次序。唐牛出去喊了几嗓子，就被王媪拉进了自己的大车里。王媪告诉他："没用的。哪次搬家都这样。这些人天爷也管不了。"

如此走了两天，第三天一早，忽然几个三老闯进唐牛的营帐禀报道："将军，咱们走得太快了，前面已经和刘玄的汉军撞上了，快来看看吧。"

唐牛一听就急了，一边嚷嚷着让王媪给他备甲、备剑，一边团团转地找他的靴子和袍子。急慌慌赶到阵前后，唐牛又不慌了，因为他看见其他各营的将军也是各带手下三三两两地出现在阵前，自己一营算是来得早的。更加让人放心的是，对面的刘玄汉军明显比赤眉军的人数少，虽说看上去他们的长戟和战马、战车好像多一些，军容、军纪好像整齐一些，但左右两翼的阵势远远不如陆续赶到的各营赤眉军声势浩大。

此时的樊崇已经把他那身花花绿绿的行头穿上了，隔着老远都能看见他站在一座多匹大马拉的高台上，正在念念有词地咒骂刘玄汉军："小小虫蚁如何敢阻挡赤眉天神，就不怕天神发怒吗？"

对面的刘玄汉军当然不理樊崇那一套，一通鼓角声响过后，几面大旗就引导着一个官员模样的人来到阵前。这个人骑在马上，自称是河南太守，向这边拱拱手，就对樊崇讲道："你们赤眉各位首领既然去年在洛阳受了我大汉皇帝的官职，如何又继续聚众为盗？从琅琊郡直到颍川郡，各地百姓饱受你们抢掠，现在，我大汉皇帝已经定鼎长安，要下官再给尔等最后一次机会，你们若老老实实地回归乡里做个良民，则饶你们一命，若继续为盗，则不再念尔等对抗王莽的功劳，一律以盗匪论处。"

樊崇摇晃着头上巨大的假人面具，禁不住破口大骂。他先是讥讽了一通刘玄的出身，指出平林、下江、新市诸军也未必比赤眉军强了多少，现在冒充官军，就不怕落得和王莽一样的下场吗？接着，樊崇又满怀怨气说道，去年我们赤眉天兵受了刘玄的欺骗，在洛阳拿到的尽是些有名无实的虚名假位，你们想这样就把我百万赤眉神军骗回家，未免是异想天开。最后，樊崇直呼刘玄大名，刘玄必须准备千两黄金、万担粟米、五十座城池，并亲身跪倒阵前，向赤眉神军谢罪，天上众神才可能原谅刘玄的不敬之罪，否则，近到洛阳远到长安，大家谁都别想安生。

话说到这个份上，刘玄的河南太守也没法让步了。于是，那个太守退回本阵，随即呼唤进攻的战鼓就在刘玄汉军中密集敲响。军容整齐的刘玄汉军开始缓缓向对面的樊崇大营发起了进攻。

樊崇的大营也早有准备。成千上万名涂红双眉、面画油彩的精壮士卒在樊崇彩旗和歌声的召唤下，也直向刘玄汉军的阵形杀去。双方兵峰相撞，立刻死伤一片，在两军阵中掀起了阵阵血雾和块块残肢。刘玄汉军虽然在武器、甲胄、队形整齐方面占优，但在樊崇手下赤眉军的狂热进攻下，也不能把交锋线向赤眉军一边推进。樊崇站在高台上且歌且舞，明显是还在召唤更多的赤眉军加入战场。

唐牛眼看前面已经打起来了，就想让他营中的几个三老、从事也带人上去帮忙。可是一个从事告诉他，最能打的那个三老和他手下的士卒昨晚都喝醉了，现在还没赶到阵前，不如等其他各营先打一阵儿再说吧。唐牛一听勃然大怒，心想，自己广施恩义倒换来这些属下不把自己当回事儿，这次要不砍几个人头，下次只怕谁也喊不动了。他扭过头去，正要命人把那些醉鬼都绑来。忽然，左右同时有人惊呼："来了。来了。汉军杀来了。"

唐牛急扭回头，就看见斜对面几辆战车打头的汉军，连同千余步卒正向自己这个方向杀来。原来刘玄汉军眼看正面打不开局面，就想换个方向试一试。

这可吓坏了唐牛。他此时也顾不上那些醉鬼了，一面拉马后撤，一面向左右大喊："顶上去。顶上去。赤眉没有怕死鬼。"还好，身边剩下的几个三老、从事没人退缩，发一声喊，各自带着手下迎了上去。但是，这些嗓门大、力气小、器械杂乱、闹哄哄的普通赤眉军哪里是刘玄汉军的对手，刚一交锋就被冲垮了一片。然后，刘玄汉军略微调整一下队形后，又继续向前推进。而刚退后了百十步，还没在马背上坐稳的唐牛眼看刘玄汉军又逼近了，只好再次招呼左右身边人加入战团，他则仍然打算伺机后撤。

只是唐牛的营众也实在是不顶事。连退三次后，唐牛到底还是被这一支刘玄汉军追上了，双方就在主战场侧后方的不远处又形成了一处混乱的战场。这个时候，若是唐牛一营继续后撤或者被彻底打垮，那刘玄汉军就会形成对樊崇大营的包抄之势；若是唐牛一营还能顶住，则赤眉全军还大有可为。

唐牛此时当然并不知道整个的战场态势，他只感到他就要战死在这颍川郡的荒郊野外了。他觉得很冤，毕竟执掌万人的将军一职他还没干多久，渔阳郡家乡的那些小伙伴们都还不知道他的显达呢。他并不想死。但是，他已经眼看着几个三老、从事就在他面前战死了。刘玄汉军的那些士卒已经越来越近了，几辆打头的战车甚至已经把箭射到了他的眼前。危难之际，唐牛憋屈难忍，一甩手抛下了自己的将军佩剑，从身边士卒手上抢来一支长戟，就想直冲上前，和正冲他喊叫的那个战车中的汉军校尉拼个你死我活。

正在此时，唐牛身后一阵骚动，有人大喊道："将军，我们来迟了，现在就交给我们吧。"一听这话，唐牛知道，他手下那些最能打的营众总算赶到了。于是，唐牛一挥长戟，指着战车喊道："把他给我拿下。"

在生力军的支持下，唐牛一营总算没有溃散，刘玄汉军妄图吃掉唐牛一营，然后再从侧翼包抄樊崇大营的企图也就无法实现了。而随着战事的发展，一营一营的赤眉军还在逐渐加入战场。这些赤眉军也许正面对抗不是刘玄汉军的对手，但人数众多，犹如藤蔓。他们先后赶到战场后，其中一些营投入支持樊崇和唐牛一营的正面战斗中，另一些营则从左右两翼漫过刘玄汉军的阵形，对整个刘玄汉军构成了包围之势。形势发展到这一步，刘玄汉军已经看不到什么胜利的希望了，为了避免后路断绝，他们只有鸣金收兵，及早脱离战场这一条路了。

唐牛是在忽然之间感到压力消失了的。明明刚才还在苦苦支撑，转眼间，刘玄汉军就一路向西退去了，紧接着，整个战场上就充满了赤眉军那种特有的嗥叫声。这时，唐牛才意识到，赤眉军胜了，自己没死。

当晚，樊崇大营照例又举行了盛大的庆功宴会。樊崇、逄安等大首领对唐牛此战的表现都交口称赞。他们说，唐首领在阵前诱敌深入之计，真是神来之笔，要不是唐首领在侧面吸引住刘玄汉军，其他各营的弟兄绝不可能如此顺利地包抄到刘玄汉军的背后，看来唐首领在绿林山和河北都没有白吃粟米，今日初战就小露身手，让一向瞧不起我们的刘玄汉军吃了大亏。

唐牛当然也不会说自己几乎战死的囧事，他只是顺着各位首领的话，既谦虚又大度地表示，刘玄汉军的战法他早已熟知，只要辨其旗鼓，就知其进退，唯一遗憾的是，今日和其他各营兄弟的配合尚不默契，否则，区区河南太守这点兵力，定不容他逃走一兵一卒。

各营首领一齐大笑，都说唐将军所言极是。

第二天酒醒后，唐牛才知道，他还是亏了。因为按照赤眉军的传统，各营的缴获除上缴大营的以外，其余全归各营所有。各营损失的兵卒和器械也全由各营自己补充。虽然在庆功大会上，每营将军都会给立有大功、损失惨重的其他各营分点东西，但那些东西若落在全营人众头上，其实根本不值一提。也只有到了这个时候，唐牛才隐约感到，那些没有及时赶到战场的其他各营，也许并不真的是纪律涣散、动作迟缓，他们在扫荡刘玄汉军的后卫辎重队伍时，明明就很迅速嘛！看来，赤眉的这湾水也够浑的。唐牛几乎是咬着牙根跟自己说。

酒醒后的另一个结果，就是唐牛发现，在战场上他发誓要斩杀的那些本营迟来之人，他竟杀不了了。原因有两条：首先，这些人也和唐牛一样，经过一晚上的吹捧，已然成为扭转战局的英雄，若是杀了他们，唐牛在众首领面前讲的那些话就立不住脚了。其次，也是更重要的原因，唐牛发现，若杀了这些人，自己马上会面临无人可用的窘境，若要补充那些忠心耿耿不幸战死的三老、从事，几乎只有在这些人中才能选拔出来，缺了他们，自己这一营几乎就铁定垮掉了。

两个结果，一喜一忧，而说到底好像又全是忧。唐牛唐将军一时陷入荣任赤眉将军以来最不开心的时刻。好在还有一个王媪，在王媪的巧手伺候下，唐将军纵使心里憋气，身上还是舒服的。而且在王媪眼里，本营缺兵并不算个什么难事，她安慰唐牛说，放心躺着吧，营中那些小鬼头最爱吃她做的黄酱，过两天多给她搞点黄豆和盐巴，再找几个老妇人帮忙，她好好做它几十缸黄酱，不怕招不来新兵，到时只要把这些人双眉染红，他唐牛一营不就又可以威风了吗？

唐牛一笑置之，并不把头离开王媪的大腿，他当然知道，没有真金白银，光靠好吃食是招不来好士卒的。不过，既然有人愿意为他出力，他也不打算阻拦。

说到好士卒，唐牛又想到了张步，当初一起在吕大娘手下的人，他最佩服的就是张步了，而且追根溯源，若不是张步当初帮他策划去绿林山找出路，也就没有现在的唐牛了。唐牛以为，凭着张步的本事，只要没有战死，他现在至少也该是赤眉的一营将军了。

可是很奇怪，时至今日张步也没有来找过自己。这个时候的唐牛到底还是有了一些心眼，他没有大张旗鼓，而是拐弯抹角地通过一些侧面渠道去打听张布的消息。没过多久，他就得知，张步早在赤眉军众首领去洛阳的时候就离开了，去向何方，无人得知。唐牛在一人独处时，为了张步还怅然若失了好一阵子，不过他相信，以张步的本事，他到哪里都能让人另眼相看。

另一边，王媪督造的那一批黄酱也快做好了。因为所余原料甚多，闲来无事的唐牛还教那些老妇人们按南方的口味另做了一批大酱——这是他在刘玄手下任安集掾时学会的手艺。他想的也很简单：冬天就快要到了，新鲜食物必会越来越少，这些大酱又好吃又好带，而且熬成肉羹后配粟米饭堪称一绝。

不曾想，还没等这些大酱完全制好，酱缸里的腥臭之气刚刚在他营中飘散开时，其他各营的弟兄就开始躁动了。这些散发着家常美味的气息一定惹动了那些赤眉士卒的思乡之情，他们纷纷携带自己抢来的财物想到唐牛营中来交换一些黄酱。一开始王媪是坚决不干的，她倒竖着柳眉，撇着嘴角，很是骄傲地宣称："这些好东西是要留给本营新兵的。你们不是能打能抢吗？你们去抢啊！想在姑奶奶这儿换，天爷也没有一勺。"

不过唐牛听说后却敏锐地感觉到这里面大有赚头。他把王媪呵斥到一边，然后对这些闻香而动的赤眉弟兄说道："大家都是一家人，想吃尽管来拿好了。只是婆娘们用了许多大豆和盐巴，又费了许多工夫才做成，难免舍不得。你们想吃大酱的，不拘什么东西，多少留下一点儿，也好让婆娘们有个念想。"

这番话合情合理，说得那些馋嘴之人纷纷点头，更何况这大半年以来，赤眉军连战连捷，各营的小子们都富得流油，根本就不在乎那一点点费用。于是成捆的绸缎、精美的漆器玉器，甚至一把一把的五铢钱和马蹄金，就那样随意地扔到了那些大酱缸前，只为舀上几勺大酱。本来还心中不舍的那些婆娘们，一见如此情景都惊呆了，哪里还在乎大酱，忙着捡地上的财物都来不及。

当天晚上，收获颇丰的婆娘们通过王媪给唐牛献上了一份厚礼，说是一来要感谢唐将军给了她们这次发财的机会，二来还请唐将军多给她们搞点黄豆、盐巴和大缸，她们想趁着天寒地冻以前多做点黄酱，等将来赤眉军不要她们了，她们也能落点积蓄。她们还一再表示，这条财路是唐将军给的，唐将军只管坐等收钱，由她们来出力，她们万万不敢亏待了唐将军。

唐牛自然不客气地笑纳了这些财物，同时他还大骂这些婆娘们蠢笨如牛：一天就只会羡慕人家力气大，抢的东西多，就没想过，力气大的也有做不了、不爱做的事，你们整天闲在营里，多做点华服、美食，还怕没人要吗？你们不要担心别人会白白抢了你们的好东西，就算不看在同是赤眉的面子上，有我堂堂一营将军给你们镇着，谁又敢少了你们的报酬？听了这话，众婆娘们全都千恩万谢喜笑颜开。

于是在战斗间歇，其他各营都在放松休息的时候，唐牛一营反倒忙碌起来。他营中的大小婆姨、男女幼童几乎都在找事做。有人到处收集其他各营浪费的粮食，有人搜肠刮肚制作家乡的美食，有人洗洗涮涮修修补补也能换来一些小钱。总之，在唐牛的纵容和默许下，缺兵少将、又穷又弱的唐牛一营，对赤眉其他各营展开了强大的"攻势"。其他各营的赤眉兄弟们发现，只要肯付一点小钱，唐将军营中的老弱妇孺几乎肯为他们做任何事。虽说这些昨日的农夫、今天的勇士也在征战中掳掠了不少奴婢和仆人，可是他们的那些仆人，有些是从前的达官贵人，有些是从没伺候过人的老粗，可以说主仆之间心意相通的，压根就没有。所以一旦唐牛营中的这种名声传出去后，手头宽裕的其他各营兄弟们根本就不在乎价钱，只管整天堵着唐牛一营的门口喊道："把你们的好东西都拿出来。"而唐牛一营也就此获得了"苍头^①营"的美誉。

随着苍头营的名声日益响亮，在其他各营不受重视、备受欺压的老弱妇孺也都削尖脑袋想来投靠唐牛唐将军。因为事情明摆着，老弱妇孺作为不能上阵杀敌的"废物"，在其他各营活得可不容易，但在唐牛营中，这些人不光有事做，还能多少获得点报酬，这可真是比当年王莽的假恩假惠不知高出了多少。于是，自荐也好，耍赖也好，每天都会有一些人找上门来，求唐牛唐将军收留。

这一天一大早，唐牛收到大营的命令，要他去议事，还没出帐篷，王媪就笑盈盈地告诉唐牛，有个叫盆子的小孩在营门口哭了一夜，死活要见唐将军。唐牛皱着眉头说道："又是来找活干的吧？哎呀，没了，没了，让他们走吧，我这营里一天除了女人就是孩子，都让人笑话死了。"

王媪却不肯走，还故作神秘地对唐牛说："这孩子姓刘，天爷啊，将军可知道他是什么人？"

唐牛一听就笑了，说道："怎么啦？又让我碰见一位大汉高祖爷刘邦的子孙？我告诉你，这些年我别的不认识，高祖爷的子孙倒着实认识不少。这满天下的闲人中，就属摆摊算卦和举旗造反的最爱自称高祖爷的子孙。这孩子倒说他和高祖爷是什么关系？"

王媪不理唐牛戏谑的表情，只是强调："这孩子可是真的。我听人讲，这是咱们大军攻破式县^②的时候，在县城里抓来的，他的祖上是城阳景王刘章，当初整个式县都是他家的封地，若不是王莽夺了他们家的爵位，人家现在可还是公子王孙呢。"

唐牛一听这种故事就难免作呕，拿腔拿调地回应道："是啊，是啊，都怪王莽，全天下二百多个郡国，要不是王莽作乱，人人都

---

① 秦汉时，奴隶的别称。
② 今山东泰安市宁阳县。

是公子王孙。"

王媪气不过，伸手打了唐牛一下，竖着柳眉说道："我不管，这孩子浓眉大眼甚得我欢心，你好歹要管他一管。"

唐牛没心思为了一个孩子耽误时间，只好敷衍道："营中三老不是嫌前些日子抢来的牛太多了吗？让这孩子去帮着放牛吧。我这里着急去大营议事，你莫要总挡着我。"

王媪心满意足地让开路，然后又赶着唐牛的背影喊道："早点回来，奴家等将军晚上回来吃好吃的。"

第二十一章

西进关中

到了大营，唐牛发现，除了以前见过的各营首领以外，还多了几个哭哭啼啼的汉子。悄悄问过樊崇之后，唐牛才得知，原来这几个也是河北各地大幡旗逃过来的残兵败将。听他们讲，如今河北真的快成刘秀的天下了，谢恭被杀后，长安的刘玄除了一纸诏书外毫无表示，萧王刘秀没有了忌惮，已经开始大肆清理河北的各大幡旗，各大幡旗的弟子招架不住，纷纷溃散，如今只有来找赤眉求救了。

有首领当即表示，既然刘秀如此凶狠，我赤眉不可不出面解救各大幡旗兄弟，大家全军北上就是了。

不过马上就有其他首领提出异议，说从我们现在所在的颍川郡一带北上，首先碰上的可是洛阳，那洛阳现在还在刘玄的一班将领手上，我们岂不是要先和刘玄的汉军拼个你死我活？先不说城墙高厚的洛阳我们能不能打下来，就算打下来了，只怕那时我们和刘玄的汉军已是两败俱伤，真到了那个时候，我们赤眉军还有实力渡过黄河，去解救河北的大幡旗兄弟吗？

另一边也有首领说道，北上争雄胜负难料，东边绕道也万万使不得。前几次议事大家有过共识，一旦向东回到琅琊郡老家，发了财的各营弟兄们只怕会一哄而散，都回家过好日子去了，那时哪里还会有人拼死作战？

那些义气为重的首领听后很不以为然，纷纷说道，向北不成，向东也不成，难道河北的大幡旗弟兄们就不管了？大家可别忘了，当初我们赤眉困难的时候，若不是各地的大幡旗兄弟鼎力相助，我们恐怕也撑不到今天。现在我们要不做点什么，将来我们困难的时候，还想有人帮忙吗？

刚才发言的首领闻言嚷嚷道，不是不帮，只是要从长计议而已。于是，两边首领立时吵作一团。

樊崇、逢安等大首领也没有什么高明的主意，他们更大的精力是要防止意见不同的各营将军厮打起来。唐牛早已看出来其中的名堂，于是轮到发言的时候，他也装出深谋远虑的样子，先对河北大幡旗的兄弟们表示坚决支持，然后又说，如今天气一天比一天冷，各营弟兄还有很多睡在野地里，手上的存粮也不多了，当务之急，只怕是该给赤眉的兄弟们寻个过冬之所，想那河北各地现在也是天寒地冻，刘秀必不可能驱赶手下士卒在这个时候作战，我们只要养精蓄锐，明年开春再大举过河也未尝不可。

这番话虽然说得合情合理，可是在那些急于过河的将军看来，也不过是另一种滑头而已。当时就有人毫不客气地指出，看来唐将军是忘了河北的大幡旗弟兄了，你前些日子讲的关于刘秀的事恐怕也不是真的吧？

听了这话，唐牛不怒反笑，哈哈大笑几声后说道："我早知道有人不敢去打刘秀，只会怪到旁人头上。其实我还有一计，就不知道你们敢不敢听？"

吊起众人的胃口后，唐牛先向樊崇、逢安行了个礼，然后才款款说道："刚才诸位都说向北不行，向东也不行，你们就没想过向西，直取刘玄的长安吗？"一看众人表情错愕，唐牛又洋洋自得地说出了自己的理由："那刘秀虽恶，至少现在名义上还是刘玄的属下，洛阳诸将更不必说，所以我们与其在这里和这些人死战，不如直接进军长安，一旦拿下长安，抓获刘玄，洛阳、河北诸军岂不是都要听我们的号令，到那时，河北的大幡旗兄弟自然也就有救了。"

唐牛抛出自己的妙计后，很是得意地又搓手又跺脚，他想，即便大小首领们不能采纳他的计策，也当佩服他的胆识。他就等着众人来拍他的肩膀，夸赞他了。

可不曾想，坐席上不少将军的脸上都露出一股似笑非笑的神色。等了一会儿，才有一个年长一些的首领和气地问唐牛："唐首领欲取长安，却不知打算走哪条路？"

"走哪条路？走大路啊！"唐牛的回答有些仓促和慌乱，自己也隐隐感觉不妙。

那位年长首领看出了唐牛的不学无术不知地理，于是好心解释道："从洛阳去长安，最重要的通道就是函谷关，即便不考虑洛阳的守军可能从背后攻击我们，只要长安的守军派出一小支队伍守住函谷关，我们就会困在关前一点办法也没有。当年，秦军和山东六国在函谷关征战的故事，唐将军总该听说过一点吧？"

唐牛这才明白，为什么这些人都没提过要西向夺取长安，原来在这些将军眼里，不拿下洛阳就去打长安是没有常识的表现，谁敢出这么个主意，就说明他既无领兵之能，又不懂带兵之道。

本想表现一下的唐牛没想到露了个大怯。只好结结巴巴地硬撑道："打长安也不是只有函谷关一条路，我们还可以走其他的路嘛？"这话不说还好，说出来后，更多的首领都把头转到一边偷笑了。唐牛只隐约听见他们说什么"关中四塞之地，岂是浪得虚名"。至于这话到底是什么意思，他就一点也不知道了。好在此时同样是大老粗的樊崇站起来说道："议得差不多了就该祭祀鬼神了，咱家昨天已经提前给一帮小子下药了，算算时间也该发作了，要是不在咱祭神的时候让他们犯病，可镇不住这帮野小子，来吧，来吧，和他们说话也只能这样了。"

在樊崇的搅和之下，其他将军也不再说话了，众首领对这种议而不决的会议其实也习以为常，于是纷纷起身向大帐外走去。

大帐外，成千上万的男女老幼乱哄哄地簇拥在那里，等着议事结束后的首领们给他们发布最新消息。他们中的很多人显然是有备而来，一看首领们出了大帐，就集体发出"呵呵，嚯嚯"的叫声。人群中还时不时突然喊出"打回老家去"或者"打洛阳，发大财"之类的内容完全不同的喊声。首领们并不理会这些状况，他们在人群的前排坐下后，就由着樊崇的一些亲兵弟子在那里布置火盆，张挂符咒。

神台布置好后，一群穿着法衣、敲着手鼓、且歌且舞的神汉登场了。他们动作夸张，歌声嘹亮，自称是从琅琊郡到颍川郡的各路大小神仙，掌管着沿路的名山大川和世间的男女老幼，赤眉军是在他们的庇佑下才一路征战到此。他们声称，他们是看在赤眉军虔心敬神的份上才一路保护众人的，若是众人不再心诚，他们自会驾云而去，任由众人去受水淹火烧、刀剑穿体的重罚。

在这样严重的威胁之下，或者说是精彩的表演之下，刚才还大呼小叫的赤眉男女渐渐都安静了下来。经过神汉们的引导和启发，这些虔诚的男女老幼又转而开始一阵阵地呼唤——"大法师"——"大法师"——"大法师"。

樊崇大法师就在此刻闪亮登场。唱过揭词之后，在场的人才知道，今天大法师请来现场附体的既不是太一真神，也不是西天王母，而是城阳景王刘章的魂魄。那些从琅琊郡一路跟来的赤眉老兄弟，一听城阳景王刘章的名头都不禁大吃一惊。因为琅琊郡原属齐国，是大汉高祖刘邦封给孙子刘肥的封地，但是刘肥的其他子孙皆不足道，只有次子刘章是剿灭诸吕的大功臣，死后单独封了一个城阳景王。民间都说，当年要不是周勃和陈平暗使诡计，接替帝位的就应该是刘章才对，所以刘章在故齐国属地有很多人祭祀、怀念，特别是那些受了委屈，心中不平之人，他们认为同样憋屈而死的刘章一定能和他们感同身受，替他们在阴间伸张正义。

大法师请来的城阳景王一开口就不同凡响。他似乎认得许多从琅琊郡远道而来的老乡。张驴儿、王大头、肖混混几个人群中的小头目被点名之后，赤眉的很多老兄弟都倍感亲切。但是，城阳景王问候了老乡之后，很快就话头一转，从那面硕大的面具口中，喷出了怒火和浓烟。在众人的惊叫声中，城阳景王又说了，他之所以庇佑家乡父老征战到此，并不是要父老乡亲背井离乡，完全是因为私心偏爱所致。

喷烟带火的城阳景王哼哼哈哈一阵后，接着又连唱带说道，琅琊靠海，湿气沉重，每隔一甲子就会有瘟气邪神从海底跑到陆地上来生乱，那时人间就会有大疫，今年正是瘟神打算逞凶的时候，他是念在父老乡亲血脉相通的份上，才让樊崇大法师带着赤眉全军一路向西，这样，既可避开瘟神，又能让赤眉兄弟享受荣华富贵，而只由他本尊带领鬼卒留在家乡和瘟神作战。本来和瘟神作战就已经消耗了本尊不少神力，不曾想，大法师却焚香禀告本尊，说是不少齐地百姓不知好歹，日夜哭泣，只想回归家乡。本尊今日到此，就是要惩罚一下那些不知好歹的刁民。他声称，若是有人一意孤行，非要回乡去和瘟神作伴，本尊也乐得回归天庭，享他那万世不减之福，再不理会你们琅琊郡的闲事。

唱念完毕后，穿得厚重又戴着硕大面具的城阳景王忽然腾空而起，在樊崇的几个弟子头上来回穿梭，而口中的烟火犹自不停喷发。正在围观的众人啧啧称奇时，人群中突然有人大叫一声"腹痛"，然后就满地乱滚起来，此人身边之人尚未把他扶稳，却见人群中又接二连三有人喊着"头痛""背痛""股痛"，纷纷倒地，不能自已。人群一时慌乱不堪，扶不胜扶。好在慌乱之中，还是有明白人在。几个长须的三老、从事看过几个喊痛的人之后，立刻宣布说，这几个人都是从琅琊郡跟来的老兄弟，必是不敬城阳景王，胡乱抱怨，失去庇护，才被瘟神趁虚而入。一听这话，围在神台周围的赤眉男女赶紧全体跪下，祈求城阳景王庇护众生，打倒瘟神。而在神台之上，已经落地的城阳景王依然跌坐在蒲团上浑身颤抖不已。樊崇的弟子们上前小心翼翼卸下面具后，连喂了两大碗水，才让樊崇渐渐回魂。

回魂后的樊崇满身大汗，筋疲力尽，听闻身边弟子解说后，才知道刚才发生了什么事情。不过，眼看还有七八个赤眉弟子在眼前痛不欲生，樊崇在弟子搀扶下，勉为其难站起身来，又亲自向已经离开他身体的城阳景王做了一番祷告。而在祷告之后，那七八个曾经痛得打滚的老兄弟也终于渐渐平静下来，恢复常态。于是，亲眼见证了这一幕的赤眉男女，再次诚心诚意地跪了下来，既敬畏城阳景王的法力无边，又感怀樊崇大首领的慈悲为怀。他们再一次表示，完全服从各位首领的指挥，绝不捣乱，即便是走到天地尽头，也要追随各位首领。

身为首领的唐牛也是在赤眉众兄弟的拥戴下，风光体面地回到了自己的营帐。本来唐牛对樊崇的那一套做法颇不以为然，不过，既然每次都有奇效，他也乐得自己身上沾染些神灵的碎片，毕竟，这对于指挥属下还是很有帮助的。

可是在自己营区里横行霸道的唐牛发现，整日跟在他屁股后面乱转的王媪居然也和他一样大受崇敬。他曾命令一个手下去拿些黄酱，却被手下反问："这事王媪大姐知道吗？"震惊之余，唐牛留心观察了一下，发现被他一直视为仆佣的王媪真的快要把他架空了，举凡饮食、穿戴、坐卧等等具体事宜，只要是王媪插过手的，那些帐外的老少人等似乎就只认王媪一人的口令了。

发现这一点后，唐牛可就吓坏了，他一开始几乎认定王媪是某个大首领安插在他身边的坐探，不为别的，就是想通过王媪掌握唐牛这一营的动向。可是经过唐牛曲折迂回的打探后，他发现赤眉军中并无这样的传统。至少在樊崇和逄安的眼里无此必要，他们两人还是信奉兄弟之间和则留、不合则走的江湖规矩，并没有多少君臣上下忠心不二的想法，否则也不能解释张步等一些首领随随便便就脱离队伍而去的事实。

不是大首领派来的，唐牛就安心了许多，他又想，王媪也许是赤眉军从哪个大户人家掠来的夫人或者千金，不甘混同在草民之中，所以就借着他这个将军，企图稍微恢复一下昔日的荣光。可是细细打探之后，好像也不是这么回事，听他这一营的老人讲，王媪是在赤眉军路过宛城城外的荷山乡时，跟着一群逃难百姓主动参加赤眉的，刚来时，王媪自称是一家大户人家的婢女，因主人家粮食吃尽，撇下所有仆役逃难去了，她无依无靠正好碰见赤眉大军路过，所以就投了赤眉。而且投了赤眉的王媪一直都很能干，除了不能上阵打仗，其他什么洗衣、做饭、砍柴、挑水等活路，无所不能无所不精，根本没有一点儿大户人家夫人或者千金那种只会指挥别人，自己不会动的做派。而且也正是因为她的能干，当唐牛来做这一营的将军时，王媪才会被一众三老、从事、大哥、大姐推举为照料唐将军生活的不二人选。说到这里，向唐牛介绍王媪过往的老人还问唐牛："怎么？这个泼女子没照顾好将军吗？将军也不要太宠着她了。"

唐牛听完，哈哈大笑，连说："没事，没事。这个泼女子把本将军照顾得很好，本将军正要好好宠宠她呢。"

心中有底的唐牛当即就派人传令给王媪，说是当天晚上他要宴请营中的三老和从事，命王媪亲手烤一只整羊备用，而且他还特别强调，事关重大，所有晚宴细节必须由王媪一人操办，其余人等谁敢插手就打谁的军棍。

等到晚上营中的大帐点起火烛时，唐牛按时带着手下的一众三老和从事跪坐到了几案后。几案前方，王媪亲手烹制的烤羊异香扑鼻。那些三老和从事都有些按捺不住了。王媪看见唐牛进来后，也是兴奋异常，一边切肉一边就招呼身边的小厮给唐牛备酒备肉。但是，唐牛冷冷地制止住小厮，话也不说，只是示意要王媪亲自端来。王媪以为唐牛嫌弃小厮，于是二话不说，放下烤羊就喜滋滋地给唐牛备酒备肉。主桌这边备好后，唐牛又示意王媪给所有的客人备酒备肉，虽说这一向是其他使女的任务，不过，在唐牛的示意下王媪还是什么也没说，欢快地完成了任务。

晚宴开始，唐牛轮番接受属下的敬贺，他也频频招呼属下们吃好喝好。在赤眉军中，上下礼仪也不过是略略粗备而已，并不格外认真。今天晚上，唐牛却一反常态，并没有带头大呼小叫，纵酒狂歌，始终保持了一营首领大致的威严。与此同时，唐首领还不断地指使王媪干这干那，始终没有像往常那样，让王媪坐到自己身边来陪酒。那些三老和从事开始还和王媪谦让一下，表示恕不敢当，或者起个哄，要王媪唱个小曲，但是在唐牛的坚持之下，王媪不能做任何露脸之事，只能不停地斟酒、上菜、收拾杂物。而越来越忙乱的王媪也渐渐体会到了气氛的异样。

这分明不是以往大家尽欢的聚会，反倒像是专为王媪一个人准备的劳役。王媪大概明白之后，也频频用眼睛看向唐牛，想要寻求一个答案。但是此时的唐首领，再不是那个在宴会上会公然对她表示亲昵的唐首领，反倒是举手投足之间，拿足了主人的架子。于是在热烈的宴会气氛下，王媪的眼神越来越暗淡，嘴角也完全耷拉下来了。等到酒宴快结束时，曾经的宴会花魁——能歌善舞、诙谐快乐的王媪，已经完全不再奢望坐到她曾经的座位——一营首领唐牛的身边，而只是默默守着帐下残余的烤羊，随时等着进帐收拾残骨。

宴会结束后，王媪也没有了欢送客人的资格，那一大堆杯盏碗筷还等着她收拾呢，而且帐外想来帮忙的下人也明显受到了唐牛的呵斥。唐首领的意思此时再明显不过，这场宴会就是专为王媪举办的"杀威宴"。

当天晚上，唐牛也没让王媪来陪，他知道王媪还有很多事要忙，还有很多事要想，于是一个人心满意足地睡去了。

第二天一早，养足精神的唐牛像往常一样哼哼了一声就从床榻上起身了，按照惯例，一碗温热的米粥就应该在这个时候由王媪端着出现在眼前。不过，想到昨晚的"杀威宴"，眼前一时无人也是可以理解的。但是，唐牛眼尖，还是看见了榻前几案上摆了几盏他往常爱吃的东西。唐牛一时心情大悦，以为王媪应该已经学会了他想要她学的东西，于是唐首领慢慢地起身、穿衣，踱到几案前，想要用那些东西醒醒肠胃。

谁知一口吃下去，一股怪味真的瞬间把唐首领打醒了。"咣当"，唐牛摔掉小碗，踢翻榻前几案后，禁不住大骂："什么玩意儿？"一群下人慌慌张张地进帐来收拾东西，一句话也不敢多说，而正想追问的唐牛，一眼瞥见帐外冷笑的王媪，也就什么都明白了。

"大胆婢女，胆敢毒害本将军，快快与我拿下。"气急败坏的唐牛在这之前一直是想静悄悄地纠正王媪，现在则完全不管不顾了。

身边人等继续慌慌张张地收拾碎碗，并安慰暴怒的唐首领，有人甚至挺身而出，声称是自己做坏了早餐，和旁人没有关系。但是王媪并不领情，反而转身迎着唐牛叫嚣道："贼天爷，死老天。就是老娘做的你能怎样？这臭狗屎比昨晚的烤羊好吃吧？"

王媪也全没把要来抓自己的士卒放在眼里，还推倒了一两个敢于近身的士卒。那些亲兵士卒又哪里真的敢和王媪动粗，无非是做做样子，把王媪架走了事。

这边的唐牛依然气得全身发抖，语无伦次地一会儿要用军法严惩王媪，一会儿又要人严查，是谁让王媪靠近他的营帐的。不过，当执掌军法的三老真的来请示杖责王媪八十军棍还是一百军棍的时候，唐牛还是含糊了。他当然知道，几十军棍打下去，王媪一个弱女子肯定非死即残，这种结果似乎又太过了。但他也绝不肯轻易放过这个不识相的泼辣女人，只好色厉内荏地喊道："我不管，总之你们要把她制服，要让她知道谁是主子，谁是奴婢！"

这个时候，手掌心盖着印章的大营传令兵又来了，是樊崇大首领又要各营首领都去议事，于是，唐牛把怎么处置王媪的难题丢给了手下，自己顶盔掼甲翻身上马，威严地去做大事了。

樊崇大首领并也没告诉各营首领什么好消息。自从上次议事，定下不能东归也不能南下，还要解决全军的过冬问题之后，樊崇、逢安就先派了两营赤眉先锋向北边的洛阳去探探动静。不料，这两营人马尚未靠近洛阳就被洛阳守军一个冲锋汀得屁滚尿流。据逃回来的带兵官讲，洛阳周围百十里范围内，所有村庄、坞堡已经全部被洛阳守军编进了保甲联防制度以内，无论何处一有风吹草动，洛阳的铁甲骑兵都能在一天以内迅速赶到，而且据洛阳周围的村民讲，从去年到今年，洛阳周围已经连续两年丰收，各个村庄、坞堡的余粮都被城中守军收走了大半，所以洛阳城即便现在就被围困，支撑个两三年也不成问题。

听了这些话，各营的首领都不免丧气。"打也打不赢，围也围不得，这个洛阳看来不好惹。"还有首领干脆就建议说，"要不还是请大法师辛苦一下，让城阳景王再显个灵，就说东边的瘟神已经被他老人家打败了，大家还是回琅琊郡去吧？"

这种没见识的话当然受到了大部分人的嫌弃。有首领就问："洛阳守军追来了吗？"回答是"没有"。又有人问："回琅琊郡的粮草我们有吗？"回答还是"没有"。于是，首领们得出结论：洛阳守军虽然驱散了靠近洛阳城的赤眉先锋，但是河北刘秀那边的压力只怕更令他们担心，所以只要赤眉不是全军逼近，他们也一定不会和赤眉生死相拼。当务之急，还是要尽快在洛阳周边征集粮草才是，否则，一天冷似一天，到了数九寒天之时，就算洛阳守军不来找赤眉的麻烦，赤眉恐怕也会全军溃散。

带着这样的消息回到自己营中，唐牛自然没什么好心情。当属下们纷纷来请示近期的移动方向时，唐牛也只能告诉他们："东边有瘟神去不得，南边没粮草去不得，北边有洛阳城挡着去不得，西边函谷关道路不通也去不得，往哪儿移动合适，你们自己看着办吧。"

好在赤眉军上下自由散漫惯了，对首领的胡乱指挥也见怪不怪，于是各营赤眉就在洛阳西南方向散布开来，各自努力在这个初冬的日子里想法填饱自己的肚子。

只不过唐首领的烦恼比其他人还要多上一层，因为王媪的问题他还没有解决。最开始，唐牛是下定决心再也不见王媪了，他虽然不忍心用军棍惩罚王媪，但也绝对不能忍受王媪以主母自居。他以为，他堂堂一营首领的妻子，绝不会是这个来路不明的老女人，就算这个老女人会做饭、会服侍人、风情万种也万万不行，退一步讲，渔阳郡的罗青他还惦记着呢。所以唐牛打定主意，再不让王媪靠近他的营帐了。

但是，有些事也不是唐牛这个首领说得算的。首先，唐首领的饭菜没有从前可口了。唐牛知道，王媪的手艺确实没有几人比得上，陪人进餐时的种种令人愉悦的把戏更是无人能及。但为了自己的尊严，唐牛忍了。

其次，唐首领晚上睡不好了。以唐牛现在的身份，想要晚上找个人暖暖被窝简直易如反掌，但奇怪的是，自从王媪离开后，不管换谁，唐首领都没睡好过，他一度以为是自己营中的货色不行，但是，花大价钱从其他营中买来了所谓的好货，也不过就让他新鲜一次就厌倦了。从前的那种如鱼得水、心满意足的感觉生生就是找不到了。

再次，王媪的影子依然到处都有。唐牛不止一次地感觉到，在营中走动时，总有一双眼睛盯着他，让他浑身不自在，但是问到执掌军法的三老和身边的亲兵时，他们又言之凿凿地告诉他，王媪关在很远的地方，绝不会出现在唐将军身边。唐牛也曾想去看看王媪，但没走到半途就改主意了，他怕和王媪四目相对时，会有不可预料的事情发生。

天气一天比一天冷，各营都开始缺粮了，像唐牛执掌的这种新建营更是不曾储存有多少余粮，眼看有粮的洛阳靠近不得，没粮的荒野又待不下去，心急火燎的唐牛很快就病倒了。可身为首领，即便是卧倒在床也天天有属下来要粮草，心烦意乱的唐牛只能隔着营帐大骂："你们把我吃了了好了。"

就在唐牛感到自己要死在洛阳西边这个不知名的鬼地方的时候，王媪却又在一个寒冷的夜晚出现在唐牛身边。这时的唐牛病得迷迷糊糊的，也无力吼叫了，但就算不睁眼睛，凭着气息他也知道这时的身边人是谁。

直到立冬前几日，唐牛才在王媪的精心照顾下能够起身走出营帐了。这个时候他当然也不好意思再赶走王媪了，看着其他的小厮和亲兵在一边挤眉弄眼，他也基本猜到了这些下人和王媪的关系，知道自己是被这些身边人合伙算计了。大病初愈的唐牛算是看开了这件事，于是反而吩咐王媪，要她好好熬上几锅肉酱，他要好好地让大家过过立冬这一天。

王媪反倒有些不愿意，向唐牛嗔怪道："我的天爷！营中的粮食本来就不多了，现在大吃大喝，将来可怎么办？"

唐牛大手一挥，说道："让你做，你就做。粮食没有了，大不了大家散伙就是了，有什么大不了的。"

既然是本着让大家高兴的目的，王媪做起美食来自然也就不惜工本，有其他各营的兄弟或者附近的村民闻着香味前来蹭吃蹭喝的，唐牛也一概欢迎。他那时真的是想着如果熬不过这个冬天，那就快乐一日算一日吧。

就在这场乱哄哄的宴会上，一个在附近放羊的村民听说这些请人白吃白喝的大好人想去关中而不可得时，就趁着酒兴嚷道："谁说从洛阳去关中只有函谷关一条路？在商州那边还有武关可以去关中呢，武关的西边还有陆浑关可以去呢，你们若找不到路，小老儿我可以带你们去嘛。"

说者无意，听者有心。这话传到唐牛耳朵里后，唐牛立刻把那放羊老汉请来，问明种种事宜后，就又给了老汉一大碗浇满肉酱的粟米饭和一升米酒，要老汉慢慢享用。

随后，唐牛不顾病体初愈和外面的阵阵寒风，连夜去见樊崇、逢安等大首领，要和他们讲讲自己的重大发现。只不过，等唐牛献上这改道另走的奇策时，樊崇和逢安都颇有些不以为然，逢安还说："陆浑关的小路虽是首次听说，武关这条旁路我们却是早已知晓的。当年大汉高祖刘邦，不就是从武关进的关中，可你要知道，商州附近道路狭窄，崎岖难行，根本就不利于大军通行，若是有人在那里伏下一支奇兵，有多少人马都会葬送。"

唐牛见二位大首领不开窍，只好细细解释道："正因为武关和陆浑关难走，洛阳和长安的守军才不会留意是不是？至于大军通行之法，兄弟我也早就盘算好了，只要我们让各营士卒把双眉上的赤色擦掉，然后三五成群以逃难百姓的面目慢慢通关，洛阳和长安的耳目未必就能知晓，而且就算知晓，我们大不了再退回来就是了，哪里就会被一网打尽。"

听到这里，樊崇有点兴趣了，但他还是不放心地问道："大军过险关，从来都是越快越安全，唐老弟想反其道行之，那是算准了洛阳被河北牵制，而长安只知喝酒行乐。但是，若咱家赤眉各营慢慢通关，则缺粮的问题就会更加严重，一旦粮尽，可如何是好？"

唐牛眉开眼笑地说道："大首领不必忧虑，我们有盐和财宝啊。我们赤眉从海边杀到内陆，别的没有，盐却随军带了许多，前几个月连战连捷，各营也不缺乏财物。想那武关和陆浑关地处山区，都是缺盐的穷地方，我们若肯用盐和大把金银换粮，当地百姓岂有不愿之理。"

樊崇和逢安一点就透，马上都说："此也不失为一条好计。"其实在当时的情况下，北上洛阳受阻，函谷关又不能走，东归、南下也不可行，西走武关、陆浑关几乎是赤眉军的唯一选择了。

赤眉各营说干就干。当即就由逢安率领一路人马去武关，樊崇率领一路人马奔陆浑关，去为赤眉全军探路。同时，各营人马都擦去赤眉，小心翼翼地脱离和洛阳城的接触，等靠近山区后，各营就抛掉笨重难背的行李，陆陆续续开进了洛阳西边的群山之中。

第二十二章

称帝建号

好多年后，商洛山中的农夫都还记得，王莽末世、天下群雄并起之时，本地本来并没有什么波澜，反倒是王莽死后第二年的冬天，商洛山的各个角落忽然涌进来大量外乡人。这些外乡人说自己是流民，却又好像很有钱的样子；随身携带有不少兵器，却又毫无军队里那种纪律严明的气氛；说是路过此地，却又并不急着赶路。好在这些外乡人做事还算公平，肯用本地缺少的食盐和铜钱亏本向本地人换购粮食，而且这些人凡事都不太计较，住了本地人的房子，用了本地人的东西，都肯出两倍三倍的价钱，他们换购来的粮食、自己携带的酒肉也不吝惜和本地人分享。于是，武关和陆浑关前后左右的乡民都把这帮外地人的到来视为自家发财的一次机会，即便看出有什么不对劲的地方，也往往闭口不言。

唐牛和众首领在整整一个冬天始终维持着内紧外松的局面。一方面善待临时驻地周围的乡民，一方面对各地的消息随时保持警惕。此地山峦叠嶂，确实不是大军易过之地，为保万全，赤眉军各营总是在每个山口、谷地都驻扎十天半月以上，这样既便于收购周围乡民的粮草，也有利于保持队伍的完整。遇到那种不利通行的风雪天，赤眉各营更是关门闭户、高点火烛，只在营中饮酒作乐。

转眼新年已过，两路赤眉渐渐都渗进了弘农郡，接近华阴郡。此地已是函谷关的侧后，而赤眉各营一直担心的洛阳守军始终也没有在背后出现。据当地大幡旗的飞信所言，洛阳守军此时正和刘秀汉军在黄河两岸大战，根本无暇顾及赤眉军的动向。

后顾之忧虽暂时没有，前方之敌却有所行动了。看来，长安的刘玄汉军到底还是探听到了赤眉军偷过函谷关的消息，已经派了淮阴王张卬前来阻挡赤眉军。此人当年极力推动刘玄即位，所以刘玄进长安也一定要带着此人，并授予高官显爵。

但是，唐牛这一营却是在十分被动的情况下才探知了刘玄汉军的动态的。因为唐牛当时正带着他的人马躲在一处远离大道的小山村里晒太阳呢，听说有大军逼近时派出了数支小队前去打探消息。但是那些属下回来后却极言对手的强大，说那支打着汉军旗号的大军衣甲鲜明、队伍严整，好像当年的王莽大军一样。唐牛一听就没敢轻举妄动，他当然知道，这一个冬天下来，他的手下士卒已经逃散了不少，兵器盔甲也一直没有补充，现在暴露自己的行迹只怕凶多吉少。而且去年秋天和河南太守那次大战的教训依然记忆犹新，所以他无论如何也不想再冲在第一线了。

不过想到樊崇的大营就在自己后面一天路程的地方，唐牛还是派人从小路向樊崇发去了急报。他当然不会说自己胆小怕事，没敢拦截刘玄汉军，而是说自己正在收拢各村各寨分散就食的手下，很快就会赶来和大首领相会，为了表现自己一直在干正事，唐牛还详细说明了敌军首领张卬在绿林、下江兵中的地位，表示自己和此人素有交情，日后交战，他的营愿充当先锋。

也不知樊崇是否信了唐牛的鬼话，当天夜里，樊崇那里手掌心盖着印章的亲兵就赶到了唐牛营中，命令唐牛，一天后务必把全营带到樊崇大营的驻地，他要在弘农郡和张卬一较高下。这个亲兵还说了，樊大首领特别强调，赤眉军现在是无钱无粮无兵身处绝境，绝无再退回商洛山以东的可能，所以各营只有联起手来，拼死一战方有活路，否则弘农郡就是大家的葬身之所。

饶是如此，唐牛也没有连夜带着他的人马从小路赶去和樊崇的大营会合。他早就打算好了，他就这样带着他的人马慢慢往回走，若是前面赤眉军胜了，那自然万事大吉，若是败了，他就解散队伍，带着王媪溜之大吉也就是了。反正金银财宝他还留了两大包，若能一路潜回河北，他也不失为一个富家翁。这一次他可不会像几个月前离开河北时那样空手而归了。

第二天午后，唐牛和他手下那些与本地农夫差不多的士卒，就那样犹犹豫豫、探头探脑地出现在了樊崇大营的附近。他们远远地看到，刘玄汉军和赤眉各营已经在一处小山坳里血战了起来，双方你来我往难分难解。装备简陋的赤眉各营虽说是死伤一片，战线不稳，衣甲鲜明的刘玄汉军却也不能把对手都赶尽杀绝。

唐牛可没有想到他会看见这么一幕，当时就有些傻了，这不胜也不败的局面可让他如何决断？唐牛手下的那些三老、从事却坐不住了，纷纷要求道："战事紧急，咱们这就上吧？唐首领！"

唐牛也不知如何是好，只是下意识地反复嘟囔着手下的问话："上吧。上吧。"

于是唐牛的数千手下先从怀中掏出染料把双眉染红，然后发一声喊，就乱哄哄地向刘玄汉军的背后冲去。

这一冲不要紧，却把攻势正猛的刘玄汉军吓了一跳。本来已经渐渐占据上风的刘玄汉军忽然看见背后冲出一队赤眉军，立刻惊呼："中埋伏了！赤眉小儿有伏兵！"而对面苦苦支撑的赤眉各营则精神大振，一起高呼："神兵助我！神兵助我！"

当日，刘玄汉军全线溃败，粮草辎重、兵器铠甲尽归于赤眉各营。当晚的庆功宴上，唐牛自然又成了众人瞩目的焦点。那时还没人想到追问唐牛一营为什么会姗姗来迟，反倒是人人都对唐首领的适时一击倍感钦佩。樊崇和逢安当众宣布说："这一个冬天，把大家都拖苦了拖废了，今日既然大胜，咱家自然也不能忘了立下大功的弟兄们。"

唐牛虽也一直在大吃大喝，却始终在偷眼看着那些真正血战余生的赤眉好汉，所以当听到自己有可能又要得到重赏时，一向贪吃贪占的唐牛倒显出难得的羞涩神态。这时，他制止住起哄的人群，很是深明大义地说道："兄弟我自从第二次被赤眉众兄弟收留以来，无时无刻不想着报答赤眉各位弟兄的大恩大德，如今托祖师爷的福，我们赤眉又能在弘农郡立住脚了，我看我们还是应该像在颖川郡那样广收弟子，多立营寨，只有把声势搞大了，才能不被人小瞧。"

宴会上，那许多早就盼着升做首领、自立一营的大小弟子，听到身为一营首领的唐牛竟肯为他们说话，都大呼小叫说道："唐首领所言极是，正该如此。"樊崇、逢安等大首领一看人心如此，也乐得顺从众意，于是下令说，凡杀敌三十以上的有功弟子都可以凭着缴获物别立一营，人数招不够一万的也可以几人合伙。此令一出，大小功臣全都欢呼雀跃，知道自己也有机会做个一营首领了。

随后的几十天里，赤眉军就在弘农郡和华阴郡大肆招兵买马，搞出了极大的声势，很快就号称有三十营人马，三四十万人众了。而令唐牛等众首领没有想到的是，恰恰是这极大的声势又吓住了不远处的长安刘玄汉军，于是本来实力悬殊的双方在这一带陷入了僵持，一时间谁也不敢主动进攻对方。

不过相对而言，赤眉军的难处还是要更大一些，因为经过一个冬天的消耗，赤眉军各营的粮食、钱财、食盐等等物资都已经所剩无几了，虽借着战胜刘玄汉军张印一部的声威吸引来不少周围乡民加入赤眉军，但是经过几轮吃喝、犒赏以后，赤眉军各营的供应短缺问题其实是更加严重了，而靠着那些赤眉新兵，想要打破对面的刘玄汉军，再次获得大量缴获显然也不太容易。同时，当地的村寨又无力供应三十营的赤眉大军，于是，赤眉军各营纷纷把目光转向了来往商队，妄图在这些没有多少自卫能力的小虾米身上抠出点肉来。

唐牛一营也早早占据了一处山口，坐等收网。不过因为不如其他各营强悍，唐牛这一营占据的山口很有些偏远，等了十天半月也没等到几个外乡人。

这一天，正无聊地看着王媪晾晒衣物的唐牛听见手下人来报告说："抓住了一个过路的读书人，没什么油水，想问问唐首领是不是放了算了？"

唐牛放下酒碗骂道："这年头哪有什么读书人在路上乱跑？你们仔细点问问，别让商人冒充读书人蒙混过关。再说，就算是读书人，若是家中有钱，也要让他家中拿钱来赎，万不可轻易放人。你们天天都说想发财，不想法子怎可发财？"

但是没过一会儿，被骂走的手下又来报告说："这个读书人会说我们赤眉军的切口，还说自己是河北大幡旗的门下弟子，此去河北是为了各大幡旗的一件大事儿去的。巡路小队已经给他松了绑，要让他过境了。"

唐牛一听却警觉起来，连续质问道："他不是读书人吗？怎么会知道各大幡旗的切口？如今长安、洛阳、河北各处都不太平，他偏偏要在这条路上来往，到底是何居心，你们问清楚没有？"

面对唐首领一连串的问题，那名手下哪里回答得出，只好说自己再去问问。但是唐牛却又叫住他，说道："此人不太对劲，还是我亲自去问问好了。"

到了巡路小队那里，唐牛看见自己手下的一群士卒正围着两个人相谈甚欢。这两个人，一个背着包袱，身着短衫，显然是随行的仆人，另一个长须带冠、身着锦袍，显然就是手下人说的那个读书人。那读书人此时背对大路还没看见唐牛，犹自对着一众赤眉士卒说道："我彊华到了洛阳，必让洛阳守军给各位将军送来百匹绸缎、千担粮草，各位将来到了长安，可莫忘了我彊华的好处。"说得一众赤眉都在那里欢笑不已。

唐牛凭着背影也已然看清此人是谁，心中暗暗好笑，于是远远就说道："粮草绸缎算什么，若把此人送到河北刘秀手上，百斤黄金也唾手可得。"

听到唐牛的声音，巡路小队一齐向自己的首领行礼，而刚才还侃侃而谈的那个读书人，转过身来，却面露尴尬神色。

唐牛对此视而不见，只问巡路小队的队长："此乃何人？为何许了你们这许多东西？"

巡路小队队长兴奋地回道："禀告唐首领，这是长安来的太学生彊华彊先生。这位彊先生虽然身上没什么钱，却和洛阳守将朱鲔是好朋友，他答应我们，一到洛阳就给我们送几十车好东西过来。"

唐牛点点头，笑着揶揄道："几十车好东西不算什么，你们若信了彊先生的话，称王称帝都是有可能的。"

那个被称为彊华的读书人显然受不住这么明显的嘲讽，主动上前一步，向唐牛长行一礼说道："唐大哥何必戏弄小弟，请借一步说话可好？"唐牛也没有再摆出不认识彊华的样子，而是顺势说道："好。那你就跟我来吧。"说完，两人就扔下目瞪口呆的巡路小队，向唐牛的驻地而去。

回到驻地，唐牛让王媪温了一壶好酒，上了两盘瓜果，和彊华对面而坐后，就仍不住感叹道："世事难料啊，想不到我们两人又在此处相见了，我到底是叫你彊先生好呢？还是刘先生好呢？"

对面之人此时已经收起了读书人的嘴脸，一边伸手拿起吃食，一边"嘿嘿"笑着说道："什么先不先生的，在唐大哥面前，我刘林永远是那个临淄城里的小混混。"原来，此人正是邯郸城破后一度销声匿迹的刘林。

唐牛又笑道："你大概还不知道吧？邯郸城破后，刘秀曾用和王郎一样的赏格，悬赏你刘老弟的脑袋，你若早几个月让我碰上，我真的是要发笔横财。"

刘林也笑道："那个时候别说是唐大哥，就算是河北的各路神仙也找不到我。在你们攻破邯郸城以前，我就已经在去长安的路上了。"看着唐牛颇感兴趣的样子，刘林长叹一声说道："我早和王郎说过，咱们是混混，是骗子，能立住脚当然好，立不住脚就应该捞一把就走。可王郎在邯郸称帝后，真把自己当皇帝了，整天吆五喝六地发着诏书喝着御酒，哪里也不肯去了。其实，巨鹿之战后形势就很明显了，邯郸哪里是能守得住的，可王郎偏偏不听，还在四处说他是真命天子，我给他布置的后路他也不认真考虑。所以事到临头，大家也就只有自求多福了。"

唐牛追问道："那个时候，河南河北都是围剿王郎的大军，你倒是如何溜掉的？"

刘林也不隐瞒，直接说道："这有何难？我们邯郸汉军虽在战场上打不过刘秀汉军，但要和刘秀汉军的各营将军拉拉关系还是不难办到的。你们破城后，不会一封这种书信都没缴获吧？"在得到唐牛的首肯以后，刘林又说道："那时邯郸城中，和城外汉军中有血缘姻亲关系，或者同门兄弟关系的也不在少数，我都不必花钱收买他们，只要流露出可以让他们离开危城的意思，他们自己就会去钻营奔走，临走时，让他们夹带几个人又算什么难事。而且我当然知道，以我的名声和地位，恐怕河南河北都要长期抓捕我，我当时就想，这天底下在邯郸和洛阳之上的，也就只有长安了，所以，离了邯郸危城之后，我干脆就一路辗转，去往长安。"

唐牛起初对刘林还有些轻蔑，听了刘林一路的脱险历程也禁不住鼓掌夸赞，直说："刘老弟了得。"

刘林受了唐牛夸赞之后才敢小心问道："唐大哥一向受刘秀重用，怎么此时又来到赤眉军中？莫不是刘秀和赤眉联手了不成？"

唐牛笑道："刘秀若和赤眉联手，岂能容你刘老弟安坐到现在？"然后，唐牛就把自己如何在刘秀军中受到陷害，如何逃命，如何在赤眉做了首领，简单向刘林讲述了一遍。刘林听完也忍不住赞道："唐大哥真不愧是大幡旗弟子中的佼佼者，走到哪里都吃得开。"唐牛略略回道："丧家之犬混口饭吃，还不是和刘老弟一样。"

两人惺惺相惜一番后，唐牛自然也就问道："刘老弟既然都已经成功躲到了长安，不在那里好好待着，这又是要去哪儿呀？"

刘林直截了当回道："我要去河北，找刘秀。"

"扑哧。"唐牛一口酒就喷了出来，"你呀，你呀，让我说你什么好，不胡说八道你就过不得是吧？咳咳，咳咳。"唐牛呛了一大口酒，话没说完又止不住咳嗽起来。

刘林当然知道唐牛为什么这样，等唐牛平静下来后才慢慢解释道："唐大哥，小弟并非戏言。我初到长安时，也以为从此可以安定下来了，即便搞不出什么名堂，隐姓埋名在长安做个富家翁总是没问题的，可是待了几个月后，目睹了刘玄君臣在长安的种种作为，我判断，长安绝非可以久居之地，不久之后还要大乱，兼之小弟在长安偶然又得到一件宝贝，所以小弟这才会大着胆子再去河北。"

唐牛先是惊讶："怎么？长安那么糟糕？刘玄去年就进了长安，

号称天下已定，如此说来，长安还是没定下来？"

刘林摆手说道："刘玄君臣进了长安只知享乐，不懂治理朝政，长安百姓早就大失所望了，知道长安百姓是怎么评价刘玄君臣的吗？"刘林手指敲着几案唱道："灶下养，中郎将；烂羊胃，骑都尉；烂羊头，关内侯。"

唐牛听后哑然失笑，期期说道："这刘玄倒真是不亏待旧日弟兄啊。"刘林却呛道："我算看出来了，刘玄也就只想着保住自己的富贵而已，手下众将他根本管不了。"唐牛点头称是，接着又把当初刘玄怎么登上帝位的经过讲给了刘林听。刘林抚案叹道："原来如此。我说他怎么这么窝囊。"

唐牛转头又问道："就算刘玄不堪，你刘老弟怎么就敢去河北找刘秀？你说实话，别拿故事蒙我。"

刘林"嘿嘿"笑了笑，停了一下，继续说道："小弟我虽然在河北败给了刘秀，可是并不怨恨他，这么多年奔走各地，各式各样的人物，小弟也见得多了。拿下一块土地后，不忙着征税享乐，先去澄清冤狱，这样的人可没有几个。说老实话，河北若不是经我和王郎这一番胡搞，刘秀本来也是可以平定的。所以，纵览天下，我以为若想过安定日子，恐怕还是在刘秀的地盘上靠得住些。"

刘林这番话唐牛也无从反驳，但他还是手指刘林骂道："你小子少跟我说什么大道理，刘秀用百斤黄金悬赏你的人头，你又不是不知道，你说，你究竟打的什么主意？"

刘林邪魅一笑，缓缓说道："刘秀要我的人头我岂能不知，可是我现在手上有样东西，只要拿到他面前，保管他不会杀我，还要封我个小官当当。"说完，刘林就解开了自己的袍子，撕开内衬，从胸口隐秘处小心翼翼地掏出一块写有字迹的锦帛。

看着唐牛不明所以的面孔，刘林托着锦帛说道："这就是我的一场富贵。"说完，刘林就把那块锦帛摊在了唐牛面前。唐牛盯着那块颇有些破旧的锦帛，小心拈起来后，发现这块锦帛显然是裁剪过的，上面有很多弯弯曲曲难以辨认的字迹。他翻来覆去看了好几遍，才犹犹豫豫地说道："这是什么玩意儿？怎么有点像我们营中大法师请神时用的古旧符咒。"

刘林抚掌大笑道："这还真是本古书，叫《赤伏符》，相传乃是赤帝——也就是我大汉高祖爷留下的不传之秘。前些年，王莽为了它，还杀过不少人呢。"

唐牛不解地问道："就算这真是古书，也只有这点残片了，有何用处？"

刘林瞪大眼睛说道："残片！我要的就是这一点残片！"随后，刘林小心翼翼地把那块锦帛铺在左手手掌上，右手指指点点地把上面的字读给唐牛听："刘秀发兵捕不道，四夷云集龙斗野，四七之际火为主。"

看着唐牛迷迷糊糊的样子，刘林又很耐心地解释道："你别管这几句话是什么意思，总之，这古书上说了，刘秀就该是真命天子，该结束现在天下大乱的局面，该在这一刻做天子。"

唐牛还是没在刘林的解释中醒悟过来，"嗯，嗯"两声后，直接说道："这东西和你当初证明王郎是成帝子孙的那些东西有什么区别？你小子就能搞这些名堂，人家刘秀是明白人，岂能容你随意哄骗。"

说到王郎，刘林稍微有点泄气，不过转眼之间他又恢复了生气，指着锦帛说道："当初为了捧王郎，编造一些东西在所难免，这个宝贝却是货真价实的。"眼见唐牛只用鼻子哼气作为回答，刘林认真解释道："实话说吧，我见长安混乱，本来是想再去蜀郡避乱的，临走前，想约几个同伴同行，于是就结识了几个也想逃离长安的人。这其中有一个手无缚鸡之力的老儒生，姓疆名华，不曾出过远门，见我有些能力，就力劝我把他送到河北，说是必有重谢。我开始也和唐大哥你想的一样，我这样的人怎么能去河北？可是一天酒后，彊华喝高了，自称十多年前曾和刘秀在长安太学做过同窗，此去河北，必得重用。我当然不信，还嘲讽他在长安都没人理，何况河北。这个彊先生被说急了，就把这件宝贝拿出来显摆。我平生是做什么的？一看这东西，就知道是货真价实的宝贝，一来二去也就免不了做了一番手脚，打算替彊华先生辛苦走这一趟。"

虽说刘林说得轻描淡写，但唐牛也完全知道那位真正的彊华先生怕是没有什么好下场，可就算知道了刘林化身彊华的原因，唐牛还是对刘林的这一趟行程充满疑虑。他忍不住说道："刘秀若想靠这玩意儿称帝，自己做一个也就是了，何必非等你去献宝？"

刘林摆手笑道："这你就不懂刘秀这些人的想法啦。像刘秀这一类要做大事的人，有的是凭好运加武力成事，好比刘玄；有的是凭友情成事，好比樊崇；凭骗术成事的，最成功的就是前些年的王莽——那已经臭不可闻了。而刘秀将来也要靠武力讨平天下，靠手下众将友情拥戴，靠骗术蒙骗百姓，但他绝不会说他靠的是这些东西。我送上这样宝贝后，刘秀就可以说，他是靠天意取得的天下。所以事关重大，他是不会自己造假的，而我替他解决了这么大的难题，他又怎么会杀我？"说到这里，刘林抬眼望天，好像看到了自己的未来，长叹一声又说道："唉！死在长安的其实是刘林，彊华此行虽不免辛劳，却可以衣食无忧地过此一生了。"

唐牛对刘林这副信心十足的嘴脸其实还是有些讨厌的，于是忍不住呛了他一句："刘老弟你居然肯把这宝贝和这宝贝的来历和盘托出，你就不怕兄弟我再横刀夺爱，代替你和彊华去河北吗？"

刘林倒也没怕，瞥了唐牛一眼说道："唐大哥若是多读了几年书，熟知儒家礼仪，我是绝不敢和你说的。你要知道，这献宝的事可不仅仅是献宝，还要做足戏份，让刘秀身边的人全都要相信，若是那些人不相信、不配合，杀头丢命也就是一转眼的事。"

"那你告诉我干吗？"唐牛问道，"如此机密大事，你总不是来炫耀的吧？"

"唐大哥说笑了，"刘林此时反而认真说道，"小弟千算万算，就是没有算到会在此地落入赤眉军的手上，总算万幸遇到了唐大哥你，小弟不做隐瞒实话实说，就是想让唐大哥放小弟一条生路去河北。唐大哥你也说过你现在和河北诸将有些误会，山不转水转，一旦将来你唐大哥又转到了刘秀那里，若有人能替你说话岂不是好事。"

这样说话唐牛就能听明白了，而且很明显，若不是从前的闲棋冷子下得好，他唐牛在赤眉军中绝不可能如现在这样吃得开。于是唐牛笑道："刘老弟勿怕，兄弟说笑而已。别说我现在没在刘秀手下，就算我还在刘秀手下，只要你和我说说兄弟情谊，我也断没有杀你的道理。"

话说到这里，刘林、唐牛两人算是把双方的底线都摸清楚了。现在既然相互残杀没有必要，各退一步留待日后相见也就没有什么不对了。同是江湖中人，这点生存智慧还是有的。于是两人欢宴一天之后，唐牛就亲自把刘林——或者说彊华——送出了赤眉军的辖区。

只是送走彊华之后，唐牛到底还是不太放心，回头又直奔樊崇的大营，向樊崇报告他探听来的长安城内幕。唐牛当然不会说，那个在他营中待了一天的儒生是他的故人，他只是向樊崇报告说，他的人剪径抓了一个儒生，这个儒生才从长安城逃出来，说了大量有关长安城的消息。唐牛的小算盘是，就算将来有人说这个儒生有问题，唐牛也可以理直气壮地跟樊崇讲："此事我早告诉过你了，樊大哥。"

樊崇听闻长安混乱的消息后大喜过望，立刻传令全军，说刘玄不是真命天子，长安城让他搞得一塌糊涂，咱们赤眉不要怕他们，打败当面的刘玄汉军，大家就可以到长安去过过好日子啦。消息传开后，赤眉各营很是兴奋了几天，那些为营中粮草担忧的首领们都嚷嚷着要大干一场，把对面刘玄汉军的粮草辎重、兵器铠甲全都抢过来。

但是很快又有另一个声音冒了出来。一个叫方阳的家伙公开宣称："既然刘玄不是真命天子，而我们赤眉能够战胜刘玄汉军，说明真命天子就在我们赤眉军中，我们何不立一个真命天子，再名正言顺地杀进长安？"

赤眉各营的弟兄们刚开始听到这个观点时，都有些忍俊不禁，觉得"立天子"这种事由他们来操办，也太不可思议了吧？他们都是各地的老农，只知道天子是遥远京城里的一个老头或孩子，收着他们的赋税，掌管他们的生死，但他们从来没见过一个天子，有烦心事也向来只找身边的"三老"和"从事"就足以解决了。"方阳那家伙要遭雷劈，这种事岂是我们种田人能做的。"大多数赤眉兄弟不过是这种反应。

有好事者还打听出了这个妄人方阳的来历。这个方阳本来就不是什么本分人，以前和他哥哥方望一起，曾经趁着王莽军在昆阳大败的时候，把被王莽废掉的大汉皇帝——定安公刘婴——抬出来做了几天皇帝。那个时候，刘玄刚刚在淯水称帝，岂能容刘婴再做皇帝，而且刘玄汉军那时才打败了王莽大军，声势如日中天，收拾小小的刘婴可以说是不费吹灰之力。最后，方望、刘婴等人全都兵败身死，只剩下一个方阳，辗转逃进了赤眉军中，苟延残喘而已。

这样一个人，又有以前这样的经历，他的话不被当成笑话才怪。可是方阳这种人又哪里是在乎别人看法的人。他被人嘲笑了一段时间后，反倒四处讥讽嘲笑他的人没见识。按照他的说法，谁做天子也轮不到他，可是只要这个天子立出来了，赤眉全军上下，首领升官、士卒受赏总是跑不了的，最起码，好酒好肉地乐呵几天肯定是有的。现在本是夏收时节，为什么老百姓的税收收不上来，还不是怕长安城里的皇帝，如今我们给他们立一个皇帝，对解决全军粮草也是大有益处的。所以说，别以为立天子是别人的事，这天子立起来了，可是人人都有好处的。

这么一说，赤眉各营的弟兄们就渐渐能够接受了。是啊，不用上阵拼命也能受赏，不用打下城池也能喝酒吃肉，这好事上哪儿找去，全当是邻居家办红白喜事，自己前去白吃白喝好了。这样想过后，赤眉各营的弟兄们也觉得这个"天子"不妨立一个好了。

事情闹到这一步，连大首领樊崇、逄安等人都必须有所回应了。可是众首领聚在一起商议时却难有定论。有的首领知道自己绝不可能被推为皇帝，就献媚樊崇，想请樊崇就帝位。可是逄安、谢禄、徐宣、杨音那些人还在旁边看着呢，樊崇哪里敢答应，只好说，当初在琅琊时，太山山神就说自己做不了皇帝，现在也不敢违抗神明；也有人建议，还是在汉室宗亲中选一个人做皇帝，老百姓能接受些，可是立刻有人说，刘玄就是这样做的皇帝，老百姓谁肯接受？其实，这些人是不服，认为自己血战多年，怎么能让旁人捡了便宜。

商议多日后，还是河北来的一则飞信促成了赤眉各营首领达成一致。那则飞信依然是河北各大幡旗的求救讯息，带信人说，刘秀汉军已经基本肃清了河北的各大幡旗势力，并在与洛阳汉军的交战中大获全胜。声望日隆的刘秀现在已经在一个叫彊华的儒生劝进下，于鄗南①登上帝位，还定了年号"建武"。这说明，赤眉军若是再没有动作，就会面临两个汉室皇帝强加到他们头上的局面，与其这样，倒不如赤眉军自己立一个好了。

于是，樊崇大法师又在万众瞩目中上场了。这一次，请出的还是城阳景王刘章的魂魄。城阳景王刘章这一次出场，不斗瘟神、不讲冤屈，反倒骂起了自己座下的这些男女信徒。他说，自己生前是贵族，死后是神仙，从来不屑于和不入流的人物为伍，当初是因为看在赤眉好汉一心要打倒王莽的份上，才出手庇护他们的，可他没想到，王莽被杀已经一年多了，赤眉全军还过着四处劫掠、得过且过的日子，倒让刘玄那个来路不明的小子做了皇帝。城阳景王口喷炭火，脚跳三丈，充分表达了他的愤怒以后，又说，赤眉的好汉们如果只想当贼，不愿承担解救天下的重任，他就即刻飞回自己的庙宇，不再过问赤眉的任何事务。如果还有一点解民倒悬的想法，那就该昭告天下，以正大名。他还说，其实他早已把高祖皇帝最贤能的子孙放在赤眉营中了，你们赤眉若能找出他来，他和各路神仙就继续保佑赤眉，如果不能，还是早日回家种地去吧。说完，城阳景王又无影无踪了，只剩下樊崇独自在地上发抖。

赤眉各营的士卒扶起大法师樊崇后，都虔诚表达了对城阳景王谆谆教诲的惭愧之情。想想看吧，升官受赏是多么渺小的愿望，解救天下百姓才是当初大家一致的想法。于是，赤眉各营都被认真发动起来寻找高祖皇帝的子孙。城阳景王说得没错，要进长安了，还是找个刘家的人来扛旗才说得过去。

在各营雷厉风行的配合下，几天后，三个大家公认的高祖子孙就被推举了出来。除了一个落魄的赌鬼和一个年老的骗子以外，王

————————
① 今河北高邑东南。

媪曾经爱怜的那个叫盆子的放牛娃也位列其中。其实一个放牛娃哪懂得帝位尊贵，远不像他的赌鬼和骗子亲戚，在寻找汉室子孙的风声才放出来的时候，就已经大张旗鼓地给自己造声势了，而且这两人在很短的时间内，就成功地拉到了一大批支持者。

刘盆子则是被王媪用几个果子从牛背上骗下来的，他浑浑噩噩地来到众首领的面前，连王媪交代他的说明自己身世的那几句话都磕磕巴巴说不清楚。

但不管怎么样，赤眉各营中能够被大家认可的高祖子孙也就只有这三人了。经过大法师樊崇选择吉日、吉时，并昭告神明、百姓以后，这三个汉高祖的贤明子孙就被带到了一个金瓶面前。樊崇告诉这三人，天子是上界神明派来治理下界百姓的，不是他们这些凡夫俗子可以推举的，所以，众首领商议后，做了三支一样长短、大小的木简放在瓶中，其中一支木简上写有"上将军"三字，你三人谁能摸到这支木简，谁就是上界神明选定的天子。

不过在私下里，已经分别有人告诉那两个成年的高祖子孙，三支木简虽说看不见，大小也一样，但边缘略微带有毛刺的那个即是写有"上将军"三字的木简，他们只要抓出那支木简，就可成为天子。所以那两人都急吼吼地要求先摸木简。

只是他俩不知道，在众首领最后商议何人可为天子的时候，唐牛的一句话却决定了这场闹剧的结果。唐牛当时不无忧虑地表示："若是让一个成年汉子做了天子，只怕会成为第二个刘玄吧？"于是，那两个自以为富贵在手的成年汉子都只摸到了空无一字的木简，而最后出手的刘盆子却摸出了带字的木简。

不识字的刘盆子当然不知道自己摸出了什么，眼见众首领和士卒一起向自己跪拜，几乎要被吓死了。不过，到了这个时候，谁还在乎他的反应，早已备好的礼仪程序会自然而然地一项项进行下去，刘盆子哭也好，闹也罢，就算把那支木简咬碎了扔掉也不管用了。大家全都把他当做祭祀时用的三牲，膝盖是向他跪下去了，心里想的却是如何分三牲的肉。看着只会哭哭啼啼，不会作威作福的新皇帝，众首领也真心感到，还是小孩儿好糊弄。

皆大欢喜中，各营士卒期盼的好吃好喝没有落空，各级首领的加官进爵也如期而至，各营驻地周围的百姓也主动给新皇帝献上来不少粮食和牛羊。在赤眉军中仅有的几个前朝小官吏的设计下，各位首领自然是给自己的国家定下了"大汉"的国号，然后又给自己的朝廷定了一个"建世"的年号，说是大家要一起建立一个新世界，比刘秀声称的要建立武力高上一筹，比刘玄的更始年号，也更响亮。

此外，徐宣作为大首领中唯一识文断字的人，抢先做了丞相。逄安因为手下的兵马强盛，则一度叫嚣着要做大司马，但因为谢禄手下的兵马也不弱于他，所以最后两人分任左右大司马。比较滑稽的就是樊崇了，虽然他也算是首创赤眉的重要人物，还身兼赤眉大法师的重要职责，但因为手下的兵马较弱，又不识字，一时不知该给自己安个什么官职好，看着别人一顶一顶地戴高帽，樊崇声称，自己不能看奏章，但还要继续给赤眉各营的弟兄们伸冤解难，于是，那几个没见过世面的小官吏就让樊崇做了御史大夫，说这个官职就是主管天下刑罚的。同样没见过世面的樊崇哪里知道丞相和大司马的尊贵，以为自己主管的既然和以前一样，也就欣然笑纳了。

唐牛这一级的各营首领从此也不再叫首领了，全部改封为列卿和将军，至于是不是名实相附则全不在意。唐牛给自己选了个虎牙将军的名号，也是连续几天乐不可支。既然已经贵为将军和列卿了，赤眉军中的那几个小官吏又提醒各位权贵，按照从前那些大贵人的做派，可不是封了官，换身衣服就完事的，最起码各位权贵该有个"表字"才行，否则还像以前一样直呼其名、称兄道弟，成何体统？这个建议大家还是明白的，于是刚给自己封了官职的各位权贵，又绞尽脑汁替自己起了各种各样的表字。

唐牛倒是没在这上面多花心思。他想，权贵们喜欢称呼别人是什么"子"，那自己成了权贵，表字里当然应该有一个"子"字。他又想，自己从前吃过好几次被人陷害的亏，都是因为自己太爱张扬了，所以表字里不妨再有一个"密"字。于是，无爹无娘、不学无术的唐牛成功给自己起了个表字叫"子密"，至于这个表字和他大名以及一生抱负的关系，他就完全不在意了。

第二十三章
挺进长安

　　自从去年冬天赤眉军从武关和陆浑关渗透到函谷关背后，又在春天小胜了长安来的刘玄汉军以后，几个月来虽没有能力和刘玄汉军决战，却又是分营三十余个，又是另立刘盆子做汉帝，总算是把声势造得很大了。长安那边的刘玄汉军也不知是畏惧了赤眉军的声势，还是另有图谋，虽然在张卬小败以后一直声称在集结大军，却在整个春天和大半个夏天的时间里除了小股游骑以外，并无大规模的动作。

　　咋咋呼呼的赤眉各营当然也乐得不打硬仗，虽说进军长安是他们一直都在叫嚣的口号，但他们自己也明白，如果长安和洛阳一样难搞，那这个长安其实不进也罢，毕竟，所谓的进军长安并没有每日的狂歌纵酒来得舒服。

　　不过，经过了一冬、一春和大半个夏天的胡搞后，洛阳与长安之间，被赤眉军驻扎过的这片区域却几乎被吃空了，能被收编进营的青壮劳力也几乎都被收编了。所以，就在刘盆子登上帝位后不久，赤眉各营新晋的这些将军、大臣集体商议后决定，还是要向长安逼近，否则真是没有粮食来喂手下的这些士卒了。这一次，虎牙将军唐牛唐子密被推到了前台，大家都说，唐将军在上一次打败张印时立了大功，很有办法，这一次进军长安，不妨就由唐将军带着他那一营弟兄先去试试看。

唐牛心里一万个不愿意，但是表面上还要慷慨激昂地表示："刘玄汉军不足挂齿，自己愿意为了众位兄弟先去打头阵，若是此行自己营的弟兄先发了财，各位可不要眼红。"

在众将军的大笑声中，唐牛其实也明白，弘农郡这个地方是待不下去了，要退回颍川郡也不可能，看来只能先向长安走走看了。

七八月的天气虽说炎热，但是不可预知的倾盆大雨时不时也会下上几阵。当唐牛带着手下弟兄一会儿以炎热为借口，一会儿以大雨为掩护，磨磨蹭蹭地向长安的外围要地新丰①靠近的时候。他一直在想，一旦碰上了刘玄汉军该怎么办？真打实干还是太危险了，虽说刘玄汉军在进长安之前的样子他也见过，但是当年的下江、平林、新市各军显然在进了洛阳和长安后缴获了王莽军的大批兵器和铠甲，这从上次和张印的那次小战中就能看出来，一旦真的和这样的军队正面对抗，自己手下那些拿锄头、草叉、木棍的弟兄，只怕会一触即溃。可不打一场又说不过去，毕竟身后还有二十余营的赤眉弟兄看着呢。思来想去，唐牛最后决定，还是学学当初邯郸城里的王郎，写封信和对面的刘玄汉军拉拉关系吧。不管怎么说，自己也算是和平林、下江兵一起从绿林山上下来的，也一起在昆阳血战过，又当过刘玄手下的安集掾，如果必须刀兵相见的话，大家不要太认真总可以吧？

怀着这样的心情，唐牛就派人给对面的张印送去一封书简——当然以唐牛的才学也写不出什么感人至深的文章。他命令营中的小吏直截了当在书简上写明，他是谁，曾在绿林军中干过什么，认识哪些哪些人，现在奉赤眉军皇帝的命令前来，希望双方不要伤了和

---

① 今陕西西安临潼县。

气——最重要的是，唐牛随着书信还送去一份厚礼，他认为这足以说明自己的诚意。

志忑等待了三天后，张印的回信总算来了。不过出乎唐牛的意料，这封回信既没有痛骂赤眉军的不义之举，也没有劝唐牛投降长安，反倒非常认同唐牛当初在绿林山的情谊，还把昆阳大战中唐牛的作用好好夸赞了一番，说若没有唐牛当年迷惑王邑、王寻的奇计，大家现在怎么样还难说得很。感慨一通后，书简最后竟然还对唐牛发出了一个邀请，说关中地方不好，百姓不好，吃的喝的都不好，不如大家联兵一处，重回宛城，甚至重回绿林山，再去过那逍遥日子，岂不快哉！

开始唐牛还只为回信中客气的称呼感到高兴，心想，对面的刘玄汉军看来还不太坏，还记得自己这么个人。可是多琢磨两遍后，唐牛还是发现了这封书简的问题，身为前线的带兵将军，与对面的敌人虚与委蛇、要要花腔是可以理解的，但是只字不提本方的大首领，还想邀请对手一起脱离战场，回到老家，这就怎么看都不正常了。唐牛怕自己想错了，还分别请教了营中的小吏，接着又把送信的亲兵叫来，详细问询了他在敌人营中的所见所闻，再结合不久以前刘林或者说彊华对他讲过的长安城内幕，最后唐牛断定，对面的刘玄汉军只怕是有某种莫大的难处。这个难处是什么，唐牛暂时还想不出来，但既然对方都不想开战，那双方还是多谈一谈好了。

于是胸无点墨的唐牛只好又费尽心力，让小吏按他的意思写了另一封书简送去，想要再探探对方的想法，对方也在几天后再次回信，重申了希望两军交好的意思。

这下唐牛虽然不敢确定对面敌军的真实意图，却也找到了不急着开战的绝好理由。他把他和刘玄汉军的往来书简全部交给了樊崇等大首领，声称自己正在策反敌军，不能马上开战。樊崇等大首领虽也将信将疑，但他们也没有更好的主意，也就由着唐牛自己去办了，唯有几个营中实在缺粮的赤眉将军总嚷嚷着要赶紧进攻刘玄汉军。

如此来来回回的送信、收信、说明情况，几十天时间很快就过去了。当唐牛还在一次次向樊崇等大首领渲染对面刘玄汉军强悍，不可轻易开战时，一小队刘玄汉军却在一个深夜突然跑到了唐牛的军营前。

此时的唐牛早已拥着王媪睡下了，闻听手下在帐外禀报说有刘玄汉军的将军来营投靠时，还以为又是送信的使节来了。他嘟嘟嚷嚷地说道："以往给这些使节的赏钱太高了，竟然深更半夜也来瞎嚷嚷，明早送来会没有赏钱吗？"还是王媪怕误了正事，好说歹说才勉强让唐牛起身去见了这一小队刘玄汉军。

见了这一小队刘玄汉军，唐牛立刻清醒了。因为他看见，这哪里是什么送信的使节，竟是刘玄汉军的淮阳王张卬和定国上公王匡亲自跑来了。虽说此时的张卬与王匡只带了区区一小队随从，行为举止也颇为狼狈，但因为二人以往的地位远远高于唐牛，所以唐牛还是以待客之礼接待了二人，待二人吃喝完毕之后，才敢慢慢询问。

张卬和王匡也不知多久没有痛快吃喝了，此时毫无王公大人的尊贵，反倒颇有刚刚起兵反抗王莽时的草莽架势，对待唐牛的招待也不客气，大吃大喝一通后，才慢慢坐下来讲述了他们突然到来的原因。

据他二人讲，刘玄汉军进了长安后，一开始也是人人发财，个个受赏，皆大欢喜，但是时间稍久以后，谁多谁少、赏罚不均的事情就越来越多了，偏偏刘玄这个皇帝又不能服众，所以，各个将军大臣之间的矛盾也就越来越激烈了。这个时候，赤眉军渗透到华阴郡的消息已经传来，经过一番推诿扯皮，还是张卬挺身而出，率部迎敌去了。张卬私下表示，刘玄这个皇帝，毕竟是他帮忙立起来的，别人不保他，自己总不能袖手旁观。只是这个时候的刘玄汉军再不是那支能够血战昆阳的义军了，也难怪，在长安过了一年的舒服日子之后，已经没人愿意去拼命了，再加上赤眉军乱七八糟的作战方式，所以张卬所部浅尝辄止，败退而归。而前方军团败退回来后，刘玄又没有增派援军好言抚慰，反倒是真的像个皇帝一样下旨申斥，可以想象张卬所部对这么个皇帝会有多大的怨言。

这时的张卬还没有背叛刘玄的想法，还有一丝前方败将的羞耻心，于是就发自内心地给刘玄上了一道奏折，详细说明了本方不能再战的原因，同时，好心给刘玄建议，既然赤眉人多势众，我方将士又不堪使用，不如我们趁着敌人未到，先把长安城抢掠一空，然后东归南阳，依托宛城的兵马，再看形势。若敌人苦苦相逼事有不济，咱们再退回绿林山也未尝不可——那时张卬还是真心为刘玄着想的——可张卬没想到，此时的刘玄根本不愿意再回到从前的草莽生涯，对这一建议断然拒绝，即便张卬后来拉上了穰王廖湛、随王胡殷一起劝说也全不管用。不光不管用，刘玄还把本应用于增援张卬的汉军，重新部署在长安周围，摆出了一副防范前线汉军的样子。

张卬等前线汉军的将领知道消息后很是恐慌，还打算当面再好好劝一劝刘玄，于是就在朝廷立秋祭奠的时候进了长安城。谁知刘玄并不在祭奠时出来召见他们，说自己龙体欠安，病了，反倒要这些将领进宫相见。面对高高的宫墙和厚重的宫门，张卬、廖湛、胡殷就有些含糊了，他们当然知道当年的大功臣刘秀的哥哥刘縯是怎么死的，可是又不好不去。于是这些将领就想了个办法，把同来的将军和官员分成两伙，一部分守在宫外，一部分进宫去见刘玄。

果不其然，进到宫中的将领真的被刘玄暗算了。守在宫外的张卬、廖湛、胡殷立刻逃出长安城，召集属下进攻长安。

刘玄本来以为几个刀斧手就能解决掉的小问题一下子变成了大

问题。他也算跑得快，立刻就坐着车驾跑去了他的爱妃之父赵萌在新丰的军营，并在那里宣布张印、廖湛、胡殷"三王反叛"，诏令长安城内外的各部汉军捉拿这三人。其实此时张印等人的手下并没有多少士卒，也无意和所有的刘玄汉军为敌，所以在长安城内烧杀抢掠一通后，就想退出长安城，再和各部汉军及刘玄进行谈判。但张印等人的行为毕竟还是打破了各部汉军长期以来在长安城内外构成的平衡。各部汉军表面是支持刘玄，其实是不满张印等人独自抢掠长安，于是没人理睬张印的解释，大家都趁乱杀进了长安城，发财快活之余，很快就把张印等人的残余部属赶出了长安城。

形势变化如此之快，令刘玄又开始暗怀鬼胎。他也许是听了他的那个爱妃或者是爱妃之父赵萌的谗言，想要趁这个机会解决汉军各部拥兵自重的老难题，在各部汉军将领前来新丰慰问、邀功的时候，又出其不意杀了几个带兵的将军，这其中竟包括了下江、平林二军的老首领陈牧、成丹等人。

这一下，就连长安城中的定国上公王匡也震惊了，惊慌失措之下跑去张印那里，想问问是怎么回事。这时的刘玄眼看王匡跑了，也是骑虎难下，只好顺势宣布，王匡所部也是叛军。还好，在赵萌的帮助下，还是有不少汉军站在刘玄一边。于是，支持刘玄的汉军、反对刘玄的汉军、趁乱打劫的汉军、首鼠两端的汉军全都搅在了一起，两个月来把长安城内外搞得一塌糊涂。

最终，张印和王匡在这场乱局中到底不能占据上风，只好在刘玄重占长安之后，落荒而逃，跑到了唐牛这里。

唐牛闻听在他和张印断断续续通信的这两个月里，长安汉军发生了这么多事，不仅没有怪罪张印鸡贼，把他这里当成了一个落难后的下脚地，反倒马上欢天喜地地派人去樊崇等大首领那里告知：长安唾手可得，我们赤眉军可要赶紧行动。听了唐牛的讲述，赤眉各营的将军们也一致决定：再不用像以前那般小心谨慎了，各营一起向前，正可趁乱拿下长安。

　　于是赤眉各营马上动员起来，几十万人在前秦始皇帝当年筑成的宽大官道上密集排列，人人手持兵器、战鼓、杂物等各种能敲响的物件，踩着惊天动地的脚步声，唱着赞美城阳景王刘章的歌谣，像一个以人群构成的巨大无比的碾子向长安城碾去。

　　此时的张印、王匡也不好再说什么回归宛城、入山为盗了。他们在唐牛的引荐下，参拜了赤眉军中的汉室皇帝刘盆子，重新获得官职后，就把长安内外刘玄汉军各部的虚实全部透露得干干净净，然后心安理得地再次踏上了攻打长安的征程。

　　要说起来，刘玄做了两年皇帝也不是一个人心都没收买到。在赤眉军大张旗鼓接近长安城的时候，还是有零星几股刘玄汉军迎面而来，只是在汪洋大海一般的赤眉军面前，这几股刘玄汉军连阵形都没展开就溃散逃命去了。因为刘玄汉军的士卒都看出来了，对面的那些弟兄分明就是一年前的自己，谁想拦着这些人发财，谁就是死路一条，而为了自己背囊里的财物，他们当然可以毫不愧疚地抛弃刘玄。

　　三十营赤眉军看见当面而来的刘玄汉军不战而逃后，更是欢呼雀跃，兴奋异常。他们死命狂追才抓到了一千多俘虏，但是到手的那一点财物完全不能令他们满意，于是赤眉全军都狂呼着，要杀死他们，以祭天神。这时俘虏中的一个军官显然吓破了胆，一个劲大喊："莫杀我，莫杀我，我弟弟是长安城东边宣平门的校尉，你们放了我，我就让我弟弟开门放你们进去。"赤眉士卒一听长安城这么容易就能攻破，更是集体大声赞美城阳景王的保佑。

　　据事后长安城内的宫人所言，刘玄是在赤眉军前锋进了长安城以后，才急慌慌地从北面的厨城门跑掉的，出城以后，还下马对着高大的城墙拜了三拜，没人知道刘玄为什么这样做，可要说他舍不得长安城似乎也无不可。那个时候，他还不知道，他迟早要死在赤眉军的手上。

　　不过进城后赤眉军还真的不是一开始就奔着刘玄去的。

　　包括唐牛在内，赤眉的各营将军、士卒从看到长安城墙上的望楼开始就激动万分。当时各营将军还在互相通气，说进城不可乱了秩序，反正长安城是跑不了的，万一中了刘玄汉军的埋伏可就得不偿失了。但是，很快就有消息传来说，西边各营已经进了长安城外的建章宫，有人已经在大包小包地往外拿东西了。听到这个消息，谁还坐得住，包括各营将军在内，都在暗暗给手下下达命令：赶紧带人直逼最近的长安城门，一旦确认刘玄汉军投降属实，就要抢占城门，先把自己营的弟兄放进去再说。

　　唐牛也是在这样的情况下直趋城门的，但是因为下手晚了，他和他手下的弟兄一路从南城被挤到了东城，经过未央门、安门、覆盎门、霸城门，直到清明门，才站住了脚跟。要知道长安城的城门，每个城门都由三个门洞组成，而每个门洞都足足能通行四辆大车，三个门洞就能同时进出十二辆大车，饶是如此，鼓噪不休的赤眉军各营还是把长安城各门围了个水泄不通。

　　这时的刘玄汉军已经没人指挥了，隔着护城河和城墙，零星的守军根本不知道该怎么对付城下喧嚣的人群。最终，东边的宣平门在内应的招呼下首先打开了，西边的未央门也在张卬、王匡的劝说下轰然洞开了，随后其他各个城门也不得不依次打开。唐牛，还有数万的赤眉弟兄，全都欢呼着涌进了他们朝思暮想的长安城。

　　五天以后，唐牛才渐渐搞明白长安城里九街八陌一百六十个闾里的大致走向，才明白未央宫、长乐宫、明光宫、桂宫、北宫的大致方位，才晓得城里众多的丁字路口就是为了防备他们这种人而修建的。这期间，口耳相传也好，实际闯入也罢，赤眉的士卒们都知道了，未央宫早在王莽灭亡的时候就被烧毁了，那里没什么搞头。明光宫和长乐宫是刘盆子小皇帝将来要住的地方，捞一把后也最好赶紧离开。除了这三个地方，其他的宫殿衙署、高门大宅不妨挑选一处，安稳入住。当然，凡此种种也是要凭实力说话的。一个小小队长若是占了将军府，只怕住不了两晚就会被赶出来；一个将军占了个小吏的宅院就沾沾自喜，也是会被人嘲笑的。这其中的种种奥妙若是能得到一个从前的长安人士指点，自然会事半功倍。这是唐牛在瞎闯了几天，得到一些财宝又失去几所宅子后，才在王媪收留的几个宦官和宫女的指点下得出的宝贵经验。

老实讲，抢钱抢物抢宅子的辛苦和真正的拼死作战相比也差不到哪里去，只有当赤眉全军全部疲惫不堪的时候，这场闹剧才渐渐消停下来，也只有到了这个时候，才有人想起询问刘玄的下落。但得知刘玄逃走后，也没人愿意去追，赤眉首领们只是以刘盆子的名义发布一道诏书威胁说，刘玄若识大体自动来降，可封为长沙王，过了二十日，则不再受理。

渐渐消停下来的赤眉各营依然沉浸在巨大的喜悦之中，将军、士卒们相互比拼宝物似乎也不足以表达这种喜悦。于是，有人提出，我们赤眉既然坐了天下，也该搞个庆典才是。不过要把散乱的士卒全部集中起来也太过麻烦，更何况这些士卒在打仗的时候都不能好好列阵，如今指望他们好好地参加一场庆典似乎也不太可能。还好，各营的将军、三老、从事毕竟还是数目有限，为他们组织一场大宴会，酬庸一下他们的功劳，再商议一下下一步的打算，作为一个长安城里的新朝廷，这一点应该还是做得到的。

于是，登基以后，好久没人理睬的刘盆子又被人请进了长乐宫，原先各个宫殿里的宦官、宫女、使唤人等也由将军们交出一些，配置在了刘盆子身边，然后以大司农杨音为首的一支队伍经过数日准备，总算还是在长乐宫内把一场国宴张罗起来了。

唐牛早在一天前就接到通知，要他一大早就要身穿正式官服在长乐宫前等候赴宴。唐牛哪知道他这个虎牙将军的正式官服是什么

样的，一面唠叨着"吃饭就吃饭，还这么麻烦"，一面把他自以为
华贵的各种好衣服往身上堆。忙活半天后，身边伺候的宫女实在忍
不住笑，偷偷跑掉了，接来王媪之后，才由王媪出面说道："天爷，
你怎么把女人的罗裙套到头上去了！哎呀呀！印绶要从肩上斜挂，
不能绕在脖子上呀。"唐牛知道自己又出丑了，但还是不服气地嚷
道："我们现在这个大汉，和前面的大汉规矩不一样，你怎么知道
我就穿错了？"

总算到了庆典那天，唐牛还能衣冠整齐地出现在长乐宫前，但
是，看上去惊世骇俗、不忍一睹的赤眉官员依然不在少数。唐牛混
迹其中，感觉相当良好。他跟着众人进入长乐宫后，听见一个老
宦官要各位功臣在殿前等候，待给皇帝行过礼后，才能进殿赴宴，
他也没有着急，反而兴致勃勃地和身边几个将军攀比起了身上的
饰件。

但是一些穿戴了几层毛皮和重铠的赤眉官员就有些吃不消了。
他们坐也不是，站也不是，本想富贵而威严地在皇帝和同僚面前亮
个相，挣点脸面，没想到，尚未进入正殿，他们就快被自己的装扮
压垮了。

终于等到老宦官又来宣布，皇帝陛下即将进殿，各位功臣请做
好准备时，那些深知刘盆子底细的功臣们已经快要爆发了。

这个时候，一个看上去衣冠还算得体，好像是刘玄那边投降过
来的文官低头小步走到老宦官面前，文绉绉地说道："臣下谒帖在
此，以贺陛下。"说完双手递上了一块木简。

看到了这一幕的赤眉众将，有人马上就猜到了这是进殿赴宴以
前该有的一道礼节，可他们哪里知道吃个饭还要先上谒帖啊？也没
人告诉他们啊！而且就算知道，恐怕也没几人能写出什么谒帖。于
是这些淳朴的汉子们还像以前在军营中一样，纷纷挤到那名文官的
身边，拍拍他的肩膀，大刺刺地说道："俺不会写字，把俺的名字

也加上去吧。"

只是前边的队形一动，后面的就以为是要进殿赴宴了，于是也开始往前挤。数百名功臣都动起来后，队形很快就乱了。更何况这里面还夹杂着那些衣冠不合体的大小臣僚，他们早就因为这一顿破饭搞得浑身不自在了，所以只想快点进殿。而前面的宦官、侍卫因时辰未到，当然也不能放人进殿，于是，言语冲突转眼就发生了。要知道，这大批的功臣当时还都配着剑呢。

当他们以为遭到了那个放牛娃——刘盆子的戏要时，就再也按捺不住了，有人当即拔出了佩剑狂喊质问。有些人本来就有矛盾，一见对手抽剑，自己为防万一，也连忙抽出了佩剑。在这样嘈杂的环境下，误会犹如墨汁入水一样，迅速传遍了水池。来吃饭的功臣之中就算还有一二冷静之人，此时也只有拔剑自保了。

更加要命的是，有一两个在误会中吃了亏的功臣竟跑出院子把自己的亲兵叫进来了。这些亲兵都是各家主子的心腹，哪里会把别人放在心上，而且更加不懂礼仪。这些人闯进院子后，更是横冲直撞，无所顾忌，完全像是要在战阵中拼死护卫自家的主子一样。

乱到这个地步，就算赤眉的大首领之一逢安赶到也无能为力了。他能做的，也只能是一面关闭大殿的大门，保证小皇帝刘盆子的安全；一面调来更多的卫队，把所有功臣和他们的亲兵全部弹压下去。

当唐牛浑身血污地逃回自己的府邸时，犹自惊魂未定。当着王媪和一众属下的面痛骂了一遍赤眉军的诸位大首领，并痛惜丢失在"混战"中的诸般宝物。

这场失败的庆功宴很快就换来了诸位大首领对赤眉全军的大整肃。大首领们借此机会不光追究了挑头闹事的将军们的责任，还把继续在长安城内游荡、抢劫的士卒们通通抓起来责打问罪。严厉处罚了一批人后，赤眉军进城后的狂欢气氛才得到了遏制。然后，长乐宫的庆功宴再次举行。得到教训的各营将领这时才真正学了一点宫廷礼仪，能够规规矩矩地进殿赴宴了。只不过，宴会之后，各营将军一致认为，这样的饭没有吃头，还不如从前快乐。

眼看天气一天冷似一天，唐牛这些日子遵照王媪的嘱咐，老老实实窝在自己的将军府里，每日只是把玩各种宝物消磨时光，倒也逍遥自在。不过这样的日子也没过多久，手下的三老、从事们又纷纷前来诉苦，说是营中缺粮，前些日子搞来的那些宝物又不能当饭吃，请唐将军快想想办法吧。唐牛当时就火了，大骂这些人无能，说收获季节刚过，难道堂堂的长安城还缺粮食吗？你们一个个有手有脚有兵器，不会自己想办法啊！

细问下去才知道，这长安城还真的没什么粮食。因为长安不比别的城池，除了几座皇帝的大宫殿和众多显贵大臣的府邸以外，就只有城内城外的几座军营和一众奴仆、杂役了，其他郡县城池中的大批下层百姓在这里还真是不多。按照大汉二百年的成例，长安的粮草九成九都是外地运进来的，所谓天子以四海为家，长安的天子就从没指望过靠身边的几亩良田为生。

但自从王莽乱天下以来，长安城里的几大粮仓早就在乱军和乱民的哄抢下见底了，直到刘玄定都长安快一年以后，也没有多大程度的恢复。这本来也是刘玄头痛的问题，可现在都归了赤眉了。赤眉的好汉们这时才有点明白了，为什么长安城拿下得如此容易？原来这里根本就不是一个可以长久坚守的地方。

可是唐牛唐将军并不认可这番道理，他冲着他的手下们喊道："你们全都是胡扯！长安的皇帝和大臣们可以换脑袋，可长安的富户大家可没换，我就不信长安城里找不出几百家富户，这几百家富户家里岂能没有存粮？你们以为我是渔阳郡来的穷小子就什么都不懂吗？你们舍不得放下手中的宝物，就想等粮食自己给你们送上门来，哪有这样的美事？"

但是属下又期期艾艾地表示，不是他们懒，他们真的找了，那些长安的富户比猴子还精。听城中仅存的百姓讲，这些富户早在刘玄进长安以前就跑掉了一大半，等到赤眉靠近长安的时候，城中富户早就所剩无几了，现在也只有长安周边的村寨坞堡里，还有些富户在那里据险自守。

这话一说完，唐将军又有道理了："知道富户在哪里你们还不快去？难道还等着别人主动送上门来？都滚，都滚，挺着两道红眉毛以为自己是巫婆神汉吗？别忘了，你们是赤眉军！赤眉军！"

骂走了属下，唐牛明白自己的逍遥日子是过不成了，要凭着自己的这一营人马去讨伐周围乡野的村寨坞堡肯定是不行的，为今之计也只有自己再去大首领面前吼吼难处了。

不过真到了大首领那里，唐牛才发现自己真是多虑了。缺粮的可不止他一营，其他二十多营也好不到哪里去，有些营的将军又借机嚷嚷着要带着长安城的宝物杀回琅琊郡去。

要说还是大首领们稳得住神，任由各营的将军、大臣闹了一通后，大首领们还是先带着众人参拜了小皇帝刘盆子，得到刘盆子的首肯后，才带着众人退出长乐宫的正殿，来到偏殿关门议事。

在这里，大首领们总算不再以朝礼约束大家，恢复了从前的赤眉本色。御史大夫樊崇歪坐在自己的席位上，指着蹲在一盏青铜宫灯下的丞相逢安，说道："老逢，你倒给弟兄们说说，咱们的琅琊郡还回得去吗？"

正在宫灯旁暖手的逢安笑着说道："你们想回琅琊可以啊，只要你们有本事打败三路人马，别说琅琊，天下哪里去不得？"

不等各营将军发问，逢安又说道："你们都知道，咱们六月初立刘盆子为帝，是不想让刘秀那厮占了正统。那时咱们想的是，让洛阳的刘玄汉军去和河北的刘秀汉军相互厮杀，咱们只要占了长安，就一切都好说了。现在咱们占了长安，可没料到，在河北做了皇帝的刘秀也拿下了洛阳，而且已经派了大军尾随咱们往长安来了。所以，你们若想回琅琊，一要打破长安城周围那些结寨自保的村寨，二要打破刘玄汉军散落在长安城周围的残军，三则要打破刘秀派来争夺长安的大军。"

看着各营将军们面面相觑的苦脸，逢安又强调道："你们可别以为能依次打破这三路人马啊，只要开战，肯定会多路人马混战一团。那刘秀的人马为什么过了函谷关也不进逼长安，他可不是怕了咱们，明摆着是想螳螂捕蝉，黄雀在后。"

有赤眉将军大吼道："那我们就先把刘秀的人马干掉，其他两路回头再收拾！"

结果马上有人讥讽道："咱们去年兵强马壮的时候，也不过是在洛阳城下碰了一鼻子灰，现在若想和战胜了洛阳守军的刘秀汉军一较高下，你觉得成吗？"旁边有人也附和道："咱们营中的那些老少爷们，尽是看中了赤眉军的名头，跟着混吃混喝的，只要势头不对，我敢说一个个都会擦干净眉毛，跑得比兔子还快。"

这些话无人能够反驳，一时整个偏殿陷入沉默之中，只有少数几个人在窃窃私语。

望着一筹莫展的各营将军，樊崇开口说话了，他先是指着那几个总是嚷嚷着要回琅琊郡的老部下骂道："你们几个就不该出来，在家种地多好，饿死在田里就不会有这些烦心事了。"然后又转头骂那几个喊打喊杀的赤眉将军："那么能打怎么没见你们打下洛阳、攻下函谷关？你们要有本事把刘秀抓来，咱家就让刘盆子给你们让位。"

镇住前两拨人后，樊崇才又指着众人说道："进长安以前就叫你们多收集粮草，你们不听，只是一门心思地想到长安来发财，连未央宫顶上剩下的那点镀金铜瓦都让你们刮下来了，你说你们像个什么样子？现在没吃的了，着急了，把你们手上的财宝下锅煮了吃啊？你们不就是想要这些东西吗？"

一通训斥之后，赤眉各营的将军们不敢说话了，都像营中的小士卒一样眼巴巴看着樊崇。这时逢安打圆场说道："好了，樊大哥，弟兄们都知道错了，不用再说了。好歹这些也是跟随你多年的兄弟，前些日子因为进长安城太兴奋了，难免闹得有些过分，其实不管怎样，他们也是把你当大哥的。"

各营将军们一听话有转机，赶紧纷纷跟着说道："就是啊，樊大哥，当初几十万王莽大军攻打太山，那么困难的局面都让你扭转了，更别说今天了。"

"樊大哥，需要我们做什么你就尽管说吧，兄弟们绝无二话。"

"你永远是我们赤眉军的大哥。"

樊崇眼看自己的目的达到了，也就顺势说道："咱们赤眉军是靠弟兄们相互扶持才走到这一天的，像王莽那样死要钱的人不能欺负咱们，像刘秀那样还没拿下天下，就下诏书让天下释放奴婢的虚伪之人，也别想欺骗咱们。当年的太山困不住咱们，如今的长安城也别想困住咱们。"

说到这里，樊崇从怀中拿出一个小印章展示给大家，然后又说道："弟兄们都知道咱家不识字，就靠不同的印章盖在传话人的手上，帮咱家传话。这枚印章就是咱家和从前从太山派出去的兄弟约好的信物。

"进了长安之后，你们都忙着发财，咱却觉得危机四伏，早早就派人四处去和之前派出去的弟兄联络。十天前，蜀郡传来消息。当年派去蜀郡的两兄弟，如今已经帮公孙述拿下了蜀郡，还在公孙述手下做了大官，他们说，只要赤眉的弟兄们来到蜀郡，他们就会刺杀公孙述，把整个蜀郡交给赤眉……"

樊崇话还没说完，各营将军已经欢呼起来，有人高呼："樊大哥万岁！"有人大喊："我们要去蜀郡啦。"也有人喜形于色道：

"蜀郡可是出了名的富庶之地，听说那儿的姑娘特别漂亮，我们到那里安家也不错啊。"

待众人平静一些后，樊崇又说道："欲到蜀郡，必过陇西和汉中，当年派到那里的兄弟还一个也没有找到，所以你们也别高兴得太早，还不知道现在掌握陇西的隗嚣和汉中王刘嘉对咱们赤眉是什么态度。"不过，赤眉将军们已经全不在意，说小小的陇西和汉中，哪敢阻拦我们赤眉大军，只要给他们发一道诏书，再多送些财宝，告诉他们我们只是借道去蜀郡也就是了，若是胆敢拦路，我们这几十万人马一拥而上，吓也吓死他们了。

人群中，只有唐牛心里有些不是滋味，因为他依稀还记得，当年派去蜀郡的是一双剑术高超的兄弟俩，他们也是因为一些说不清道不明的原因才被派去遥远的蜀郡的，只是那两兄弟绝无唐牛等人的苦相，二话不说就上路了，还一再表示，赤眉的各位兄弟都是他哥俩的救命恩人，他二人此去蜀郡必尽全力。想不到，二人真的给赤眉闯出了一片新天地。想想自己一路走来浑浑噩噩，唐牛实在是有些惭愧。

不管怎样，计议已定，各营将军纷纷回营，安排西去蜀郡的各项准备工作。开拔以前，各营的赤眉士卒自然不会放弃这最后的发财机会，又把长安城内外，犹如犁庭扫穴一般细细地搜刮了一遍。赤眉的大首领们也没闲着，先是给刘玄手下的一批降将如王匡、胡殷等人加官进爵，哄骗他们带兵往东，去挡住刘秀汉军，然后才以南郊祭天的名义把赤眉全军带出了长安城。

唐牛在这些天里又和王媪置了无数的气。按唐牛的话讲：王媪这一辈子就只能做奴婢，干不了别的。眼看要出远门了，又是去翻秦岭走蜀道，带那么多东西干吗？按唐牛的意思，只要把金银细软、铠甲兵器和能背得动的粮食带上，其余的，吃喝干净、砸烂、赏人怎么样都可以，这样才能走得轻松，走得愉快。话说回来，蜀郡什么没有？至于这样大包小包的吗？

可王媪不这么想，这样也舍不得，那样也丢不下，生生给自己和唐牛搞出了十五辆大车的行装。好在唐牛还是一营将军，在自己营中总有些脸面，这样才把王媪的坛坛罐罐、针头线脑全部带上了。

到了南郊祭天这一天，赤眉的明白人都知道，所谓祭天也不过就是一种说法。当刘盆子在前面由一群宦官、宫女摆布着给黄天上帝行大礼、焚高香的时候，赤眉各营其实都在趁机清点自己的兵卒和财产。前几个月实在太乱了，但凡有些胆识的，打着赤眉的旗号都能捞着不少好东西，这期间有死于内斗的，有发财后脱离队伍的，也有狂喝滥饮把自己废掉的，所以自己营中到底有多少人马，其实多数的赤眉将军心里也没数。但是他们都明白，不管是否真心，只要在这个时候能来参加赤眉军的南郊祭天，那就说明此人还是愿意和赤眉军继续走下去的，所以不管男女老少，只要来了，就全部编进队伍，向西而去。

出了长安城，声势浩大的赤眉军就在渭河一带蔓延开去。赤眉军先是碰到了渭河平原上一两支残存的刘玄汉军。这些还打着刘玄旗号的小小队伍往往盘踞在一些有院墙的大田庄里。他们在当地农民那里可以称王称霸，但哪里是赤眉军的对手，躲闪不及的除了丧失自己的全部财宝和粮草以外，能保住脑袋就不错了。而前军获得了大批粮草补给的消息传到后军之后，后面的赤眉各营也就迫不及待地向前赶去。

当走过了平原，看见高山的时候，前面阻拦的旗号又变了。那是割据了陇西的隗嚣的队伍。他们的队伍看上去也不强大，似乎就是一些本地的农夫纠集而成。本着先礼后兵的原则，赤眉的大首领们给隗嚣送去了一些礼物和一个传话人。他们要传话人告诉隗嚣，大家都是不堪忍受王莽的恶政才起兵的，当初要不是赤眉在琅琊拖住王莽的主力军，各地义军绝不可能成事。后来刘玄虽然进了长安做了皇帝，可他对当初起兵的各地义军很不厚道，所以赤眉才从东边过来，灭了刘玄。如今，赤眉军只想去蜀郡安家，绝无侵犯隗嚣的意思，只要隗嚣大将军给赤眉补充一些粮草，赤眉各营保证秋毫无犯，静悄悄地穿过隗嚣大将军掌管的各个郡县。不然，两军相争，恐怕只会便宜了后面的刘秀汉军。

樊崇等人以为，这番道理简单又实在，隗嚣断无不允的道理，就算隗嚣不肯资助粮草，应该也不会和赤眉死拼硬斗。可是等了几日后，隗嚣那边却一句回话也没有，而且连赤眉的传话人也不见回来。赤眉的大首领们按捺不住，又派去一个传话人，却依然不见回话。眼看着天气一天比一天冷，秦岭通往蜀郡的几条道路都快封山了，赤眉首领们只好不管不顾地向前冲去。好在隗嚣的队伍似乎也不打算认真阻拦，一看赤眉的队伍靠近，往往稀稀拉拉地放上几排箭，就远远地避开了。

听说前面几营赤眉兄弟已经进到山里，唐牛可是急得不行。因着他这一营老弱妇孺太多，离开长安城后没几天，他们就落在后面了。若是像往常一样是为了躲避交战，唐牛倒不会多说什么。可这一次，前面各营几乎把前进道路上的粮草牛羊扫荡一空，后面各营连只鸡都不容易找到，而且大家又在传说，隗嚣根本就没有认真抵抗，前面各营毫不费力就过去了，再加上连续几天不是刮风就是下雪，一路上苦不堪言。于是，唐牛免不了就天天在自己的队伍里骂骂咧咧，嫌这个慢，嫌那个慢，说什么吃不上好东西都是让这些婆娘和小孩害的。只不过，因为王媪自己就带着她和唐牛的十五辆大车慢慢走在路上，所以营中弟兄谁也没把唐牛的话当回事，依然带着他们的盆盆罐罐，磕磕绊绊地向前赶路。

这天午后，殿后的赤眉各营好不容易赶到山口，看看天色阴沉，道路难行，大家只好准备安营扎寨了，可还没生起几堆火，就看见山上忽然冲下来无数的赤眉兄弟。这些人丢盔卸甲惊魂未定，边跑边喊："快撤吧。前面中埋伏了。几个营的弟兄全没了。快跑吧。"闻听此言，殿后的赤眉各营立刻后队变前队，顾不得收拾东西就跟着一块儿跑了。此时唐牛也不再说什么殿后没好吃的之类的怪话，一把把王媪拽上自己的马背，一路狂奔而去。

这一退就退了一天一夜，当所有人都跑不动的时候，赤眉的好汉们才发现，他们的身后好像并没有追兵，一路跟来的，尽是自己的兄弟。这时首领们也冒出来了，大呼小叫地收拢自己营的弟兄，还要追究胡乱传话之人的罪责。可追来追去，人们总算知道了，溃兵们传的话也不全是谣言，前面几营的赤眉兄弟确实全都没了，但他们不是中了隗嚣的埋伏，而是遭遇了雪崩。那些想要赶在大雪封山以前跨过汉中，直达蜀郡，给后面的赤眉弟兄抢一块落脚地的前军兄弟，全都被大雪、碎石和沙土埋在秦岭的大山里了。

已经无法探寻那天究竟是隗嚣深谋远虑，还是赤眉前军的兄弟自作孽了。从山腰上逃回来的赤眉兄弟事后回忆说，他们本来正唱着军歌紧紧追赶前面几营的弟兄，忽然之间就听见前面几座山头上传来轰隆隆的雷鸣之声，其时并无风雪雷雨，正当大家狐疑之时，有经验的弟兄已经大喊起来："是雪崩！快跑啊！"

众人明白过来后，马上转身向山下急冲，饶是如此，几座山头上疾驰而下的雪崩还是把半山腰的赤眉人马吞噬了不少，而走在最前面的几营赤眉精锐几乎片甲无存。侥幸逃下山的人都说，过秦岭必经的那条山谷已经被雪石碎木填满了，凡是当时走进那条山谷的，无人能够幸存。

前军精锐尽毁，幸存的赤眉各营自然就会想到这一定是割据当地的隗嚣给他们赤眉军设下的圈套，要让不知当地情况的赤眉军遭受重创后，再聚而歼之。所以残余的赤眉各营稳住脚步后，立刻连占了周围村寨的多处坞堡，抢修土墙和壕沟，准备迎接隗嚣军的大举进攻。

但是，预料中的进攻始终没有到来，隗嚣反倒在这个时候送回了从前的赤眉传话人和一百大车的粟米。传话人说，隗大将军听说赤眉军惨遭不幸，特送上百车粮食以表慰问。隗大将军还说，陇西地贫人穷养不了大军，为赤眉大军考虑，还是先退回长安再想办法吧。

隗嚣的这番表态彻底把樊崇等大首领搞糊涂了。本来他们还在鼓动赤眉各营与隗嚣决战，既要替死在山上的弟兄们报仇，也要为自己再杀出一条通往蜀郡的生路。可隗嚣如此态度，立刻就泄了赤眉各营杀敌图存的心劲。暗地里，赤眉各营也有人疯传，说赤眉前军各营不懂过雪山的规矩，一路歌舞喧哗，分明是自己招来的大雪崩，隗嚣也不过是顺势而为罢了。

不管怎么说，今年想去蜀郡已经不可能了，但若留在此处又忌惮隗嚣的大军。赤眉的大首领们思来想去没有办法，只好接受隗大将军的建议，向长安城退去。

第二十四章
赤眉之败

　　此去长安，赤眉各营既没有了首次进军长安的兴奋，也没有了离开长安时的得意，相反，人人心里都压着一块沉重的石头。毕竟，几个营的弟兄说没就没了，他们还都是赤眉军中最能打的人。剩下的人也在一天一夜的大撤退中丢失了大部分财物，在凄风苦雨中，他们感觉比去年过武关和陆浑关的时候还惨。

　　王媪就不止一次地在唐牛面前哀叹她那十五辆大车，说什么那十五辆大车上可全是好东西，是她在长安整整半年的心血，就算天爷来了，也舍不得给的。她还说，早知道不是隗嚣攻打赤眉，他们何必跑得那么快，毕竟雪崩也不会追到山下来，也不会抢她的大车。她甚至试探着和唐牛商量，要不她自己回去找找看？说不定她的大车还在原地等她呢？

　　唐牛被王媪快要缠得烦死了，连骂了她几次，才让这个小肚鸡肠的女人明白，战场上丢失的财物是没法找回来的，在撤退时脱离队伍也是自己找死。看看周围这些弟兄，谁会傻到去找丢了的东西？这个时候，好好熬一锅肉羹给大家吃才是正经的。

　　怀着一股邪火的赤眉各营在归途中听说，长安已经被刘秀派来的邓禹占了，此时邓禹正在抢修城墙和护城河，准备和赤眉军隔城大战。这一下，赤眉全军又陷入恐惧之中，因为谁都知道，这个时候的赤眉军可没有攻克坚城的能力，先不说精兵猛将所剩不多，单是攻城所需的各种器械赤眉各营也没有啊！更何况隗嚣送的那些粮草现在也所剩无几了，在这种情况下若是强行攻城，会发生什么几乎是不用猜测的。每到这个时候，赤眉军中想回琅琊的呼声自然又会响起，可是长安城在前，秦岭在后，琅琊郡实在是太遥远了。

虎牙将军唐子密对怎么攻城也是一窍不通，召集属下们议了几次还是不得要领，在这样一个大难题面前，王媪成天唠叨的那十五辆大车似乎也不算是最烦人的了，而且唐将军也感觉到，赤眉军有可能迈不过这道坎了。在最后时刻到来之前，他认为还是应该为自己为王媪做些准备才好。所以，一向油滑的唐将军暗暗命令属下，还是要想办法搞一些容易携带的财物才好。

此令一出，没过几天就有属下来邀功，说是发现了大量容易携带的财物，只是白天不方便去拿，要天黑了才好去。唐牛哪管什么白天还是黑夜，只要有好东西，他怎么样都行。于是，夜深人静后，堂堂虎牙将军唐牛唐子密就跟着几个属下跑去了长安城东郊外的一个小山包旁。

当看到山脚下草丛中的一些石马、石人时，唐牛就觉得有些奇怪，等到进入破败的祠堂，又看见一些类似长安城中皇宫里的摆件时，唐将军才恍然大悟，揪住那几个属下骂道："作死啊！你们竟是带我来盗墓！"几个属下连忙止住唐牛，让他别声张，然后才明确告诉他，这个时候，除了皇陵，哪里还有财宝集中的地方？他们是看在唐首领为人一向不错的份上，才带着唐首领一块儿来的。唐首领若是觉得不妥，不妨先走，反正这地方想来的人还多着呢。

唐牛想想也是，这个时候还能抠出财宝的地方，恐怕也就只剩下皇陵了，望着荒郊野地里四处的点点火光，唐首领知道，这种事虽说是缺了大德，可想干敢干的人还真是不少，于是终于还是把心一横，跟着这几个属下钻进了一个盗洞。

第二天，当王媪见到唐牛拿回的满满一口袋金锭、金饼、马蹄金、玉璧、玉玦、玉麒麟等财宝时，差点就要晕厥过去，醒过神来后，又慌慌张张地把这些财宝到处藏。可唐牛不让她藏，还说要拿去给樊崇看看。王媪不解地问道："干吗给他看？给他看了还能拿回来吗？"唐牛解释道："你个傻婆姨知道什么，那么多人干这事，铁定是瞒不住的，我们早点说出来，还能留个余地。"

说完，唐牛真的就拿了一半的财宝去见樊崇等大首领了。这一次，唐牛总算没有赌错，他发现大首领们确实在商议怎样严惩那些私下盗掘大汉皇陵的赤眉士卒。大首领们撇着嘴表示，毕竟咱们赤眉打的也是大汉的旗号，盗掘皇陵岂不就是挖了自家的祖坟，所以就算是主动自首的，至少也应该处以劓刑。既然是这样，唐牛当然不能说自己是来献宝自首的。于是，唐牛义正辞严地表示，区区几个马蹄金算得什么？他是为了拿下长安城才这么做的。这一下满座的大首领自然都被震住了，都问唐牛，何出此言？

唐牛边想边说，倒也圆出了一个理由，他说："盗墓是天怒人怨、丧尽天良、断子绝孙的勾当，肯定是不该干，可是刘秀一向标榜自己是大汉正统，要把我们赤眉消灭在长安城下，也是人尽皆知的。他们刘秀汉军以为守着长安的高厚城墙就能看尽我们赤眉的笑话，那我们也不妨把刘秀的列祖列宗都从地底下翻出来晾晾，看看天下百姓是笑我们还是笑刘秀？"

这番高论一出，赤眉的大首领都惊叹有理。毕竟在生死存亡面前，那点道德不值一提。于是，赤眉大首领们纷纷传令，要各营赤眉都往长安东郊开进。

这一下，大汉高祖皇帝的长陵、孝景皇帝的阳陵、孝武皇帝的茂陵、孝昭皇帝的平陵、孝成皇帝的延陵等一连串的大汉皇陵全都遭了殃。其实，这些皇陵早在王莽败亡的时候就被人光顾了，只不过一直以来，只有零星的小毛贼和个别胆大的狂徒才敢来，相比规模浩大的各处皇陵，他们造成的破坏还算是有限。但是现在，整营整营的赤眉士卒和周边带路的百姓全都明火执仗地跑来发财了。而且为了表示自己执行的是军令而不是满足个人的发财欲望，那些在皇陵里发了财的赤眉士卒，还专门把各式财宝拿到长安城下炫耀一番。闹得最离谱的士卒，甚至把一具黑乎乎脏兮兮的女尸拖到长安城下展示了一番，声称这就是当年威震天下的吕太后，要城上的刘秀汉军赶紧出来叩首迎接。

事情闹到这个份上，刘秀汉军也确实坐不住了，只好出城来保护他们的列祖列宗。赤眉各营等的就是这一刻，一看敌人脱离了高厚城墙的保护，立刻神一阵鬼一阵地围住乱打。刘秀汉军投鼠忌器，心神不定，勉强交战了几次后，架不住赤眉军怪招迭出，只好放弃长安城，再次退往云阳。

赤眉军时隔两个月后再次拿下长安，大出长安内外人等的预料，赤眉军自己也四处宣扬：我们赤眉，想来就来，想走就走，任谁也拿我们没有办法。可这时的长安是怎样的长安呢？刘秀汉军可不是规规矩矩退出长安城的，他们和赤眉军一样，离开长安前照样是犁庭扫穴、大肆烧杀抢掠了一番后才走的。那么即便不算王莽败亡时的混乱时光，仅仅计算从刘玄汉军到赤眉军两次占领的过程，长安城也差不多被劫掠七八次之多了，所以，就算长安真的曾经是天下之本，这个时候也已经没有一丝生机了。

那些在赤眉走后一度归降刘秀汉军的刘玄汉军各部，这时又纷纷腆着脸请求赤眉予以收留。赤眉的大首领们倒也不为难他们，在他们献上财宝和粮草后，依然以刘盆子的名义授予他们各种官职。

这种把戏不过是赤眉首次进长安一幕的重演，还是没人去招抚周围郡县的百姓，还是看不见四面八方的强敌，赤眉各营的庆功宴结束后，粮草问题依然无法解决，几十万农夫聚在一起，不是想着怎么种出粮食，反倒是只想千方百计把别人口袋里那不多的一点存粮全部搞过来。

退出长安的刘秀汉军慢慢也看出了端倪。赤眉军闹得这么凶，其实也没什么可怕的。他们兵多，毕竟粮少，刘秀汉军兵少，粮草却多。所以稳住了心神的刘秀汉军在赤眉军再次进入长安后不久，也开始试探性地再次向长安发动各种反击。

这个时候的长安渐渐陷入了比一年前更加混乱的局面。表面上看，长安是在赤眉军的手上，他们的几十个营若是一齐出动也是声势惊人、无人可挡的样子。可是在他们的周围，手上有兵有粮的各支刘玄余部和刘秀汉军照样可以生存，甚至还可以不时地骚扰一下赤眉大军，而发了怒的赤眉大军固然可以集中力量在某一个方向上驱赶对手，抢点粮食，但在赤眉各营的消耗下，抢来的粮食永远只是杯水车薪。何况较量到这个地步，赤眉各营自己也明白，他们的本事就在于人多势众，若是和敌人在同等兵力下较量，赤眉几无胜算。于是，怪圈出现了，赤眉军只有靠人多才能保存自己，打败敌人；而人多就需要更多的粮食，没有粮食又只能靠人多去抢。赤眉大军这时就像一头陷入泥沼的巨兽，正把自己和周围的一切拉进这个巨大的泥坑里。

在长安城中勉强挨过了个把月以后，赤眉各营真的挺不住了，这时的长安也几乎成了鬼魅世界。凡是不能在军营里分一口吃食的人，差不多都饿死了，那些赤眉的敌人如今也疲惫不堪，躲得远远的，不再幻想靠一次大战就能打败赤眉，建立不世功勋了。赤眉的首领们在饥饿面前也不再提两次占领长安城的荣耀了。这一次，大小首领们都默认，也许杀回东方、杀回琅琊郡才是大军溃散前唯一的选择。

赤眉最大的敌人——刘秀汉军，也在这时悄悄换将了。曾经被寄予厚望的大将军邓禹终于耗尽了刘秀的耐心，刘秀派出了冯异来收拾这里的烂摊子。

　　唐牛听说冯异到来时，还很是兴奋了一阵，他知道自己被逼离开刘秀汉军和冯异脱不了干系，若是能在战场上抓获冯异，那很多事情就能真相大白了。但是这事儿想想也就算了，唐牛知道，他若是把自己和冯异的恩怨讲给赤眉的大首领们听，大首领们一定会派他这一营先去和冯异死战。权衡利弊，他更愿意先把手头上的存粮好好在营中分配一下。没有粮食，他这个虎牙将军能做到何时都还说不定呢。

　　这个时候的赤眉军和一年以前，甚至半年以前的赤眉军都有了很大的不同。粮食问题像一个巨大的绞索在慢慢收紧。曾经的三十营赤眉从表面上看好像还有不少，但是赤眉的各个营之间已经严重分化了。最了不起的当然还是那些最能打的营，他们仰仗彪悍的将军和凶猛的士卒不仅横扫一切外面的敌人，对内也是不遑多让，所以每次出战之前，没胆子顶到第一线的赤眉各营必须拿出粮食让勇于出战的勇士吃饱，而交战之后，跟在后面的各营往往连一包粮食也收获不到。长此以往，不善作战的各营自然就会越来越弱。同时，顶在第一线的各营也不是没有风险。为了保持自己的凶悍，这些营不仅每战必须争先，还要不断吸收后面各营的精锐士卒，否则以赤眉各营的散漫，什么样的英雄好汉都难以持久。

　　在这种情况下，唐牛一营算是一个异数。以唐牛的秉性，他当然不会每战争先，但他的优势却是总有说不清道不明的粮草来供养他的营众。在其他各营只能煮麦粥、米粥、豆粥的时候，唐将军还能换着花样给自己的手下提供各种豆饼、馍馍，甚至豆腐。这当中自然少不了王媪的殚精竭虑和唐牛一贯标榜的绝对公平。作为一营首领，他很早以前就公开和手下人吃一样的东西了。但是唐牛一营的粮食来源始终也是一个谜，这个谜让唐牛尚能维持一营首领的权柄。

只不过始终围绕在唐牛身前身后的几十辆粮食大车，却在赤眉大军逼近殽山时，让唐牛吃了大亏。那几十辆大车现在已经比几十车财宝更吸引人了。所以，当赤眉大军和刘秀汉军展开又一次大战时，一支刘秀汉军竟然抛开顶在前面的赤眉各营，直向唐牛身边的这些粮食大车杀来。唐牛见势不妙，也想指挥手下勇敢迎敌，可是他庞大的营众毕竟是以老弱妇孺居多，在刘秀汉军的冲击下，唐牛的手下很快就溃不成军了。

　　刘秀汉军是冲着粮食大车来的，冲散唐牛手下后，就想抢这些大车，而唐牛自然不能撒手，一来二去，几辆大车就被摇散架了。这时在两军士卒的睽睽众目之下，所有人都看见了，原来唐首领的所谓粮食大车不过是在一袋袋土囊之上，薄薄地盖了一层大豆。眼看如此粮车，震惊的不止是刘秀汉军，连赤眉各营也发出了惊呼，怎么唐首领的所谓粮食就是这些东西？于是，在刘秀汉军退去后，唐牛也陷入了众叛亲离、上下交恶的地步。

　　这种欺骗是没法解释的，何况又是在这种生死存亡的时候。赤眉的大首领们此刻绝口不提唐牛以往的功劳，只以一句"严肃军令"就把唐牛和他的身边人发配去了前军营，让这些人先去踏破刘秀汉军的封锁线。此时唐牛身边只剩下百余亲兵和王媪等数人。在这些人懊恼发怒，讥讽赤眉的大首领们白吃了他们多少粮食的时候，唐牛反倒安慰他们说："没事。他们把我的营散了倒好，我再也不用给他们找粮食，发粮食了。你们自己的粮食可要背好，大伙儿跟紧了，只要冲过殽山，地势就开阔了，那时，赤眉也好，刘秀也罢，谁都别想困住我们。不是我吹牛，我唐牛要想在河北找一处落脚的地方还是不难的。"剩余的这些亲兵和王媪等人感念唐牛一直暗中偏向他们，也纷纷表示，唐首领去哪儿，他们就去哪儿，他们这辈子是跟定唐首领了。

　　可是在越来越冷的天气里，在两军日夜缠斗不休的情况下，唐牛的这番鼓励还是太单薄了。随着战斗的继续，唐牛身边的亲兵在快速地损失，连一向爱惜自己性命的唐首领也不可避免地顶在了最前面。这时的唐牛真急了，也不管其他营的赤眉士卒听不听他的，只一个劲地向大家喊道："起来呀！动呀！冲过这个山口就好了！"赤眉前军稀稀拉拉的人群在慢慢向前移动，唐牛差点就以为自己真能闯过去了。不过就在此时，跟在后边的队伍却乱了。有人惊慌失措地喊道："刘秀汉军混进咱们的队伍啦。弟兄们小心！眉毛红的也不一定是自己人啊。"

这也许只是刘秀汉军又一次的袭扰行动，他们为了阻止住赤眉军的步伐已经不在乎所使用的手段了。赤眉军也没有把刘秀汉军混淆视听的伎俩看得有多么了不起，反正这无非就是每日不停厮杀中的又一次罢了。但是这一次，走在队伍前面的唐牛却在拉扯一个倒地的兄弟时，被人当胸砍了一刀，他不能分辨此人是刘秀汉军那边混进来的奸细，还是自己弟兄重伤下的胡乱一击。只记得当时正好有一大团雪掉在他的脖子上，唐牛当时还很奇怪，怎么就没觉得冷呢？然后就隐约听见有人在他身后大喊："天爷！你怎么啦？"

赤眉军之后怎么战斗，怎么杀出崤山，甚至自己每天怎么吃喝拉撒的，唐牛一概都不知道了。他只知道周遭还是很冷、很吵，自己虚弱得没有一丝力气，好像还经常被翻来滚去地移动。但是不管怎么样，总有一个温热的身体时不时地来抱住他，和他说话，鼓励他要挺住，还往他嘴里塞一些嚼碎的吃食。

当唐牛睁开眼睛的时候，他发现周围的山林峡谷已经不见了，自己身下是一大块开垦过的田垄。天气依然很冷，很多脸上红一块黑一块的赤眉兄弟仍旧挤在身边，但是很奇怪，这些人只是呆呆坐着或趴着，不往前走也不说话。

唐牛挣扎着，低声问了一句："这是哪儿啊？"

没人理他。

唐牛养了一会儿力气，又挣扎着问道："我怎么啦？这是哪儿啊？"

这时，旁边才有一个人伸手抱了他一下，以一股嘶哑无力的声音回答道："前面就是宜阳①城了，刘秀带大军挡在前面，咱们过不去了。"

听了这话，唐牛才渐渐想起从前的往事，他忍不住叹口气说道："我们就要死在这儿了吗？"

那个嘶哑无力的声音也是养了好一阵力气才告诉他："听说大首领们派人去和刘秀谈判去了，不知道能谈成个什么样，也许谈好了，我们就不用死了，还能有东西吃。"

唐牛看看眼前那些歪倒一片的身影，又想起了那些倒在殽山和长安的兄弟，忍不住"呜呜"哭了起来。旁边那人把他抱得更紧了，还用右手往他嘴里塞了一点什么，同时安慰他说："别哭了，别哭了，天爷啊，你吃点东西吧。"

唐牛尝出来了，喂到他嘴里的竟是一点黄米糊糊，想到全军早就断粮了，于是感激地说道："谢谢兄弟，你是我营里的人吗？"那人"呼呼"两声，好像是在笑，又好像是在哭，嘶哑着说道："傻天爷啊，我怎么又成你兄弟了？"

这时唐牛终于能够艰难地扭过脸来看看抱住他的那个人了。好一会儿后，才迟疑地问道："你是王媪？"他之所以要问，是因为眼前的这个人虽然和王媪很像，但此刻却是两颊深陷，双目无神，满头满脸都是泥土和冰渣，左眼和上嘴唇还不知受了什么伤，高高地肿了起来，这和从前那个风情万种、伶牙俐齿、眼波婉转的美妇人真有天壤之别。

王媪在看到唐牛认出自己后，又是"呼呼"两声，也不知是笑

---

① 今河南宜阳西北。

是哭。缓了一阵后，她才以一点点微弱的声音说道："将军，奴家只能把你带到这儿啦，以后你若是封侯拜相、大富大贵了，可别忘了我呀。"

唐牛一瞬间就明白了，肯定是王媪费尽了千辛万苦才把受了重伤的自己带到这儿来的。可她一个女人，在雪地山林里，在两军混战之中，又没有粮食，又没有车驾马匹，她是怎么做到的呢？唐牛来不及细想这些，用手指把嘴里的黄米糊糊又抠了出来，想重新喂给王媪，同时急急说道："你吃点，你也吃点，我好了你就不用担心了，我会带你去过好日子的。"

可是王媪此时的眼神已经涣散了，对唐牛递过来的黄米糊糊没有一点反应，只是语无伦次、声音越来越低地说着："天了个爷，我的男人和孩子没了，我要去找他们了。我熬的肉羹在锅里，你们自己去盛吧，我……"

唐牛看着王媪的生命之火一点点熄灭，却连嘶喊恸哭的力气也没有，他只能紧紧地依偎着王媪，大口喘着气，任冰冷的雪花把他俩和这片野地里的赤眉兄弟一起掩盖。

这一个晚冬的白天很快就过去了，当唐牛以为自己就要和王媪一样死在这野地里时，宜阳城方向却有一片火把冒雪而来。"是刘秀汉军杀过来了吗？"躺在后面的赤眉兄弟忍不住问前面的人。不过唐牛并不在意，在他眼里，冻饿而死或者刀砍剑刺而死有何区别，只要不让他离开王媪就可以了。

那一群火把走近后，满地的赤眉残军没看见火把下的人穿戴盔甲手拿兵刃，只看见他们挑来了几百个热气腾腾的大木桶。为首之人还没走近就远远地喊道："赤眉兄弟们不要放箭。我是此地的亭长。你们赤眉的大首领已经投降啦。不要放箭，我们是奉皇帝陛下的命令，给你们送吃的来了。"

没人欢呼，也没人搏斗，即便是还能挺起身子的赤眉兄弟也只是呆坐在那里，眼睁睁地看着那些大木桶。那个亭长确实没说诳语，他们真的从那些大木桶里，盛出了一碗碗喷香的米粥。当他们把一碗碗热粥送到那些赤眉士卒手上的时候，虽是在田野之中，也能听见一片刀枪剑戟跌落地上发出的"叮当"声。

当然，宜阳的百姓连夜顶风冒雪送粥来，也不仅仅是为了贯彻刘秀的旨意和挽救赤眉兄弟。他们穿梭在疲惫至极的赤眉士卒之间，总是这样劝慰那些濒死之人，"大兄弟，好好拿着这碗粥，慢慢喝，不着急，还有呢。来，我帮你把胸甲卸下来吧，刀就放在我旁边，你这怀里的碎金烂银我也帮你拿着吧，别那样看我，好好喝粥不好吗？对，看着粥，别看我。东西拿来。"

在火把照耀下，唐牛也分到了一小碗米粥。因为他的兵器早就不见了，所以他和王媭两人身上揣的各种细软也很快被人搜走了，但唐牛并不在意这些，他就想一直依偎着王媭，还试着让冰冷的王媭也喝一点米粥，只不过唐牛也不过仅剩一口气而已，小小移动了几下就昏死过去了。

等到唐牛再次醒过来的时候，发现自己已经被移到了一个地窝子里，而王媭却不见了身影。唐牛努力挣扎着坐起身来，爬到地窝子外面又找了一点吃的，然后逢人就问，王媭在哪里？

根本就没人理他，此刻，十几万残余的赤眉军正在同样数目的刘秀汉军的监视下，在宜阳城外接受整编。按照刘秀的军令，凡是还能自己走动的赤眉士卒，都要在汉军押送下，分批去宜阳城东接受挑选。不能走动的赤眉士卒，则被交给宜阳当地的官吏和百姓就地喂食或治疗。赤眉军交出来的兵器，全部集中到宜阳城西。宜阳城北的几座大营则用来圈禁赤眉军的大小首领。

形如野狗一样的唐牛，本来也被当作濒死之人就地看护，可他惦记着王媭的下落，竟拼着全身的力气用了十余天时间在宜阳城外整整爬了一圈。于是，唐牛看到了城西堆积如山的各种长短兵器，看到了城东各种大小形状的地窝子里，昔日那些赤眉兄弟的惨状，也看到了城北守卫森严的那一片首领营帐——此时唐牛已经不再是赤眉军的首领了，每次靠近都会被看守的刘秀汉军赶走——但不管爬到哪里，唐牛都找不着王媪的身影，甚至在城南集中掩埋尸首的地方，也找不到。唐牛在这些日子里时而晕倒，时而清醒，爬到哪里，就在哪里吃上一口，靠着一口气撑着，竟也在渐渐恢复之中。在这个过程中，他也好几次差点被抬到城南埋掉，但每一次都因为想着王媪才及时醒来。

等到唐牛能站起来的时候，赤眉残卒的整编工作也快完成了。为了庆祝这一伟大的胜利，也为了欢庆新年，刘秀汉军还搞了一个盛大的阅兵式。

在新年一月的冷风吹拂下，一队队衣甲鲜明、士气高昂的刘秀汉军依次通过在宜阳城西郊、洛河岸边紧急搭建的一座高台。高台背后，赤眉军交出的兵器堆成了山丘，成为此次阅兵最耀眼的背景，而高台之上，刘秀和他的将军们则全副戎装，心满意足地接受着手下士卒一浪高过一浪的欢呼。

远远躲在阅兵场外围的唐牛，听到了"冯异大将军威武""祭遵大将军威武""吴汉大将军威武"等等熟悉的名字，也知道士卒们喊出的"吾皇千秋万岁"是献给谁的，可他根本不敢靠近，只能像蝼蚁一样匍匐在远处的角落里，默默地寻找王媪。

唐牛没有看到，阅兵式的最后一幕更加精彩。在一队已经换了汉军服饰的赤眉残军引导下，以刘盆子为首的几十名赤眉大小首领全都赤裸着上身，反绑着自己，免冠、赤足，一步步从自己的营帐走到了刘秀君臣的阅兵台前。这些人在一名下级文官的指引下，由刘盆子出面，依次献上了王莽骗来的传国玉玺，更始皇帝刘玄用过的七尺宝剑和表示赤眉降服的一双玉璧。当稳坐高台正中的刘秀接过这三样宝物时，环绕阅兵台的刘秀汉军再次发出山呼海啸一般的欢呼声。在他们眼里，这就意味着他们的君王刘秀是正统，他们一生的事业有了保障。

阅兵台上的刘秀还是一如既往的平和。他没有为难领头的刘盆子，只是像吓唬一个顽皮的孩子一样问他："你知不知道称王称帝这种事十有八九是会被杀头的？"刘盆子慌忙磕头，趴在地上说道："罪臣知道是死罪，可称王称帝都不是罪臣的本意，再说皇帝陛下不是已经答应赦免罪臣了吗？"刘盆子朴实的回答颇有堵刘秀之口的意思，刘秀倒也不在意，哈哈笑道："你这小子看着呆，其实却也狡猾，比刘玄强多了。那刘玄是看着聪明，其实很呆，所以你保住了性命，刘玄却丧命长安。"说完，刘秀又环顾身后的诸位大将，笑问道："怎么样？我们刘家的这个孩子还不算是笨蛋吧？"这话虽是消遣刘盆子的笑话，但也算是间接承认了刘盆子的宗室血脉，明显有保全刘盆子性命的意思，所以身后众将皆笑而不语。

放过刘盆子后，刘秀对其他的赤眉首领可就没那么客气了。瞪着眼睛历数了赤眉军对长安和沿途郡县的破坏。这些账照理不应该全算在赤眉军一家头上，刘玄汉军和刘秀汉军肯定也没少干，可是刘秀不管，还在大发议论之后挑衅赤眉众首领，说诸位要是不服，不妨现在就放你们回去，我们可以重整旗鼓，再决高下。这个时候的赤眉诸将谁敢说话？都拿眼睛看着樊崇而已。樊崇其实早在头天晚上就准备了一大通要献媚刘秀的话，可是此时此地，因为刘秀的揶揄反倒哽住了。他不知道应该是先解释一下赤眉军的行动，还是就不管不顾地把原先准备的话都倒出来。

好在跪在他身边的徐宣，偷偷看到樊崇涨红了脸说不出话来，急忙接口道："臣等西进长安，不是妄图占有天下，不过是为陛下铲除刘玄逆贼而已。臣等从长安出来，向东走的时候，也早就打定主意，一遇到陛下的车驾就要立即归降，只是因为不敢告诉属下那些凶悖的狂徒，才和陛下的大军造成一些误会。今日归降陛下，臣等犹如逃离虎口，回到慈母怀中，诚心诚意的快乐还来不及，哪里会有悔意？"

这才是昨晚赤眉众首领商议后准备说的话。刘秀听到后，哈哈大笑，话锋一转又说道："你们这些人本是为了抵抗王莽暴政才聚到一起，也算是事出有因，但你们从琅琊郡到长安，四处破坏，吸收贼众，仍是犯了大罪，只不过你们这些人一来对待部属、亲人尚属有情有义，二来拥立君王，还知道找刘氏宗亲，三来大败之时，也没有抛弃你们的主子，所以我才饶了你们的性命，从今往后，你们只要安心做个恭顺的百姓就可以了。"

轰轰烈烈的阅兵式胜利结束了，刘秀汉军在几天之内也相继开拔了。十余万赤眉军，精壮能战的全部编入了刘秀汉军之中，老弱妇孺悉数遣送回本乡本土，伤病而亡的则就地掩埋。于是在几十天里，曾经沸腾喧闹、嘈杂不堪的宜阳城内外又渐渐恢复了往日的宁静。

此时唐牛还像野狗一样在宜阳城外乱窜，他的身体在渐渐恢复，也能更有效地躲过一支支汉军队伍和遣送队伍了。他还在妄想着要找到王媪的尸体，为了这个目的，益阳本地官府给遣送队伍准备的汤药粮草、衣帽鞋袜和每人一串五铢钱他都放弃了，因为他始终不能忘怀，王媪是怎样把他从崤山的乱战之中带出来的。

但是，数十万人马来来回回的践踏早让宜阳城外各处改变了模样，等到人潮退去后，宜阳当地的百姓又开始在野外为春耕做准备了。野狗一般的唐牛寻寻觅觅、躲躲藏藏，却连他和王媪最初在城外的栖身之地也无法确定了。而且，没有了大军的掩护，他一个外乡人也越来越不容易藏身了。宜阳城内外各个路口悬挂的告示都明确说明，凡有不服从遣送、私自脱离队伍的赤眉贼人，一经抓获即入官为奴，若查实有伤人及盗窃等罪行，则枭首示众。

可怜唐牛胸口的巨创还没痊愈，双臂双腿还整日玄虚无力，若不是他天生善于学习各地的方言，到哪里都能和人友善相处，也许他早就被某一个亭长抓获了。即便如此，在看到宜阳城外冬雪融尽，百草发芽之后，唐牛终于还是绝望了。最后，他只有在面向崤山的一个僻静洼地里，默默挖了一个小坑，然后把两根人形的枯枝和自己在路边捡到的一片残玉放入其中。一面掩埋，一面在心中默念："王媪啊王媪，这就当是我陪你睡在地下啦，你生前我不愿拿你当夫人，死后就让我二人长做夫妻吧，愿你地下有知，原谅我这个没用之人。"哭祭一番后，唐牛就慢慢离开了宜阳地界。

天地虽大，唐牛却不知何处可以安身。这一次，再没有赤眉或者绿林这样的地方可以投奔了，而关中各郡的残破也是他不久前才见识了的，回到那里，不被饿死，只怕也会被人吃掉，再推广而想，东西南北，哪里不是一片残破？他这几年好像就没见过一处乐土。灰心丧气之下，唐牛决定还是回渔阳郡好了。他以为，既然王莽早亡了，那他当年打死军官的事应该也不会有人追究了吧？只要大幡旗的师傅们还念他一丝旧情，找碗饭吃应该还是可以的，而且他在这些天寻找王媪的过程中，早已探知黄河就在此地北边不远的地方，一旦过了黄河，他就知道怎么走了。

于是，唐牛蹒跚北向，历经一个多月的跋涉，终于在初夏时节进入了渔阳郡地界。唐牛发现，家乡环境似乎没怎么变，很多熟人却不见了。不光各大幡旗的堂口看不见了，昔日那些小伙伴也不见了踪影。唐牛很是费了一番周折，才找到了已然瘸了一条腿，和一个瘦弱孩子窝在一处破草房里苟活的李煌。

李煌乍见唐牛，很是激动，刚问了一句"唐大哥，这几年你到哪儿去了？"就止不住泪如雨下，之后他又一瘸一拐地想给唐牛张罗点吃食，可是这间破草房里，连碗热水也拿不出来。唐牛只好安慰他，让他别忙，随后又问起了王果的下落。不提还好，一提王果，李煌又是嚎啕大哭。唐牛心知不妙，也只有等李煌平静下来后再探问详情。李煌哭一阵，说一阵，费了好半天劲儿才把事情说了个大概。

原来，自从刘秀平定王郎以后，虽说对天下人宣布河北已定，但其实当时的河北各郡还远未悉数臣服，其中最不服的就是河北的各大幡旗。这些各大幡旗在王郎和刘秀征战时，有些帮助王郎，有些帮助刘秀，不过多数都是保境安民，两不相帮。他们过惯了王莽败亡后的逍遥日子，以为刘秀获胜后也不敢把他们怎么样。但是，刘秀消灭王郎后，没过多久就开始向河北各郡县选官派吏，征兵征粮，这就让各大幡旗不能无动于衷了，因为各大幡旗吃的也是这个营生。他们烧符拜神，吸纳子弟，其实也不过是另一种形式的征兵征粮罢了。如果各大幡旗不能阻止刘秀的官吏在自己的子弟中征兵征粮，那他们属下的子弟势必会星散而去，于是诉公仇也罢，讲私怨也好，就算是托了西王母和各路神仙的关系，河北各大幡旗也陆陆续续开始和刘秀汉军发生了冲突，而一旦冲突开始，各大幡旗自然也明白只有联合起来才能生存的道理。

王果和李煌就是在这个时候跟着渔阳郡大幡旗的师傅们去找刘秀算账的。那时他两人都认可大师傅们所说的，刘秀是另一个王莽的说法，这毕竟也是各路神仙一致的看法，而且那时他二人也不认为会发生什么了不起的大战。因为他们早听说了，刘秀手下的精兵猛将都是他们渔阳、云中及河北各郡的乡亲，一旦战场上相遇，相信几句家乡话递过去，那些精兵猛将一定不会为了刘秀这么一个外乡人拼命。

事实也确实如此。当刘秀带着他的精兵猛将气势汹汹而来时，他根本想不到手下的河北兵将竟会在战况紧急时给对面那些咋咋呼呼的农夫让出一条路来，急于避敌的刘秀又在危难时刻被身边的河北亲兵带进了一条没有出路的绝谷。按说，大幡旗师傅们在战前的这一系列秘密安排，足以致刘秀于死地，而且当时战场上确实也不停有传言说，这里或者那里发现了刘秀大魔头的尸体，但是最后，这些都被证实是假的。几天后，刘秀汉军宣布，他们的统帅毫发无伤，已经安全回到了他们的大营。

此事一度还引发了参战的各大幡旗大师傅们的不和，相互指责是对方暗动手脚，放走了敌人。但是，据当时参与搜山的大幡旗子弟讲，当时他们确实发现过一个神色慌张的外地口音之人，只因这人对各大幡旗的切口和规矩都能一一道来，所以就没有为难他，放他走了（唐牛听到这里不由内心一震，因为他依稀记得自己曾向刘秀讲述过各大幡旗的内情）。

不管怎么说，刘秀没抓住，各大幡旗就要开始倒霉了。曾经既是河北大幡旗的首领又是刘秀汉军赞助人的真定王刘扬，就被刘秀突然铲除了，刘秀汉军中那些与各大幡旗暗中来往的将领大受震动，各大幡旗联军几乎一夜之间就无法探知刘秀汉军的内情了。整军再战的刘秀虽然不能把手下的河北士卒都换掉，但是大批不可靠的河北将领却被以种种名义抽调出来了，然后以刘秀南阳郡的大批同乡取而代之。

更可怕的是，刘秀还改变了打法，在以大军和各大幡旗联军正面对峙的同时，又派出数支游骑分队，绕到各大幡旗联军的背后袭扰、破坏，大搞恐怖活动。要不了多久，各大幡旗的队伍里就传开了，各家都说自己的家乡遭到了刘秀汉军的报复，要求联军先去自己的家乡解救亲人。

大敌当前，原先的内应没有了，自己的后路又岌岌可危，再加上各大幡旗联军本来就没有一言九鼎的大首领，于是，联军此前旺盛的斗志开始松懈了。当初大师傅们号召大家在本乡本土作战，好处当然是人地两熟，但却没想到坏处也是人地两熟。那些听闻自己家乡被刘秀汉军破坏的汉子，看到联军迟迟没有办法，就有人开始惦记家中人的安危，不顾军令，偷偷离营而去。一旦此事成风，以保卫家乡为号召的大师傅们，也就只有顺应民意，先把旗下的弟子们带回家乡去看看。可只要有一两个大师傅举着大幡旗先走了，各大幡旗的联军也就算是瓦解了。

事实也确实如此。几个月后，以保卫乡里为由聚集起来的各大幡旗，又因为保卫乡里这一同样的理由而分开了。而一旦分开，刘秀汉军的攻势就立即发动了。

王果和李煌就是在这个时候失散的。在跟着大师傅回乡的路上，王果、李煌所在的这一支大幡旗队伍，突然遭到了刘秀汉军的打击。骑马走在前面的大师傅和几个大弟子根本来不及招呼众人迎敌，就被刘秀汉军裹住了。其余众人面对迎面而来的汉军突骑，又没有人指挥，全都发一声喊，向四野荒僻处乱跑。李煌一开始还跟着王果在跑，可是当一匹快马在他身后"咯噔，咯噔"地追上来时，李煌心中一慌，脚一崴，就从一道沟坎摔下去了。

当夜幕降临，一场大雨把他淋醒时，爬上沟坎的李煌只看见月光下，横七竖八的尸首铺满了大半个原野。从那以后，李煌就再没看见王果。李煌对唐牛明言："我一个瘸子，你一个病夫都回来了，王果没回来，只怕是交代了。"

回到家乡的李煌又发现，家乡已经不一样了。没有了各大幡旗为大家主持公道，郡城、县城里的那些老爷们又敢到乡下来了。而从前那些对各大幡旗弟子睁一只眼闭一只眼的里长、亭长们，现在在郡县长官的支持下，口口声声说什么本地盗贼已灭，我皇正在讨伐各地逆贼，为了天下大计，各家各户都要做出贡献，其实不过就是征粮、征税、征兵罢了。在这种气氛下，瘸了腿的李煌既找不到人收留、帮助他，也缴纳不起各种口赋、算赋，渐渐的就在自己的家乡成了一个流浪汉。而雪上加霜的是，王果一个叫小武的侄儿，因孤苦无靠，也只能依附于他。

听李煌讲完，唐牛摸了摸那个叫小五的瘦弱孩子的头，算是明白了，自己就别指望曾经的各大幡旗能够庇护自己了，一旦乱说乱动，搞不好还会被人翻出自己曾在绿林、赤眉军中混过的黑历史。

不过，再难也要吃饭啊。可眼前这一个瘸子一个孩子自身尚且难保，要说靠着他们吃饭实在也是困难。思来想去，唐牛又想到了一直以来念念不忘的罗青。虽说他也不愿以如此落魄的样子出现在罗青面前，可事到如今他又有什么办法。细说起来，自己当初被逼离开家乡，还是和罗青有点关系的，至少和罗青家那只被偷的鸡有点关系，就算罗青现在看不上自己了，可罗青家怎么说还是有几十亩旱地和一间客栈，若是罗青肯和她老爹说说，自己这一碗饭食应该还是有着落的。

这样想过后，唐牛鼓足勇气又往罗青家摸去。在罗青家周围蹲守了两天之后，唐牛终于看见罗青了。而罗青看到讪讪着出现在眼前的唐牛时，倒也并不十分吃惊，反倒拉着唐牛躲进一条小巷，一边替唐牛拍着身上的灰，一边痛心疾首地埋怨道："我说什么来着，早就让你寻一个安生的活路，你不听，偏要四处瞎混，这下好了，混成这个样子，连身好衣服也没有，知道后悔了吧？"

唐牛想说，他也吃过好的、穿过好的，可惜没给罗青带回来。可他才张口，就被罗青打断了："你那几个大师傅死的死，跑的跑，你怎么还敢在街上瞎晃，一旦让人告到官府，罚你做奴算是轻的，丢了小命都有可能。"看唐牛瞄向远处自己的家门，罗青又当机立断说道："我爹交粮交税都交怕了，你可别想去找我爹要吃的。再说，就凭你四大幡旗弟子的身份我爹也不敢收留你，你还是趁早别打我家的主意了。你以前和我家的关系，我爹绝不会认的。"不过看着唐牛欲言又止、可怜巴巴的样子，罗青还是忍不住说道："罢了，罢了，你真是我命中的煞星。我现在在郡城给人当婢女呢，这样吧，明天你跟我一起去干活，好歹有口饭吃，还不用担心官府抓你。记住啊！五更以前就要在我家门前的巷子口等我。这不是我们以前偷跑出去玩，是去给人家干活，你认真些。"叮嘱完了，罗青又从怀里摸出两个黄米饭团塞给唐牛，然后看看四下无人留意就匆匆而去。

可怜唐牛直到罗青走了也没说上一句整话，这几年在外的风风雨雨还实实在在地憋在他的嘴里。也许罗青以为唐牛这几年还不是和在家乡一样，只不过是到处混吃混喝混玩而已，也许罗青对唐牛想说的那些江湖之事真的不感兴趣，可不管怎样，唐牛知道自己找到着落了。他把两个黄米饭团带回去给了李煌和小武，自己一口没吃，趁着天色尚早，赶紧倒下睡上一会儿。

第二天一大早，四周还是一片漆黑的时候，唐牛已经悄悄跟着罗青上路了，他们赶在郡城城门刚开时就进了城，又顺着大街走了好久，把众多宅院和商铺都甩在了身后。正当唐牛忍不住想问罗青，到底往哪儿走时，罗青却带着唐牛拐进了一个角门。因为是从角门进来的，唐牛也没看清楚这是处什么宅邸，只知道里面的佣人真多，和清冷的大街几乎是两个世界。罗青在把唐牛交给一个管事的差头后，只来得及叮嘱唐牛一句"好好做事，少说话"就急匆匆地忙她自己的事去了。呆头呆脑的唐牛先是被人吆喝着去劈了一大堆柴火，然后又被喊去挑了十几缸水，接着又干了不少杂活，直忙到日上三竿，才有人递给他一碗糙米饭，上面随便堆了些青菜、黄酱，让他蹲一边吃去。

唐牛看到众多仆役都是蹲在墙角一边晒太阳，一边刨食，他也就满脸堆着笑，挤进了人堆里。等到众仆役都吃得差不多了，差头还没有来叫大家的时候，殷勤给大家舀水喝的唐牛才小心问道："咱们渔阳郡的大户我也见过不少，却不知这户人家什么来头，竟要用这么多佣人？"一听这话众仆役就笑了。

有人戏弄他道："这是咱们渔阳郡最大的大户了，老哥你是渔阳郡人吗？怎么这都不知道？"唐牛傻傻回应道："兄弟我才从外地回来，只知道原先渔阳郡的大户要么是养牛养马做畜牧的，要么是买卖毛皮做边贸的，可这些人都住城外，没听说在咱们郡城里还有这么大户的人家。"那些人继续戏弄唐牛道："养牛养马、买卖毛皮的哪能和咱们主人家比？就是把全渔阳郡的大户加在一起，也没咱们主人这户人家大，老哥，你还不明白吗？"

正说着，管事的差头来了，吆喝一众吃过饭的仆役赶紧去前门搬运新到的贺礼，说是主母的寿辰大典在即，每天都有新打造的金银器、漆器、木器等诸般用品送过来，大家万万不可偷懒。

于是唐牛也赶紧放下水瓢，和大家一起去前门搬东西。直到出了侧院，拐过走廊，来到大门口，开始搬东西后，唐牛才从大门匾额上"大将军府"四个大字中明白自己到了什么地方——这里竟是渔阳郡太守的府邸！难怪那些仆役说全渔阳郡再没有比这户人家更大的大户了。

可是看着大门口往来巡逻的士卒，唐牛又有些害怕，毕竟自己曾是这渔阳郡最活跃的四大幡旗的弟子，几个月前还是赤眉的将军，这要是让人知道了，只怕连跑的地方都没有。不过心慌意乱地搬了两圈东西后，望着那些在外围巡守的士卒，唐牛忽然又明白了。在整个渔阳郡，唯一可以不被那些亭长、里长骚扰的地方，恐怕也就是郡守大人的府邸了。罗青带他来这个地方做仆役，应该就是算准了这一点，他完全可以踏踏实实地在这里混口饭吃了。想到这一点，唐牛心里又不慌了，心中充满了对罗青的感激之情，而且更加小心地抱着那些新铸的宫灯，毕恭毕敬地往渔阳太守的府邸里走。

认真干活的唐牛短时间内就获得了渔阳太守府内杂役差头的赞赏，被提拔为一起干活的五个仆役中的小头目。但是平心而论，这个小头目可是不好当的，因为太守府内的差事多，活路重，吃的不好，薪水也少，好多仆役干起活来都是能拖就拖，能躲就躲，像唐牛这样抢着干活的还真是不多。唐牛自然知道自己为什么这么卖力气，他怕万一自己被踢出太守府后压根就找不到其他存身之所。

很快，差头一直念兹在兹的主母寿辰就到了。多日来操劳不断的唐牛又和众仆役一起，从三更天直忙到天光大亮后，才把足够几百人欢宴的场地布置好，把酒食准备好。等到内府的管事人来验收检查时，别说唐牛这些仆役，就是那些指挥干活的差头也一律不许露面，只能在后院偏房里，等待冗长的行礼拜寿环节结束。

通过一些像罗青一样的使女，唐牛这些杂役们断断续续知道了，今日的程序是府内先由主母、主人带着身边人祭拜先祖，亲近人等这时可以抢先向主母拜寿，接着就是按亲疏关系、尊卑长幼次序，一批批地把在府外等候的拜寿人带进府来拜寿。与此同时，唐牛等一众仆役又成了府外临时牵马、赶车、维持秩序的小厮。等到内府传出指令，准备开席，宴请拜寿人时，唐牛等一些勤快可靠之人又会被叫去帮忙传菜。

在帮忙传菜的时候，一个早上水米未进的唐牛才有机会远远望了一眼他已经为之效劳了两个来月的主母和主人。

那其实也就是众星捧月、花团锦簇的两个影子。按差头一直强调的规矩，传菜人可不是人，他应该就是一个会走路的托盘，一旦把酒食送到位，传菜人要立刻低头、躬身、碎步往回走，万不可惊动了主人和宾客。遵照此规矩的唐牛传了几次菜后，虽不敢抬头，却也在心中暗暗嘀咕：这么大的规矩，简直比得上皇宫内院了，想当初自己在长乐宫赴宴的时候，好像也没这么紧张过。

这时的宴会场上，自然也没人关注一个传菜的小厮。主位上的两个主人频频接受众宾客的祝酒，在众人的一片恭维声中，那个主母的尖利嗓音还是远远地传了出去："我家老爷是个忠厚人，从来不知道为自己着想。去年王郎作乱的时候，也不是没人劝过我家老爷，可我家老爷乱想了吗？没有啊！连着几个月，不知给当今圣上送去了多少粮草和精兵。现在可倒好，当初老爷派去带兵的县令、偏将都坐到了三公、大将军的位置，我家老爷却还是区区一个大将军，由此可知，大家口口声声颂扬的当今圣上也有做得不公的地方。"

座下宾客哪里有人敢接这话，全都讪讪干笑而已，最后还是主母身边的老爷以纯正官音说道："夫人不必为下官不平，我庞家世代为官，诗书传家，为的不是官位大小，而是天下苍生，若不是当今圣上颇有人君之相，下官也不会以渔阳全郡之力侍奉于他，既然君臣大义已定，下官自当奉守臣节……"主人家的话还没落地，那个主母又嚷嚷道："一口一个圣上，也不知是真是假。前年的刘玄，去年的王郎，对了，还有前几个月的刘盆子哪个不是圣上？现在这些人都还在吗？要我说，你也不要太死脑筋了，前几天你不也说谶语里有几句话和我们家挺像的吗？……"

话说到这个份上，座下的宾客也有点慌了，他们听也不是，不听也不是。只见一个年老的宾客赶紧起身离席，想再一次向主人家敬酒，以期岔开这个话题。可是这位老年宾客慌手慌脚之下，竟在躬身行礼时，脚下一个趔趄，打翻了手中的酒爵，连嘴边的贺词也就此卡住了。

就在主人和宾客都无比尴尬而主母眼看就要发怒的时候，一个传菜的杂役突然挺身而出，扶助老年宾客，还捡回了酒爵，然后手捧酒爵，以三拜九叩之礼向主人家行礼后，朗声说道："天下百姓皆知岁岁（碎碎）平安的古礼，今由年高德劭之人为陛下行之，陛下必能长命百岁，逢凶化吉。"

所有人都盯住了这个把主人家称为"陛下"，还行了三拜九叩之礼的下人，他们都以为这个胡乱行礼的下人只怕是在劫难逃。可是主座上的人却半天没说话，反复端详后，才对着那个下人问了一

268 不 / 义 / 侯

句不相干的话：“你是哪里人？叫什么名字？”

　　跪在那里半天不敢移动的正是唐牛，此时他已经十分后悔自己的勤快了。可是这些天他心里时刻牢记的分明就是差头告诉他的，一定要以主母的寿宴为头等大事，不管出了什么事，都不可使寿宴出了纰漏。他没想到，自己真的这么做了，却换来这么一个局面。现在听到主人问话，他也只好恭敬答道：“小人唐牛，就是渔阳郡本地人氏。适才冲撞了老爷，还望老爷恕罪。”唐牛小心翼翼地改了称谓，想把刚才说错的话蒙混过去。

　　可是主人家还是不依不饶地问道：“那你两年前在什么地方？”唐牛略一回想，那正是他在赤眉和绿林瞎混的时候，这如何说得？于是只好模糊说道：“两年前正是世道混乱的时候，小人在外地朋友家避乱。”

　　“不对，”主人家指着唐牛，肯定说道，“两年前你在太山的赤眉军中，不大不小还是个首领。”

　　这番话可把唐牛吓得不轻，赶紧伏地颤声说道：“小人那时是被贼人裹挟，身不由己，如今已蒙官军释放，回乡做了良民，还望大老爷明鉴。”

　　在座下宾客的一片惊叹声中，高高在上的主人家却也没有叫人来擒拿唐牛，反倒呵呵笑着说道：“你不妨看看我是何人？”

　　唐牛也不敢起身，只是微微抬头向上瞄了一眼，然后就高声说道：“大老爷是神仙下凡，志在解救天下苍生，不会和一个说错话的下人一般见识的。”到了此时，他也只好死马当成活马医，先送出去一些漂亮话，期望混过这场祸事。

　　但是主座上的人也不是那么好哄骗的，“哎”了一声就把唐牛的那些恭维话卸掉了。他还是不喊抓喊拿，只是又提醒唐牛：“樊崇大首领送我们下太山前的那场酒宴，你可曾记得啊？”

　　听到这么一句，唐牛禁不住浑身一震，再抬头向上看了一眼，然后连敬语都来不及准备就脱口而出："是你？彭儒生？"

那座上主人正是当年和唐牛在太山上有过一面之缘的彭宠。

彭宠此时也向身边人说道："夫人，这人就是我以前跟你提起过的那个赤眉贼人。说起来，若非此人当年和我换了任务，我也不能到这渔阳郡来，若不到这渔阳郡来，我也就碰不上刘玄的使节，至于官拜太守、大将军什么的，更是无从谈起。唉！世事难料，我当年若如愿回归家乡，说不定此时还在南阳郡隐居呢。"

彭宠的这番话一说完，宴席上所有人都望向了唐牛。彭宠身边的夫人也尖声说道："当年王莽猜忌各郡贤人，有点声望的老太爷就是那时被害死的，我家老爷被迫四处躲藏，上了太山，又到了河北，我也是好不容易寻到渔阳郡，才寻到了老爷，想不到这番境遇竟和此人有关。"

这位彭夫人深看唐牛一眼，又说道："当初刘玄刚刚即位，派了使节韩鸿来安定河北，因在渔阳郡找不到合适的人，才一再要老爷出山。我们那时也不容易，还没有一个乡下的大幡旗师傅有脸面，可老爷却说天下苍生无辜，总要有人收拾才好，这才接了渔阳郡的差事，然后就辅助当今圣上干到了现在。你们瞧瞧，若不是天命注定，如何同是太山上下来的，一个成了大将军，一个还是奴仆？"

在众人的赞叹声中，唐牛也赶紧顺着彭夫人的话说道："大将军乃天下英才，天命自有眷顾，自然无往而不利。别说小人这样的贱命比不了，就算是赤眉大首领樊崇那样的一时豪杰，还有王郎、刘玄、刘盆子那样显赫一时的伪命之人也比不了。将来安定天下的重任，还是要靠大将军这样的天命之人。"

话说到这里，彭宠和他的夫人总算笑了，刚才宾客失礼的事也不再有人提及，相反，彭宠还把唐牛招到身边，亲切地问起了他这几年的境遇。唐牛一看，这不像是要把他当作大幡旗混混或者赤眉余党抓起来的样子，赶紧从地上爬起来，一步一叩首地来到彭宠身边，然后又添油加醋、截长补短地给彭宠大概讲述了一遍他这几年的遭遇。只不过，既然是当着彭宠的面，唐牛难免要夸张讲讲绿林军和赤眉军的种种可笑、糊涂之处，而且还一再赞叹，他这几年走了这么多州郡，没有一处像现在的渔阳郡这样安定、平和。说到最后，唐牛甚至流着泪表示，在渔阳郡彭大将军手下做一个奴仆，也比在外面乱世中当一个将军强，他这辈子都不想再离开彭大将军治下的渔阳郡了。

对于唐牛的夸张表现，彭宠并不像他的夫人和宾客那样反应强烈，作为深具儒家涵养的一位高官，他还一再以才听说的唐牛的表字——"子密"称呼唐牛，让"子密"今后在这里安心度日。这种待奴仆以客礼的高贵行为当然也获得了在场宾客的一致颂扬。

当天，寿宴尽善尽美。

当晚，唐牛唐子密则被秘密招进了彭宠的内室。巨大枝形宫灯照耀下的彭宠端坐不动，如高山如神祇。三拜九叩后的唐牛唐子密则半天不敢抬头，如草芥如虾米。彭宠也不绕弯子，直接就问到了唐子密和刘秀的交往经历。

唐牛听到彭宠还把自己称为子密，却没有尊称刘秀的帝号，心里就略微有些疑惑，于是在讲述他怎样在南阳郡遇上刘氏兄弟，怎样跟着他们在昆阳击败王莽大军，又怎样在河北时起时落时，他也留了个心眼，只在刘秀称帝以后的事件中称其帝号，而对以前的事件，也只称呼刘秀为刘将军或者萧王。

彭宠竟然没有对唐牛这一明显大逆不道的做法有任何表示。在听完唐牛冗长的讲述后，彭宠居然又问唐牛，对刘秀的看法如何？这一下唐牛就有些挠头了。他当然知道自己和刘秀的关系从来也没有太亲密过，那个当初的骑牛将军、如今的圣上，似乎总是给人一种淡淡的感觉，和大碗喝酒大块吃肉的樊崇，以及虚荣、小气的刘玄都很不一样。唐牛和刘秀这样的人交往不来，却也不好说这样的人坏话，更重要的是，唐牛还没搞清楚，彭宠是想听什么话？

很显然，不回答也是不行的。唐牛无奈之下只好先不痛不痒地说道："刘秀平常也看不出有什么异于常人之处，为官带兵也没有什么特别的地方，不过他的运气是真好。"彭宠眼睛一亮，自然要唐牛具体讲讲。

于是唐牛就略带感慨地讲道："前年刘玄诛杀刘縯的时候，大家都以为刘秀凶多吉少，我虽不是他兄弟二人的心腹手下，在他身边待着也不觉安心，可这个刘秀不知怎么东绕西绕，竟然让刘玄放过了他，还让他去河北镇慰州郡，虽说不给兵马就让他去河北也没安什么好心，可毕竟没像他哥哥一样丢了性命啊！

"再说王郎作乱之时，那个冬天可真是凶险，我们又没吃的又没兵卒，就赶着几辆破车在河北的几个郡县之间瞎跑，一旦碰上王郎的队伍，那是必死无疑，可刘秀就看不出太慌神的样子，比他手下那些书生强多了。结果我们东绕西绕，居然又绕出了一些兵马，在别人想靠着这些兵马逃命的时候，刘秀就扯出了'讨平王郎'的旗号，结果倒唬得王郎不敢轻举妄动，之后的事大人也就知道了，我们渔阳郡和云中、右北平郡的那些突骑一到，王郎毕竟难逃一死……"

就在唐牛说得兴起的时候，彭宠忽然冷冷插口道："依你之见，刘秀既有如此命数，那他当真是真命天子喽！"

唐牛立刻感到一股寒气迎面扑来，多年的江湖经验使他马上改口道："却也未必。刘秀的小心思我还是知道一点的，就说昆阳大战那次，王莽大军都逼上门来了，刘秀此时偏要出城去找援兵，若说没有一点逃离险境的想法，我是不相信。最后也幸亏是胜了，若是败了，刘秀可比我们这些困在城里的人安全多了。其他的事也大概都差不多，细说起来，刘秀好像也没有太危险太拔尖的时候，否则，刘玄哪会那么轻易放过他……"

"你东拉西扯干什么？"彭宠再次打断唐牛问道，"照你说的，刘秀又是和王郎一样，是靠着欺诈之术才走到今天吗？"

"非也，"唐牛眼看绕不过去了，只好继续胡扯道，"以小人之见，刘秀主要还是占了时机的便宜。大人想想看，若不是他兄长刘縯带着他出道，刘秀岂能做得了义军的将军？若不是刘玄粗安天下，刘秀又岂能来镇慰河北？若不是赤眉大军攻破长安收拾了刘玄，刘秀更不可能顺利称帝。所以说，前面那些人才是刘秀的大功臣。但是如今天下英雄尚多，已走到这一步的刘秀又安知不是在给后面的英雄好汉创造局面？"说到此处，唐牛总算长出了一口气，因为他知道他把他的故事给编圆了。

彭宠此时也总算露出了一丝笑容，口中还嘀咕了一句"后面的英雄好汉"什么的。随后，他又开始称呼唐牛为"子密"了，还让婢女给唐牛倒了一碗水喝，才吩咐人带唐牛唐子密出去歇息。

第二十六章

欲罢不能

　　第二天，唐牛就奉命进入彭宠的大将军府内堂，做了个差头。前些天还和唐牛一起做苦力的同伴们纷纷给唐牛庆贺，说他运气好，竟遇上这么一个念旧的富贵故人，还起着哄请唐牛帮忙，给他们换一个轻松、体面的差事。唐牛一一答应下来，说是他这个人也很念旧，一旦他说得上话了，一定也让大伙儿过上好日子。转过头来，唐牛唐子密就把罗青招进了大将军府的内堂做事，还给李煌和小武在府内安排了一个闲差，至于其他人，则只能苦苦等待唐子密答应的好时机了。

　　不过话说回来，大将军府内堂的新任差头唐子密也确实干得不错。虽说没读过什么书，可他毕竟在宛城、邯郸的王府，乃至洛阳、长安的皇宫进出过不少回。所以，官府人家的大致规矩他还是明白的。更重要的是，唐子密已经看出来了，这彭宠夫妇可不是省油的灯，虽说表面上喜欢把儒家的礼仪、道家的谦和挂在嘴边，还一直坚持称呼唐牛的表字"子密"，但这对夫妻的内心却是只要尊卑不要谦和的。

　　于是，唐子密投其所好，把自己管辖范围内的一切规矩，都改用长安长乐宫中的那一套来迎合这对夫妻，就算有一些细节他想

274　🐀 不 / 义 / 侯

不起来记不准了，也不过就是往铺张、豪华、尊贵上靠就是了，反正也不是花他的钱、用他的东西。偶尔彭宠夫妇问起来，唐子密也总是坚持说，刘玄、刘盆子那样的人都用得，大人如何用不得？论起对天下百姓的贡献，刘玄、刘盆子用才叫僭越，大人用是理所应当。每到这个时候，彭宠夫妇也只是一笑了之。

在唐子密的操持下，渔阳太守大将军府的内堂变化了不少，主人、主母也更舒心了。唐子密天天陪侍在主人身边，不仅养好了自己的身体，还盘算着以后要努力做到大管家的位置上去。谁都知道，大管家的位置油水可着实不少，只要踏踏实实干上几年，在城外购上几百亩好地也是有可能的，那时再把罗青招呼过来当个女主人，她一定愿意。

可是唐子密的眼光毕竟不如彭宠，他也没有留心彭宠几次向他询问赤眉和刘秀的目的是什么。几个月的时光转瞬即过，当彭宠又一次要唐子密陪侍在身边，出席每月一次的渔阳郡属员大会时，唐子密并没多想。

渔阳郡的这一处议事大堂，还是三个月前唐子密按照他记忆中长乐宫内殿的样子重新布置的。初次使用时，彭宠手下的各级属员无不面露惊讶之色，时至今日，他们已经见怪不怪了。

按照会议程序，首先是渔阳郡下属的五个县令依次汇报了他们辖区内的治安、收成和新兵招募情况。这几个县令年龄或老或少，态度或者紧张或者松弛，但都表示在清除了境内各大幡旗的影响之后，县内治安状况有了明显改善，再没人敢聚众斗殴、惹是生非了，而治安状况好转后，收粮收税的事情也好做了，同样，有粮有钱之后，征募新兵，以及别的事也好办了。

其中靠北边的两个县令发言了，一个说，塞外的匈奴王对我们渔阳郡送给他们的粮食和绸缎十分满意，说将来一旦渔阳郡需要帮助，他们一定鼎力相助。现在渔阳郡的北部防务已经有匈奴骑兵在帮忙了。另一个则说，得益于塞外买来的良马，新的一批突骑已经训练完毕，随时可以供大将军调遣。

而南边的三个县令也表功道，除了谷物钱粮，他们征收的布帛、镔铁、木料也超过往年，在沿海郡县购买的五百石食盐也在他们参加会议前就缴到了郡城大库，还望彭大将军安心。

总之一句话，渔阳郡现在可以说是兵精粮足，百姓安乐，连一向严肃的彭宠听后都忍不住夸赞道："看来你们都还干得不错嘛。"识趣的座下官员当然也会在此时一致恭维是大将军彭宠领导有方。

可是等到大将军府内的几个属员汇报时，情况就不同了。这几个属员接连展示了几份公文，全是洛阳发来催粮催款催兵的，而且口气一封比一封严厉。那几个属员也哀叹着表示，他们的长官已经被扣在洛阳不许回来了，说若是渔阳郡再不把钱粮兵卒送往洛阳，洛阳方面就要把他们的长官明正典刑。如何应对，还请大将军明示。

听完这些哀叹，议事堂上一片肃静，再无一点笑声。在众人仰视中的彭宠半天没有说话，只在批阅了几件不相干的公文后，才幽幽说道："我知道，坊间一直有谣传，说是一年前我派去帮刘秀打天下的部属现在都已经有多人位列三公做大将军了，而我守在渔阳郡也不过就是个虚名大将军，连个王爵都没混上。所以有人猜测，本人是心怀不满，于是就不再给刘秀提供钱粮兵卒了。你们都听过这个说法吧？"

虽然彭宠说得轻描淡写，可是这样的内容哪个属下敢接，所以，议事堂内依然是一片寂静。

彭宠在又翻完一卷公文后，才继续说道："大半年前，刘秀亲率大军征讨各大幡旗时，曾在我渔阳郡住过两天，你们当中大部分人也是亲眼见过的，那时刘秀拉着我的手，称呼我为北道主人，并没有把我当作一般的属下，因为他知道，若没有我渔阳郡的支持，就没有他刘秀的今天。"说到这里，彭宠扫视了一眼众属下，然后才着重说道："一个人臣能被主上如此看重还不够吗？区区官位何足道哉？"

就在众属下想要颂扬彭宠的高风亮节时，大将军彭宠又说道："我和各位一样，都吃过天下大乱的苦头。当初王郎作乱的时候，你们当中有很多人也说过应该支持王郎，因为王郎那时的声势大些，看上去胜算高些，可是刘秀那时却有澄清冤狱、待民宽厚的好名声，虽说两方的胜负，乃至我等的性命都在这一念之间，但最后我们还是决定要支持仁义的一方。在我们的支持下，去年刘秀灭了王郎，攻下洛阳，今年年初又降服了赤眉，拿到了传国玉玺，如今看来，应该说我渔阳郡当初的选择没错吧？"

彭宠说得全是夸赞刘秀的话，可语气和神情全不是那么回事，堂下的众多属员自然也不知该如何接话。

属下既然不敢接话，彭宠接着继续说道："我渔阳郡境内之事大家都是清楚的，境外之事往常也都有洛阳发来公文向我们通报，根据洛阳的公文，刘秀治下的各地可全是一片大好。但是，真的有这么好吗？"彭宠好像是在问自己，又好像是在问众人。不等有人回答，彭宠就从自己面前几案的一堆公文下面翻出一卷木简，冷笑着扔给离他最近的一个属下，命令道："念！"

这名属下措手不及地接过木简，调整好次序后，只看了几个字就露出大惊失色的表情。但是彭宠却不为所动，不容置疑地继续命令道："大声念出来。"这属下只好清清嗓子，大声念道："密报，破虏将军邓奉于五月初反于淯阳。"

看着众人面面相觑的面孔，彭宠森森说道："谁向我密报的你们不用管，你们知道邓奉是什么人吗？知道淯阳是什么地方吗？"不等属下发问，彭宠又自己解释道："这个破虏将军邓奉，是刘秀二姐刘元的丈夫邓晨的亲弟弟，刘元曾在刘氏兄弟起兵之初，败于王莽大军时，把坐骑让给刘秀，使之逃命，而自己和三个子女全部丧命乱军之中，可以说，没有刘元，哪有刘秀的今天？邓晨则是以新野大族之身，带着弟弟邓奉和全部亲族鼎力支持刘氏兄弟。而淯阳就在新野境内，是邓氏家族聚居之地，也是刘秀兄弟最早兴兵的地方。可以说，邓家和当今圣上就是一家，而邓奉居然反了。

"至于邓奉为什么造反，其实也很简单，这位破虏将军在随刘秀收复赤眉，立功受赏之后，告假回乡省亲，却正好碰上吴汉大将军以讨贼为名抢掠他的家乡，邓奉以破虏将军、皇亲国戚的名义都制止不住这些乱兵，恼怒之下，只能起兵造反，自己保卫乡里了。"

听到这里，堂下的渔阳郡属员一片大哗。有人禁不住低声问道："当今圣上竟然不管吗？"另一些人则低声叹道："俗话说，匪过如梳，兵过如篦。官军那些勾当，圣上岂能不知？只是若管得严了，又哪里去找效命之人？"

等这些人声音渐渐平息后，彭宠继续说道："邓奉一事可能是邓将军出于一时义愤，等过一阵，也许还能和刘秀和好，毕竟他们两家关系不一般。其他地方的事，大概就没这么容易商量了。"

这一次，彭宠不再把木简丢给属下，而是自己连续抽出几块木简读道：

"密报，赤眉出长安后，关中依旧大乱，刘秀军掌控之地不到一半，陇西、汉中、蜀郡巍然不动。"

"密报，刘玄余党盘踞南阳、宛城者尚多，刘秀军尚未掌握南阳。"

"密报，前时刘玄所封的梁王刘永已在睢阳称帝，手中有二十八座城池，三十万大军。"

"密报，楚黎王秦丰尚在邓县一带与刘秀军激战，暂时看不出胜负。"

"密报……"

连续读了一串密报之后，彭宠终于放下了手中的木简，看着属下惊讶的表情，很是嘲讽地说道："仁义之师？未必吧！天下太平？还早呢！"

然后彭宠又恢复了正襟危坐的姿态，一本正经地对堂下属员说道："现在各位该知道，下官我为什么一直扣着钱粮士卒不发给洛阳了吧？那刘秀若是真命天子、仁义之主，纵使弱小，我辈自当大力支持，助其平定天下。可若不是呢？若刘秀不过是又一个王莽或者刘玄，那我渔阳郡的钱粮兵卒岂能拿去助纣为虐？从密报看来，如今除了河北尚属安定，天下西、南、东三个方向依然动荡不安，这和刘秀诏书里一再宣称的天命已定，可大不一样啊！"

接着彭宠缓了一口气又说道："不过，各位也不要担心，我彭某人并不是要拉着各位造反，刀枪无眼的道理彭某人还是知道的。我和在座诸位及渔阳郡的百姓一样，才过了几天安稳日子，也不想又刀兵四起，只是若不搞清楚那刘秀到底是沽名钓誉之徒还是真命天子，如今的安稳日子也是靠不住的，你们也不想因为跟错了人就失财失命吧？想想看，像赤眉、王郎那样旋起旋灭有什么意思？

"当然，事关重大，单靠密报，也不足为凭。现在，西面和南面两个方向都有我渔阳郡的行商或者旧部去了解情况了，只有东边刘永那里还没有合适的人选，你们谁若和刘永或者刘永手下的大将张步熟悉，当替渔阳郡的百姓走这一遭，也才不枉了渔阳郡百姓钱粮的供养之恩。"

但是在彭宠的问话之后，堂下属员并无一人挺身而出，反倒一个个眼观鼻、鼻观口，大气也不多出一下。饶是彭宠再三询问，也无一人开口。于是彭宠只好又说道："我们这些人不种粮食，不牧牛马，也只有在这种事情上才有一点用处，今天我就明说了吧，若是让我知道了谁和刘永或者张步有关系，却不愿出力，那他就不要想在渔阳郡待下去了！"

这话别人听着也许还能无动于衷或者死撑到底，但彭宠身边的唐牛唐子密却渐渐站不住了。一开始他就在想，张步不就是吕母那里的张大哥吗？怎么张大哥离开赤眉以后，又去别人手下做了大将？不过以张大哥的本事，做个大将又有何不可？

当听到彭宠要人去东方打探消息时，唐子密又想，我可再不离开渔阳郡了，这么多大官小官都不出声，这事一定干不得，再说此张步也不见得就是我认识的那个张大哥，我一定不能出声。

但等到彭宠开始威胁众人时，唐子密终于还是绷不住弦了，犹豫着躬身对彭宠说道："小人，小人认得张步，不知可否有幸为大人出一份力？"

彭宠对唐子密的举动却也没有过于惊奇，只是哈哈笑道："想不到我内堂之中也有这般人物。"

接下来的一切也就顺理成章了。唐牛唐子密先给彭宠和渔阳郡众官属讲了自己和张布的交往过程，然后又详细介绍了张步的能耐。众官属和彭宠听后都表示，张步是刘永手下最重要的大将，只要搞清楚张步的想法，自然也就知道刘永是否能成大事了。他们认定，唐子密此行一定能带回关于东方的真实情况。于是，行装、文书、马匹、仆役这些杂事也都在火速准备之中。而唐牛唐子密直到走那天也没搞明白，自己是贸然闯进了彭宠的计划里，还是彭宠早已探知了他的底细，就等着他落入彀中。

不过在出发前唐子密和彭宠最后一次密谈中，彭宠还是安慰了唐子密。他告诉唐子密，不要想太多，把他彭宠对刘永和张步的问候带到也就是了，而刘永和张步想怎么干，不是他一个密使能左右的。至于刘永和张步对他彭宠的要求，不妨全答应下来再说。你唐子密要做的就是到处多看看、多听听，只要安全去了，安全回来，然后告诉渔阳郡的全体属员，刘永和张步干得很好，绝不会轻易被刘秀消灭也就行了。同时，彭宠暗示唐子密，他在大将军府内的那三个朋友他会好好照顾的，只要他唐子密回来了，今后的平安富贵是少不了的。

听了这话唐子密知道自己不能半路逃跑了，因为那样必会害死罗青、李煌和小武，不过总算还好，彭宠也没有让唐子密背负一个像当年解救赤眉困境那样的重大责任。当看到大将军府给自己准备的好马好车好衣服好仆人以及充足的盘缠之后，唐子密觉得这一趟也不是不可行了。

辞别了罗青、李煌以后，唐子密就秘密上路了。在河北诸郡境内，唐子密是渔阳郡外出办事的官员，有公文在手，无人阻挡。等到要过黄河时，唐子密又成了要去琅琊郡采买海盐的富商，即便是洛阳方面派驻在黄河口岸的税官，对这样一个财大气粗、衣着华美的商人，也免不了要礼让三分。而到了黄河南岸，进入刘秀军与刘永军犬牙交错的交战区域以后，唐子密又时而化身各大幡旗的首座弟子，时而化身刘秀的远房亲戚，时而化身地方豪强的异姓兄弟，在各种势力间游走自如。唐牛唐子密的一次次表演也惊呆了他唯一的同路人——他的马车夫。原本一路走来战战兢兢的马车夫，眼看唐子密受到沿途各路人物的善待，敬仰之情溢于言表。唐子密在自己车夫的恭维下，难免偶尔也会想，自己这几年还真不是白混的。

只是兵凶战危，混乱依旧，唐子密在穿过了刘秀汉军和刘永汉军的战场之后，才慢慢打听到，原来张步的势力还在东边，并没有参与到近期刘秀与刘永的大战中来。唐子密考虑再三，既然不能同时拜谒刘永和张步，还是多走点路程，先去看看张步好了。

此时，托名为刘秀手下建威大将军耿弇家人的唐子密眼看着就进入了琅琊郡境内。在这片赤眉军曾经纵横驰骋过的土地上，汉家朝廷的旗号也时常可以遇到，不过若不攀谈一番，任谁也搞不明白，竖这旗号的人是支持刘秀的大汉，还是刘永的大汉，甚至是刘玄的大汉或者赤眉的大汉都有可能。

考虑到琅琊郡境内的旗号如此混乱，唐子密在摸到张布的大营附近时，不敢再故弄玄虚，用那些乱七八糟的身份，而是老老实实地用自己的本名唐牛求见，同时附上了一份价值百金的大礼。他当时想的是，若张步出于各种原因不肯见他，总不至于把他当作奸细给杀了吧？

但不曾想，收到名帖的张步没有为难唐牛，反倒大开营门，以贵宾之礼相迎。唐牛虽说也是华服豪车，但毕竟只是区区一人，看到张步带着众多属员，摆开这样的阵仗迎接，唐牛一时完全不知所措。

张步则是一如既往的豪迈，还是把唐子密称为"兄弟"，还是要和唐子密热情拥抱，甚至在把唐牛介绍给他的左右时，仍免不了说些当年一起和吕母攻打海西县的笑话。然后自然又是盛大的欢迎宴会。在琅琊的旧时王宫中，张步掌控下的周边十二郡官员和十七营将领全部到齐，一致为他们的张王庆贺与故友重逢之喜。席中的山珍海味、琼浆玉液自不必说，单是各类人物花样百出的奉承也让人应接不暇。但唐牛唐子密还有三分自知之明，知道这样的一场盛大宴会一定事出有因，以他的身份和他与张布的交情，这样的排场怎么说都有些过头了。

还好，烈火烹油一般的热闹场景总是会有结束的时候。喝得大醉的张王直到最后依旧拉住唐牛不松手，说是要和当年他们在海岛上一样联榻而眠。唐牛如何推脱得了，只好搀着张步走进了内室。进入内室的张步在用热毛巾擦了一把脸，喝了一碗热茶后，就已经再次神采奕奕了。看来唐牛估计的没错，那几十大杯的美酒根本就没有多少进了张布的喉咙，张步是在借他唐牛演戏呢。

于是，唐牛也就半真半假地上前说道："张大哥还是和当年一样好酒量啊，需要小弟做些什么还请明言。"

张步此时也摘去了王冠，脱下了锦袍，老实不客气地说道："你那渔阳郡的主子不就希望我和刘永替他拖住刘秀，他好在北边兴风作浪吗？不替你搞一点事情，你怎么好回去向你的主子交代。"

既然此行的目的被张步一语道破，唐牛也只好把自己的疑虑和盘托出："张大哥，适才宴会之上，我见刘永的官员称你为'齐王'，刘秀的官员称你为'东莱太守'，而你的心腹左右则称你为'张王'，不知大哥作何打算？"略停一下后，唐牛又献媚道："其实以大哥现在的势力，就算是做个皇帝，也未尝不可啊！"

张步一听"皇帝"二字却哈哈大笑起来。"傻子才做皇帝呢！"张步拍着大腿说道，"别人以为皇帝二字尊贵，我却以为皇帝都是笨蛋。你看看王莽、王郎、刘玄、刘盆子，哪一个有好下场？现如今的刘永、刘秀只怕也离这些人不远了。我早看明白了，皇帝二字就是个头枷，谁把头放进去，谁就死得快。"

笑完之后，张步继续说道："刘永还在做梁王的时候，就封我为辅汉大将军、忠节侯，希望我在东边支持他称帝。而去年刘永称帝后，因为我不是上表劝进之人，一度对我十分冷淡，现在他连败于刘秀所部，又赶紧派人来封我为齐王，希望我带兵助他。刘秀担心我帮助刘永，也派人来封我为东莱太守，说是汉家规矩，异姓不得封王，但我可以全权处理齐地事务。所以兄弟你看，我原本只是一个在琅琊郡周边活动的无名小辈，现在两个汉家皇帝为了拉拢我，已经陆陆续续划给我十二个郡的地盘，兄弟，我的日子过得还可以吧？"

唐牛连连点头称是，却也不免担忧道："两位汉家皇帝为了拉拢大哥自然都要给大哥些好处，可一旦两家争出个结果，大哥又当如何？"

张步此时却摆手说道："不碍事，兄弟你还看不出来吗？天下也就是这个样子了。凡是想一统天下的，没谁会有好下场。我只要掌控好手上的这几个郡，任谁做了皇帝都不敢小瞧我。"

唐牛这才明白，原来张步是这样想的。这想法似乎和彭宠所想有异曲同工之妙，但又好像不太一样。看着唐牛疑惑的样子，张步不再解释，反倒拍着唐牛的肩膀，要唐牛早点歇息，说明早陪他出去走走就会明白的。

这一晚，唐牛睡得并不踏实，总是梦见打着不同旗号的队伍向自己冲杀过来，而"张"字大旗显然就是其中之一。

第二天天还没亮，张步已经带着唐牛在自己的中军帐中擂鼓点将了，而头一晚上大碗喝酒的众将竟无一人缺席，连精神不佳的也没有。唐牛隐隐感到，张步今天的地位怕不是偶然。

点齐手下众将，问明各营的状况之后，张步就把刘秀派到他身边的使节伏隆喊了出来，厉声问道："伏隆，你主子刘秀既然封我做东莱太守，怎么又派兵进犯我琅琊边境？他就不怕我杀了你吗？"

那老迈体衰的伏隆倒也不甚惊慌，慢悠悠地叩头行礼后才一字一顿地说道："大王明鉴，大王虽没有拒绝我主圣上的官位，却也没有驱逐伪帝刘永的使节，大王的诚意可还在吗？此其一也。其二，若大王下定决心归附我主圣上，则两家即为一家，自家军来，何惧之有？其三，据老朽所知，我主圣上这一支偏师乃是过境琅琊郡而已，并非要图谋大王，还望大王明察。"

这一番说辞有理有据，倒让张步不好发作了。不过张步显然也并不相信伏隆，鼻子里"哼"了一声之后，阴着脸说道："说客之言岂可信之，你家主上是不是图谋于我，咱们去看看便知。"

于是，在张布的号令之下，整装待发的张步大军迅速出发，向着琅琊郡边境疾驰而去。一直陪伴在张步身边的唐牛惊讶地发现，数万张步大军虽然大部分都是步卒，却是说走就走，始终跟在骑马的各位将官之后，丝毫没有掉队，要知道，这些步卒可是带着全套兵器和甲胄啊！

疾驰了大半天之后，张步大军终于在一片旷野之处追上了一支大军。而对面那支大军显然已经早有准备，正以严整的阵势候在那里。追上来的张步大军自看到对方的旗号开始，就已经在各级将校的指挥下，开始从行军队形向交战队形转变了。这一过程忙而不乱，并没有给对手以可乘之机。

唐牛看到，张步前军之中，首先是一队盾牌手卸下背负的大盾，抢到全军最前方排出了一道盾墙，而在盾墙的缺口处，则由一个个弓弩手填缺补位，射住阵脚。一支支利箭仿佛在警告对方，这里没有便宜好占。在盾墙后面，先后就位的张步各营则以熟练的步伐重新编组成了三个方阵，与此同时，数千支特制的长矛也交到了这些步卒的手上。

对面的刘秀大军还在妄图和张步交涉，但是双方的使节还没有跑完两个来回，张步的阵形已经布置完成。随着一阵急鼓，张步不再理会对方诧异的使节，断然升起红色三角旗，命令盾牌手和弓弩手撤向两边。

这时对面的刘秀汉军就可以看到，张步大军的盾墙之后，并排站立着三个步卒方阵，这些顶盔掼甲的步卒最特殊之处，就在于每人手持了一支异乎寻常的大矛。这种大矛几乎是普通长矛的三倍长，以至于后排步卒所持大矛，只能一支支从前队步卒的肩上、头顶和腰侧穿过，远远地刺向四周，仿佛一只巨型刺猬的一个个尖刺。

在阵后鼓点的指挥下，张布的三个步卒方阵缓步向前，虽动作不快，却有着移山填海一样的气势。而对面的刘秀汉军明显没有料到长途跋涉而来的张步大军竟然抢先发起了进攻。面对这样一个巨型的刺猬阵，刘秀汉军也并不惊慌，迅速派出弓弩手冲到阵前，对着张步大军快速地放出了几排乱箭。但是左右有盾墙防护，自身又穿有甲胄的张步大军，对面前飞舞的乱箭根本不予理睬，少数中箭之人或咬牙坚持或由后排步卒替换，并没有对大阵的整体行动产生丝毫影响。

刘秀汉军见弓箭不起作用，一阵号旗挥舞后，弓弩手纷纷退到阵后，而数百骑兵则由左右两翼抢到阵前，旋即发起了冲锋。面对骑兵冲锋，张布的大阵也丝毫不见停顿，只是在带队将校的令旗指挥下，三个方阵的步卒缓缓相互靠拢，并把那些超长的大矛密集指向自己身前的斜上方。

面对密如丛林的矛尖，也不知是战马犹豫了还是骑手胆怯了，冲到张步阵前的数百骑兵到底还是没有把自己送进这长矛密林之中，而是纷纷转向，向张步大阵的左右两翼包抄而去。可是张步大阵的两翼还有数千弓弩手等在那里，一阵箭雨过后，刘秀汉军的骑兵虽然中箭落马的不多，但是整个阵形已散，已经不能再做有效战斗了。

面对不断逼近的张步大阵，刘秀汉军的将领依然没有放弃。在一片忙乱的号令声结束后，刘秀汉军也毅然敲响了催战的鼓点，升起了命令全军出击的猛虎旗。不过刘秀汉军可没有张步大军那样严整的阵势，他们发出的是惊天动地的嚎叫，跑起来却像一群野兽一样散漫。当惊天动地的野兽碰上沉默的刺猬时，看似凶猛的野兽没几个敢去碰刺猬的刺尖，他们也像刚才的骑兵一样，自然散开了。

直到这个时候，刘秀汉军才承认了自己的失败，把收兵的铜锣敲得震天响，招呼本方的士卒赶紧退回来。那些早已混杂在一起的各类兵卒，这时根本找不到自己原来的战位在哪里，只能像退潮的海浪一样，呼啦啦地向后疾跑。

还好，张步大军因为阵型的原因，也因为士卒甲胄和兵器的原因，并不适合快速追击，当然，主帅张步不想赶尽杀绝也是一大原因。于是，张步大军眼睁睁看着刘秀大军狼狈而去，在不甚积极地追了二三里路后，张步命人敲响了收兵的铜锣。

当晚，张步全军就地扎营，并派人打扫战场，收容伤兵。

第二天，大雨。张步传命，紧闭营门，小心敌方偷袭。

第三天，雨过天晴。探马回报，刘秀大军已经走远了，只留下一坛美酒和一封书简，以贺大王。

张步收到书简后，哈哈大笑，在原地又驻扎了一天，大宴属下，重赏有功将士之后才原路返回了琅琊郡。

归途中，唐牛和别人一样，毫不吝惜地向张步表达了自己的敬仰之情。而张步到了这个时候，才傲然告诉唐牛：他的这批精兵名叫"虎卒"，是他有感于赤眉军行军打仗的方式太过儿戏，才在脱离赤眉以后花了两年时间和大量钱粮费尽心血打造出来的。他表示，只要有这三万虎卒在，谁做皇帝他并不在意。他也相信，在这琅琊郡境内，应该始终都有他张步的一席之地。

唐牛虽然疑惑一旦发生大战这批精兵的补充问题，但此情此景下，他怎好泼出冷水，也只能点头称是。

回到琅琊郡后，张步对唐牛的态度就有些淡了，却也任由唐牛在自己的属地内悠游度日。张步甚至对唐牛说过，若是不想回渔阳郡去，不妨就在琅琊郡待着好了，别的不敢说，有他张步一口吃的，总不会饿着你唐牛的。

唐牛初听时也确实动心了，心想，张步张大哥既然有这么大的本事，那还回渔阳郡干什么？只要能吃好喝好过得舒心，其实在哪儿还不一样！难道伺候彭宠会比伺候张步更舒服吗？

可是，在琅琊郡周围游荡了一段时间后，唐牛到底还是不太心安。因为他看到，琅琊郡周围实在是不太平。且不说刘秀、刘永等各种势力就近在咫尺，单是张步吹嘘的十二郡属地就很有水分，这些属地其实是分分合合，不停地在各种势力间流转。张步掌控较好的地方，也就是城阳、琅琊、高密二三郡而已。而再想到张步依靠的精兵不过三万而已，自己却见识过几十万赤眉军和王郎、刘玄汉军的灭亡，唐牛还是感到，这里距离兵凶战危太近了些。

于是，在初冬的第一场雪之后，唐牛唐子密还是以身负使命，不回则不义为借口，向张步告辞了，不过他同时也一再保证，一定会向彭宠说明张大哥的本事，让彭宠多支持张步些兵马钱粮。

张步没有多留唐牛，只是一针见血地指出，隔着刘秀的大块地盘，渔阳郡的兵马钱粮只怕没这么容易运到琅琊郡来，那彭宠若是真有胆量，早日竖起自己的大旗才是真的。然后，张步又拍着唐牛的肩膀，半真半假地说道："唐兄弟，当年樊崇樊大哥给你算命的时候，我也在一旁偷听到一点，他说你吉人自有天相，我看是没错，说你命运多舛，只怕是还没完。你回渔阳郡后，可要自己小心点，留神彭宠那个酸儒生啊！"

唐牛听得云里雾里，心知大概不是好话，却又无从反驳，只好拱手笑道："张大哥说笑了。说笑了。"

　　带着张步回赠给彭宠的礼物和密信，唐牛唐子密又和他的老车夫慢慢踏上了回渔阳郡的路程。此时天寒地冻，道路难行，一路走来比几个月前的夏秋时节辛苦了许多，不过也正因为天冷，各方的大军也几乎都停止了军事行动，路上反而安全了许多。唐牛唐子密告诉老车夫：不必着急赶路，碰到雨雪天气，不妨就等天晴了再走，反正咱们的盘缠绰绰有余，何必去遭那个罪呢。老车夫当然乐得舒服，一再讨好说：从没见过唐老爷这样的好人，回到渔阳郡后，还请唐老爷多多关照。

　　如此，两人溜溜达达地慢慢向北而去，直到新年前几天，才进入渔阳郡境内。进入渔阳郡后，唐牛想既然已经到家门口了，还是应该赶在新年大贺以前给彭宠带去张步可以指望的好消息。以彭宠大将军的为人，在新年大贺的时候听到好消息，大笔的赏赐应该是少不了的，也许一高兴，当即升自己做大管家也说不定。不过在进入郡城以前，老到的唐牛还是指点老车夫把马车上的棚子拆了，车身弄旧一点，马匹也不要刷洗了，然后换了一身旧衣服才带着老车夫进了城。唐牛告诉不明所以的老车夫："不如此，何以显得我二人风尘仆仆呢？"老车夫听后，深以为然。

回到将军府后，唐牛唐子密果然得到了彭宠的热情接见，连续三天午后，都让唐子密进入内室，详细汇报这一路的所见所闻。唐牛唐子密也不敢怠慢，认真向彭宠大将军作了禀报，特别是对张步引以为傲的三万虎卒，更是不计口舌，一说再说。彭宠起初对张步的虎卒逼退刘秀大军一事也很有兴趣，但是问明白只有三万之众时，也发出了和唐牛一样的疑虑——"三万之众，怕是经不起消耗吧"。而且这三万步卒能否挡住北方各郡的突骑，彭宠也表示怀疑。

但是不管怎样，彭宠总算弄明白了，原来在东方，张步比刘永还靠得住些，刘秀想平定张步绝非易事，那么再加上南方和西方的战事，他彭宠关于天下大势的判断应该也大致没错，如此形势下，渔阳郡所在的北方，未必就不可作为。

本着这样的判断，彭宠对唐牛好言嘉慰，多有犒赏，表示不会忘记他唐子密的功劳。唐牛则一再拜伏在地上谦卑地表示，主人总是称呼他的表字，实在是不敢当。还说，给彭大人做奴仆，是一件比在赤眉当将军还荣耀的差事，他唐牛希望后半生都能在彭将军府上做事。哄得一贯严肃的彭宠也是笑容满面。

之后的几天，唐牛唐子密就全心全意投入到庞大将军府新年大宴的诸多准备事项之中。谁都知道，在这一个多月的时间里，大将军府要不停地接待境内前来拜贺的各级属员和乡民耆老，还要祭祖、祭天，给各处驻军发放赏赐。各种事项多如牛毛，光是准备每日的酒食就足以让人崩溃。不过，唐牛唐子密不在乎这些，他以比当初做赤眉将军还要高的热情投入到这份工作中，每天少吃少睡，往来奔走，只求事后彭宠能赏他个管家做做。

但是，唐子密受得了，别人却受不了了。在长期没日没夜、缺吃少穿的劳作之后，彭府的奴仆们终于不干了。要说这些奴仆中确实也是什么人都有，既有战乱中失去亲人的半大小子和孤弱女子，也有在乱世中失去财富和地位的前朝官吏和读书人，当然大多数还是目不识丁的城中贫民和城外农夫。这些人最初能够进彭府劳作，其实也和唐子密一样心存感恩，却没想到彭府的老爷根本没把他们当人。于是在部分识字人的提醒下，彭府的奴仆老早就在私下流传说，新皇帝刘秀自前年登基起，已经三番五次下达诏令，要各地释放奴婢，彭府现在的做法只怕不合规矩吧？

传言归传言，这些奴仆们也不敢误了工作，而且还尽量避免让唐子密一类的府中红人听见。只是如今既然多数人已经忍受不了了，这股脓包就早晚会绽开。当然奴仆们还是知道自己的身份的，并不敢误了主人家的大事，也不敢伤了主人家的脸面，而是在彭府的祭祖大典和宴会结束之后，才停下手中的活路，委派了一个代表，想和主人家说说他们的想法。

这个代表就是罗青。心直口快的罗青在受众人之托时也没觉得有什么，她以为自己本来就不是彭府的家养奴仆，不过是在彭府帮佣而已，如今彭府这种把所有下人都当家养奴仆的做法就是太过分了。她认为，只要和主人家讲清楚了，把拖欠大家的佣金付了，以后按规矩干活也就是了。但是，耿直的罗青并不知道平常面善的主公和主母是怎么想的，还把旁人要她先去问问唐牛意见的嘱托给忘记了，只在请唐牛帮她引见主人之前，才大概和唐牛提了一句。

可以想见，唐牛明白了罗青要在主人家面前说些什么的时候是何等的震惊和恐惧。可是什么都来不及了，在他恨不得要捂住罗青嘴巴的时候，口齿伶俐的罗青已经噼里啪啦地说完了。

彭夫人当时就炸了。

"你们这是要造反呐！"

"来人，把这个不懂规矩的小贱人给我绑了。"

"把外面那些同党也通通给我绑了。"

"赶快查一查，还有什么人和她是同伙。"

在彭夫人的雷霆震怒下，下人们都呆住了，不知道是否真的要按主母所说，把这样一个祥和的节日变成肃杀的刑场。还好，主公彭宠还相对清醒，款款拦住了震怒的夫人，继而以往昔的雍容大度又问了一遍罗青所要求的事项。罗青此时已经被主母的态度吓住了，根本无法辨识彭宠的伎俩，完全像呆鹅一般又把前面的话磕磕巴巴说了一遍。

话说两遍那就真的是确有其事了，彭宠此时抚着额下长须微笑道："不管有没有圣上的诏令，我们彭家都从没有虐待下人的规矩。这位罗姑娘，待下官了解清楚，再与你答复如何？"然后，彭宠又撇下面露喜色的罗青，好像无意中随口问起一样问站在罗青身边的唐牛："子密，你也知道此事是吗？"唐牛唐子密早已吓得手足无措、魂飞魄散，当即双膝跪地，额触地板说道："小人才从琅琊郡回来不久，实不知这些大逆不道之事，还望大人念在罗青一向勤勉的份上，饶罗青一命。"彭宠则挥袖答道："说哪里话，下人们的辛苦我早有耳闻，如今新年伊始，万物生发，下官原本就是要重重赏赐他们的。"于是，在带刀侍卫的看护下，满脸狐疑的罗青就和唐牛一起被带下去了。

当天晚上，唐牛就想带着罗青和李煌、小武远走高飞，可是他却绕不过那些为新年夜防范火烛而加派来的土卒，好不容易拐弯抹角托一位婢女带话给罗青，要她速走。罗青居然回话说，今晚后厨给所有下人备下了大餐，而且据说明天就有工钱可拿，她要拿了工钱再走。唐牛一度决定再不管旁人，自己马上逃走，可是蹉跎叹息间，整晚都迟迟没有踏出自己的房门。

第二天一早，工钱确实发下来了，虽说彭宠和夫人都没有露面，下人们还是自发在后厨偏院里大喊"万岁"。既感激本家主人的仁义，也感谢洛阳皇帝的圣明。

不过到了傍晚，几个曾在府中小偷小摸的杂役就被抓了，这些人在如山铁证面前根本无从辩驳。当天晚上，又有几个据说是本地四大幡旗的漏网之鱼被揪了出来，根据官府法令，这些人只怕要受重罚。到了第二天，几个曾经欺凌过同伴的仆役也被抓了，彭府管家随即传令，号召所有下人检举身边的不法之徒，声称不如此则不足以维护所有下人的利益。

　　于是，不过几天左右的光景，彭府下层的气氛为之一变，那些幸存的下人们再不议论此处活重钱少的事了，而是惊叹身边竟有这么多的坏人，自己和彭府的老爷们竟然被蒙蔽了这么长时间。为了保住自己的饭碗，也为了报答主人家的恩情，下人们只有肝脑涂地努力劳作这一条路了。

　　唐牛这些天一步也没有离开自己的房间。当他听说彭府中为了小偷小摸的小贼都已经动用了州郡兵卒的时候，他就下定决心不轻举妄动了。自然，这些天里也没人来给他分配差事或者召见他。他就每天在自己房中吃了睡，睡了吃，即便听说罗青被抓之后，也是一言不发。

　　十余天后，彭府中传言，那个曾经为民请命的罗青，竟然大逆不道，偷了主母两柄镶金嵌玉的铜镜，想趁夜翻墙逃跑，却不幸摔断了双腿，冻死在墙根下了。下人们都说："想不到罗青竟是这样的人。"

　　为了此事，彭宠破例召见了唐牛一次，言明，罗青之死是个意外，他不打算深究，考虑到唐子密曾经的身份和他与罗青的关系，他彭宠愿意赔偿唐子密和罗青一大笔钱，然后任唐子密愿去哪里都行。

　　唐牛唐子密当即跪地大哭，声称绝不愿离开彭府，还说，罗青所为不过是咎由自取而已，他唐牛好不容易遇见一个明主，若是不得跟随，还不如现在就杀了他好了。望着肝肠寸断的唐牛，彭宠也有些无可奈何，只好劝他起身，然后说道："下官也不是不能容人之人，既然你唐首领愿意在我这里，那你就先住下吧。"唐牛哭着回到了自己房间，就算没有旁人看着，也依然时时泪眼婆娑，因为他也不知道，自己能否躲过这一劫。

　　几天后，彭夫人身边的一个使女来看望唐牛唐子密了，还带给唐牛一些主公赏赐的饮食和主母的问候。唐牛对着这些饮食大礼参拜，声称愧不敢当，只希望主公和主母能早些给他委派差事才好。可是这位使女却总是王顾左右而言他。她一方面声称，主公和主母都很惦记唐牛唐子密，没了唐子密在身边，好多事都不得其人；一方面又声称，这年头，可靠的人也不好找，否则主公和主母也不会三番五次被人误解。唐牛赶紧顺着话头表示，自己就是那可靠又会办事之人。若是主公和主母不信，大可说几件难办之事让他去办，就算为此丢了性命，他唐牛也绝无怨言。这时那使女又嗔怪道："什么生啊死的，难道我家老爷和夫人会是那种给人出难题的人吗？老爷和夫人知书达理、仁慈宽厚，不过就是想要几个体己之人罢了。"

　　唐牛唐子密这下可糊涂了，只好也弯弯绕绕地请示使女自己该怎么做？这使女也不明说，却又说起了从前一个方士给彭宠看相时的故事，说是方士说了，彭老爷的面相贵不可言，方正阔达，远胜过王莽那样的鹰鼻隼目，合当为天下之主。使女见唐牛唐子密不知道怎么接口，只好又开导唐子密说，将来能在天下之主身边做事的，除了她们这些使女也就只有宦官了，听说唐子密曾经想给主公和主母做大管家，那不做宦官，可没法长久地追随主公和主母。如今，只要他唐子密点头，那他就算是最早追随主公的宦官了，将来一旦主公君临天下，那他唐子密不做内廷的大管家还能是谁做呢？

　　唐牛唐子密完全没想到，彭宠希望他做的竟是这件事。在那使女的喋喋不休声中，唐牛完全呆掉了。可那使女却把唐牛的痴呆当作默许了，以为这个呆头呆脑的下人已经欢喜得忘记了谢天谢地谢祖宗了，于是，使女衷心祝福唐牛之后，就借口要去通知蚕室早做准备，匆匆起身而去。

唐牛当然知道自己应该立刻喊住这个使女，可他也完全清楚，一旦拒绝了彭宠的这个要求，会有什么样的命运等着他。苟活还是惨死？就算在他被人带入蚕室的时候，唐牛也没法告诉自己该怎么选择。

蚕室，阴晦如穴，静谧无风，炭火流动，隔绝天地。从来没人听说过彭府还有这么一处所在，可是唐牛唐子密却被人即刻带到了这里。看来，彭宠是早有准备，认定自己是一个身边应该有宦官的人，而唐牛不过是他看中的一个合适人选而已。

蚕室之中，肃立一人，状如枯骨，一言不发，看人只看手、腕、脚、踝、胯等具体部位，从不看人全部。事后很久，唐牛才知此人是个哑巴，是彭宠命人在战场的死尸堆里扒出来的活死人，豢养在此，专为此时而备。

饶是唐牛此时已然心如死水，在那一刻来临时，还是心胆俱裂，失声惨叫。可是蚕室的声音哪里传得出去，见证了唐牛巨变的，只有蚕室豆大的烛火，厚重的布帘，以及枯骨一般的行刑人而已。

百十天后，当唐牛能够自己离开蚕室的时候，无法不生出恍如隔世的感觉。此时残雪融尽，百草萌芽，已是初夏，彭府内外早就换了妆容，冬日新年里罗青曾经掀起的那一场小小风波，仿佛连一丝一缕的痕迹也没有留下来。而彭宠此时已经自称为"孤"了。唐牛初听到彭宠如此自称时，以为彭宠终于下定决心要自立旗号，大干一番了，可是听府中仆役转述时，却又听出了一些不一样的味道。

可以说，彭宠起事的过程堪称奇异。一向以尽忠爱民自诩的彭宠自刘秀登基称帝以后就难掩落寞的情绪，提供给洛阳的兵马钱粮也日渐稀少，对此，洛阳方面虽屡次发文督责，却也没有什么实际动作。可是彭宠没想到，远在洛阳的刘秀尚且要敷衍安慰他，近在身旁的幽州牧朱浮反倒按捺不住了。

　　新上任的幽州牧朱浮本来也就是刘秀身边的一个书生而已，在刘秀平定王郎之后才被安置在此地，虽说他的幽州辖区在名义上统辖着渔阳、上谷、右北平等北方沿边诸郡，但其实论兵力、财力，论具体官位，朱浮只能算渔阳诸郡名义上的上级，加之朱浮本人比较年轻，又没有什么善于征战的名声，所以，彭宠一开始并没有把这个名义上的上级当回事。

　　可是朱浮却没有不把自己当回事，也许是为了治理好幽州，尽快拿出成绩给洛阳方面看看，朱浮非常频繁地发文要求幽州属下各郡给他的幽州上缴大量的钱谷和各种物资。想想看，彭宠对洛阳尚且克扣钱粮，如何会把大批钱粮缴给朱浮，于是屡遭朱浮发文斥责也就在所难免了。彭宠如何受得了这个，当即义正辞严地给洛阳上奏章说，现在天下未定，各地都在用兵，像幽州这种地方，既没有叛匪又没有流寇，何必要养那么多兵，配置那么多官吏？这样做既加重了地方百姓的负担，又减损了前方军队的实力，大可不必如此。

　　也不知道刘秀看了彭宠的奏章是什么反应，好像并没有借着彭宠的口吻，催缴他积欠的钱粮。但是不知为何，朱浮却知道了彭宠奏章的内容，于是朱浮也毫不客气地向洛阳上奏章说道，彭宠为人狡诈虚伪，名不副实，往昔在王莽手下时，就曾不顾自己的父亲独自逃命；为了在刘玄手下谋得职位，还曾无比醶齪地献媚刘玄的使者韩鸿；在渔阳郡任职后，派人接来妻子却任由老母留在原籍。现在，彭宠利用朝廷对他的倚重，一方面盘剥属下县乡加强自己的实力，一方面阳奉阴违抗拒上级的指令，恐怕是有什么不可告人的计谋也未可知。

而且非常阴损的是，朱浮不仅把这样一篇扒掉了彭宠裤子的奏章上报给了洛阳，还把这篇恶毒的奏章秘密传遍了渔阳郡的大小县乡。如此一来，彭宠可就真的受不了了。他不再观望犹豫，立刻宣布发兵，要去攻打幽州城。于是，大汉北方的沿边各郡就看到了这样奇特的一幕：早就图谋不轨的彭宠竟然打着维护朝廷纲纪的名号进攻自己的上司，而他的上司却要靠着自己的割据力量来维护朝廷的大局。

为了解释自己的行径，彭宠煞费苦心地准备了三套说辞。对属下的官吏百姓，彭宠声明自己并不是造反，而是因为不想让境内良家子辗转死在千里之外，也不想百姓们辛辛苦苦种的粮食、养的牛马被人白白吃掉，他是为了百姓，才要对抗一下那些境外的恶人，一旦天生圣人，万众归心，自己会第一个带领渔阳郡的百姓归顺到圣人旗下。

对周围的近邻郡县，彭宠则说，自刘秀称帝以来，对北方各郡的兵甲钱粮需求日甚一日，已经超过了王莽当政之时，而各地战事却看不到平息的迹象，以我们北方各郡有限的兵甲钱粮，去供应洛阳方面无限的需求，实在不是长远之计。所以现在，他愿挺身而出，为北方各郡的平安做一点实事，其他郡县若以为他做得对，不妨派兵来帮帮他，若以为他做得不对，也不妨远远观望，将来纵有罪责，也只由他一人承担。

对洛阳方面，彭宠自然少不了为国除奸的那一套说辞，一再声称自己是受朱浮陷害才被迫起兵，一旦拿获朱浮，他就要脱去衣冠，身背枷锁，带着朱浮一起去洛阳请罪。

当然，远远观望的人也许有，幽州方面和洛阳方面却不能不对彭宠的举动做出反应。但是正如彭宠所预料的，幽州朱浮毕竟力量弱小，洛阳刘秀又被多方牵制，彭宠本来又是早有准备，于是几仗下来，渔阳郡的兵就顺利击退了洛阳来的少量援军，围住了幽州城。在这个复杂混乱的过程中，彭宠也没忘了自称燕王，称孤道寡起来。这就是唐牛唐子密变身宦官后所知道的新形势。

其实话说回来，彭宠要做什么，又岂是唐牛能够左右的。身为一个去了势的汉子，唐子密现在每天只觉得心虚气短力不从心，只想在府内本本分分地做好自己分内的事就好了，外面打打杀杀的事他根本无心过问，连曾经想做大管家的心劲也没有了。可如此沉默寡言、安心本分地做了几个月后，唐牛唐子密却又一次被主人彭宠叫进了内室。

"子密，"彭宠像什么也没发生过一样，依旧亲热地对唐牛说道，"你来孤身边已经这么久了，可有什么委屈和不满吗？"

唐牛恭顺答道："小人蒙主人豢养之恩无以为报，怎么会有什么不满呢。"

彭宠点点头说道："咱们二人现在名为主仆，其实却是一家人了。你看，现在就算是为孤在外带兵的大将，也不能像你这样随意进出孤的内室，你与孤的关系，岂是旁人所能比的。"

唐牛赶紧叩头答道："小人的一切都是主人给的，小人今生别无所求，只求主人长寿富贵，小人跟着平安就好了。"

彭宠满意地抬抬手指，让唐牛起来，却又长叹一声说道："唉，孤王身边却不是每个人都有你这副心肠啊！"接着，彭宠就以燕王之尊向宦官唐子密介绍了一番现在的北方大势。唐牛唐子密这才知道，连战连捷的彭宠其实日子也不好过。

因为气不过朱浮的胡言乱语愤而兴兵后，这位燕王虽然打败了洛阳的援军，又围住了幽州城，但是兵力极限也就到这儿了。毕竟渔阳属下的各处县乡不能不守，周围郡县的动向也不能不防，洛阳的后路援兵更是不能掉以轻心，那么能用于幽州的兵力自然也就有限了。拿不下幽州，渔阳最精锐的突骑就撤不回来，渔阳大军的战线就始终被人为拉长，这也实在够这位燕王头痛的。

更可气的是，燕王彭宠原以为只要自己一出兵北方各郡即便不会群起响应，也至少会有人趁乱举旗，可没想到，几个月来，涿郡、右北平、上谷等各郡皆一言不发，由着他这个渔阳郡的燕王去苦斗。这个时候，燕王彭宠才发现，除了自己是聪明人，别人也全无一个是笨蛋。可是，如今骑虎难下，形势逼人，到了这一步，他这个燕王也只有在洛阳方面腾出手之前早做改变才能有一丝胜算了。于是，才有了唐子密再一次和主人家共处内室的待遇。

燕王彭宠告诉唐子密，对于渔阳郡的前途命运他这个"孤王"是不担心的，但是他手下的官属却不是都能看得那么长远，总担心以我们渔阳郡一个郡的力量对抗洛阳掌控的几十郡，迟早要出问题，而燕王本人预言的洛阳方面分崩离析的场面又迟迟没有出现，所以，燕王彭宠就想小小地推动一下形势。

燕王彭宠还循循善诱地告诉唐子密，渔阳郡本来已经是外有匈奴王相助，内有本郡突骑两万，好比确保渔阳郡立于不败之地的内外两层铠甲，现在为了确保万全，他想再打造一个第三层铠甲，但是却需要一个得力之人替他奔走一下。

去势以后的唐牛脑袋里似乎也少了点什么，听彭宠讲了半天，却不明白这些和他有什么关系。燕王殿下没办法，只好明说，希望身为家人的子密能够为他燕王到涿郡去办一件机密大事。

唐牛唐子密还没听完就把头左右乱摇，然后愁眉苦脸地禀报主人家说，他现在怕风、怕光，又走不得远路，在府内当差是没问题的，出去办事只怕一张口就惹人耻笑，万一误了主人家的大事，他可是再去势十次也吃罪不起。

这一表态可就伤了燕王殿下的面子，燕王彭宠立刻收起了面对家人的亲切面孔，改以王爵的气势冷冷说道："唐子密，孤王平素优养于你，却不是只要你在内府享福。你走过那么多地方，见识过那么多人物，可曾见过主人遭难以后内府中人有好下场的吗？何况，主人遭难以前，要处置几个内府的下人，应该也不是难事吧？"

如此话语可就把唐牛吓死了。唐子密赶紧趴在地上说道："小人卑贱之躯绝不敢违逆主人，只要主人说行，小人就是变成鸡狗，变成虫蚁也在所不辞。"

这番抢白总算拉住了彭宠悠长的下巴，不过燕王殿下还是让唐子密跪了好一会儿才让他起身，此时燕王殿下才屈尊降贵，小声对唐子密说出了自己的计划。

带着燕王彭宠亲自拟定的计划，唐子密押着三车财宝，当天夜里就秘密出城向西南而去。凭着燕王亲手颁赐的令箭，唐子密和他的大车顺利通过了城门以及城外扼守大道的兵营。唐子密出城后才算知道，原来身为燕王府里头一个阉人，他在郡城内外也算是名人了。只不过查验令箭的那些军官们似笑非笑的表情还是让唐牛深感羞耻，这些人明知唐子密是谁，还要唐牛用他那不自然的嗓音把燕王的出城口令再复述一遍，这就不是查验，而根本是戏谑了。

唐子密又能说什么呢？有心带着这三车财宝就此消失，却不知去哪里容身才算安全，须知以他现在的状况，无论如何是不敢与人争斗的。何况，从渔阳郡西南斜向穿过广阳郡，进入涿郡，也不过两三天路程，这点时间，只怕他还没藏好踪迹就要被彭宠手下的突骑将士追上拿获了。

患得患失间，唐牛唐子密已经进入了涿郡。遇上涿郡的兵卒后，唐子密赶紧表明身份，献上文书，之后就身不由己，直接被带到了涿郡郡城。

在涿郡太守府内，唐牛唐子密按照燕王彭宠的吩咐，先以参拜皇帝的礼节向堂上叩拜——堂上主人没有阻止他。然后，唐子密就将一件件珍贵的礼物依次奉上，同时特别声明，这些礼物是燕王打败洛阳汉军后，得自洛阳汉军的大将帐内，燕王不敢独自享用，特献给涿郡主人。

涿郡主人张丰这时才命人传话说，渔阳郡大胜与他涿郡何干？燕王把洛阳汉军的东西送到涿郡来，只怕是别有用心吧？

唐子密赶紧叩头答道："非也，非也。我家主人虽然打败了洛阳汉军，但我家主人深知，若不是忌惮涿郡张大人的突骑，洛阳汉军绝不会把兵营摆在距离幽州百里以外的地方，而正因为洛阳援军和幽州守军不能相互支援，我家主人才能侥幸取胜。所以，胜仗虽是我家主人打的，形势却是涿郡主人造就的。那这战利品自然也就应该有涿郡主人一份。"

听了这话，堂上的涿郡主人张丰不再反驳，而是纵声大笑，笑完之后，唐子密就被招到了涿郡主人张丰面前。直到这时，唐子密才看清，涿郡主人张丰竟是这样一个身材矮小犹如孩童的人物。可唐子密哪里敢透出一丝轻视，继续按彭宠教导的那样，把阿谀颂词一套套地向张丰喷去。

张丰其实也不傻，也曾警惕地问唐牛："你家主人既打败了洛阳汉军，围住了幽州，又当上了燕王，下一步是不是就要建号称帝，争夺天下啦？"

唐牛这时牢记着彭宠教他的话，回道："我家主人若是有不轨之心，早就建号称帝了。之所以只称燕王，不称帝号，就是因为我家主人知道，天下不是寻常人等可以觊觎的，我家主人只要能把河北边疆保全完整，将来好好地交到圣人手上，也就知足了。"

张丰听到这里，难免饶有兴趣地问道："依你主人之见，这个圣人该应在谁的头上？刘秀还不算吗？"

唐子密故作惊诧地摇头说道："刘秀如何算得？张大人听过他的故事吗？哪有骑着头牛就想来平服天下的？刘秀这个皇帝，当初是靠着我们河北边疆诸郡才平定了王郎，接着又靠着邯郸诸郡拿下洛阳，现在又想靠着洛阳平定天下——说穿了，就是没有根基，借力打力罢了。"

"嗯，"张丰点头赞同道，"这个刘秀从两年前单身过河，到现在荣登大宝，确实也变得太快了。许多人都说他是真命天子，可我看还是王郎、刘玄这些人太脓包了吧？"

"对，对，"唐子密附和道，"我家主人也说，大秦统一天下前，天下乱了几百年。大汉在孝武皇帝以前，也足足乱了七八十年，如今乱天下的王莽才死了两年有余，哪里会那么快就有圣人出世。"

"看来英雄所见略同啊。"张丰看样子是有点相信唐子密了，虽说堂上堂下的卫士还没有撤去，却也在摆手传宴了。

涿郡的宴席自然不会比渔阳郡的差，但不同的是，唐牛唐子密这一次却被让到了主宾的位置上，虽然他也一再谦让，说是自己区区一介家奴，实在不敢和主人家坐在一起，但是，张丰却坚持要他坐在自己对面，而且无比肯定地表示，无论唐子密是什么身份，他张丰都只陪他一人，将来不管渔阳郡再派谁来，他都不会破例了。

这么一说，唐牛唐子密就无法推脱了，不过，却也只敢眼含热泪，坐立不安地浅尝美食，并斜坐着欣赏歌舞。如此盛宴，一摆就是三天。宴会结束后，张丰又摆开盛大的仪仗，备下优厚的礼物，一路直把唐子密送到了涿郡的边境。

在边境上，唐子密对手下的车夫说，自己身为阉人，却受到上宾款待，一定要再去好好叩谢一下主人才是。于是，只身一人前去拜谢张丰。而在张丰面前，唐子密甚至来不及说那些客套话，就请张丰屏退左右，说是自己有机密事禀报。

张丰好像也不吃惊，把唐子密带进一辆大车，放下布帘后，就让他但说无妨。唐子密简单扼要地又把自己在赤眉、绿林、刘秀身边的各种经历讲了一遍，只是却把自己被净身的时间提前到了追随赤眉军攻下长安之时。他声称，他那时就是一个狂躁的小头目，每天只知肆意纵酒闹事，终因破坏了刘盆子小皇帝的御前宴会，才遭此大刑，然后就被交给了从前王莽宫中留下的宦官照看。说到这里，唐子密并没有回应张丰表示的同情，继续告诉张丰，在那段时间，他逐渐认识了大批汉宫里的宦官，得知有些年老的宦官，早在王莽篡汉前的元、平二帝时期就进宫了，熟知宫中掌故，却对天下大事一无所知。

看看张丰有些心不在焉，唐子密加快语速说道："赤眉军离开长安西进不得，退回长安，又被迫东归这些事，大人应该已经有所耳闻了。小人只想告诉大人，那段日子长安城混乱不堪，饿殍满地，长乐诸宫的宦官和宫女哪里还有人管，这些人大多一辈子没出过宫，在无人发放钱粮之时，他们宁可钓御苑里的小鱼吃，也不敢出宫。那时节，小人或偷或抢或找从前的兄弟帮忙，着实救了不少宦官和宫女的性命，他们都很感激小人。"

在张丰想感慨两句的时候，唐子密又打断张丰继续抢着说道："赤眉退出长安东归的时候，小人曾劝那些残余的宦官和宫女一起东归，因为事情明摆着，那时还继续留在长安必定是死路一条，可是这些宦官和宫女商议后，竟然还是不愿离开皇宫。他们只是在小人离开时交给了小人一样东西。"

说到这里，唐子密的声音变得缓慢而郑重起来，同时，从贴身的衣襟内慢慢摸出一个小小的包裹。

张丰在唐子密伸手入怀之时，就一直紧紧握着腰侧的佩剑，眼看唐子密掏出来的不可能是一把利器后，才放心问道："此乃何物？"

唐子密郑重答道："此乃无上宝物。"为了解释他这份郑重，唐子密继续说道："据把此物交给小人的那些宦官和宫女讲，这东西是真正的汉家宝物，内有天生的玉玺。王莽篡汉时拿到的那块东西根本就是假的——想想看，王莽矫饰藏奸几十年，最后竟篡了汉家的江山，宫中上下人等，包括王莽自己那做了汉家皇后的女儿，都恨王莽入骨，怎么会把真的玉玺给他——所以说，由王莽夺自刘婴，又由刘玄夺自王莽，再传到刘盆子，现在落到了刘秀手上的那块玉玺，不过是先秦的一块遗物，真正代表汉家天命的，却是小人手上的这样东西。"

"嘶——"张丰倒吸一口凉气，脸上不觉也郑重起来，"你怎么知道这东西就是真的？"张丰沉吟片刻，不由问道。

"小人实不知也。"唐子密老老实实答道，"小人才疏学浅，浪迹江湖只为寻口饭吃，本来也不懂这些关乎天下安危的大事，只是汉宫里那帮宦官和宫女经历了那么多事，还拼死保守这个秘密，只在最后迫不得已之时才将此物交给小人，小人以为必定还是有些原故的。"

"那你如何不将此物献给彭宠？"张丰依然满脸狐疑。

唐子密耐心解释道："小人当初感念彭王收留之恩，确实是想过要把此物献给彭王，可是彭王外表宽和，内实悭吝刻薄，府中上下，没有不怕彭王和夫人的。小人怕说不清此物的来历，反遭彭王猜忌，所以就迟迟不敢出手。"

张丰点了点头，好像是很认同唐子密对彭宠的评价，然后就伸出手去，打算欣然接过那块石头。但是，他伸向那块石头的手，在快碰到石头时，忽然又猛地缩了回来，同时，张丰大喝道："唐子密，你好大的胆子，你当我不明白吗？你和彭宠是想用这块破石头做诱饵，诓我起兵，让我在前面替你们挡住刘秀的兵马是不是？"

唐子密吓得赶紧叩头说道："小人绝无此意。这块东西日夜伴随着小人，早就令小人寝食难安，生怕一个不小心被人发现了解释不清。小人早就想明白了，这东西是宝物也好，废物也罢，总之都不是小人这种福薄命贱之人能够消受的。这几天大人把小人当个人物看，小人甚是感激，所以临别之际大胆将这东西献给大人。大人想怎么处置这个东西，全凭大人心意，小人的私心是只要不再为了此物担惊受怕就心满意足了，绝无拿这块石头要大人做任何事情的心思。"

唐子密一口气说完后，张丰倒不说话了，片刻之后，张丰才缓缓说道："你一个家奴，拿着这种东西确实为难你了。这样吧，这东西你就先放在我这里，我也不要你的，等到你想好了怎么处置它，你再来取就是了，我绝不会为难于你。"说完，张丰把脸侧向一边，摆出了一副不想再说话的样子。唐子密也不敢再多说什么，轻轻把那块石头放在了张丰面前的地板上，随即叩首而出。

外面彩旗招展，人声鼎沸，并无人注意唐子密这一会儿工夫去哪里了。

相比出发时的沉默无声，再次回到渔阳郡的唐子密总算受到了彭宠的公开嘉奖。因为唐子密带回的那些礼物至少让渔阳郡的官吏和兵卒知道了，在反抗洛阳的问题上他们渔阳郡并不孤独。

更加惊人的是，这个冬天还没过完，涿郡张丰竟打出了"无上大将军"的旗号，并也把涿郡的精兵派到了幽州城下。

有了涿郡精兵相助，幽州城立刻人心大乱，都以为北方又回到了大乱之世。牧守朱浮也怕了，不敢再写信逗弄彭宠，反而抛家弃子，连夜逃跑，把北方的名城幽州丢给了彭宠和张丰。

彭宠当然知道张丰的"无上大将军"是怎么回事，也不和张丰争抢幽州，反倒专门致书感谢张丰，并馈赠了大批粮草和军械。张丰一战而下幽州，又见彭宠如此恭顺，于是逢人便讲自己的"无上宝石"如何从天而降，自己合该做天子，丝毫没想到，他和他的涿郡已然成了渔阳郡的一件外衣。

第二十八章

终成虎狼

可惜，渔阳郡和涿郡的好日子也不过半年而已。建武四年夏，洛阳方面平定了南方邓奉、东方刘永和西方关内的消息传遍了各地。这个时候，张步虽然还在苟延残喘，凉州五郡和益州三十二郡也看不见一个刘秀汉军，但是，洛阳方面解决北方问题的决心看来是下定了。因为半年来不曾派出一支援兵的洛阳，一下就派出了建议大将军朱祐、建威大将军耿弇、征虏将军祭遵、骁骑将军刘喜四支大军。

这半年来，唐子密虽然又能躲在彭家的内府里避免风吹日晒了，但是，仅仅看着主人和主母的脸色变化，他也能知道，外面的情况不容乐观。

随着时间的推移，渔阳郡最外层的铠甲——张丰——首先被祭遵攻破了。据说，张丰临死前，央求祭遵打破无上宝石，让他看看里面是什么宝物，可是石头砸破后，张丰只说了句："当死无所恨！"

而渔阳郡的第二层铠甲——匈奴骑兵——又遭到了右北平郡太守耿况的奇袭，损失大批人马后，已经退回草原大漠深处了。

同时，彭宠最为倚仗的内层甲衣，好像也没有期待中的坚韧。

无论是他的侄子子后兰卿，还是渔阳郡的本地将军李豪，都在和刘秀汉军的较量中败下阵来，纷纷从渔阳郡外新占的各处县乡退回渔阳郡内。

好在刘秀汉军也十分小心，虽胜了几阵，却也不死死相逼，反倒先去收拾残破的幽州城，并安抚涿郡等处的百姓。此时，又恰逢北方多地暴雨成灾，山洪肆虐，多处道路断绝，刘秀汉军的粮食供应暂时陷入困顿。于是，从上谷、涿郡到右北平的漫长战线上，各处战事自然都停顿了下来，战网中心的渔阳郡又获得了些许喘息之机。

在这种情况下，深信彭宠那一套的渔阳官吏犹自有人说道："洛阳兵马胜不能进，一定是后方不稳，又有豪杰攻其侧背了，诚如我们大王所言，只要坚持下去，天下必有大变。"

也有不太自信的官吏建议道："我们大王当初也不是要造反，不过是被朱浮那小子逼的，咱们这叫'清君侧'，既然朱浮现在也被洛阳方面训斥了，那说明我们也没有大错，只要趁此机会低头认个错，再把从前积欠的钱粮兵马补上，想来洛阳方面也不会把我们怎么样吧？"

还有更昏头的官吏则直接叫嚷道："你们不明白，我们大王是故意让洛阳兵马围上来的，不如此，匈奴人就不够时间征集他们的部落人马，琅琊张步和蜀郡公孙述也没有机会突袭洛阳。等着瞧吧，秋天一到，顶多初冬，天下形势一定大变。"

对于这种种说法，燕王彭宠从来也没有出面证实过。事实上自汉军逼近以来，这位"孤王"就很少露面了，每每只以府中的令箭指挥各处兵马。有人猜测：燕王彭宠是怕汉军派人行刺，所以才潜踪匿迹。也有人说：燕王内府每到深夜就有成片烛光向外照耀，还隐隐传出有法器演奏之声和香料燃烧之气，那一定是燕王在做法事，以期一改乾坤。

对于渔阳郡里这些官吏、将领和彭宠本人的做法，唐子密早就心知肚明，了然于胸了。毕竟他这个家奴和那些没出过远门、没见过世面的真正家奴有所不同。以他这几年的见闻，唐子密不用细想就知道，那些口中或死拼到底或从长计议的将领和官吏，其实内心已经起了变化。而燕王彭宠也不过是小心眼又发作了。这位燕王殿下，确实在每晚作法，也确实渐渐不再和府外的官吏和将领见面了，但这不是出于什么雄才大略，而仅仅是出于自保而已。按照燕王殿下的设想，以他多年的经营，自己就算不出面，只凭令箭应该也足以控制手下的将领和官吏。而一旦到了事不可为的那一天，他认为，他也许可以把他这两年多的所作所为全部推给外面带兵的将领，说自己是受到了他们的胁迫才走到这一步的。至于外面的将领和谋臣是不是心甘情愿替自己背上这口黑锅，他也就管不得这许多了。

但是，唐子密在意的不是当下渔阳郡这些表象下的暗流涌动，他只是悲哀地想到，他的这点平安日子就要过到头了。等到天气转好以后，无论是洛阳汉军杀到，还是燕王真的杀退了汉军，他多半又会回到几年前那种动荡不安、朝不保夕的生活里去。想到这里，他就害怕，他就懊恼。他实在是不想再回到以往的那种生活，他对各种大人物的各种谋划也厌倦至极。在一派恭顺柔和的外表下，在唯唯诺诺的问答中，唐子密觉得他应该可以在这个空当期做点什么了。

建武五年三月的一个阴沉日子里，又一次彻夜祷告的彭宠在天亮后终于支撑不住，沉沉睡去。燕王府里的大小奴仆也全都识趣地轻言慢走，生怕惊扰了主人。只有贴身仆役唐子密像往常一样，一个人伺候在主人身边。

唐子密确认彭宠已熟睡后就封门闭户，拿出早已准备好的一段麻绳缓缓将彭宠套在了木榻之上。然后，唐子密又轻轻打开侧门，把早在那里等候的李煌和王果的侄子小武放进屋来。

李煌是个瘸子，进屋以后难免弄出了一点声响。那小武也不过是个十来岁的孩子，见到平常天神一般的彭宠真的被绑在那里，更是忍不住惊呼道："阿叔，我们真的要干吗？"

唐子密赶忙摆手要他俩噤声，压着嗓子说道："我早跟你俩说过了，再不下定决心干一票，大家迟早陪着彭宠一块儿完蛋。"而彭宠此时已然惊醒，发现自己不能动弹，正要张嘴大叫。

说时迟，那时快，唐子密看到彭宠想挣扎起身，一个箭步就窜回榻旁，劈头盖脸猛打了彭宠几记重拳，然后抽出背后暗藏的腰刀，架在彭宠的脖子上，阴沉地说道："殿下万安，息声，小人不敬，惊扰了殿下，请殿下再休息一会儿。"说完，唐子密也不容彭宠说话，就扯过榻上的一块方巾塞进彭宠嘴里，然后拉紧麻绳，把彭宠实实在在地捆住，忙完这一切后才收手擦汗。

李煌和小武已经看得傻了。唐子密并没有停下，又转身从彭宠榻前的几案上抽出一支令箭，吩咐李煌道："你拿这支令箭去前堂，告诉堂前的那些官吏，就说燕王殿下吩咐了，今日殿下要斋戒一日，暂不办公，明日再来吧。"见李煌有点发愣，唐子密压低声音吼道："快去呀！怕什么？谁有疑问，你就说，这是燕王殿下的口谕，谁还敢乱问？"李煌一想也确是如此，于是就接过令箭出门去了。

接着，唐子密又拿出一些暗藏的麻绳交给小武，告诉小武一会儿有人进来就绑上。然后，唐子密就整整衣冠，施施然来到门口，告诉堂前那些正在值守的卫士，说他们的甲胄和兵器撞击之声吵到燕王殿下啦，殿下要他们都退出内堂，无令不得擅自回来。那些卫士亲兵都明白彭宠近期的习惯，毫无异议地走了。之后，唐子密又把门前等候召唤的四个婢女一一叫进屋来，然后以腰刀把她们制住，叫小武一一捆了手脚并塞住嘴巴。

忙完这些后，李煌也正好回来了。见到如此情景，手脚难免有些发颤，于是小声对唐子密说道："唐大哥，拿点东西咱们就快走吧，这要是被人撞见，咱们就是有十个头也不够砍的。"唐子密却说道："慌什么，府里的好东西都在主母的箱笼里锁着，我们不拿那些东西，又能在外面过上几天？"

听到唐子密的意思竟然还要对付主母，李煌和小武又面面相觑起来。唐子密只好再次鼓励他俩："都干到这一步了，左右是个死，若不多拿些好东西岂能跑得够远？"说完，唐子密挥刀就把榻上彭宠佩戴的一块玉佩割了下来，吓得彭宠一阵无声地抽动。李煌和小武看唐子密决心如此，也就不好再说什么，一个接过唐子密的腰刀，一个拿了麻绳，站在门后，等着唐子密把主母诳来。

燕王彭宠的夫人平常并不乐意参与到燕王那些装神弄鬼的活动中去，她每日要游园、听戏、逗鸟、遛狗，还要鉴赏美食、华服，并不总是守在燕王身边。不过也正因为如此，唐子密才料想到，这个说不定什么时候就会出现又无法拒绝的主母，对于他的计划乃是一个真正的威胁，他必须主动解决才好。

正在偏屋调教几个歌舞伎的主母听唐子密过来说，燕王殿下要和她商量一件机密大事，让她一人去内堂时，她是有些不高兴的。她以为燕王肯定是又想让她执笔给洛阳的那些故旧亲朋写信，探探情况。但她其实早就表明过自己的态度，事情都走到这一步了，首鼠两端是没有用的，只有和洛阳方面厮杀到底才有一线生机，不然就算退到草原大漠匈奴人那里，也会不得安生。

而满腹怨气的主母跟着唐子密走进内堂时，看见堂前的卫士和婢女都不见了踪影，心里就更不高兴了。她当然知道彭宠和他那几个婢女的苟且之事，她也一向没有深究。可是他彭宠不是要商议大事吗？不是才祭天做法事忙了一夜吗？怎么把贴身宦官派出去请她的这一小会儿空当也不放过。想到这里，燕王正妃不禁加快了脚步，想闯进堂去看看燕王的丑态。

主母忽然加快脚步，唐子密就差了两步没有跟上，但他又不能大喊，让堂内做好准备，只好咬住嘴皮紧紧跟上。

随着内堂大门一把被推开，门内的李煌和小武全被吓了一跳。因为他们看到，首先进门的竟不是应该在前引路然后关门的唐子密，而是一脸怒容的主母，他们以为行迹败露了，全部愣在了那里。

站在门口的燕王正妃却在扫视一眼内堂之后，立刻发觉情况不对。燕王的床榻虽隔着一道布幔，也能看出床榻之上只有一人；堂角的屏风背后，一双被捆住的脚犹自若隐若现；最可疑的当然还是大门背后的这两个人，燕王正妃一眼就看出他俩不是内堂的使唤人，手里拿的东西和他们惊骇的表情更表明他们不是好人。

"来人呐！奴才造反——"主母转身就要开始大喊，可还没喊完半句，唐子密已经从身后猛冲上来，拦腰抱住主母，和主母一起摔进堂内。唐子密一边喊着"关门！"一边挥拳猛击主母的面孔。只不过几拳，就打得主母眼肿嘴歪，喊不出来了。这边，李煌和小武关上内堂大门后也赶紧过来帮忙，于是，片刻之前还飞扬跋扈的燕王正妃，这时也被绑成了一个粽子。

三人略歇了一口气，唐子密就又回到彭宠身边，把彭宠嘴上的布头扯掉，然后拱手说道："殿下息怒，奴才也是不得已啊。如今城外汉军已经不远，我们渔阳全郡只怕都在劫难逃，你灭我师门，杀我女人，去我男根的种种往事我也不想再提了。现在我只想求财，趁着汉军尚未围城，请燕王殿下赐奴才一笔养生钱，让奴才几个远走高飞吧。"

无法动弹的彭宠早把唐子密的作为一一看在眼里，听在耳中，现在眼见夫人也被这三个奴才控制了，早就已经胆寒彻骨。于是当下也不挣扎，也不喊叫了，又拿出当初在太山上的恭敬态度对唐子密说道:"唐首领乃是江湖上有名号的英雄,万不可和在下一介腐儒见识。唐英雄须知,对付各大幡旗是刘秀下的命令,你的女人身故也是意外,去你男根则是在下会错了英雄的意思,以为英雄愿意和在下一家合为一体。"看看唐子密脸色不对,彭宠又急急说道:"唐英雄乃当世高人,小小损伤也不掩你英雄本色。我府中积累的财富正可供唐英雄做一番大事,唐英雄快快拿去吧。"担心唐子密又提起往日的仇恨,彭宠又转头大声呵斥他的夫人:"傻女人,快起来呀,去给三位将军准备行装啊!"

眼肿嘴歪的主母当然明白彭宠的意思,于是在地上扭动着身子,用下巴指向后堂,表示他家的财宝都在那里。

这一来唐子密还真的停下手来,不再和彭宠算旧账了。他走上前去,把主母腿上的麻绳解开,然后就让小武押着主母去后堂了,不过为谨慎起见,他依然安排李煌盯住前门,而自己则紧紧看住彭宠。

此时,天色已过正午,内堂庭院里依旧静悄悄的。唐子密看着彭宠的脸色就知道这位燕王殿下在想什么,于是叹口气说道:"殿下,不用再想了,小人早已传令外面的仆役和官吏,无令不得擅入内堂。就算是灶下伙计怕殿下饿着,也是不敢来的。这多亏了殿下平日的威风,才让小人敢行此险策。"彭宠也知道唐子密所言不虚,自己往日确实是太在乎令行禁止了。不过既然是在这当下,他也只好继续虚与委蛇道:"在下是怕三位将军饿坏了肚子,想给三位将军叫点吃的。我彭宠既然答应了三位将军的要求,就绝不会食言,即便有人闯了进来,我也会让他们听令于将军。"唐子密对这番漂亮话不过报以冷笑而已。他也没有出言讥讽,只是淡淡说道:"不劳殿下挂念,小人两天前已经备下了一些胡饼,足以在路上充饥。殿下若是肚饿,暂且忍忍,待我们出城后,你和主母自然可以随意压惊。"

"路途遥远，还是带些乳酪干肉才好。"彭宠依旧坚持自己的意见。

正当两人有一搭没一搭地闲聊时，小武忽然跑了回来，只见他手里抓着两大把珠宝，满脸亢奋地冲唐子密喊道："阿叔，财宝太多了，我实在是拿不了，这可咋办？"

唐子密看都没看小武手上的珠宝，直接一把抓住小武惊诧地问道："你把主母一个人留在内室啦？"

小武这才撒手扔掉珠宝，双手捂嘴惊道："糟啦！我看财宝太多了，又没袋子装，一着急就跑出来了，忘了主母还在里面。"

唐子密也来不及责骂小武，没等小武说完，就已经把腰刀塞给小武，向内室冲去了。一边跑还一边回身指着彭宠对小武说道："你看住这里，别让他乱动。"

从内堂到内室的这几百步大概是唐子密净身以后跑得最快的几百步。他在路上就想好了，一旦事情败露，他就立刻撞死在堂柱上，他可不想再领教燕王殿下的手段了。

但是，一路狂奔的唐子密拐进内室后，却看见主母既没逃跑也没喊叫，而是趁着小武不在身边，偷偷摸摸地把一大堆财宝往一扇屏风后面藏。唐子密二话不说就扑了上去，又把主母脚上的麻绳牢牢捆上。主母见到唐子密，先是一惊，随即就明白自己丧失了什么机会，可在二人的翻滚纠缠中，主母到底力逊一筹，很快就被捆住了手脚，堵上了嘴巴，只能"呜呜"扭动着表示不甘。

控制住主母，唐子密才发现内室的财宝确实惊人，也难怪小武慌了神不知怎么办才好，即便是他这个见过世面的人也绝想不到，燕王伉俪竟存下了这么多宝物。于是唐子密又折回前殿，想把李煌喊来帮忙。

被这一路狂奔和搏斗搞得有些体虚的唐子密，在回程中已经跑不快了。虽然他也有一些应付意外的准备，可是以他这些年的经历，他明白，从来没有什么事情会是完全按照他的计划来的。他想，还是赶紧把这事儿了结了吧。

匆匆走到前殿的唐子密，还没来得及招呼李煌，却听见屏风后床榻上的彭宠正在动情说道："孤王知道你是个好孩子，你不过是被人胁迫而已。你不想想，跟着一个阉人能有什么好？阉人是想不长远的，出不了渔阳郡你们就会被抓。你现在只要放开孤王，那就是立下了不世奇功，孤王会立即封你为将军，再把女儿嫁给你，将来孤王死后，那整个渔阳郡都是你的。你想想，这不比和一个阉人亡命江湖强多了吗？"

唐子密虽然看不见小武此时的表情，但既然听不见小武出声驳斥，想来小小心动也是有的。唐子密自诩现在再要对付年轻的小武也没有胜算，于是不敢刺激小武，只在屏风后搞出一点声响，然后后退几步再走上前来，装作才走到的样子。

转到床榻前的唐子密看到小武和彭宠尴尬的样子也不说破，只是顺手接过了小武手中的腰刀，告诉小武说："去帮你李煌叔把主母带过来，看来没有口袋还真是不行。"

小武讪讪着去了。唐子密又用腰刀拍拍彭宠说道："殿下家财万贯，小人准备不足，只好请殿下命主母给小人再缝几个口袋吧。"

满腹心事的彭宠立刻应和道："无妨，无妨。就让拙荆给几位将军缝口袋就是了，我马厩中还有匈奴人送来的良马宝驹，也一并赠予将军可好？"

唐子密拱手道谢，也客气回道："殿下是做大事的人，小小财物自然不会放在眼里。其实只要将来殿下拿下了洛阳，或者就在这渔阳郡里再干上几年，我们今天拿走的这点东西也实在是算不得什么了。"

"无妨。无妨。"无法动弹的彭宠还是和气回应道，"三位将军若是将来打下一片基业，我彭宠说不定还要仰仗三位将军呢。"

就在这一片和气间，李煌和小武又把主母带回来了。彭宠来不及心疼夫人，赶紧让主母就近取材，给三个将军缝制口袋。

此时寒冬虽过，但白昼仍短。嘟嘟囔囔的主母虽百般不愿，但还是磨磨蹭蹭地用室内布幔缝制出了几个囊袋。看看天色渐晚，唐子密让李煌先去内室把囊袋装满，然后又带着小武去看看彭宠所说的那几匹宝马良驹——他已经不敢再让小武离开自己的视线了。

等到瘸腿的李煌来回多次装满囊袋之后，唐子密又要彭宠写一道手令给城门守将，就说现在要派遣家奴子密等三人去子后兰卿处传达密令，速开城门，不得稽留。为此，唐子密还先把彭宠的右手放了出来，同时递上笔墨和木简。

彭宠当时犹豫了一下，委婉表示："各位既然已经有了令箭，哪里还需要我的手令？"但是架不住唐子密软硬兼施，又看见旁边的小武并无特殊神色，同时彭宠又想着是不是可以在手令上留点破绽，让城门守将抓住他们。于是，他假装自己手臂酸麻，别别扭扭地写下了一则手令，然后以私印加盖其上。

拿到手令，唐子密喜形于色，不住口地说道："好！好！辛苦殿下和主母了。"然而转眼之间，唐子密却手臂一挥，抡刀向床榻上的彭宠砍去。这一刀，事出突然，毫无征兆，彭宠本来就被绑在榻上无法移动，眼见刀来，无法闪躲，连一声嘶喊都来不及发出就身首异处了。血光飞溅之时，唐子密回刀又把站在榻旁的主母也一刀砍倒。一生刚强的主母转瞬之间就已经和她的夫君倒在了一处。

这突如其来的变化也把李煌和小武吓了一跳，两人发一声喊，都后退了两步以作防备。小武更是惊叫道："阿叔，这是为何？"

唐子密没有理会二人，只是一边收拾彭宠夫妇二人的头颅，一边独自嘟囔："不就是背信弃义吗？不就是欺瞒哄骗吗？不就是伤人害命吗？你们做得，我也做得。你们做得出，我就做得出。这有何难？这有何难！"

待手脚没那么抖了以后，唐子密就把彭宠刚刚写好的手令抛给站得远远的李煌和小武，说道："燕王殿下真当我什么都不懂吗？拿着这封手令去城门将军那里，不是送死是什么？"看两人还呆在那里，唐子密长叹一声又说道："我们既然已干出这等事，哪里还能指望燕王殿下安然放我们远去。只要我们出了内堂大门，追兵一定转瞬即至。我以前没和你们说要取他二人的性命，无非是怕你们不敢动手罢了。现在，后顾无忧，我们吃点东西就出门吧。"

望着满身血污的唐子密，李煌和小武也知道他所言非虚。二人对看一眼后，也只好慢慢平复心情，上前来和唐子密一起收拾尸首和财宝。

三人收拾停当，换完衣服，随便吃了一点东西后，天色已经全黑了。按照彭宠生前的指点，三人牵出六匹匈奴骏马，三匹载人，三匹各驮两个囊袋，然后大摇大摆地出了府门，向城门而去。出门前，李煌还问道，那四个绑在屏风后面的婢女如何处置？唐子密答道："她们一定会被处死的，我们就不必费心了。"

在城门守将那里，李煌和小武牵马停在暗影处，唐子密则镇定如常地上前，向城门守将出示了燕王的令箭和他早就准备好的另一封手令，声称自己奉燕王密令，要去前方子后兰卿处公干。城门守将也不是第一次看到唐子密去执行燕王的密令了，验过手令和令箭后随即开门放行。

放行前，城门守将还恭维唐子密道："大人真是燕王殿下的心腹啊，这么晚了还要出城做事。"唐子密则苦笑着回道："劳碌命！劳碌命！燕王有令，不敢不行啊。"

出城之后，李煌和小武大感轻松，一致盛赞唐子密思虑周全，行事果断，都说只要疾驰一夜，把彭宠夫妇的人头献到和子后兰卿对阵的汉军祭遵那里，一定又能拿一笔厚赏。

唐子密却在马上高声回道："祭遵那里如何去得？我三人去了，

不过是给祭遵献上五颗邀功请赏的人头和几囊袋的财宝而已。"

李煌和小武大惊，忙问唐子密，既然汉军那里去不得，他们三人该去哪里？难道当真要浪迹江湖，做个富家翁吗？

唐子密慨然答道："富家翁要做，功臣良将也要做。他们王侯将相那一套如今咱们也会了。你二人勿慌，且随我去洛阳面见刘秀，看看他如何封赏我们。"漆黑月影下，三人六马伴着一阵大笑，直向八百里外的黄河疾驰而去。

说唱艺人讲到这里，听故事的农夫们也就明白这不义侯的来历了。一个个纷纷插话道，"这个不义侯竟是这样得来的爵位？真是个不仁不义之徒。"

"那彭宠又是什么好人？他早点死了，无辜百姓也死得少些。"

"圣上也真有意思，既然承认这个苍头子密功当封侯，怎么又给他这么一个羞辱的封号？"

"不义可以为侯，有义又当如何？这个鬼宅合该受到诅咒。"

……

农夫们吵吵嚷嚷的话打乱了说唱艺人的讲述。那老艺人猛敲了几下手鼓，训斥道："吵什么吵！我说我讲完了吗？你们到底还要不要听？"

农夫们赶紧拱手道歉，又围着老者坐下，有懂事的还给老者又端来一碗浊酒，说是请老者润润嗓子。

老者缓缓喝了酒，又慢慢拿过手鼓，却眼神迷离，像忘了词一样，坐在那里不出声了。农夫们等了一会儿，难免心焦，有人就好心小声提醒他："洛阳。洛阳。"

老者没理会旁人的提醒，连手鼓也不敲了，似乎对刚才的热闹故事没了兴趣，忽然沉着嗓子又说起了另一段往事：

建武八年秋，天下虽还没有大定，洛阳却已经办起了太学，还要举办年度大考。我主圣上带领朝廷全体勋贵亲临主持。在太学大殿前，圣上首先为全体太学生讲授经筵，并亲自命题考试，然后表彰了其中的优秀生员，之后圣上又主持了祭孔大典，并与众生员作诗唱和。那日我主圣上非常高兴，当晚还命光禄寺赐宴全体太学生。众生员享此殊荣，难免有些年轻人的轻狂，在酒宴之上，连连向我主圣上祝酒，而我主圣上并不见怪，酒到杯干，直喝到大醉。

大醉以后，我主圣上退到太学偏殿歇息。吩咐随驾侍从们，无召唤不得入内。不过，没歇息一会儿，圣上就听见偏殿内有扫帚扫地的刷刷声。酒醉又疲乏的圣上难免动气，喝道："谁人在此吵闹？"偏殿一角就转出了一个下巴干净却满脸皱纹之人。此人见了圣上也不慌张，把扫帚放在一边后，就上来叩头说道："臣不义侯子密，奉派打扫太学偏殿，惊扰了陛下，请陛下恕罪。"

我主圣上看着眼前之人，想了半天，才想起不义侯是什么人，于是随口说道："满朝文武都在大殿宴饮，你怎么？——"不过这句话还没说完，圣上就明白了，一定是没人愿意和这个人坐在一起喝酒，所以那些主管朝仪的大臣，才在大家欢宴之时把这个人派到这里来扫地了。

跪在地上的不义侯当然也知道皇上忽然停口是什么意思，显然他已经不止一次受过这样的特殊对待了，早已心如死灰。所以面对圣上，不义侯没有害怕，反倒怪笑两声后，森森问道："当日臣到洛阳之时，陛下怎么不干脆把臣杀了？如果说那时陛下还要遵守一个'灭彭宠之人功当封侯'的诺言，现在杀臣总可以了吧？"

这番无礼之言刺激得当今圣上一下坐了起来。"唐牛，"圣上说道，"你以为朕是有意羞辱于你，是吗？"

不义侯"哼哼"两声后说道："在臣之前，有守不住宛城，被迫投降后受封的归德侯。在臣之后，也有主动来降，受封的助义侯、成义侯、褒义侯、辅义侯、抉义侯等等名号，独独为臣受封为不义侯。敢问陛下，都是背主求荣，怎么他们就成了有义之人，臣就是不义之人，这不是欺臣孤弱，又是什么？"

圣上扶头说道："时至今日，你还以为你是没兵没地盘才被人轻视的吗？"

"难道不是？"不义侯梗着脖子回问道。

圣上摇摇头说道："朕今日不以皇帝之名压服于你，只以当年那个骑牛小子的身份问你，你从王莽地皇三年加入义军以来，直到建武五年带着彭宠夫妇的人头进入洛阳，这八年来，你可曾出于大义，救过一人？你既在赤眉军中做过将军，也在朕的手下遭人陷害，你可曾出于大义，做过一事？"

不义侯怼道："翻云覆雨，颠倒黑白，杀良冒功，朝三暮四，何尝不是陛下手下那些猛将良相的手段？怎么独独臣杀了一个彭宠就成了不义？臣既然是不义，请问陛下，谁又始终是有义？陛下对付各大幡旗的那些手段都光明正大吗？"

"不错，"圣上对不义侯的冒犯也不生气，继续摇头说道，"你与朕都见过太多虚伪之人，也知道虚伪之人总是活得更好，可是你可知道，当日你进入洛阳南宫之后，包括彊华、冯异在内，众功臣皆说不该留你性命，说是不可长了背主求荣的歪风，应该用你的人头来正一正世风。"

不义侯子密不禁愕然。因为他从不知道，关于他的前途命运，朝堂之中还有过这样的争执。不过早已扭曲的子密还是不领圣上的情，满是嘲弄地问道："圣上如何不准了众功臣的良谏？"

圣上双手扶着酒醉后胀痛的额头，摩擦良久后，才缓缓说道："功臣也罢，平民也好，事到临头，谁都难免会有不义的念头。不义有什么好奇怪的？朕给你的这个爵位，其实是要告诉众功臣，义和不义，朕都是知道的。天下人也是看得见的。汝之不义，何尝不是满朝文武的不义？立一个不义之人在天下人面前，岂不是比立那些颂德碑文还要有效？天道，不是那么容易归到哪个人头上的……"

那一天，当今圣上和不义侯子密在太学偏殿到底说了些什么无人知晓。随驾侍从们只知道，不义侯子密很久之后才从偏殿退出来。退出之时，照旧规规矩矩地向殿内行了大礼。

说唱艺人讲完后，农夫们感慨不已，渐渐散去。只有一个落在后面的年轻农人在众人走后，又不知深浅地上前问道："老人家，老人家。你刚才说唐子密带了两个同伙一块儿奔向黄河，怎么到了洛阳受封的又只有子密一人？那是唐子密干掉了同伙？还是子密已经被人所取代呢？"

说唱艺人愣了一下，脱口说道："天知道。"